Harry Voß · 13 Wochen

Foto: Thomas Georg

Harry Voß,
man kennt ihn als Autor der Buchreihe »Der Schlunz«, die sogar verfilmt wurde. Eigentlich ist er Referent für die Arbeit mit Kindern beim Bibellesebund und schreibt dort jede Menge Kinderbücher. Mit »13 Wochen« zeigt Harry Voß, dass er nicht nur auch für die Älteren schreiben, sondern ihnen sogar eine richtige Gänsehaut bereiten kann!

Harry Voß

13 Wochen

Roman

BLB

SCM

11. Auflage 2024

Bei den angegebenen Bibelversen handelt es sich um eine freie Übertragung des Autors.

Eine Koproduktion des Bibellesebund Verlags, Marienheide, mit dem SCM Verlag in der SCM Verlagsgruppe GmbH Holzgerlingen
ISBN 978-3-95568-078-7 (Bibellesebund)
Bestell-Nr. 71130
ISBN 978-3-417-28657-1 (SCM-Verlag)
Bestell-Nr. 228.657

Umschlaggestaltung: Julia Neudorf, Gummersbach
Satz: Christoph Möller, Hattingen
Druck und Bindung: Finidr s.r.o.
Gedruckt in Tschechien

Für Elisa und Josia

Was für ein Gewitter! Simon starrte in das Dunkel der Nacht hinaus. Da, der nächste Blitz! Was für eine Wahnsinns-Naturerscheinung, wenn so ein Blitz wie eine gelbe Flusslandschaft den schwarzen Himmel durchpeitscht. In Gedanken zählte er mit. Einundzwanzig, zweiundzwanzig … der Donner kam so plötzlich und mit solch einer Wucht, dass Simon zusammenzuckte. Zum Glück war niemand außer ihm in seinem Zimmer. Eigentlich war er kein Typ, der zusammenzuckte. Simon war einer, der das Leben fest in der Hand hielt. Ein Siegertyp, vor dem die meisten in der Schule Respekt hatten. Umso ärgerlicher, dass er sich von so einem blöden Gewitter derart einschüchtern ließ. Zugegeben, ein so heftiges hatte er schon lange nicht mehr erlebt. Früher, als er noch ein Kind war, war er schon bei viel kleineren Gewittern zu seinen Eltern gerannt und hatte sich bei ihnen versteckt. Das tat er natürlich jetzt, mit fünfzehn, schon lange nicht mehr. Simon trat auf das Fenster zu und griff nach dem Rollogurt. Normalerweise ließ er das Rollo über Nacht oben. Es gefiel ihm, wenn sich morgens die Dämmerung in seinem Zimmer ausbreitete und man Tag für Tag sehen konnte, wie es heller wurde und der Sommer näher kam. Simon mochte den Sommer und er hasste den Winter. Er hasste auch den Frühling. Dass es wieder grün wurde, war das einzig Gute am Frühling. Aber der Rest war totaler Mist. Alle hatten schlechte Laune: die Lehrer, die Schüler, die Eltern, alle. Jeder hatte die Nase voll von dem dunklen Winter. Jeder wartete nur darauf, endlich wieder im T-Shirt in die Schule gehen zu können. Seit gestern war nun endlich April und alles deutete darauf hin, dass es wieder hell und grün wurde. Und so ein Gewitter wie dieses schien der ganzen Welt mit aller Macht zeigen zu wollen, dass auch das zum April gehörte: schlechtes Wetter.

Simon ließ den Gurt vom Rollo wieder los. Nein. Nur wegen eines blöden Gewitters würde er nicht das Rollo runterlassen. Simon war ein Sieger und er würde sich nicht verstecken. Nicht hinter einem runtergelassenen Rollo, nicht unter seiner Bettdecke und erst recht nicht bei seiner Mama. Er stand nah am Fenster und schaute in die Nacht hinaus. Blitze zuckten über den Dächern der Stadt. Der Regen prasselte mit einer Lautstärke gegen die Scheibe und auf sein Fensterbrett, als ginge die Welt unter. Simon kniff die Augen zu einem Spalt zusammen und versuchte, durch die Regenwand hindurch irgendetwas zu erkennen. Sein Zimmer lag im Erdgeschoss. Wenn das Licht in seinem Zimmer aus war, konnte er auch im Dunkeln die Umrisse der Bäume und Büsche im Garten erkennen, auch Teile des kleinen Holzhäuschens mit den Gartengeräten. Wenn allerdings das Licht im Zimmer an und es draußen dunkel war, so wie jetzt, dann erkannte er draußen nichts, es sei denn, irgendetwas würde direkt vor seinem Fenster stehen. Umgekehrt wusste er, wenn jemand draußen stehen würde, könnte der alles erkennen, was Simon hier drinnen tat. Wenn er sich abends vor dem Schlafengehen auszog, stellte er sich manchmal vor, wie Nadja zufällig vorbeikommen und ihn beobachten würde. Allein die Vorstellung daran ließ sein Herz schneller klopfen. Natürlich wusste er, dass das niemals passieren würde. Der Garten war von einer großen Hecke umsäumt. Und die Straße dahinter war weit genug weg. Selbst wenn jemand die Straße entlanggehen würde, könnte der sicher nichts erkennen. Außer natürlich, Simon würde sich direkt vor dem Fenster ausziehen. Aber das tat er selbstverständlich nicht.

Es blitzte wieder. Simon zählte. Fünfundzwanzig, sechsundzwanzig. Ein Donner. Harmlos. Weit weg. Kein Grund mehr zum Zusammenzucken. Auch der Regen ließ nach. Simon beschloss ins Bett zu gehen. Es war inzwischen nach Mitternacht. Eigentlich schon Montag. Zweiter April. Er hatte am Nachmittag mit Jan so lange am PC gezockt, dass er erst nach 10:00 Uhr abends zu Hause angekommen war. Das hatte ganz schönen Stress mit seinen Eltern gegeben, denn die wollten, dass er um zehn längst im Bett lag. Aber das war ja wohl lächerlich. Simon war immerhin keine zwölf mehr. Meistens ließ er seine Eltern in dem Glauben, er würde ins Bett gehen und chattete dann noch bis nachts um eins oder zwei mit seinen WhatsApp-Freunden oder er zockte Internetspiele. Natürlich mit Kopfhörern. Aber jetzt war er müde. Kurz vor halb eins war ein guter Zeitpunkt, um ins Bett zu gehen. Weiterhin seinen Blick auf das Dunkel des Fensters gerichtet, zog er sein T-Shirt aus.

Ein weiterer Vorteil, wenn das Licht an und es draußen dunkel war, bestand darin, dass er sein Fenster als Spiegel benutzen konnte. Simon hatte keinen Spiegel in seinem Zimmer. Aber manchmal wollte er seinen Körper eben doch auch mal kritisch begutachten. Für seinen Geschmack war Simon viel zu dünn. Dünne Arme, dünner Bauch, Hühnerbrust. Manchmal überkam es ihn und er machte tagelang so viele Sit-ups und Liegestütze, dass er sich vor Muskelkater kaum bewegen konnte. Danach gab er es wieder für mehrere Wochen auf. Aber so was wie ein Sixpack ließ sich auf seinem Bauch nicht blicken. Da gab es manche in seiner Klasse, die sahen jetzt schon aus wie die Jungs aus den Vampirfilmen, die anscheinend schon mit Sixpack auf die Welt gekommen waren. Wie die das hinbekamen, war ihm schleierhaft, aber er fragte natürlich nicht nach. Unfair war es trotzdem. Auch mit seinem Gesicht war Simon nicht wirklich zufrieden. Viel zu weiche Gesichtszüge. Hart und kantig wäre ihm lieber. Irgendwie männlicher. Manche hielten ihn noch für einen Achtklässler, obwohl er schon in der neunten Klasse war. Wenigstens hatte er keine Pickel. Wenn er an Leon dachte – puh, der sah manchmal aus wie ein Streuselkuchen. Furchtbar!

Simon musterte sich weiter von oben bis unten. Mit seinen blaugrauen Augen war er eigentlich ganz zufrieden, obwohl er fand, dass so richtig himmelblaue Augen noch besser bei den Mädchen ankommen würden. Einige Mädchen in seiner Klasse waren trotzdem hinter ihm her, und Blaugrau war immer noch besser als so ein langweiliges Braun. Seine Haare waren auch ganz okay. Blond und kurz. Nichts Besonderes, aber auch besser als dieses Kack-Braun, womit manche aus seiner Klasse gestraft waren. Außerdem hatte er es raus, wie man sich die Haare so stylte, dass es richtig gut aussah. Wenn er morgens das Haus verließ, war er mit seinem Gesamtbild meistens recht zufrieden. Ein Siegertyp eben. Simon drehte sich seitlich zum Fenster und spannte die Bauchmuskeln an. Nein, da könnte er wirklich noch an sich arbeiten. Wenn in ein paar Monaten die Freibäder öffneten, musste das anders aussehen.

Plötzlich geschah etwas, das Simon den Atem raubte. Sein Spiegelbild im Fenster teilte sich. Aus seinem Gesicht, das sich eben noch prüfend angeschaut hatte, trat ein zweites Gesicht daneben und gaffte mit großen Augen von außen durch sein Fenster hinein. Mit einem lauten Aufschrei krachte Simon auf den Boden, heftete seinen Blick aber weiterhin auf das Gesicht im Fenster. Kein Zweifel – da stand jemand zehn Zentimeter vor seiner Fensterscheibe und starrte hinein. Und wenn er nicht genau gewusst hätte, dass er hier gerade auf dem Boden saß, würde er sagen, er selbst stünde da draußen vor seinem eigenen Fenster und schaute rein. Sein Spiegelbild war lebendig geworden! Aber es konnte nicht sein Spiegelbild sein, denn der Typ da draußen trug einen Kapuzenpullover – Simons Kapuzenpulli! – und die Haare hingen ihm klatschnass vom Regen ins Gesicht. Obwohl Simon sich zusammenreißen wollte, schrie er noch einmal laut auf, krabbelte auf allen vieren zur Tür, zog sich am Türgriff hoch und rannte aus seinem Zimmer. Oh nein, oh nein, oh nein! Jemand stand im Garten und schaute in sein Zimmer rein! Simon lehnte von außen an seiner Zimmertür und schnaufte wie nach einem 400-Meter-Lauf. Er fasste sich an sein Herz. Es pochte, als würde er jeden Augenblick ermordet. Wurde er ja vielleicht auch! Simon japste immer noch nach Luft. Ihm wurde schwindelig, so schnell atmete er ein und aus.

Dann zwang er sich zur Ruhe. Erst mal nachdenken. Licht aus. Genau. Ohne sein Zimmer zu betreten, streckte er seine Hand durch den Türschlitz und tastete nach dem Lichtschalter. Klick. Aus. Jetzt war es im Zimmer wieder dunkler als draußen. Wenn jemand reinschauen wollte, würde er nichts mehr sehen. Aber Simon würde draußen jeden sehen können. Vorsichtig setzte Simon sich auf alle viere und schob langsam die Tür so weit auf, dass er seinen Kopf gerade so eben durchstecken konnte. Er schaute zum Fenster. Niemand. Sofort stand er auf und schaute genauer hin. Niemand zu sehen. Er ging mit zwei Schritten bis direkt ans Fenster und presste die Nase an die Scheibe. Der Garten war leer. Das war doch unmöglich!

Simon griff nach seinem Handy und schrieb an Jan: »Warst du gerade vor dem Fenster?«

Antwort nach wenigen Sekunden: »Alter, ich schlafe!«

In jede WhatsApp-Gruppe: »Ist von euch jemand bei mir und steht vor meinem Zimmer?«

Einige Male: »Nein« – »Spinnst du?« – »Lass mich schlafen.«

Dann zog er sein Sweatshirt wieder an, schlüpfte in seine Turnschuhe und nahm sein Handy als Taschenlampe mit zur Haustür. »Simon, bist du das?«, rief seine Mutter von oben aus dem Wohnzimmer.

»Alles gut!«, rief Simon nach oben. »Muss nur kurz was nachschauen!«

Er schaltete die Taschenlampe an seinem Handy an. Die Haustür lehnte er an, sonst würde er nachher nicht mehr reinkommen. Dann ging er nach draußen und um das Haus herum. Es regnete immer noch, wenn auch nicht mehr so stark wie vorhin. Er spürte den Regen kaum – seine Gänsehaut unter dem Pullover fühlte sich an wie eine Schutzschicht aus Metall. Obwohl er sich selbst zwingen wollte ruhig zu bleiben, keuchte er wieder wie gerade eben, als er sich vor seinem eigenen Spiegelbild erschreckt hatte. Er bewegte sich langsam an der Hauswand entlang, um mit dem Schein der Lampe jeden Winkel ausleuchten zu können. Überall schien es zu rascheln und zu knacken, aber das war bei dem Regen ja kein Wunder. Bald war er einmal um das Haus herum gegangen, sodass er jetzt auf der Rückseite stand. Im Garten. Direkt vor seinem eigenen Zimmer. Es war niemand zu sehen. Simon ging einmal quer durch den Garten, vorbei an allen Büschen und Bäumen bis zur Hecke am Gartenrand. Da, war da was? Jetzt ärgerte er sich, dass er keine richtige Taschenlampe dabeihatte. Bis in die hintersten Ecken leuchtete sein Handy natürlich nicht. Also fand er niemanden. Er hörte auch niemanden, traute sich aber auch nicht, einmal laut: »Hallo, ist da jemand?«, zu rufen. Wenn da jemand wäre, würde der bestimmt nicht antworten: »Ja, hier hinter dem Busch, komm bitte und töte mich mit deinem messerscharfen Handy!«

Das Gartenhäuschen. Ob der Fremde da hineingeflohen war? Simon näherte sich dem Häuschen und fragte sich gleichzeitig, ob er sich überhaupt trauen würde da reinzugehen. Was, wenn da wirklich einer drinsaß? Ein Einbrecher, ein Mörder oder sonst ein Verbrecher? Der würde ihn doch im Handumdrehen überwältigen. Neben der Tür zum Gartenhaus lag ein Schraubenzieher von seinem Vater. Mit einem schnellen Griff hob er ihn vom Boden auf und hielt ihn in die Luft wie einen Dolch, mit dem man jederzeit zustechen konnte. Sollte hier wirklich jemand sitzen und sich auf ihn stürzen, würde er das gnadenlos tun. Das schwor er sich in dem Augenblick, als er den Riegel an der Tür öffnete.

Der Raum stank nach Holz, altem Stoff und Grillkohle. Aber sosehr Simon auch die Ecken ausleuchtete, hier war niemand. Auf unheimliche Weise erleichtert, verriegelte er das Häuschen von außen, behielt aber den Schraubenzieher in der Hand, während er zurück durch den Garten auf das Haus zuging. Vor seinem Zimmerfenster blieb er stehen und leuchtete hinein. Genau hier hatte jemand gestanden. Hundert Prozent. Oder hatte er vor lauter Gewitterangst schon Gespenster gesehen? Hatte sich nur sein Spiegelbild verschoben? Gab es dafür nicht sogar eine physikalische Erklärung? Während er da stand und die Fensterscheibe seines eigenen Zimmers ausleuchtete, fiel ihm auf, dass er noch nie nachts um diese Uhrzeit allein hier im Garten gestanden hatte. Es war immerhin nach 12:00 Uhr. Geisterstunde. Als Zweites wurde ihm klar, dass er gerade mit dem Rücken zum riesigen Garten stand. Irgendjemand könnte sich ihm von hinten nähern. Er versuchte, sein Spiegelbild im Fenster zu erkennen. Und das, was da gerade hinter ihm vor sich ging. Waren da nicht sogar Schritte im Garten ganz in seiner Nähe? Seine Finger umklammerten den Schraubenzieher. Er biss seine Zähne noch fester zusammen. Schon meinte er zu spüren, wie jemand seinen Atem in Simons Nacken blies. Mit einem Ruck drehte er sich um und stach zu.

Nur Luft. Niemand da. Simon schüttelte den Kopf. Das wurde ihm jetzt doch zu dumm. Er würde sich jetzt nicht noch weiter in alberne Gruselgeschichten hineinsteigern. Wahrscheinlich hatte er sich das vorhin nur eingebildet. Fertig, aus. Mit schnellen, entschlossenen Schritten ging er um das Haus zurück bis nach vorne zur Haustür. Sie war immer noch angelehnt, aber während er sich hineinschlich und die Tür von innen schloss, krochen schon wieder unheimliche Gedanken in ihm hoch. Jemand hätte, während er selber hinten im Garten war, vorne zur Haustür reingehen können. Unweigerlich schaute er sich in seinem eigenen Hausflur um, ob er beobachtet wurde. Er leuchtete jeden Winkel ab.

Was ihm niemals irgendwie schlimm vorkam, war ihm jetzt plötzlich doch unheimlich: Nicht nur Simons Zimmer lag in der unteren Etage des Hauses. Weil das Haus keinen Keller hatte, befanden sich auch der Heizungsraum und eine große Abstell- und Gerümpelkammer im selben Stockwerk. Wohnzimmer, Küche, Badezimmer – alles lag eine Etage höher. Nur das Schlafzimmer seiner Eltern war noch hier unten, direkt neben Simons Zimmer. Aber seine Eltern saßen oben im Wohnzimmer. Die hatten natürlich nicht mitbekommen, was sich hier unten in den letzten Minuten abgespielt hatte und wer hier rein- oder rausgegangen war. Wieso waren die eigentlich noch so lange auf? Die gingen doch sonst nicht so spät ins Bett.

Einem Impuls folgend flitzte er die Treppe nach oben und betrat das Wohnzimmer. Für einen Augenblick erwartete er schon, seine Eltern dort tot aufzufinden. Aber sie saßen vor dem Fernseher. Irgendein alter Krimi.

»Was ist los?«, fragte seine Mutter in dem Tonfall, als sei ihr kleiner Sohn krank geworden.

»Nichts, alles gut.« Simon versuchte, mit einem Blick alle Ecken des Raumes zu erfassen.

»Hattest du Angst vor dem Gewitter?« Wieder dieser ekelhafte Ich-besorgte-Mama-du-armer-kleiner-Sohn-Tonfall.

»Quatsch!«

»Was hast du denn mit dem Schraubenzieher vor?«

»Nichts!«

Simon verließ das Wohnzimmer wieder. Er hasste diese völlig überflüssigen und kontrollierenden Elternfragen. Das hatte schon wieder was von: »Na, Simon, du hier im Wohnzimmer mit einem Schraubenzieher? Du wirst doch nicht um diese Uhrzeit noch an deinem PC rumschrauben? Du solltest doch schon längst im Bett sein!« Oder irgend so eine Eltern-Kacke. Die sollten mal froh sein, dass er überhaupt nach ihnen geschaut hatte! Er wäre der Erste gewesen, der die Leichen gefunden und der dann die Polizei und den Notarzt gerufen hätte! Obwohl er dann sicher eine gute Erklärung gebraucht hätte, warum die Eltern tot waren und er einen Schraubenzieher in der Hand hielt. Egal. Es war ja niemand tot und der böse Simon trug trotzdem um 1:00 Uhr nachts noch einen Schraubenzieher durch die Wohnung. Klarer Fall fürs Jugendamt.

Schnell, aber ohne Hektik knipste er in allen Räumen im oberen Stock die Lichter an, schaute sich um, löschte sie wieder und ging die Treppe nach unten. Zur Sicherheit noch ein Blick ins Schlafzimmer der Eltern – Licht an, Licht aus –, alles in Ordnung. Unter dem Bett der Eltern hatte er nicht nachgeschaut. Man musste es ja nicht übertreiben. Er war ja nicht in einem Horrorfilm. Doch als er das Licht in der Abstellkammer einschaltete, nahm er den Schraubenzieher lieber noch mal in Kampfstellung in die Hand. So viele Kisten, Bretter, Regale und andere Sachen, hinter denen sich jemand verstecken könnte. Aber den Gefallen würde er dem Verbrecher jetzt nicht tun, jede Kiste zu öffnen und so was wie: »Na, wo ist denn der böse, böse Mörder?«, zu faseln. Also. Licht aus, Tür zu. Außen steckte ein Schlüssel. Zur Sicherheit drehte er ihn einmal um. Auch die Tür zum Heizungsraum hatte außen einen Schlüssel. Zack – drehte er den Schlüssel um, ohne in den Raum zu schauen. Wenn dort jemand saß, wäre er für ihn zumindest in dieser Nacht ungefährlich.

Zuletzt kam er wieder in sein Zimmer. Licht an – und als Erstes: Rollo runter! Egal, ob er sich selbst damit als feige abstempelte. Für heute Nacht ging Sicherheit vor. Schnell zog er sich aus und den Schlafanzug an. Bevor er ins Bett stieg, warf er doch noch mal einen Blick darunter. Nein, da lag kein Monster mit aufgerissenen Augen, das ihn jetzt mit seinen langen Armen unters Bett ziehen würde. Da lag gar nichts. Nur Staub. Vielleicht war da soeben ein Vampir gestorben. Sollte er doch. Simon würde jetzt schlafen und den ganzen Spuk vergessen. Licht aus.

In der Nacht hatte Simon einen Albtraum: Jemand zog seine Bettdecke weg, riss ihn am Schlafanzug in die Höhe und verpasste ihm einen Kinnhaken, der es in sich hatte. Simon flog in die Ecke neben seinen Schreibtisch und verletzte sich dabei am Hinterkopf.

»Du Dreckskerl!«, hörte er eine vertraute Stimme rufen. »Wer bist du?«

»Was soll das?«, presste Simon hervor und versuchte, seine Augen aufzukriegen. »Ich bin Simon. Simon Köhler. Und wer bist du?«

»Ich!«, brüllte der andere. »Ich bin Simon Köhler! Ich allein! Und ich verlange jetzt eine Erklärung! Was hast du vor? Was ist dein Plan? Warum sollte ich sterben?«

Simon war noch viel zu benommen, um irgendwas zu kapieren: »Was soll das? Was willst du? Niemand muss hier sterben. Verschwinde aus meinem Zimmer!«

»Das ist *mein* Zimmer!«, schimpfte der andere. »Du schläfst in *meinem* Bett! Und das findest du auch noch lustig, was? Ich sag dir was. Es kann nicht jeder Simon Köhler sein. Sieh das ein. Versuch, dich zu akzeptieren und du selbst zu werden. Dann musst du nicht andere kopieren wie ein billiger Doppelgänger! Hast du verstanden?«

Simon fasste sich an sein Kinn und an seine Nase. Er hatte das Gefühl, es würde überall bluten. Mit Mühe blinzelte er und versuchte die Augen zu öffnen. Es war viel zu hell im Zimmer. Jemand hatte das Licht angemacht. Er war total geblendet, darum konnte er die Gestalt nicht richtig erkennen, die da vor ihm stand. Aber das, was er sah, sah aus wie er selbst. Sein Spiegelbild. Was war das? War er tot? Konnte er sich jetzt selbst von außen sehen? »Ich bin Simon Köhler«, sagte Simon müde und fragte sich gleichzeitig, warum er überhaupt so eine bescheuerte Diskussion mitten in der Nacht führen musste. »Und ich will ins Bett.«

»Na gut«, sagte der andere wieder mit bedrohlicher Stimme. »Dann schlaf von mir aus diese Nacht in meinem beknackten Bett. Aber morgen verschwindest du ein für alle Mal aus meinem Zimmer, verstanden? Und wenn ich dich morgen oder in den nächsten Tagen noch einmal hier in der Nähe meines Hauses sehe, dann prügel ich dir die Birne weich! Ist das klar?«

Ich träum das alles nur, dachte Simon. Ist doch logisch, dass hier nichts logisch ist. Träume sind nie logisch. Wahrscheinlich kommt gleich noch Oma rein, die schon seit Jahren tot ist. Und wahrscheinlich nimmt die mich gleich mit in den Himmel und dann bin ich eh tot und dann ist es egal, in welchem Bett ich schlafe oder nicht schlafe. »Alles gut«, schloss Simon müde seine wirren Gedanken ab und hatte die Augen längst wieder geschlossen. »Morgen bin ich weg. Versprochen.«

Ohne ein weiteres Wort verschwand die Gestalt.

Simon wachte auf, noch bevor sein Wecker klingelte. Er lag noch immer in der Ecke neben dem Schreibtisch. »Was ist denn hier los?«, brummte er verschlafen und stand auf. Da war er heute Nacht ja wirklich aus dem Bett gefallen! Mannomann! Früher als Kind hatte er oft unruhig geschlafen, das wusste er von seinen Eltern. Da hatte er sich immer mal den Kopf an der Wand gestoßen oder er war aus dem Bett gefallen. Aber so weit bis zum Schreibtisch? Das war rekordverdächtig. Simon rieb sich den Hinterkopf. Auch sein Kinn und seine Nase schmerzten. Wie war er da heute Nacht bloß gefallen?

Plötzlich fiel ihm sein Traum der vergangenen Nacht wieder ein. Wie er selbst als zweite Gestalt ihn hochgezogen und aus dem Bett geboxt hatte. »Es kann nicht jeder Simon Köhler sein«, hatte er heute Nacht zu sich selbst gesagt. »Versuche dich zu akzeptieren und du selbst zu werden. Dann musst du nicht andere kopieren wie ein billiger Doppelgänger.« Verrückt. Simon schüttelte den Kopf und ging nach oben ins Bad. War dieser Traum eine Vision? Sollte ihm das was sagen? Warum sollte er sich selbst akzeptieren? Das tat er doch! Und soweit er das überblickte, versuchte er auch niemanden zu kopieren. Andere versuchten eher *ihn* zu kopieren. Eigentlich war er mit sich selbst doch ganz zufrieden. Na ja, abgesehen von seinem fehlenden Muskelpaket, aber das konnte ja noch kommen. Bei einem Blick in den Spiegel fiel ihm auf, dass er getrocknetes Blut unter der Nase hatte. Wie konnte das sein? Hatte er sich heute Nacht selbst geschlagen? Im Traum sozusagen mit sich selbst gekämpft?

Während er unter der Dusche stand, trat dieser Traum immer deutlicher in sein Bewusstsein. Was hatte das alles zu bedeuten? Man müsste mal einen Traumdeuter befragen. Oder einen Psychologen. Der hätte sicher seine wahre Freude an einem solchen Traum. »Akzeptiere dich selbst. Du bist nicht Simon Köhler.« Simon musste lachen. Und mit der heißen Dusche glitten die Angst und das unheimliche Erlebnis von heute Nacht wieder von ihm ab.

Das Brot, das seine Mutter ihm wie jeden Morgen geschmiert und wie seit fast fünfzehn Jahren auf sein »Bob der Baumeister«-Brettchen gelegt hatte, schlang er in weniger als einer Minute hinunter. Eigentlich hasste er es, dass er mit diesem Essbrettchen immer noch in die »Mein lieber kleiner Junge«-Schublade gesteckt wurde. Aber irgendwann hatte er beschlossen, dieses Kindergartenbrettchen gar nicht zu beachten, solange da immer noch ein geschmiertes Brot drauf lag. Er befürchtete, wenn er mal über das Essbrettchen meckern würde, würden auch die geschmierten Brote wegfallen. Auf diesen morgendlichen Luxus wollte er nicht verzichten, und so ließ er seine Mutter in dem Glauben, er freute sich noch über dieses beknackte Brettchen.

Wie jeden Morgen saß seine Mutter am Esstisch mit einer Kaffeetasse in der Hand vor ihren eigenen geschmierten Broten und wartete mit dem Essen, bis Simon in die Küche kam. Dann hatte sie immer den »Willst du denn gar nicht mehr mit mir zusammen frühstücken?«-Blick drauf, sagte aber nie etwas dazu. Und weil sie nichts sagte, brauchte Simon auch nicht zu antworten. Er verzichtete aber darauf, ihr durch einen allzu freundlichen Blick Hoffnung darauf zu machen, dass er jemals wieder wie zu Kindergartenzeiten gemeinsam mit ihr frühstücken würde. Zeitgleich mit Simons erstem Biss in sein Brot biss auch die Mutter in ihr Brot. Das schien ihr das Gefühl zu geben, die beiden würden doch noch zusammen frühstücken. Das müsste echt mal einer erforschen, was da in so einem verdrehten Mutterkopf alles vor sich ging. Für normale Menschen kaum nachvollziehbar. Als die Mutter das zweite Mal in ihr Brot biss, hatte Simon bereits das komplette Frühstück in den Mund geschoben, gekaut und runtergeschluckt.

»Geht's dir wieder besser?«, fragte sie besorgt.

Simon hatte sich die Schultasche über die Schulter geworfen und war schon bei der Tür. Aber dann drehte er sich doch noch mal um und fragte vorsichtig: »Wieso?«

»Na ja, ich meine nur. Weil du gestern so … so komisch warst. So aufgeregt und durcheinander.«

Woher wusste sie das denn? Hatte sie etwa was mitgekriegt? Nur weil er kurz im Wohnzimmer nachgeschaut hatte, ob sie noch lebten? Hallo? »Es ist alles in Ordnung«, sagte er knapp.

»Ja, das hast du gestern auch gesagt«, sagte die Mutter und hatte ihren besorgten »Du-hast-doch-was-mein-Kind«-Blick aufgelegt.

»Echt? Hab ich das?« Wann sollte er das gesagt haben? Manchmal hörten Mütter auch Sachen, die sie gerne hören wollten, die aber nie jemand gesagt hatte.

»Alles in Ordnung«, sagte er noch mal.

»Und mit wem hast du da so laut geredet?«, fragte sie dann noch.

Jetzt stockte Simon erst recht. »Geredet? Mit wem denn?«

»Das weiß ich ja nicht. Es klang so, als hättest du dich mit jemandem gestritten.«

Simon schluckte. Jetzt wurde die Sache langsam unheimlich und er wollte das hier lieber nicht vertiefen. »Ich glaub, ich hab im Schlaf gesprochen. Nix Schlimmes.« Und damit ging er zur Küche hinaus und ließ die Mutter mit ihrem Brot dort sitzen.

Kurz nachdem er an der Bushaltestelle angekommen war, kam auch sein Kumpel Jan dazu.

»Du hast dich aber beeilt«, sagte Jan zur Begrüßung.

»Beeilt? Wieso?«

»Na ja, dass du so schnell deine Schultasche geholt und was Sauberes angezogen hast.«

Was sollte denn der Mist jetzt? Machte er sich über ihn lustig? War er sonst zu langsam und zu dreckig? Gefielen ihm seine Klamotten nicht?

»Guck dich doch selber mal an«, brummte er nur.

»Halt's Maul«, gab Jan zurück. Damit war ihre Unterhaltung vorerst beendet.

Der Bus kam. Während Simon einstieg, sah er, dass von weit hinten noch jemand angerannt kam. Der würde den Bus sicher nicht mehr kriegen. So ein Idiot. Früher aufstehen, konnte man da nur sagen. Simon und die anderen wurden im Gang des Busses nach hinten gequetscht. Der Bus rollte an. Durch das Fenster konnte Simon sehen, wie der Typ, der den Bus noch kriegen wollte, wie ein Verrückter rannte. Fast war er auf Höhe des Busses, aber zum Mitfahren war es leider zu spät. Einen kurzen Augenblick schaute er von draußen in den Bus hinein und traf dabei zwischen all den Fahrgästen zielsicher Simons Blick. Im nächsten Moment wurden Simons Knie weich und er musste sich an den benachbarten Sitzen festhalten. Da draußen war der Typ aus seinem Traum gelaufen! Er selbst! Sein Gegenüber, sein anderes Ich!

»Da!«, entfuhr es ihm. »Jan, hast du den gesehen, der da neben dem Bus hergelaufen ist?«

»Nein.«

»Mist!« Simon bekam Schweißausbrüche. Verfolgte ihn etwa sein eigener Schatten?

Jan schien sich über nichts zu wundern oder er war noch sauer wegen der Bemerkung vorhin. Er schaute demonstrativ in einc andere Richtung. Simon hielt sein Handy in die Höhe, um ein Foto von dem Typ da draußen zu machen. Aber dafür war der Bus schon zu weit weg.

In der Schule lief eigentlich alles ganz normal. Hin und wieder blickte sich Simon in alle Richtungen um, ob seine Geistererscheinung noch mal zu sehen war. Aber sie blieb verschwunden. Simon hoffte, dass der Spuk damit ein für alle Mal ein Ende hatte.

Im Biounterricht saß er so, dass er die ganze Stunde über Nadja anschauen konnte. Die war echt der Hammer. Schulterlange, blonde Haare, die ihr, wenn sie den Kopf nach vorne beugte, immer seitlich über das Auge fielen. Wenn sie dann ihren Kopf wieder nach oben richtete und mit einem Finger die Haare aus dem Gesicht strich, hatte sie dabei einen Augenaufschlag unter ihren dunklen, schmalen Augenbrauen, dass Simon jedes Mal fast verrückt wurde. Wenn sie dabei auch noch zufällig in seine Richtung sah und er in ihre dunkelblauen Augen schauen konnte, hatte Simon das Gefühl, beinahe ohnmächtig zu werden.

Die halbe Schulzeit über war sie damit beschäftigt, Zeichnungen in ihrem Collegeblock anzufertigen. Meistens mit Bleistift, manchmal mit Buntstiften. Der Blick, den sie beim Zeichnen draufhatte, hatte auch so was Umwerfendes, dass er ihr stundenlang dabei zuschauen könnte. Leider zeigte sie niemals ihre Zeichnungen. Zumindest ihm nicht. Wahrscheinlich hatte sie Angst, dass er sich darüber lustig machte. Dabei würde er das niemals wagen. Wenn er auch die ganze Klasse durch den Kakao ziehen würde – Nadja niemals. Einmal hatte Nadja wegen irgendwas den Klassenraum verlassen müssen und ihr Block hatte offen dagelegen. Da war Simon einfach mitten im Unterricht aufgestanden, um sich die Zeichnungen anzuschauen, die gerade auf der aufgeschlagenen Seite zu sehen waren. Und durch das, was er da gesehen hatte, wurde ihm so ein warmer Stich in die Magengrube versetzt, dass er sich gleich noch mal doppelt so viel in sie verknallt hatte. Da waren ein Pferdekopf und ein Sonnenuntergang – okay, das war kitschig – aber aus Nadjas Stift einfach traumhaft. Aber das Krasseste war die Zeichnung eines Mädchenportraits. Niemand Bestimmtes, einfach ein Gesicht, dessen Augen den Betrachter direkt anschauten. Alles an diesem Gesicht war perfekt, die weichen Züge, die Lippen, die Haare – aber die Augen waren mit der größten Sorgfalt gezeichnet. Diese Augen strahlten so viel Liebe aus, dass Simon beim Anschauen das Gefühl hatte, er könnte diesem Mädchen direkt in die Seele schauen. Und als loderte in dieser Seele ein Feuer, das nach draußen dringen wollte. Wahnsinn.

Seitdem versuchte er alles, um Nadja für sich zu gewinnen. Aber sie schien sich nicht die Bohne für ihn zu interessieren und das ärgerte ihn. Denn in der Klasse gab es mindestens fünf Mädchen, die gern mit Simon zusammen wären, aber die fand er überaus langweilig. Nadja hatte etwas Geheimnisvolles. Im Gegensatz zu allen anderen hielt sie seinem Blick stand, selbst wenn er nicht nach drei Sekunden Augenkontakt wegschaute.

Eines der Geheimnisse, warum Simon ein Sieger war, lag in seiner Disziplin, die er sich selbst beigebracht hatte und in der ihn niemand schlagen konnte: im »Augenfechten«. Wenn jemand ihm frech kam oder eine dumme Bemerkung machte, dann brauchte Simon ihn nur lange, kühl und überlegen anzuschauen und zu grinsen. Nach spätestens drei bis fünf Sekunden schaute der andere woanders hin und Simon hatte die Runde gewonnen. Und sein Gegenüber muckte danach meistens auch nicht mehr auf. Damit fühlte sich Simon allen in der

Klasse überlegen. Auch den Lehrern. Bloß Nadja nicht. Und das machte ihn rasend. Nadja war nicht nur charakterstark und konnte wahnsinnig gut zeichnen, sie war obendrein auch noch wunderschön und schlank, aber sie zeigte ihre weibliche Figur fast nie. Meistens trug sie weite Kapuzenpullover. Die ganze Biostunde stellte er sich vor, wie sie wohl ohne den Pulli aussehen würde.

»Simon!«, ermahnte ihn plötzlich Herr Brandt, der Biolehrer.

Simon schreckte hoch: »Ja?«

»Träum nicht, pass lieber auf.«

»Ich hab aufgepasst.«

»Aha?« Herr Brandt verschränkte siegessicher die Arme vor der Brust und schaute Simon in die Augen: »Was waren noch gleich die Unterschiede von Prokaryoten und Eukaryoten?«

Dieser Schwachmat von einem Lehrer. Dachte wohl, jetzt hätte er ihn drangekriegt. Aber nicht mit Simon. Simon konnte träumen und zuhören gleichzeitig. Zumindest konnte er das, was er in den letzten zwei Minuten gehört hatte, ungefiltert wieder abspulen: »Die Eukaryoten haben einen Zellkern und Zellorganellen, die Prokaryoten nicht. Außerdem sind die Eukaryoten zehnmal größer als die Prokaryoten.«

»Na gut.« Mehr Lob bekam Herr Brandt nicht über die Lippen, sonst hätte er zugeben müssen, dass er mal wieder verloren hatte. 1:0 für Simon. Wie immer. Aber Simon war noch nicht fertig: »Im Gegensatz zu den Prokaryoten gibt es noch die Vollidioten. Und das sind Einzeller wie Leon.«

Die ganze Klasse lag vor Lachen unter den Tischen und kriegte sich kaum mehr ein. Leon, der Volltrottel der ganzen Klasse, lachte natürlich nicht. Er saß in der hintersten Reihe, wurde rot und schaute angestrengt vor sich auf den Tisch. Jetzt war es Simon, der die Arme vor der Brust verschränkte und siegessicher die Augenbrauen nach oben zog. 2:0 für Simon. Und jetzt die letzte Runde: Augenfechten mit dem selbstbewussten Lehrer. Ohne zu blinzeln. Einundzwanzig, zweiundzwanzig, dreiundzwanzig – Herr Brandt grinste nicht mehr. Simon sah, wie er versuchte, noch mehr Autorität in seinen Blick zu legen. So was wie: »Wart's nur ab, Junge. Ich sitz hier am längeren Hebel.« Aber je mehr er versuchte, streng zu schauen, umso breiter und lässiger wurde

Simons Grinsen. Und das hatte eine ganz eindeutige Botschaft: »Du kannst mich mal!«

Herr Brandt hatte kapiert, dass Simon es auf ein Machtspielchen anlegte. Er hielt dem Blick nach wie vor stand und war dabei langsam bis genau vor Simons Tisch gekommen. Die anderen lachten immer noch. Brandt hob sein Kinn, bemühte sich um etwas Überlegenheit in seinem Blick und zischte leise: »Pass bloß auf, Freund.« Dann drehte er sich um und ging zur Tafel zurück. Damit hielt er sich wohl für den Gewinner. War er aber nicht. Dieses Weichei von einem Lehrer hatte verloren. 3:0 für Simon. Leider immer noch kein Sieg bei Nadja. Die kriegte man mit solchen Sprüchen und kleinen Lehrergefechten leider nicht rum. Als er zu ihr rüberschaute, war sie über ihren Collegeblock gebeugt und zeichnete irgendwas. Die Augen konnte er nicht sehen, weil ihre Haare wie ein Vorhang darüberhingen. Das schwächte den Sieg über Brandt direkt wieder ab.

In der großen Pause musste Simon irgendwas tun, um seinen Sieg über Herrn Brandt noch ein bisschen hervorzuheben. Hauptsächlich, um seinen Ärger über Nadjas Nichtlachen zu verdrängen. Die ganze Klasse war gerade dabei, die Räume zu wechseln. Laut grölend schlurfte er zusammen mit seinen Kumpels Benno, Konstantin und Julian von einem Gang zum anderen. Dabei erzählten sie sich Witze oder lästerten über die Lehrer und Schüler ab. Direkt vor Simon ging Leon. Er sah nicht nur aus wie ein Tollpatsch, er lief auch wie einer. Jeder Schritt so, als wären ihm die Schuhe zwei Nummern zu groß. Simon stieß Konstantin beim Gehen an und zeigte auf Leons Gangart. Konsti und die anderen kicherten und äfften Leons Gang nach. Und dann folgte Simons besonderes Kunststück: Er war super geschickt darin, anderen von hinten beim Gehen leicht, aber gezielt seitlich so gegen den Fuß zu treten, dass sie stolpern mussten und manchmal mehrere Schritte brauchten, um sich überhaupt wieder zu fangen und normal weiterlaufen zu können. »Gehfehler«, nannten sie das. Das wollte er beim Volltrottel Leon allen mal vorführen. Zack, ein leichter Tritt – und Leon stolperte so stark, dass er zuerst alles, was er vor sich in der Hand trug, in hohem Bogen von sich warf, dann mit rudernden Armen drei bis vier

Stolperschritte torkelte und schließlich mit einem furchtbaren Bauchplatscher voll auf die Nase fiel. Leider hatte Simon von hinten nicht gesehen, dass Leon für Frau Dinkel, eine andere Biolehrerin, ein Goldfischglas samt Fisch in der Hand trug, um es in irgendein Lehrerzimmer oder sonst wohin zu bringen. Jetzt flog das Glas quer durch den Gang, goss das Wasser samt Fisch über Frau Heidemann, die Schulsekretärin, aus, die ihnen gerade mit einem Stapel Aktenordner entgegenkam, knallte auf den glatten Kachelboden und schlitterte da noch ungefähr fünfzig Meter, bis es zwischen zwei Sechstklässlern zum Stillstand kam. Zum Glück blieb es ganz. Frau Heidemann ließ vor Schrecken sämtliche Ordner fallen und begann mit hektischen Bewegungen, den Goldfisch aus ihrem überdimensionalen Ausschnitt zu befreien. Leon lag auf der Schnauze und mindestens fünf weitere Schülerinnen waren von dem vorbeizischenden Fischglas so erschrocken, dass sie hinflogen, zur Seite sprangen oder ihre Sachen fallen ließen. Je mehr die Sekretärin von oben in ihrem Ausschnitt herumfingerte, umso tiefer rutschte der Fisch. Die Frau schrie hysterisch, als würde sie gerade unter der Bluse aufgefressen. Ungefähr hundert Schüler kamen von allen Seiten angelaufen, umringten und filmten das Schauspiel, bis endlich der Fisch nach langem Schütteln unten aus der Bluse herausfiel. Einer der Lehrer, der das mitbekam, hatte schon das Fischglas aufgehoben und in irgendeinem Klassenraum mit Wasser gefüllt. Jetzt hob er den Fisch vom Boden auf und warf ihn ins Wasser. Sofort schwamm der Fisch in einem Affentempo in seinem Glas im Kreis herum, als glaubte er, je schneller er im Kreis schwamm, umso mehr würde er vor Frau Heidemann abhauen können. Dämliche Fische.

Wenig später stand Simon vor dem Schuldirektor und musste sich einen endlos langen und lauten Vortrag anhören. Aber Simon behielt die Hände in den Hosentaschen und grinste den Direktor frech und überlegen an. Du kannst mir gar nichts, du Ochse, dachte er nur. Direktoren redeten nur, weil sie sich für wichtig hielten. Aber im Grunde hatten sie keine Ahnung. Am wenigsten von Schülern.

Als Simon zurück zur Klasse kam, stand Leon vor der Tür und schaute ihn ängstlich an. Simon beugte sich beim Betreten des Klassenzimmers langsam bis zu Leons Ohr vor, flüsterte ihm leise, aber deutlich »Opfer« zu und setzte sich in die letzte Reihe. Heute war er Gewinner auf der ganzen Linie.

Beim Mittagessen schaute seine Mutter ihn an, als käme er vom Mars. Simon wollte frech grinsen, wie ihm das bei allen Lehrern und Schülern gelang. Bei seiner Mutter gelang ihm das jedoch nicht. Wenn sie diesen Mutterblick draufhatte, könnte er einfach nur ausrasten. Da gab es nichts zu grinsen. Eine Weile versuchte er, ihren Blick zu ignorieren. Aber dann platzte es aus ihm heraus: »Was ist?«

»Ich mache mir Sorgen«, sagte sie vorsichtig.

»Es ist alles in Ordnung«, blaffte Simon, starrte auf das Handy neben seinem Essen und überprüfte die letzten Nachrichten. »Ich will einfach meine Ruhe haben. Ist das so schwer?«

»Aber du warst heute Morgen so seltsam. Und dann heute Nacht. Dass du so spät noch so lange draußen warst.«

»Reg dich ab!« Simon war lauter geworden, als er es sich vorgenommen hatte. »Ich war nur ganz kurz draußen, ich hab was nachgeschaut. Hab ich doch gesagt.«

»Ja, aber dann hast du gesagt, wir wollen ein andermal darüber reden.«

Jetzt musste sich Simon etwas mehr konzentrieren. Das hatte er letzte Nacht gesagt? Er hatte doch kaum ein Wort mit seinen Eltern gewechselt. Er fixierte seine Mutter mit einem scharfen Blick. »Wann hab ich das gesagt?«

»Heute Nacht. Als du mich in den Arm genommen hast.«

Jetzt hätte sich Simon fast an seinem Essen verschluckt. »Als ich *WAS* gemacht hab?!«

»Als du mich in den Arm genommen hast. Gestern Nacht. Als du völlig durchnässt wieder reingekommen bist.«

Die Sache wurde schon wieder unheimlich. »Das hast du geträumt.«

»Nein, ganz bestimmt nicht.«

»Bist du dir sicher, dass *du* noch ganz gesund bist?«

»Ja. Ganz sicher. Und heute Morgen hast du mich auch in den Arm genommen. Als du noch mal zurückgekommen bist und mich gefragt hast, welcher Tag heute ist.«

Das war zu viel. Simon sprang auf und schob mit lautem Krachen den Teller weg. »Du bist ja völlig krank im Hirn!«, schimpfte er. »Ich hab dich nicht in den Arm genommen! Ich weiß, welcher Tag heute ist! Heute ist der 2. April! Den ganzen Tag! Gestern – da war der 1. April! Da hättest du mich verarschen können! Aber nicht heute! Ich bin doch nicht bescheuert!«

Wütend rannte Simon die Treppe nach unten, nahm seine Jacke und verließ das Haus. »Ich bin bei Jan!«, brüllte er noch, bevor er die Haustür zudonnerte.

Entweder seine Mutter litt wirklich unter Wahnvorstellungen oder er selbst war nicht mehr ganz dicht. Der Traum vergangene Nacht. Dieser Typ im Garten. Derselbe Typ an der Bushaltestelle. Wie sollte das zusammenpassen? War er selbst, Simon Köhler, eine gespaltene Persönlichkeit? Konnte er an zwei Stellen gleichzeitig sein? Im Bus und draußen auf der Straße? Im Haus und im Garten? Konnten das Luftspiegelungen sein? Ein böser Engel, der ihn beobachten sollte? Ein Geist? Oder wollte ihn da jemand gründlich verarschen?

»Ich bin normal, ich bin normal, ich bin normal!«, sagte er laut vor sich hin, während er die Straße zu Jan entlangging.

In Jans Zimmer lag eine Matratze neben dem Bett, darauf eine Wolldecke und ein Sofakissen. So, als hätte er Übernachtungsbesuch gehabt.

»Hattest du Besuch?«, fragte Simon.

Jan musterte Simon, als hätte er sich verhört. »Ja, weißt du doch.«

»Nee. Wen denn?«

Jan runzelte irritiert die Stirn. Dann sagte er: »Einen durchgeknallten Landstreicher, bei dem ein Fremder im Bett lag.«

Simon lachte. So was Bescheuertes. »Ach so«, sagte er und fragte nicht weiter. Offensichtlich wollte Jan nicht darüber reden, wer hier zu Besuch gekommen war. Vielleicht hatte er ja eine Freundin. Egal. Ging ihn ja auch nichts an. Jan lachte auch und damit war das Thema beendet.

Sie zockten eine Weile auf Jans PC, aber dann nahmen sie sich vor, jeweils auf ihren eigenen Laptops gegeneinander zu spielen.

»Ich hol meinen schnell«, sagte Simon und machte sich auf den Weg nach Hause.

»Simon! Was machst du denn hier?«, fragte die Mutter, als sie ihm öffnete. Sie hatte schon wieder einen Blick drauf, als hätte sie einen Geist gesehen.

»Ich hab was vergessen«, sagte er knapp und ging direkt in sein Zimmer.

»Schon wieder?«, rief die Mutter ihm hinterher. »Ich dachte, du bist im Bad!«

Die Frau war echt krank, dachte Simon. Konnte man die überhaupt noch ernst nehmen? »Warum sollte ich denn im Bad sein?«, knurrte er nur kurz. »Ich hab doch gesagt, dass ich zu Jan wollte.«

Mit einem Griff hatte er seinen Laptop unter den Arm genommen und war schon bei der Zimmertür. Da stutzte er kurz und drehte sich in seinem Zimmer noch einmal um. War hier alles noch wie vorhin? Hatte hier jemand rumgewühlt? Fehlte hier was? Auf Anhieb fiel ihm nichts auf, das fehlen könnte. Trotzdem hatte er irgendwie das Gefühl, dass jemand hier gewesen war. Langsam ging er den Flur entlang bis zur Haustür. Was hatte seine Mutter gesagt? »Ich dachte, du bist im Bad.« Simon warf einen Blick nach oben Richtung Badezimmer und begann plötzlich zu schwitzen. Mist. Saß da etwa sein geheimnisvolles Gegenüber? Sein anderes Ich? Stand die finstere Seite von Simon Köhler vielleicht gerade unter der Dusche, während seine gute Seite ahnungslos durch den unteren Teil des Hauses lief? Langsam schlich er die Treppe nach oben und heftete seinen Blick auf den Türgriff. Einen Schraubenzieher hatte er nicht in der Hand. Aber einen Laptop. Damit konnte man jemandem super den Schädel einschlagen. Er hielt den Laptop wie einen Hammer über sich, während er mit der anderen Hand nach der Türklinke griff. Mit einem heftigen Schrei platzte er ins Badezimmer und war auf alles vorbereitet. Gespenster, Doppelgänger, Blut, Mörder, Psychopathen, Dämonen. Aber das Badezimmer sah aus wie immer. Und es war niemand drin.

Die Alte hat eine Schraube locker, dachte Simon, während er mit dem Laptop im Arm zu Jan zurücklief.

Am nächsten Morgen hatte Simon das Gefühl, als fehlte die Hälfte der Sweatshirts in seinem Schrank. Waren die immer noch in der Wäsche? Simon ärgerte sich. Er war sich sicher, dass sie gestern noch da gelegen hatten. Er wusste es: Seine Mutter wühlte in seinen Sachen! Eines Tages würde er sich bitter dafür rächen!

Im Bad fehlten sein Deo, sein Duschzeug, sein Haarspray, seine Zahnbürste und die Zahnpasta. Was war denn jetzt schon wieder los? Als er wütend seine Mutter darauf ansprach, konnte die sich das auch nicht erklären. Aber in einem der Schränke im Bad hatte sie all diese Sachen noch mal vorrätig. Merkwürdig war das trotzdem.

An diesem Morgen war sein Gesichtsdouble nicht an der Bushaltestelle. Wieder redete sich Simon ein, alles wäre in Ordnung. Hin und wieder versuchte er, im Unterricht die Aufmerksamkeit von Nadja auf sich zu ziehen, aber sie beachtete ihn zwei Stunden lang kein einziges Mal.

Als er zur ersten großen Pause aus seiner Klasse heraustrat, stand Herr Hofmann, ein Sportlehrer, mit einem Sechst- oder Siebtklässler im Flur. Die beiden schauten ihn an, als hätten sie auf ihn gewartet. Mit ausgestrecktem Arm zeigte der Junge auf Simon: »Der war's!«

»Was hab ich denn jetzt schon wieder gemacht?«, fragte Simon verärgert. Manchmal hatten sich die Lehrer auch ganz ohne Grund gegen ihn verschworen.

Ohne ein weiteres Wort ging Herr Hofmann auf Simon zu, packte ihn unsanft am Arm und zog ihn zur Seite. Dafür zeig ich dich an, du Penner, dachte Simon als Erstes. Aber dann überlegte er fieberhaft, um welche seiner letzten Aktionen es wohl gehen könnte. Ausnahmsweise war er sich keiner Schuld bewusst. »Jetzt bist du dran!«, knurrte Herr Hofmann.

»Was hab ich gemacht?«, rief Simon und befreite sich aus dem festen Griff des Lehrers.

»Du bist gesehen worden, wie du in den Umkleideräumen der Klasse 7b warst und die Schultaschen durchwühlt hast!«

»Was?!« Das war ja wohl der größte Witz, den Simon je gehört hatte. »Was soll ich gemacht haben?! Schultaschen durchwühlt? Von wem denn? Von dem da?« Er zeigte mit seinem Kinn verächtlich auf den blöden Pimpf, der wie ein Soldat neben seinem Lehrer stand.

»Von allen aus meiner Klasse!«, meldete der laut.

»Du spinnst ja wohl! Wann bitte soll ich das gemacht haben?«

»Eben gerade!«, quakte der kleine Idiot. »Während wir Sportunterricht hatten!«

»Was? Jetzt? Heute?«

»Ja!«

Na, das wäre ja wohl leicht zu widerlegen. »Benno, Julian! Kommt mal eben!«, rief er seine Kumpels herbei, die noch in der Nähe der Klassenzimmertür standen. Und als sie da waren: »Sagt, wo war ich die letzten zwei Schulstunden?«

Benno und Julian schauten sich verwundert an. »Hier bei uns natürlich. In der Klasse.«

»Wer kann das bezeugen?«, fragte Herr Hofmann.

»Die ganze Klasse«, sagte Simon. Endlich gewann er seine Sicherheit zurück, und er konnte beginnen, sein siegessicheres Grinsen aufzulegen.

Herr Hofmann und der Schüler schauten sich kurz an. »Er war's aber«, sagte der Schüler, »ich schwör's!«

»Ich war die ganze Zeit in der Klasse und bin kein einziges Mal rausgegangen«, sagte Simon und verschränkte seine Arme, »das muss ich nicht schwören, denn alle aus meiner Klasse und meine Lehrerin können das bezeugen! Kauf dir mal 'ne neue Brille, Kleiner!« Damit ging er mit Benno und Julian auf den Schulhof und ließ seine Ankläger mit großen Augen zurück. Aber sosehr sich Simon auch bemühte, mit den anderen darüber zu lachen – irgendwie bereitete es ihm ein komisches Gefühl im Bauch. Gab sich da jemand als Simon aus und verbreitete in seinem Namen Unruhe? Klaute der auch Zahnbürsten und Duschgel? Verrückt, verrückt.

Als Simon in der nächsten Unterrichtsstunde – Musik – durch die Klasse spazierte, um etwas in den Mülleimer zu werfen, erblickte er im

Vorbeigehen ein Kuscheltier in Leons Schulranzen. Einen Frosch aus Stoff, der ein rotes Band um den Hals gebunden hatte. War Leon noch ein kleines Baby? Der Frosch steckte so im Ranzen, dass ihn eigentlich niemand sehen sollte. Aber Simon hatte ihn gesehen. Langsam bewegte er sich auf Leon zu, zog mit einem Griff den Frosch an seinem Halsband heraus und hielt ihn für alle sichtbar in die Luft: »Oh, was haben wir denn da? Einen Frosch, quak, quak!«

Alle drehten sich um und lachten. »Gib ihn her«, bat Leon und hatte schon wieder etwas Weinerliches in der Stimme.

»Sag lieb ›bitte, bitte‹ zu Onkel Simon«, grinste Simon.

Da passierte etwas Merkwürdiges. Leon verlor plötzlich seinen weinerlichen Blick. Er stand von seinem Platz auf, stellte sich direkt vor Simon auf und sagte: »Simon, denk dran. Du willst das Böse nicht tun. Du kannst dich noch bremsen.«

Mit allem hätte Simon gerechnet, aber mit so einem Anflug von Selbstbewusstsein von dem Trottel Leon nicht. Fast hätte er den Frosch fallen lassen, aber er ließ sich nichts anmerken: »Was ist los? Bist du unter die Psychiater gegangen?«

»Simon. Ich weiß, du erinnerst dich nicht. Aber ich erinnere mich. Und ich weiß, dass du das Böse eigentlich nicht tun willst.«

»Was laberst du für einen Müll?« Simon grinste. »Ich *bin* das Böse! Und natürlich will ich das Böse tun!«

Leon redete leiser, aber eindringlich: »Nein, Simon. Du bist das Opfer.«

Das war zu viel. »Was?«, plärrte Simon durch den ganzen Klassenraum, sodass selbst Frau Lenz, die Musiklehrerin, aufhörte, mit den Schülern der ersten Reihe Unterricht zu machen. »Ich bin das Opfer?! Das wollen wir ja mal sehen!« Er packte den Frosch an einem Bein, ließ ihn wie ein Lasso über seinem Kopf kreisen und schleuderte ihn dann quer durch den Klassenraum, sodass er neben der Tafel im Waschbecken landete. »Hol ihn dir, du Opfer!«

»Simon«, sagte Frau Lenz so streng, wie es einer überforderten Musiklehrerin möglich war, »lass deine Stofftiere zu Hause.«

»Es ist nicht meins«, rief Simon durch die Klasse. »Es ist der Quakfrosch vom Froschgesicht Leon!«

Unter dem Gelächter der halben Klasse trabte Leon nach vorne und fischte seinen Frosch aus dem Waschbecken.

Am Mittag nach der Schule stand Simon mit einer kleinen Gruppe Jungs vor dem Haupteingang und beobachtete die Mädchen, die rauskamen. Einigen, die gut aussahen, pfiffen sie hinterher. Anderen, die nicht gut aussahen, riefen sie Beleidigungen zu. Da kam Nadja mit ihrer Freundin Steffi raus. Konstantin pfiff ihr hinterher, aber Simon brachte keinen Ton raus. Er bemühte sich, nicht rot zu werden, und nahm sich vor, endlich mal einen Vorstoß in Richtung Nadja zu wagen. Er gab sich einen Ruck und ging auf sie zu. »Na, was machst du heute Nachmittag?«, fragte er so lässig wie möglich.

»Lernen«, antwortete Nadja, ohne stehen zu bleiben.

Simon hielt mit ihr Schritt. »Und morgen?«

»Weiß ich noch nicht.«

»Lust, was zu unternehmen?«

Nadja blieb nicht stehen, aber sie drehte ihren Kopf so Simon zu, dass ihre Haare kurz ihren Blick freigaben. Simon musste sich zwingen ruhig zu bleiben, um keine weichen Knie zu bekommen. »Was denn?«, fragte sie.

»Keine Ahnung. Schlag du was vor.«

Nadja ging langsamer. Sie schaute zu Steffi auf der anderen Seite und drückte ihre Schultasche noch etwas fester unter ihren Arm. »Ich glaub nicht, dass das eine gute Idee wäre.«

»Donnerstag?«, versuchte es Simon weiter.

Nadja überlegte kurz, dann lächelte sie auf geheimnisvolle Weise. »Donnerstag kannst du kommen.«

Wieder musste Simon sich zurückhalten, um nicht auf der Stelle in Ohnmacht zu fallen oder einen Purzelbaum zu schlagen. So normal wie möglich sagte er: »Echt? Zu dir?«

»Donnerstagabend bin ich im Teentreff. Da können alle hinkommen.«

Ach so. Seine Aufregung legte sich direkt wieder. Eine Veranstaltung. Aber immerhin. Sie ging hin, also könnte er auch hingehen. »Teentreff? Was ist das?«

»Ein Treffen für Teens. Wir singen, wir reden über die Bibel, wir machen noch andere Sachen. Manchmal gehen wir kegeln, manchmal schauen wir einen Film oder wir sitzen einfach da und unterhalten uns.«

Die zweite Hälfte von dem, was Nadja gerade gesagt hatte, bekam Simon schon gar nicht mehr mit. Er hatte nur »singen« und »Bibel« gehört, da war ihm schon schwarz vor Augen geworden. Singen??? Welcher normale Mensch unter fünfzig traf sich zum Singen??? Und Bibel?? Simon hatte im Reli-Unterricht schon mal in einer Bibel lesen müssen, und zwar unter Aufsicht eines Pfarrers, der zwischen 100 und 200 Jahre alt war. »Die Bibel ist in heutigem Deutsch«, hatte er stolz angekündigt, bevor er sie ausgeteilt hatte. Aber was er dann gelesen hatte, klang trotzdem nicht viel »heutiger« und »deutscher« als Lessing oder Goethe. Alles alt, überzogen, moralisch und vor allem langweilig. So wie der glatzköpfige Pfarrer, der das alles »sehr interessant« fand. War ja auch logisch, denn Pfarrer mussten das ja interessant finden, immerhin war es ihr Beruf. So wie die Klofrau ihre Klos interessant finden musste und die Erzieherin ihre Kindergartenkinder. Aber Nadja??? Wollte sie Pfarrerin werden? Für einen Augenblick wollte er schon stehen bleiben und Nadja ihrem Schicksal überlassen. Aber dann siegte doch der Eroberungsdrang. Simon war ein Eroberer und so schnell wollte er Nadja nicht aufgeben. Vielleicht könnte er sie ja aus den Klauen der Singe-und-Bibel-Teens befreien.

Nadja bemerkte den irritierten Blick von Simon, denn er hatte nun bereits länger als drei Sekunden nichts mehr gesagt. »Schockt dich das?«, fragte sie.

»Nein, nein, ganz und gar nicht«, tönte Simon laut. »Ich meine … ich muss zugeben, dass ich dich nicht so auf Anhieb mit … ähm … Bibel und so … in Verbindung gebracht hätte, aber … ich find's cool, echt. Bibel kann doch auch … also … sehr interessant sein … besonders, wenn sie … ähm … im heutigen Deutsch ist …«

»Gib dir keine Mühe«, sagte Nadja, grinste und schaute ihn mit ihrem typischen Augenaufschlag an, der ihn zum Zittern brachte, »ich weiß doch, wie du über die Bibel denkst.«

»Ach so. Na ja. Also, nee, ich meine … man kann ja auch dazulernen.«

»Also, wenn du willst, dann komm doch einfach. Ich würde mich freuen.« Nadja und Steffi waren bei ihren Fahrrädern angekommen, öffneten ihre Schlösser und packten die Taschen in den Fahrradkorb.

Nadja würde sich freuen! Simon hatte das Gefühl, einen Kopf wie Erdbeereis zu bekommen. Aber er tat weiterhin gelassen: »Ja, gut. Ich überleg's mir.«

Nadja lächelte ihn kurz an, und zwar so, dass sich Simon schon beinahe sicher war, Donnerstagabend kämen sie zusammen. Dann schwang sie sich aufs Fahrrad und fuhr mit Steffi davon.

Die nächsten Tage waren erstaunlicherweise so normal wie immer. Kein Verfolger, kein Traum, keine falschen Verdächtigungen. Sollte der Spuk endlich vorbei sein?

Am Donnerstagabend warf sich Simon in Schale und machte sich auf den Weg in Richtung Teentreff. Er hatte Jan so lange bequatscht, bis der sich hatte breitschlagen lassen mitzukommen. Allein wäre Simon da nie im Leben hingegangen. Allein unter Bibellesern – das wär ja schon ein super Titel für einen Horrorfilm.

Außer Nadja und Steffi waren noch etwa sechs andere Mädchen da, die Simon höchstens vom Sehen kannte. Brav, unauffällig, belanglos. Manche sogar mit Haarspange, als kämen sie aus einem amerikanischen Fünfziger-Jahre-Film. Außerdem drei Jungs, die Simon noch nie gesehen hatte. Der eine von ihnen hatte jetzt schon – mit höchstens 15 – eine Frisur wie ein Pfarrer: viel zu lange, lockige Haare, die wild in alle Richtungen abstanden, und dazu einen Rollkragenpullover. Die zwei anderen sahen ganz normal aus. Viel zu normal für so einen Bibelkreis. Bestimmt waren sie totale Versager, sonst würden sie doch nicht in so eine Bibellesegruppe gehen!

Alle saßen in einem Raum mit einer drei Meter hohen Zimmerdecke. An den Wänden entlang waren Ikea-Sessel im Kreis aufgestellt, die so tiefe Sitzflächen hatten, dass Simon beim Hinsetzen direkt an seine früheste Kindheit erinnert wurde: Er hatte als Kind mal auf der Toilette das Gleichgewicht verloren und war nach hinten mit dem Po nach unten ins Klo gerutscht. Und zwar so richtig bis unten hin, seine Beine standen senkrecht in die Luft und die Klobrille umrundete seine Brust. So hatte er eine Viertelstunde festgesteckt und geschrien, bis seine Mutter ihn endlich dort gehört und gefunden hatte. Genauso fühlte er sich jetzt, als er sich in diesen Sessel plumpsen ließ. In der Mitte des Raumes waren ein paar kleine Tische, auf denen Knabberzeug stand, an das man aber nicht drankam, ohne sich mit Schwung aus seinem

Sessel zu heben und dadurch Gefahr zu laufen, mit einem Bauchplatscher auf dem Tisch zu landen. Jan steckte in seinem Sessel genauso unbeholfen wie Simon damals auf dem Klo. Als Simon das sah, musste er lachen. Und Jan lachte mit, obwohl er sicher nicht wissen konnte, worüber Simon lachte.

Mit in der Runde saßen drei Erwachsene – oder solche, die es mal werden wollten. Der eine hieß Bernd und war wohl so was wie der Chef. Auf seinem Schoß hielt er eine Gitarre – das sichtbare Zeichen dafür, dass sie hier gleich wirklich singen würden. Eine hieß Susanne, aber die anderen nannten sie Susi. Allein zu diesem Namen wären Simon mindestens fünf Witze eingefallen. Die Dritte hieß Maja und hatte auch ungefähr eine Figur wie Biene Maja und Willi zusammen. Nur das gelb-schwarze Kostüm und die Flügelchen fehlten. Die Betreuer begrüßten Simon und Jan so freundlich, als hätten die beiden gerade einen Mitgliedsvertrag auf Lebenszeit unterschrieben. »Erst mal ein bisschen gucken«, hatte Simon gesagt und sein alles übertrumpfendes Grinsen aufgelegt.

»Klar«, hatte Susi geantwortet.

Die Runde begann tatsächlich mit Gesang. Die Betreuer hatten Liederhefte ausgeteilt. Bernd begleitete die Lieder, wie schon befürchtet, auf seiner Gitarre, die anderen Betreuerinnen sangen tapfer mit. Die Teilnehmer piepsten und brummten ein paar Töne vor sich hin. Das wirkte aber so, als quälten sie sich nur den Betreuern zuliebe da durch. Simon verstand von den Liedern nichts. Die Texte waren auf Englisch. Simon konnte kein Englisch, zumindest nicht das, was hier gesungen wurde. Manchmal kam »Halleluja« drin vor. Das deutete er als Zeichen dafür, dass man hier kirchliche Lieder sang.

Simon schaute nicht in sein Heft, sondern richtete sein Augenmerk auf die einzelnen Leute in der Runde. Warum um alles in der Welt saßen die hier? Was trieb einen normalen Jugendlichen in so einen Raum, in dem man in solchen Sesseln saß und sich durch biblische Gesänge quälte? Welchen Mehrwert hatte jemand davon, der nicht ausschließlich hinter Nadja her war? Oder waren die Jungs hier alle hinter Nadja her? Dieser Nachwuchspfarrer garantiert nicht. Der wusste mit Sicherheit noch nicht einmal, dass es auf dieser Welt auch Mädchen gab. Die beiden anderen Jungs? Könnte sein. Oder sie hatten andere Mädchen hier im Kreis, auf die sie scharf waren, auch wenn keins von denen wirklich scharf aussah. Und die Mädchen? Warum waren die hier? Sangen die gern? Konnte nicht sein, sonst hätten sie nicht so erbärmlich vor sich hin gepiepst. Waren sie Gefangene einer Sekte? Mussten die hierherkommen, um sich die nächste Haarspange zu verdienen? Schließlich Nadja. Warum war die hier? Sie sah gar nicht so biblisch aus. So kirchlich. So christlich. War das hier so eine Art Selbsthilfegruppe für Leute, die ihr Leben nicht allein auf die Reihe kriegten? Mussten die sich Bibeltexte im »heutigen Deutsch« vorlesen, um sich vor so bösen Menschen wie Simon zu schützen? Simon fand das alles sehr merkwürdig.

Das Tollste aber war: Hier in diesem Saal saß Simon direkt neben Nadja. Nadja sah selbst in diesen Kloplumpser-Sesseln umwerfend aus. Sie war in ihr Liederheft vertieft und hatte ihre linke Hand auf der Armlehne liegen. Simon hätte seine rechte Hand nur ein bisschen nach rechts verschieben müssen, dann hätten sich ihre Hände berührt. Allein diese Vorstellung bereitete ihm Herzklopfen. Zwischendurch, als er sie von der Seite anschaute, blickte sie vorsichtig von ihrem Heft hoch und schielte in seine Richtung. Simon gelang ein charmantes Lächeln, das er selbst für besonders umwerfend hielt. Nadja lächelte auch und schaute wieder in ihr Heft. Simon schloss die Augen und versuchte, sich dieses Bild eines kurzen Lächelns für allezeit abrufbar in sein Herz zu brennen.

Nach der Gesangseinlage las die Biene Maja etwas aus der Bibel vor und hielt eine kleine Predigt dazu. »Gott hat jedem Menschen eine Ahnung für das Ewige ins Herz gelegt«, las sie vor. »Aber es ist dem Menschen unmöglich, das Universum und alles, was Gott gemacht hat, vollständig zu erklären und zu begreifen.« Simon schielte zu Jan rüber. Ob er das alles auch ziemlich fremd und beklemmend fand? Simon fand nicht, dass er eine Ahnung für das Ewige im Herzen hatte. Er hatte Nadja im Herzen. Und so langsam keimte in ihm eine Ahnung auf, dass Nadja ihn auch mögen könnte. Aber alles andere – das Universum begreifen … was sollte das? Simon hatte zu Hause ein Weltraumbuch, das er als Kind schon tausendmal gelesen hatte. So schwer war das gar nicht zu begreifen. Manche Leute machten sich Probleme und Schwierigkeiten, die total überflüssig waren.

Für den Rest des Abends hatte jemand Spiele vorbereitet, bei denen Simon dachte, er wäre im Kindergarten gelandet. Aber alle machten mit, auch die Haarspangenträgerinnen, der Mini-Pfarrer und die unauffälligen Jungs. Sogar Susi und Maja waren sich nicht zu schade dafür, irgendetwas pantomimisch vorzuführen oder aufzumalen. Simon bemühte sich, so zu tun, als würde ihm dieser Kindergeburtstag Spaß machen. In Wirklichkeit hoffte er nur auf Pluspunkte bei Nadja. Und das hier waren echt sauer verdiente Punkte!

Als der Abend zu Ende war und Simon und Jan schon in der Tür standen, sagte Bernd, der Gitarrenspieler: »Schön, dass ihr da wart. Wenn ihr wollt, kommt doch nächste Woche wieder.«

»Ja, ich fand's auch schön bei euch«, gab Simon zurück. Hauptsächlich wegen Nadja. Aber das musste der Musik-Bernd ja nicht wissen. »Vielleicht kommen wir noch mal.« Er schielte zu Nadja rüber und fragte: »Dürfen wir?«

»Klar«, antwortete Nadja, ohne rot zu werden, aber irgendwas in ihrem kurzen, scheuen Blick verriet, dass sie auch ein bisschen aufgeregt war. Etwa seinetwegen?

Stundenlang lag Simon in dieser Nacht wach im Bett und betrachtete vor seinem inneren Auge all die Bilder von Nadja, die er an diesem Abend gesammelt hatte. Nadja – bald gehörst du mir!

Als Simon am Samstagabend nach einem langen Zockertreffen von Jan zurückkam und sein Zimmer betrat, fiel sein Blick als Erstes auf ein großes, weißes Blatt Papier auf seinem Schreibtisch. Jemand hatte mit großen Buchstaben darauf geschrieben: »Simon, du weißt es: Helge Schürmann wird bewusstlos auf dem Fußballplatz zusammenbrechen.« Simon schaute sich unsicher im Zimmer um. Was hatte denn das zu bedeuten? Von wem war das? Helge Schürmann – das war einer der Nationalspieler der deutschen Fußballmannschaft. Wieso sollte der bewusstlos zusammenbrechen? Was sollte der Blödsinn? Sofort zog Simon sein Handy raus und fragte in einer der WhatsApp-Gruppen: »Ist Helge Schürmann krank?«

Gleich vier Antworten auf einmal: »Nö.« – »Wieso?« – »Schürmann ist in Topform.« – »Schürmann spielt morgen gegen Italien.«

Simon googelte Helge Schürmann im Internet. Keine Anzeichen für eine Krankheit. Er rief Jan an und fragte ihn, ob er wüsste, was das zu bedeuten hätte. Jan wusste es auch nicht. Letzter Versuch: seine Eltern. In den letzten Tagen hatte seine Mutter aufgehört, ihn zu löchern, was denn mit ihm los wäre. Das war schon mal gut. Jetzt legte er ihnen den Zettel vor: »Ist der von euch?«

»Das ist doch deine Handschrift«, sagte die Mutter.

»Quatsch.« Simon sah sich den Zettel näher an. Konnte das sein? Er hatte das aber nicht geschrieben. Oder hatte er Bewusstseinsstörungen und tat in Traumphasen Dinge, an die er sich später nicht mehr erinnern konnte?

»Hast du was gegen Schürmann?«, fragte sein Vater, der von seinem Sofa aus nur mal kurz auf den Zettel geschaut hatte.

»Natürlich nicht.«

Simon ging wieder nach unten in sein Zimmer und warf den Zettel in den Papierkorb. Jemand will mich verarschen, dachte er. Aber ich lass das nicht mit mir machen.

Am Sonntagabend im Länderspiel Deutschland gegen Italien passierte es: In der 75. Spielminute brach Helge Schürmann aus unerklärlichen Gründen mitten im Laufen zusammen. Bewusstlos. Das Spiel wurde unterbrochen, alle Welt regte sich auf, Sanitäter versuchten ihn zu Bewusstsein zu bringen. Schließlich wurde er mit einem Hubschrauber ins Krankenhaus gebracht. Für den restlichen Abend gab es im Fernsehen kein anderes Thema.

Simon saß wie versteinert vor dem Fernseher. Er hatte sich das Spiel im Wohnzimmer zusammen mit seinen Eltern angesehen. Aber das jetzt – das überstieg seine Vorstellungskraft.

Sein Vater beugte sich von seinem Sessel zu ihm rüber: »Woher wusstest du das denn gestern?«

»Ich wusste das nicht.« Simon wurde schlecht.

»Stand doch auf deinem Zettel, oder nicht?«

»Ich hab das aber nicht geschrieben.«

»Klar hast du das«, warf seine Mutter ein und setzte sofort wieder ihr besorgtes Gesicht auf. »War doch deine Schrift.«

»Ich hab das nicht geschrieben!«, schimpfte Simon laut, stand auf und verließ das Wohnzimmer.

»Ist das auch die Pubertät?«, fragte seine Mutter noch. Auf diese Frage musste er wohl nicht antworten. Nervige Mütter!

In der WhatsApp-Gruppe brach sofort ein Sturm los: »Simon, du hast doch gestern gefragt, ob Schürmann krank ist!« – »Simon, wusstest du das etwa schon?« – »Simon, welche Informationen hast du, die wir nicht haben?« – »Simon, wann wird Schürmann wieder gesund?«

Simon antwortete nicht darauf. Er schaltete sein Handy auf Stumm und beschloss zu schlafen. Vorher kramte er den Zettel mit der Vorhersage noch mal aus dem Müll. Klarer Fall: »Helge Schürmann wird bewusstlos auf dem Fußballplatz zusammenbrechen.« Wer konnte das wissen? Aber dann erbleichte Simon, als er noch mal auf das Blatt schaute. Unter der Vorhersage stand jetzt dick und fett: »Siehste?«

Langsam und verängstigt schaute sich Simon in seinem Zimmer um. Wer war da? Was war hier los? Das ging doch alles nicht mit rechten Dingen zu! Simon ging ins Bett, schaltete das Licht aus und zog sich für den Rest der Nacht die Decke über den Kopf.

Die ganze Woche über ging das in dieser Art weiter. Am Montag kam Simon während einer Fünfminutenpause vom Klo zurück und fand einen Zettel in seiner Schultasche, der vorher garantiert nicht darin gesteckt hatte. Als er ihn auseinanderfaltete, stand da dick drauf: »Helge Schürmann erholt sich nicht mehr. Er bleibt bewusstlos bis zu seinem Tod.«

»Wer hat mir den da reingesteckt?«, fragte er wütend die anderen, die drum herum saßen, und zeigte ihnen, was auf dem Zettel stand. Aber die anderen grinsten frech und geheimnisvoll, zogen die Augenbrauen hoch und sagten: »Pssst! Nichts verraten!«

»Ihr Säcke!«, fuhr Simon sie grob an. »Findet ihr das lustig?«

»Nein, du findest das wohl lustig«, sagte da Konstantin ärgerlich. »Mach deinen Scheiß allein.« Damit drehte er sich wieder seinem Tisch zu, und auch die anderen hörten auf, miteinander zu quatschen.

Was sollte denn die Scheiße wieder? Na gut, dass Schürmann sich nicht mehr erholen würde, war jetzt nicht so die Wahnsinns-Vorhersage. Die konnte sich wirklich einer von den anderen ausgedacht haben. Und wenn der Fußballer in den nächsten Tagen und Wochen wieder gesund würde, dann wäre ja klar, dass dieser Tipp nur ausgedacht war. Trotzdem konnte er nicht anders, als während der nächsten Stunde leise Jan zu fragen: »Jan, jetzt sag mal ganz im Ernst: Wer war das? Wer hat mir den Zettel in die Schultasche gesteckt?«

»Ey, was laberst du für eine Scheiße?«, zischte Jan zurück. »Das warst du selber, das weißt du doch! Wieso machst du das und fragst uns nachher, wer das war? Hältst du uns für bescheuert?«

So, wie Jan sich aufregte, schien er das wirklich zu glauben. »Aber ich war das nicht, Mann! Ich war auf'm Klo! Und als ich wiederkam, lag der Zettel in meiner Tasche! Das muss einer von euch gewesen sein!«

»Ey, lass mich in Ruhe, Alter!« Jetzt wurde Jan richtig wütend. »Ist dein Gehirn kaputt oder was? Du bist raus aufs Klo, kamst wieder rein, hast den Zettel in die Tasche getan, hast noch geflüstert: ›Psst, nicht verraten‹, bist wieder raus, dann kamst du wieder rein und hast Stress gemacht. Du bist echt 'ne Flasche, weißt du das?«

Da fragte Simon nicht weiter. Hier ging es nicht mit rechten Dingen zu. So viel stand fest.

Am Dienstag kam die Schulsekretärin Frau Heinemann mit dem Direktor an ihrer Seite auf ihn zu und schimpfte schon, sobald sie überhaupt in Sichtweite war: »Dieser Kerl war es, Herr Direktor! Er hat mir ins Gesicht gerülpst und mich ›Alte‹ genannt!« Wieder musste Simon sich eine Standpauke anhören für etwas, das er nicht getan hatte. Und wieder konnte er sich gerade eben noch aus der Affäre ziehen, indem er nachwies, dass er zur Tatzeit mit seinen Mitschülern zusammen war.

Am Mittwoch beschuldigte man ihn, er wäre über das Schuldach gelaufen.

Am Donnerstagvormittag fand er schon wieder einen Zettel. Diesmal in der Jackentasche. Aufschrift: »Simon, du weißt es: Schürmann stirbt am Sonntag.« Simon wurde heiß und kalt. Er zeigte niemandem diesen Zettel. Wenn sich das bewahrheiten sollte, und er hätte diesen Zettel schon vorher jemandem gezeigt, dann wäre am Sonntag die Hölle los. Sonntagabend würde er wissen, ob das, was auf diesem mysteriösen Zettel stand, stimmte oder nicht. Und bis dahin würde er niemandem davon erzählen. Niemandem.

Donnerstagabend ging er mit Jan zusammen wieder in den Teentreff. Beat-Bernd mit der Gitarre begrüßte sie schon fröhlich mit Namen: »Hallo Simon, hallo Jan!« Wieder quälten sich alle tapfer durch Gesang, wieder wurde etwas aus der Bibel vorgelesen. »Gott, ich sehe den Himmel, den du gemacht hast. Den Mond, die Sterne, alles hast du gemacht. Wie winzig klein ist der Mensch dagegen. Trotzdem hast du ihn mit Würde gekrönt – beinahe göttlich.« Simon rollte innerlich mit den Augen, während Bernd seine Meinung dazu darlegte. Wieso sollte sich jemand klein fühlen, wenn er sich den Mond und die Sterne anschaute? Damals beim Durchlesen seiner Weltall-Bücher hatte er sich nie klein gefühlt. Na ja. Vielleicht mussten sich Christen selbst kleinreden, damit sie sich anschließend darin bestätigen konnten, dass sie Gott zum Überleben brauchten. Später wurde wieder gebetet. Diesmal betete sogar einer, dass Gott Helge Schürmann gesund machen sollte. Na, da war Simon aber mal gespannt, dachte er sich. Welche Macht war wohl stärker? Die von diesem Gebet oder die des geheimnisvollen Zettelschreibers?

Wieder saß Simon den ganzen Abend neben Nadja. Und je mehr sie im Laufe des Abends miteinander lachten und quatschten, umso lockerer wurde Nadja. Und umso mehr verlor er seine Scheu ihr gegenüber. Und je lockerer es zwischen ihnen beiden wurde, umso mehr verknallte er sich in sie. In ihrer Nähe fühlte er sich einfach glücklich. Bald würde er sie ganz für sich haben.

Weil in den nächsten vierzehn Tagen Osterferien waren, fand an den kommenden Donnerstagen kein Teentreff statt. Deshalb lud Bernd am Ende des Abends die Teilnehmer zu den Gottesdiensten an Ostersonntag und Karfreitag ein. Der Gottesdienst am Karfreitag sollte was Besonderes sein, weil er nicht in der Kirche gefeiert wurde, sondern nebenan in einem alten, ausgegrabenen unterirdischen Gewölbe. Das klang ganz interessant. Aber der Gottesdienst sollte schon um 10:00 Uhr beginnen.

Spätestens nach dieser Ankündigung war für Simon dieser Termin abgehakt. Wer könnte wohl so bescheuert sein und in den Ferien vor 11:00 Uhr aufstehen? Aber wie er die Leute hier in der Runde einschätzte, waren sie alle bescheuert genug. Diesen Gedanken behielt er aber für sich. Er durfte es nicht riskieren, es sich mit Nadja zu verscherzen.

»Bis morgen«, rief er ihr fröhlich zu, als sie sich verabschiedeten. Und wieder schenkte sie ihm ein Bild des Lächelns zum Abschied, das er die ganze Nacht vor Augen hatte.

Umso schockierter war Simon, als Nadja am nächsten Tag wie ausgewechselt war. Es war der letzte Schultag vor den Osterferien. An der Klassenzimmertür hatte er schon auf sie gewartet und wollte sie locker und fröhlich mit einem »Hallo« begrüßen. Aber sie warf ihm einen so hasserfüllten Blick zu, dass Simon vor Schreck sein Lachen verlor.

»Wie bist du so schnell hier hochgekommen?«, fragte sie barsch und zischte an ihm vorbei in die Klasse.

»Über die Treppe«, versuchte Simon fröhlich zu bleiben. Aber irgendwas stimmte hier schon wieder nicht. Und diesmal war es Nadja, die ihm gerade durch die Lappen ging. Er ging ihr hinterher: »Was ist denn los?«

»Fass mich nicht an!«, brüllte sie durch das ganze Klassenzimmer, sodass alle Schüler ihre Gespräche unterbrachen und die beiden anschauten. »Oder soll ich noch mal?«

»Noch mal was?«, fragte Simon, aber er ahnte schon, dass wieder irgendjemand irgendwas gemacht hatte.

»Du weißt genau, was ich meine! Und ich warne dich. Ich kann noch fester!«

»Ich schwöre dir, ich hab nichts gemacht!«, verteidigte sich Simon, aber er hatte keine Chance.

»Das stimmt!«, schimpfte Nadja. »Und das ist ganz bestimmt nicht dein Verdienst! Und jetzt lass mich bloß in Ruhe und sprich mich nie wieder an, oder ich ruf die Polizei! Verstanden?«

»Verstanden«, antwortete Simon. Viel zu kleinlaut für seinen Geschmack. Alle starrten ihn an. Grinste da etwa jemand? Dem würde er es aber so was von heimzahlen!

Simon setzte sich ohne ein weiteres Wort auf seinen Platz. Das war zu viel. Irgendwas stimmte hier nicht. Irgendjemand, der ihn kannte, mobbte ihn. Jemand sah ihm ähnlich oder kam aus einer anderen Welt, um ihn zu quälen. War das ein himmlisches Strafgericht? Oder ein teuflisches? Hatte er einen Doppelgänger? Einen Zwillingsbruder, von dem er nichts wusste? Wer auch immer das war – er hatte ihn die ganze Woche über drangekriegt. Simon hatte sich alles gefallen lassen. Aber jetzt war ihm Nadja genommen worden. Und das würde übelste Rache geben. Aber wirklich allerübelste. In diesem Moment schwor sich Simon, diesen Kerl ausfindig zu machen und ihm eine Abreibung zu verpassen, die sich gewaschen hatte. Und wenn es das Letzte wäre, das er tun würde.

Am Sonntag verbreitete sich über Internet die Nachricht, dass Helge Schürmann an inneren Blutungen gestorben wäre. Simon kramte den Zettel mit der geheimnisvollen Vorhersage aus der Tasche und zerknüllte ihn in seiner Faust. Sein feindliches Gegenüber musste ein überirdisches Wesen sein, das Dinge aus der Zukunft vorhersagen konnte. Ein Engel oder ein Dämon. Das würde die Jagd nicht einfacher machen. Aber Simon würde den Kampf auf sich nehmen. Koste es, was es wolle.

In der nächsten Woche fühlte sich Simon müde, leer und ausgelaugt. Dass Nadja ihm am Donnerstagabend so zugelächelt hatte, das hatte ihm so viel Energie gegeben. Er hatte sich wie im siebten Himmel gefühlt. Und dann diese kalte Dusche am Freitagmorgen. Und seitdem Funkstille. Nadja war aus allen WhatsApp-Gruppen ausgetreten, in denen Simon drin war. Sie hatte seine Nummer blockiert, antwortete auf keine Nachricht und meldete sich nicht, wenn er anrief. Schöne Scheiße.

An den Vormittagen schlief Simon bis kurz vor Mittag. Und wenn er wach war, fühlte er sich immer noch zu müde und erschöpft, um überhaupt aufzustehen. Irgendwann tat er es dann doch, schob sich oben in der Küche irgendeine Müslipampe zwischen die Zähne und ging entweder zu Jan, um mit ihm sinnlos zu zocken, oder er verkroch sich in seinem Zimmer, um am PC in sämtlichen Spielen, die er draufhatte, seine Level zu steigern und Rekorde zu brechen. Nur nicht nachdenken.

Zwischendurch ging er immer mal kurz raus, um nach dem geheimnisvollen Fremden zu schauen. Aber es war niemand Auffälliges zu sehen. Er ging die Straße auf und ab. Nichts Verdächtiges. Manchmal versteckte sich Simon im Garten hinter einem Busch und hoffte, so seinem Doppelgänger auflauern zu können. Nichts. Einmal schwang er sich sogar auf sein altes Fahrrad und fuhr suchend und sich umschauend bis zum Haus von Nadja. Dort stand er mindestens eine halbe Stunde an sein Fahrrad gelehnt und starrte auf ihre Hauswand in der Hoffnung, sie würde sich blicken lassen oder sogar zur Haustür rauskommen. Aber nichts davon geschah. Zu klingeln traute er sich nicht. Noch nicht.

Wenigstens erlebte er in diesen Tagen auch keine übersinnlichen Geschichten. Niemand, der ihn beschuldigte, etwas Merkwürdiges getan zu haben oder so was Ähnliches. Sollte der Spuk damit ein Ende haben? Ging es der geheimnisvollen Macht nur darum, ihn von Nadja zu entfernen? Und jetzt, wo das gelungen war, hatte sie sich in ihr Machtzentrum zurückgezogen und quälte von dort aus andere Erdenbürger? Nein, Simon würde sich nicht geschlagen geben. Er würde um Nadja kämpfen. Und er würde seinen überirdischen Foltermeister ausschalten, falls der es noch mal wagen sollte, in seinem Leben aufzutauchen.

Am Donnerstagabend um halb acht musste Simon, ohne dass er es sich vorgenommen hatte, an den Teentreff denken. Wären jetzt keine Ferien, hätte er hingehen können. Vielleicht hatte sich Nadja inzwischen wieder beruhigt. Immerhin war sie im Teentreff wesentlich zugänglicher als in der Schule. Aber in den Ferien fand diese Veranstaltung nun mal nicht statt, das wurde ja ausdrücklich angekündigt.

Aber hey! Am Freitag! Freitag war Feiertag, Karfreitag! Hatte nicht Bernd zu einem Gottesdienst in das unterirdische Gewölbe neben der Kirche eingeladen? Das war ja wohl eine öffentliche Veranstaltung. Da würden sicher mehr kommen als nur die Leute aus dem Teentreff. Und Nadja würde mit Sicherheit auch kommen. Ja, das war eine gute Idee. Über WhatsApp fand er niemanden, der sich bereit erklärte, sich am

Karfreitag vor 10:00 Uhr aus dem Bett zu schälen. Auch Jan nicht, sosehr er ihn auch bedrängte. Na ja. War eigentlich auch verständlich. Hätte er sich nicht in den Kopf gesetzt, wieder bei Nadja landen zu wollen, wäre es ihm niemals in den Sinn gekommen, freiwillig einen Gottesdienst zu besuchen.

Am Freitag um halb zehn machte sich Simon auf den Weg, auch wenn sich seine Eltern über die Maßen wunderten. Simon war das egal. Er war ein Kämpfer und wollte nicht aufgeben. Er ging zur Bushaltestelle, nahm den Bus und stieg nach vier Stationen wieder aus. Kurz vor zehn kam er bei der alten Stadtkirche an. Er brauchte nicht lange zu überlegen, wo der Gottesdienst wohl stattfand. Er schloss sich einfach den Leuten an, die um die Kirche herum gingen und den kleinen Eingang in eine alte, unterirdische Gebetsstätte aus dem Mittelalter betraten. Simon war nicht zum ersten Mal hier. Mit der Grundschulklasse hatte er hier schon mal eine Besichtigungstour unternommen. Die Gebetsstätte bestand aus einem recht großen Raum mit einer hohen, gewölbten Decke. Er war damals unterirdisch gegraben worden und teilweise mit Mauersteinen und Säulen befestigt und gestützt. Das sah schon bombastisch aus, besonders an diesem Morgen, an dem der ganze Saal nur mit einigen Kerzen an den Seitenwänden ausgeleuchtet war. Im vorderen Bereich stand ein Tisch mit einem schwarzen Tuch darauf. Dahinter ein mindestens zweieinhalb Meter hohes Holzkreuz, das von unten mit zwei roten Strahlern angeleuchtet wurde. Das sah schon irgendwie unheimlich aus. Passte aber gut zu diesem ohnehin etwas mystischen Ort.

Etwa hundert Leute befanden sich hier unten. Die meisten von ihnen um die vierzig Jahre oder älter. Vier oder fünf Kinder, höchstens eine Handvoll Jugendlicher. Und keine Stühle! Alle standen in diesem Kellergewölbe, als würden sie auf den Bus warten. Mit Blick nach vorne zum Holzkreuz. Simon stellte sich im hinteren Bereich so hin, dass er von den wenigsten gesehen wurde, aber seinerseits die meisten sehen konnte. Er reckte angestrengt den Hals und versuchte, an den Köpfen, Hüten und Mänteln vorbeizuschauen, um Nadja ausfindig zu machen. Er konnte sie aber nicht sehen. Sollte er umsonst gekommen sein? Simon steckte seine Hände in die Jackentasche und seufzte. Konnte er es wagen, jetzt einfach wieder zu gehen? Er schaute zum Eingang und beobachtete, wer noch alles hereinkam. Die wenigsten davon kannte er. Aber alle schienen ein grimmiges, zerknirschtes oder zumindest unausgeschlafenes Gesicht zu machen. Musste man so aussehen, wenn man hierherkam? War das etwa das unterirdische Höhlengesicht? Oder das allgemeine Gottesdienstgesicht? Oder kamen einfach nur Leute mit solchen Gesichtern in einen Gottesdienst? Simon konnte sich nur an wenige Male erinnern, an denen er jemals in einem Gottesdienst gewesen war. Aber auch da hatten alle Anwesenden Gesichter gemacht, als säßen sie auf ihrer eigenen Beerdigung. Schon ein merkwürdiges Volk von Menschen, die sich offensichtlich dazu entschieden hatten, ein saures, düsteres und unspaßiges Leben zu führen, das man sich obendrein noch mit sauren, düsteren und unspaßigen Gottesdiensten vollends vermieste. Wobei Simon zugeben musste, dass er heute in seiner Ecke gut in diese Gesellschaft passte: sauer, düster und unspaßig. Genau so, wie sich sein Leben seit einer Woche anfühlte.

Plötzlich wurde sein Blick magisch auf den Eingangsbereich gelenkt: Nadja kam herein. Zusammen mit ihren Eltern und ihrem Bruder. Zügig, aber ohne Hektik. Obwohl sie fast die Letzten in diesem Gottesdienst waren, schienen sie nicht hinten stehen bleiben zu wollen. Zielsicher bahnten sie sich einen Weg durch die herumstehenden Trauergäste und gingen nach vorne. Kurz bevor Nadja zwischen zwei schwarzen Mantelträgern verschwand, schaute sie zufällig in seine Richtung. Ihre Blicke begegneten sich sofort. Nur eine Sekunde. Aber das reichte schon, um ihren Gesichtsausdruck augenblicklich gefrieren zu lassen. Eiseskälte blitzte aus ihren Augen, dann ging sie weiter und drehte sich kein einziges Mal mehr zu ihm um. Simon hatte noch nicht einmal die Zeit gehabt, ihren Blick mit einem Lächeln zu erwidern. Ihre kalten Augen hatten seine Mundwinkel erstarren lassen.

Nachdem Nadja und ihre Familie im vorderen Bereich ihren Platz gefunden hatten, an dem sie anscheinend für den Rest des Gottesdienstes stehen bleiben wollten, bewegte sich Simon langsam von seinem Platz aus so weit zur Seite, bis er ungehinderte Sicht auf Nadja bekam. Und so blieb er stehen. Seine Augen immer auf Nadja geheftet, in der Hoffnung, seine Blicke würden sich so fest und warm in ihren Hinterkopf bohren, dass Nadja sich umdrehen und ihn anschauen musste. Aber das geschah nicht.

Der Ablauf des Gottesdienstes kam ihm wie ein Strafgericht vor. Zu Beginn spielten vier Personen mit unterschiedlich großen Streichinstrumenten irgendeine Todesmusik, die zwar gut in dieses unterirdische Gemäuer passte, aber sonst nur in einem Psychothriller eine Daseinsberechtigung hatte.

Der Pfarrer, oder wer auch immer das war, begrüßte die Versammelten. Er hatte dabei eine Grabesstimme, als wollte er diejenigen, die nicht wirklich fest entschlossen waren zu bleiben, davon überzeugen, dass sie in der nächsten Stunde an jedem Ort dieser Welt besser aufgehoben wären als in dieser Einschläferungs-Veranstaltung. Doch Simon war entschlossen zu bleiben.

»Wir sind hier zusammengekommen, um an das Leiden und Sterben unseres Herrn Jesus Christus zu denken«, begann er. Simon schossen automatisch tausend Pfarrerwitze in den Kopf. Wie konnte irgendjemand ernsthaft so einem Menschen zuhören, wenn der sich alle Mühe gab, seiner Tonlage alles an Meditativem und Einschläferndem zu geben, das er aus seinem Innersten rausholen konnte? Bestimmt war der Pfarrer nebenberuflich Sprecher für Meditations-CDs, auf denen er zu sphärischen Klängen unentwegt murmelte: »Du wirst müde, ganz müde. Deine Augen werden schwer, ganz schwer. Du musst schlafen, nur noch schlafen.« Und in diesem Tonfall brauchte er in solchen Gottesdiensten einfach nur die Worte auszutauschen: »Wir sind hier zusammengekommen, um nachzudenken. Und wir neigen uns. Und wir werden stille. Ganz stille.«

Ein Lied wurde gesungen, begleitet von dem Streichquartett. Eine Lesung aus der Bibel. Noch ein Lied, ein Gebet, ein Vortrag der Geigenspieler. Puh, die gaben sich hier echt alle Mühe, um einem den Gottesdienst gründlich zu vermiesen. Alles, was man an Foltereinlagen aus dem Musikunterricht, von Geschichtslehrern und Laber-Vorlesestunden im Reli-Unterricht kannte, wurde hier in eine einzige Stunde gepresst. Damit es noch langweiliger wurde, ließ man sich für jeden einzelnen Programmpunkt so lange Zeit, dass einem alle zehn Minuten die Füße einschliefen und wieder aufwachten. Simon blieb tapfer. Er wollte in Nadjas Nähe sein. Und ihr nachher vielleicht noch ein Lächeln schenken. Und wenn alles gut ging, noch etwas Nettes sagen. Dazu musste er diese Gruselveranstaltung aber durchhalten. Kurz entschlossen zog er sein Handy aus der Tasche und vertiefte sich in eines der Online-Spiele. So würde er die Zeit schon rumkriegen.

Nach der Endlos-Predigt des Pfarrers vermutete Simon, jetzt könnte es nicht mehr allzu lange dauern. Die Geigenspieler quälten noch einmal Simons Ohren. Während er sein Handy einsteckte, schaute er sich vorsichtig in dieser Versammlung um. Konnte es wirklich sein, dass all diesen Menschen hier diese Kammer-des-Schreckens-Musik gefiel? Die Hut- und Mantelträger schauten alle träge und verschlafen vor sich auf den Boden oder lustlos zu dem Musikquartett. Einige standen in der Nähe des Ausgangs, als warteten sie nur auf das Ende der Veranstaltung, damit sie dann als Erste wieder ins Freie rennen konnten.

Plötzlich erstarrte Simon. Ganz in der Nähe der Ausgangstür stand ein Typ in der gleichen Jacke, wie Simon sie hatte. Eine Mütze tief ins Gesicht gezogen, aber nicht tief genug, um unerkannt zu bleiben. Die Hände in die Jackentasche gesteckt, insgesamt etwas ungepflegt – aber kein Zweifel: Das war der Typ, der ihn schon seit drei Wochen verfolgte! Und als hätte Simons Blick magische Kräfte, drehte der andere genau in diesem Augenblick seinen Kopf zu Simon und starrte ihm mitten ins Gesicht. Simon wurde kreidebleich. Ihm war es, als würde er in einen Spiegel blicken. Als stünde da gerade sein lebendig gewordenes Spiegelbild. Unfassbar! Am liebsten wäre Simon sofort auf diesen geheimnisvollen Menschen zugestürzt und hätte ihn hier vor all den Leuten verprügelt. Aber dieser elektrisierende Blickkontakt ließ ihn in seiner Bewegung gefrieren und Simon konnte mehrere Sekunden nichts anderes tun als dastehen und sein magisches Gegenüber anglotzen.

Dann drehte sich der andere um, bewegte sich rasch auf die Ausgangstür zu und ging nach draußen. Eigentlich hatte Simon vorgehabt, auf Nadja zu warten. Aber noch mehr hatte er sich vorgenommen, diesen überirdischen Fremden zu jagen und ein für alle Mal auszuschalten. Er spürte, wie Wut und Hass in ihm zu kochen begannen. Und ohne zu zögern, quetschte er sich an den Umherstehenden vorbei und verließ ebenfalls die Kirchengrotte. Zuerst musste er blinzeln, um seine Augen wieder an das helle Tageslicht zu gewöhnen. Aber dann schaute er sich schnell nach allen Seiten um. Und dann erkannte er diesen Typen, wie er gerade die Straße entlangging und sich, kurz bevor er hinter einer Häuserwand verschwand, noch einmal umdrehte und wieder direkt in Simons Augen schaute. Dieser Kerl wusste also, dass Simon nach ihm Ausschau halten würde. Er wusste, dass er etwas Verbotenes tat. Ihm war klar, dass er einen unschuldigen Menschen wochenlang tyrannisiert hatte. Aber jetzt war die Gelegenheit da. Jetzt würde Simon diesem Spuk ein Ende setzen. »Bleib stehen!«, rief er laut. Von wildem Kampfgeist angespornt rannte er los. Als er auf der Straße angekommen war, sah er, wie der andere gerade um eine Häuserecke rannte. Aha. Er ergriff die Flucht. Na schön. Sollte er doch. Simon würde ihn schon einholen. Er rannte schneller. »Bleib sofort stehen!«, brüllte er aus voller Kehle, aber der andere hörte nicht auf ihn. Nach jeder Ecke war er kurz zu erkennen, bevor er hinter einer weiteren Häuserecke verschwand. Simon rannte wie verrückt. Er hatte sich geschworen, diesen Kerl zu kriegen. Und er würde alles daransetzen, um ihn einzuholen und ihm sein Gehirn aus der Birne zu prügeln. Aber so was von! Dummerweise war der andere auch recht schnell. Der Abstand zwischen den beiden verringerte sich kein bisschen. Im Gegenteil. Der andere wurde noch ein bisschen schneller. Simon kam kaum noch hinterher. Aber er wollte nicht aufgeben. Nicht jetzt. Nicht hier. Wer weiß, wann er das nächste Mal die Gelegenheit bekommen würde, diesen Kerl zu erwischen!

Am Stadtrand rannte der Fremde immer weiter. An den letzten Häusern vorbei, über eine kleine Wiese bis in den Wald. Plötzlich überfiel Simon ein gewisses Unbehagen. Er war noch nie in diesem Wald gewesen. Während seiner Kindheit war er ohnehin nur selten im Wald gewesen. Und wenn, dann nicht auf dieser Seite der Stadt. Wo rannte der Kerl hin? Lockte er ihn etwa in eine Falle? Was, wenn dort im Wald eine ganze Meute voller Doppelgänger, Zauberer, Gnome und Außerirdischer hauste? Oder zumindest Landstreicher, Gauner, Verbrecher, die zu allem bereit waren? Simon war allein. Und wie viele dort zusammen im Wald hausten, wusste er nicht. Dass der Fremde einfach nur so in den Wald flüchtete, konnte Simon sich kaum vorstellen. Sicher hatte er dort eine Behausung. Eine Höhle, eine Räuberhütte, einen Unterschlupf. Ganz automatisch wurde Simon langsamer. Sein Wunsch, den Fremden zu verfolgen, wich der Angst, von einer ganzen Räuberbande vermöbelt zu werden. Und Simon wurde unschlüssig. Der andere drehte sich noch einmal um und bemerkte wohl, dass der Abstand größer geworden war. Er rannte weiter, ohne das Tempo zu verlangsamen. Endlich blieb Simon stehen. Er stützte seine Hände auf seine Knie ab und schnaufte wie ein Marathonläufer. Er hatte versagt. Der andere war ihm entkommen. Aber zumindest hatte er ihn endlich mal länger als nur eine Sekunde gesehen. Und jetzt war ihm klar, dass er sich das alles nicht bloß einbildete. Da gab es tatsächlich jemanden, der irgendetwas im Schilde führte. Und der eine Behausung im Wald haben musste. Das war zumindest schon mal ein Hinweis. Simon schaute sich um und betrachtete die Bäume, deren grüne Blätter schon frühlingshaft hervorsprossen. Trotzdem, fand er, hatten diese hohen Bäume an diesem Ende der Stadt etwas Unheimliches. Ging es hier wirklich mit rechten Dingen zu? Während er noch völlig außer Atem den Rückzug antrat, beschloss er, sich nicht von mystischen Gedanken verrückt machen zu lassen. Er würde diesem geheimnisvollen Waldbewohner in den nächsten Tagen einmal genauer nachgehen.

Am Ostersonntag schien die Sonne so warm, dass die Eltern vorschlugen, einen Sonntagsspaziergang zu machen. »Wie früher«, schwärmte die Mutter. Normalerweise hätte Simon ihr dafür einen Vogel gezeigt und sich für den Rest des Tages in seinem Zimmer eingeschlossen. An diesem Tag witterte er aber eine Chance. »Sollen wir mal durch den Wald am anderen Ende der Stadt gehen?«, fragte er und legte etwas kindliche Begeisterung in seine Stimme.

»Von mir aus«, antwortete der Vater. Offensichtlich waren beide froh, dass Simon sich so schnell zu einem Spaziergang hatte überreden lassen.

An den Gesprächen der Eltern beteiligte er sich nicht. Und wenn die Mutter versuchte, Simon mit einer dummen Frage ein Gespräch aufzuzwingen, brummelte er nur eine kurze Antwort vor sich hin. Er war nicht hier, um soziale Familienkontakte zu pflegen, sondern um zu ergründen, was es mit seinem Schatten auf sich hatte. Bald schon waren sie an genau der Stelle angekommen, an der er vor zwei Tagen seinen Verfolger verloren hatte. Ab jetzt wurde es interessant. Zu dritt gingen sie den Weg weiter. Die Eltern schlenderten wie zwei Spaziergänger aus dem Seniorenheim. Simon schlich diesen Waldweg geradezu wie ein Panther entlang, der jederzeit bereit war, mit einem Sprung seine Beute hinter einem der Büsche zu ergreifen und in Stücke zu reißen.

Hier und da begegneten sie auch anderen Spaziergängern, die aber alle ganz harmlos aussahen und die auch keinem Räuber in die Hände gefallen zu sein schienen. An einer Stelle machte der Weg eine Abzweigung nach links. Durch die Bäume hindurch konnte Simon sehen, dass geradeaus eine große Waldlichtung lag. Auf einer großen Wiese stand ganz hinten ein altes, verfallenes Haus. Ein Hexenhaus?

»Was ist das für ein Haus?«, fragte Simon so beiläufig wie möglich.

»Die alte Mühle«, erklärte der Vater. »Mit einem Wassermühlrad. Da wurde früher Getreide zu Korn gemahlen.«

»Wie viel früher?«

»Keine Ahnung. Vor fünfzig oder hundert Jahren vielleicht. Als ich noch Kind war, da war die Mühle schon nicht mehr in Betrieb. Solange ich mich erinnern kann, ist sie bloß ein altes, halb eingestürztes Haus.«

»Und was ist da drin?«

»Nichts.«

»Nichts? Irgendwas muss doch da drin sein.«

Der Vater schaute sich im Weitergehen kurz nach der Mühle um, die man in der Ferne durch die Bäume hindurch schimmern sehen konnte. »Wie gesagt, das ist schon lange ein altes, verfallenes Haus. Ich glaube nicht, dass man es überhaupt betreten kann. Da kracht doch alles zusammen, wenn man dort reingeht.«

»Außerdem ist das auch verboten«, schloss sich die Mutter an. »Ich glaube, vor ein paar Jahren wurde mal überlegt, ob man die Mühle noch mal restaurieren und unter Denkmalschutz stellen sollte. Aber das war der Stadt zu teuer. Jetzt lässt man sie dort einfach verwittern, weil es der Stadt sogar zu teuer ist, sie abzureißen.«

Simon gab sich immer noch nicht zufrieden. »Kann es denn sein, dass da doch jemand wohnt? Ein Penner vielleicht? Oder ein Räuber?«

Vater lachte leise. »Sicher. Da wohnen die Räuber von den Bremer Stadtmusikanten und warten darauf, dass sie von den Tieren vertrieben werden.«

»Gibt es vielleicht Geschichten darüber, dass es dort spukt?«, fragte Simon vorsichtig, auch wenn die Gefahr bestand, dass er sich lächerlich machte.

»Hab ich nie gehört«, sagte der Vater knapp.

»Ich hab gehört, dass vor drei Wochen bei dem starken Gewitter ein Blitz genau in die Mühle eingeschlagen ist«, sagte die Mutter. »Wenn dir das als Spukgeschichte genügt? Vielleicht hat bei der Gelegenheit Doktor Frankenstein in der Mühle ein Monster aus zusammengenähten Leichenteilen zum Leben erweckt.«

Die Mutter grinste dabei, aber Simon wurde im selben Augenblick schlecht. Ein Monster zum Leben erweckt … Leichenteile … jemand, der so aussah wie Simon … Wald … Mühle … Sein Herz raste und fühlte sich an, als würde es gerade von einer eiskalten Hand umschlossen. Während er laut keuchend nach Luft schnappte, spürte er, wie sein Blickfeld enger wurde und schwarze Schleierwolken sich vor seinen Augen zusammenbrauten. Das Letzte, was er sah, war seine Mutter, die besorgt ihre Hände vor der Brust faltete. Dann brach er bewusstlos zusammen.

Natürlich war Simon kurz nach seinem Ohnmachtsanfall wieder zu sich gekommen. Seine Eltern hatten ihn auf den Rücken gelegt, seine Beine nach oben gehalten und ihn auf dem Nachhauseweg von beiden Seiten gestützt. Zu Hause musste er viel essen und trinken und sich in seinem Zimmer gut ausruhen. Simon ärgerte sich über diese Bemutterung, und ihm ging es auch schnell wieder besser. Trotzdem befiel ihn eine unbeschreibliche Angst. Was hatte dieser Typ, der ihn verfolgte und der die Zukunft kannte, mit dieser Mühle zu tun? Simon glaubte nicht an Geister und Gespenster. Aber dieser Fall war doch schon sehr mysteriös. Und neben dem Wunsch, diesen anderen Kerl, dieses Monster, zu schnappen, wuchs in ihm allmählich die Angst.

In den nächsten Tagen versuchte er Jan zu überreden, mit ihm nach draußen zu gehen und die alte Mühle einmal näher zu untersuchen. Aber Jan ließ sich nicht breitschlagen. Lieber wollte er mit Simon weiter PC zocken. Das taten sie dann auch. Trotzdem schaute sich Simon jedes Mal, wenn er auf den Straßen zwischen Jan und seinem eigenen Haus unterwegs war, nach geheimnisvollen Schatten um. Es blieb aber alles normal.

Bis auf eine Nacht gegen Ende der Osterferien. Simon war noch wach, obwohl es schon nach Mitternacht war. Seine Mutter hatte ihn bereits darum gebeten, die Musik leiser zu stellen, weil die Eltern direkt nebenan schlafen wollten. Gerade hatte er nach seinem Schlafanzug gegriffen, da hörte er im Haus ein Knacken, das ihn zusammenzucken ließ. Jemand schlich durch den Flur, das war klar. Waren das seine Eltern? Könnte ja sein, dass einer der beiden noch mal aufs Klo musste, dazu mussten sie ja die Treppe nach oben gehen. Simon stellte die Musik aus und lauschte. Eine Tür hier unten im Flur wurde geöffnet. Die Abstellkammer. Sofort trat kalter Schweiß auf Simons Stirn. Das Monster war da. In seinem Haus. Direkt neben seinem

Zimmer. Was hatte es vor? So leise wie möglich suchte Simon nach einem Gegenstand, den er als Waffe benutzen konnte. Er fand aber nichts Geeignetes. Schließlich griff er nach der Schere, die in der Stiftebox auf seinem Schreibtisch steckte. Er umschloss sie mit seiner Faust wie einen Dolch, mit dem man jederzeit zustechen konnte. Dann löschte er das Licht im Zimmer, stellte sich direkt an seine Tür und lauschte. Kein Zweifel, da kramte jemand in der Abstellkammer in den Sachen herum. Kurz darauf wurde die Abstellkammertür geschlossen. Stille. Jetzt stand das Monster also außen direkt vor seiner Zimmertür. Was hatte es vor? Wollte es zu ihm kommen? In sein Zimmer? Ihn umbringen? Wenn es jetzt tatsächlich in sein Zimmer käme, würde Simon kurzen Prozess machen. Er würde sich zuerst hinter der Zimmertür verstecken und das Monster langsam eintreten lassen. Und wenn es dann mitten im Zimmer stünde, würde er es von hinten anfallen und mit der Schere so lange darauf einstechen, bis es sich nicht mehr bewegte.

Der Schweiß drang bereits aus sämtlichen Poren seines Körpers. Sein aufgeregtes Keuchen konnte er kaum unterdrücken. Doch niemand betrat sein Zimmer. Stattdessen hörte er, wie die Haustür leise geöffnet und wieder zugezogen wurde. War das eine Falle? Sollte Simon denken, die Bestie wäre draußen? Stand sie hingegen noch im Flur und wartete nur darauf, dass Simon herauskam? Oder war sie wirklich abgehauen? Einen kleinen Spaltbreit öffnete Simon seine Tür und erwartete schon, dass ein Messer, eine Faust oder gleich ein ganzer Mensch hereinstürmen würde. Aber es blieb still. Langsam öffnete er die Tür noch mehr und spähte in den dunklen Flur hinaus. Niemand da. Vorsichtig tastete er sich bis zur Haustür vor und öffnete sie. Er brauchte eine Weile, um draußen die umliegenden Straßen zu erkennen. Doch dann sah er in einiger Entfernung eine Gestalt mit einem Rucksack auf dem Rücken die Straße entlanggehen. Sein Doppelgänger. Das konnte er selbst in dieser Dunkelheit erkennen. Seine Finger umschlossen den Griff der Schere fester, als er sich einen Ruck gab und, so schnell er konnte, die Straße entlangrannte. Kurz bevor die dunkle Gestalt um die nächste Häuserecke bog, drehte sie sich kurz um und erkannte Simon. Mit übermenschlicher Geschwindigkeit raste sie los, als würde sie schon die Stiche der Schere spüren. Der Hass beschleunigte Simon, allerdings schien die Verfolgungsangst auch den anderen anzutreiben. Und so blieb der Abstand schon wieder derselbe, obwohl der andere einen Rucksack trug. Der Kerl lief wieder zur Stadt hinaus in Richtung Wald. Richtung Mühle. Als Simon das klar wurde, blieb er stehen und musste erst mal verschnaufen. Jetzt, mitten in der Nacht, würde er garantiert nicht durch diesen unheimlichen Wald gehen. Aber morgen, dachte Simon. Morgen bist du dran!

Am nächsten Tag durchsuchte Simon zuallererst die Abstellkammer, ob irgendetwas fehlte. Da er sich in dem Gerümpel seiner Eltern nicht auskannte, konnte er das nicht feststellen. Er fragte seine Mutter, ob sie was Wichtiges aus der Abstellkammer oder sonst irgendwo im Haus vermisse. »Ein Glas Gurken, ein eingeschweißter Kuchen und ein Glas Fleischwürstchen«, stellte sie mit Blick auf den Vorratsschrank fest.

»Na toll«, stöhnte Simon. »Ich meinte eigentlich mehr, ob wirkliche Wertgegenstände fehlen. Gold, Schmuck, Handys oder so was.«

Die Mutter schaute sich in mehreren Zimmern um, aber das Einzige, was sie sonst noch vermisste, waren zwei Päckchen Kekse aus der Küche. »Hast du die weggenommen, Simon?«

»Nein!« Und sicher würde hier kein Einbrecher ins Haus kommen, um Kekse und Gurken zu klauen. Das war ja lächerlich!

Am Nachmittag fand Simon im Gartenhäuschen ein abgebrochenes Bein aus Metall von einem Gartenstuhl. Damit bewaffnet ging er geradewegs zur Stadt hinaus in den geheimnisvollen Wald. Per Handy versuchte er noch, Jan oder einen der anderen Kumpels zum Mitkommen zu überreden. Aber keiner hatte Lust. Und den Freunden was von seinem rätselhaften Doppelgänger erzählen wollte er auch nicht. Das Ganze wurde doch immer unglaubwürdiger. Außerdem hatte er Angst, die anderen könnten ihn für verrückt halten. Sobald er den ganzen Fall aufgeklärt hatte, könnte er nachträglich all die verdrehten Ereignisse erzählen. Oder ein Buch darüber schreiben. Aber jetzt musste er erst mal heil aus der Nummer rauskommen.

Der Weg durch den Wald zog sich ziemlich lang. Wieder schaute er zu den riesigen Bäumen nach oben. Durch den Wind beugten sie sich leicht vor und zurück, als wollten sie ihm irgendwas mitteilen. Ihn warnen. Je weiter er allerdings in den Wald hineingelangte, umso weniger Geräusche kamen von den Bäumen. Als hielte der Wald den

Atem an. Gleich passiert hier etwas, dachte Simon und verlangsamte automatisch sein Tempo. Immer wieder schaute er sich nach allen Seiten um, während er weiterging. Dann endlich erreichte er die Weggabelung, an der er mit seinen Eltern links abgebogen war. Jetzt lief er vorsichtig geradeaus weiter, an den letzten Bäumen vorbei bis zu der Waldlichtung. Nach ein paar Schritten über die Wiese blieb er an einem alten, halb verfallenen Zaun stehen, der ein großes ungemähtes Wiesengelände von dem vorderen Wiesenstück abgrenzte. Ein morscher Torflügel hing müde in den Angeln eines ebenso alten Torpfostens. Der andere Torflügel lag auf dem Boden und war von Moos und kleinem Gestrüpp schon halb überwuchert. Simon atmete einmal tief ein und wieder aus, dann überwand er sein flaues Gefühl im Bauch und ging los. Langsam und sich immer noch nach allen Seiten umschauend durchschritt er das Tor und betrat das Gelände. Still und unheimlich lag das alte, vergammelte Häuschen am Ende der Wiese. Die Wände bestanden an manchen Stellen aus Fachwerkbalken, in deren Zwischenräumen Ziegelsteine gemauert waren. Teilweise waren die Wände aber auch nur aus Holz gezimmert. Zumindest sah das für Simon so aus. Das Dach war von der Witterung völlig aus der Form geraten. Schief und krumm wand sich der Dachgiebel von einem Ende des Gebäudes bis zum anderen. Erstaunlich große Teile der Dachdeckung waren noch in Ordnung. An etlichen Stellen fehlten aber bereits Dachziegel, sodass sowohl Regen und Wind als auch Vögel, Ratten und andere Tiere eindringen, ihre Nester bauen und damit den Verfall der Mühle noch vorantreiben konnten. Hinter dem Haus plätscherte ein kleiner Bach. Dort faulte ein morsches Mühlrad im Wasser vor sich hin. Insgesamt lag die Mühle da wie ein alter Drache, der es sich am Bach gemütlich gemacht und damit beschlossen hatte, dort seinen Lebensabend zu verbringen. Und trotzdem strahlte das Ganze eine merkwürdige Atmosphäre, ja fast einen Zauber aus. Oder bildete Simon sich das nur ein? Die kleine Tür an der schmalen Vorderseite und die beiden Fenster rechts und links darüber bildeten zusammen so etwas wie ein Gesicht: zwei Augen, eine Nase. Fehlte nur noch der Mund. Das Maul. Simon schüttelte den Kopf. Jetzt bloß nicht kindisch werden! Einen Augenblick musste er tief durchatmen, bevor er die alte Holztür aufdrückte. Sie quietschte, als würde man einer alten Hexe auf den Fuß treten.

»Hallo?« Simon musste sich leicht ducken, um durch die Tür nach innen zu gelangen. »Hallo, ist da jemand?«

Der Raum hinter der Tür war groß, aber mit niedriger Decke. Simon konnte gerade eben aufrecht stehen. Es stank nach altem, verfaultem Holz, vermoderten Tierleichen und Katzenpisse. Ein bisschen auch nach Kerzenqualm. Der größte Teil des Raumes wurde von einem riesigen Zahnrad aus Holz eingenommen, das durch ein dickes Rundholz durch die hintere Außenwand hindurch mit dem alten Mühlrad draußen im Bach verbunden war. Riesige Stützpfeiler und Querbalken versuchten mit letzter Kraft, die morsche Zimmerdecke oben zu halten. An den Wänden lehnten alte Regale, von denen zum Teil nur noch ein oder zwei Regalböden übrig geblieben waren. An einem Tisch standen zwei Stühle. Einige Kerzen auf dem Tisch. Mehrere Kisten und Truhen in dem Raum. Werkzeuge, Hämmer, Sägen und Geräte, die Simon noch nie gesehen hatte. Obwohl alles alt und morsch war, wirkte es doch irgendwie aufgeräumt. Als würde hier doch jemand wohnen.

»Hallo?« Die Stille in diesem Raum war beängstigend. Simon versuchte weiterhin, alle Ecken des Raumes gleichzeitig im Blick zu behalten. Dann entdeckte er eine Matratze auf dem Boden. Sie war mit einem modernen Spannbettlaken bezogen. Darauf lag ein Schlafsack, daneben ein Kissen. Der geheimnisvolle Eindringling, der gestern in seinem Haus gewesen war, hatte hier wohl sein Lager aufgeschlagen. Der Rucksack, den er in der Nacht noch getragen hatte, lag aber nicht dabei. Trotzdem. Nun war Simon dem Geheimnis schon sehr, sehr nahegekommen. Wenn sein fremdes Gegenüber jetzt auch hier in der Mühle war, dann saß es in der Falle. »Komm raus!«, rief Simon und drehte sich dabei in verschiedene Richtungen. »Ich weiß, dass du da bist! Verstecken ist zwecklos!«

Im hinteren Bereich der Mühle befand sich eine Treppe nach oben. Jede einzelne der Stufen sah aus, als würde sie bei der nächsten Berührung mit einem Menschen endgültig zusammenbrechen. »Bist du da oben?«

Vorsichtig setzte er einen Fuß auf die unterste Stufe. Es knarrte bedrohlich. »Ich komm jetzt hoch! Und ich hab eine Waffe in der Hand! Du hast jetzt noch eine letzte Chance, dich zu ergeben!«

Die nächste Stufe. Knarz! Simon ging weiter. Bei jedem Schritt ächzte die Treppe, als wollte sie ihn warnen, bloß nicht weiterzugehen, oder er würde von den Geistern dieses Holzgebälks verschlungen. Je höher er kam, umso mehr hatte er das Bedürfnis, sich an dem schmalen Treppengeländer festzuhalten. Aber das sah so morsch aus, dass er sich noch nicht einmal traute es anzufassen. Um nicht seitlich von der schmalen Treppe zu fallen, stützte er sich mit den Händen auf den Stufen vor ihm ab und tastete sich so nach oben. Wenn ihn die anderen in seiner Klasse so gesehen hätten, hätten sie sich totgelacht. Aber hier sah ihn niemand. Und jetzt musste er dem Geheimnis auf den Grund gehen.

»Wo bist du? Komm raus!«

Im oberen Stockwerk war es noch enger. Im Grunde konnte er nur hier, am Ende der Treppe, direkt unter dem Dachgiebel, aufrecht stehen. Rechts und links davon fiel die Dachschräge steil ab. Mehrere riesige Zahnräder griffen hier ineinander. Dicke Lederbänder verbanden quer durch den Raum weitere Holzräder, die ihrerseits wiederum Balken und Zahnräder bewegen sollten. Große Holztische und Holzwannen, die dazwischen herumstanden, machten es ihm fast unmöglich, sich überhaupt auf dem Dachboden fortzubewegen. Aber schon der erste Schritt nach der Treppe in Richtung Zahnrad war zu viel. Der Lehmboden unter seinem Fuß krachte, Holz und Putz splitterten und Simon fiel schreiend nach vorne auf den Bauch.

Glück gehabt! Er war nicht ganz durch die Decke gebrochen. Nur sein Fuß war an einer morschen Stelle eingekracht und steckte nun in einem Loch im Boden. Simon setzte sich aufrecht hin und zog den Fuß vorsichtig aus dem Loch heraus. Puh, das war ja gerade noch mal gut gegangen. Vorsichtig rutschte er auf seinem Hintern auf dem Dachboden zurück bis zum oberen Ende der Treppe.

»Ich seh dich!«, rief er laut, obwohl das überhaupt nicht stimmte. Aber er hoffte, seinen Gegner dadurch zu verunsichern. Es blieb still. Kein Geräusch, außer seinem eigenen Schnaufen. Und dem Krächzen der Holzbalken, während er jetzt, immer noch auf dem Hintern, Stufe für Stufe nach unten rutschte wie ein Kleinkind, das noch keine Treppen steigen konnte. Peinlich!

Unten angekommen, ging er noch einmal um das große Zahnrad in der Mitte herum. Seine Schritte klangen in seinen eigenen Ohren wie die eines Offiziers, der prüfend einen Raum inspizierte, ob er auch richtig sauber geputzt war. Er stellte sich vor, wie sein Gegner jetzt irgendwo hier in einem Versteck saß und sich tierisch vor diesen unheimlichen Schritten fürchtete. Ja, sollte er ruhig Angst bekommen, sofern Dämonen oder Frankensteinmonster überhaupt so etwas wie Angst empfinden konnten. Als er wieder bei der Tür angekommen war, blieb er noch eine Weile stehen und lauschte, ob noch ein Geräusch zu vernehmen war. Aber er hörte nichts. Vielleicht war dieses Wesen ja heute außer Haus. Auf Menschenjagd. Oder auf Simonjagd. Oder es wurde nur nachts sichtbar. Oder es war auf sonst irgendeiner verbrecherischen Beutetour. Wie auch immer – hier war jedenfalls niemand. Ein letztes Mal brüllte er bedrohlich: »Ich komme wieder! Verlass dich drauf!« Dann ging er nach draußen ins Freie.

Er nahm sich vor, an einem anderen Tag noch einmal wiederzukommen. Jetzt wusste er ja genau, wo der Widersacher sein Lager aufgeschlagen hatte. Jetzt konnte er jederzeit zurückkommen und nachschauen. Sein Selbstbewusstsein steigerte sich wieder, als er die Wiese durch das Tor verließ und wieder den Waldweg betrat.

Nach ein paar Metern zu Fuß durch den Wald sah er, wie ihm jemand auf dem Fahrrad entgegengefahren kam. Simon war auf dem Weg in die Stadt und der Radfahrer kam aus der Stadt und fuhr Richtung Waldmitte. Als das Fahrrad näher kam, erkannte er, dass es Nadja war. Sofort spürte Simon, wie heiße und kalte Wellen gleichzeitig in seinem Bauch Achterbahn fuhren. Wenn er überhaupt noch mal eine Chance bei ihr haben wollte, dann müsste er jetzt und hier aktiv werden. Nicht zu frech, aber auch nicht zu eingeschüchtert. Als sie nah genug herangekommen war, ging er an den Rand des Waldwegs, ließ eine Hand in der Hosentasche und hob die andere zum Gruß.

»Hallo«, grüßte er so normal, fröhlich und lässig wie möglich.

Das Lachen verschwand aus Nadjas Gesicht. »Mistkerl«, grüßte sie zurück und trat in die Pedale, um möglichst schnell an ihm vorbeizukommen. Simon zwang sich ruhig zu bleiben. Er bewegte sich dabei leicht auf das Fahrrad zu. »Nadja! Lass uns reden!«

Nadja wich mit dem Fahrrad aus. »Worüber denn?«

»Über … über den Teentreff!« Das war das Einzige, das ihm einfiel.

Nadja bremste scharf und blieb mit einem Bein auf dem Boden stehen. Der andere Fuß stand abfahrbereit auf dem Pedal. »Wie bitte? Über den Teentreff? Du hast die Frechheit, nach dem, was du mir angetan hast, über den Teentreff zu reden?«

»Ja, weil …« Simon kam sich wie ein kleiner Schuljunge vor, aber gab sich alle Mühe, nicht so auszusehen, »weil es so schön war, als wir zwei … also, ich meine … als wir alle zusammen im Teentreff waren. Das war so … zwanglos … und du hast so … süß gelächelt …« Dabei lächelte er selbst so süß wie möglich. Andere Mädchen wären bei diesem Lächeln schon längst schwach geworden.

Nicht aber Nadja. »Ach ja. Das tut mir leid. So ein Lächeln werde ich bestimmt nicht mehr aufsetzen, wenn du meinst, du kannst nach zwei Abenden im Teentreff über mich herfallen wie über ein Flittchen!«

»Was? Was meinst du damit? Das war ich gar nicht! Ich schwöre!«

»Hör auf zu schwören! Davon werden deine Angriffe auch nicht besser!«

»Ich hab nichts gemacht! Ehrenwort!«

»Auf dein Ehrenwort könnt ich kotzen!« Nadja trat wieder in die Pedale und wollte losfahren.

Etwas wie Hilflosigkeit gewann in Simon die Oberhand. Er hielt ihr Fahrrad am Gepäckträger fest. »Bitte, Nadja! Was auch immer ich gemacht haben soll – ich war das nicht! Wirklich!«

Nadjas Ton wurde immer schärfer: »Lass sofort mein Fahrrad los, du Arsch, oder du kannst was erleben!«

Simon erschrak über ihre Wut und ließ das Fahrrad los. »Ich war das wirklich nicht. Das war irgendein Doppelgänger von mir. Ich weiß selbst nicht, wer das ist.«

»Hör mal«, zischte Nadja leise, aber ebenso hart wie eben, »wenn du wenigstens so viel Mumm hättest, zu dem zu stehen, was du da gemacht hast, dann könnte man ja noch darüber reden. Aber wenn du das nur abstreitest und mir dann auch noch was von einem Doppelgänger erzählen willst, seh ich nur, wie feige du bist. Und das ist einfach nur beschämend, weißt du das?« Sie setzte noch mal neu an, um das demütigendste Wort noch mal mit Nachdruck zu wiederholen: »Beschämend.« Damit drehte sie sich um, stieg auf ihr Fahrrad und fuhr in den Wald hinein. Ironischerweise lag in dieser Richtung auch die Mühle. Wenn da sein Doppelgänger jetzt dringesessen hätte, dann könnte Simon sie direkt dorthin führen und eine Gegenüberstellung machen. Dann hätte er diesem Feigling ins Angesicht sagen können: »Gib zu, was du Nadja angetan hast, und bestätige, dass du es warst und nicht ich!« Aber die Hütte war ja leer. Zu dumm aber auch. Trotzdem brüllte er Nadja noch hinterher: »Schau in der alten Mühle nach! Da findest du die Auflösung der ganzen Scheiße!«

Dann ging er frustriert nach Hause. Weder diesen Mistkerl hatte er gefunden, noch hatte er Nadja besänftigen können. Es wurde Zeit, dass die Schule wieder begann. Er musste dringend wieder ein paar Lehrer und Leon, den Schwachmaten, in die Knie zwingen, um sich selbst davon zu überzeugen, dass er noch der alte Simon war.

Am Abend klingelte es an der Haustür. Seine Mutter rief ihn: »Besuch für dich!«

Simon wären fast die Augen aus dem Kopf gefallen, als er Nadja vor der Haustür stehen sah. »Nadja!«, rief er überrascht, aber sofort hatte er sich wieder gefangen. Wie wollte er noch gleich sein? Nicht zu überheblich, nicht zu zerknirscht. »Na?« Er legte ein Grinsen auf, von dem er meinte, es würde bei Nadja gut ankommen. »Komm rein.«

»Nein, ich wollte dich nur was fragen.«

Was konnte denn jetzt kommen? Hatte er schon wieder irgendwas Dummes angestellt? Oder sein verrücktes Gegenüber? Simon zwang sich zur Ruhe. Nur nichts anmerken lassen. »Ja, was denn?«

Nadja musterte ihn, als wollte sie eine Botschaft in seinen Augen lesen. Simon festigte seinen Blick. Freundlich, siegessicher, aber undurchdringbar. Niemand, dem er es nicht ausdrücklich erlaubte, konnte in Simons Augen irgendetwas lesen.

»Wer schläft eigentlich auf der Matratze dort in der Ecke?«, fragte Nadja geradeheraus.

Was? Welche Matratze? Simon schaute sich im Flur um. Hier lag keine Matratze. Plötzlich dämmerte es ihm: die Matratze in der Mühle! »Du bist in der Mühle gewesen!«, platzte es aus ihm heraus. »Du bist wirklich in der Mühle gewesen!« Simon schnaufte aufgeregt. »Du hast dich tatsächlich getraut! Wow! Na? Und? Hast du was gesehen? Hast du gesehen, dass da jemand wohnt?«

Nadja fixierte ihn mit einem ungewöhnlich lauernden Blick. Irgendetwas suchte sie an ihm: »Ja, kann sein.«

»Kann sein? Was heißt das? War da jemand? Die Matratze, sagst du! Ja! Die hab ich auch gesehen! Da schläft er! Oder es! Das Monster! Das gefährliche Etwas! Leider war es nicht da! Aber ich sag dir, er spioniert mir hinterher! Er sieht aus wie ich! Und immer, wenn irgendwo irgendwer was Blödes macht, dann war er es! Ich schwöre!« Sofort erschrak er über seine letzten Worte. »'tschuldigung. Nehm ich zurück. Ich schwöre natürlich nicht. Schwören ist ja … ähm … heilig. Weiß ich doch. Das darf nur Jesus, hab ich vergessen. Aber es ist wirklich so, wie ich sage. Da wohnt irgendwas Übernatürliches.«

Nadja nahm ihren scharfen Blick nicht von seinem Gesicht. Es war klar: Sie glaubte ihm kein Wort. Wie auch? Wie sollte jemand glauben, dass Simon von etwas Übernatürlichem verfolgt wurde? Wahrscheinlich litt er selbst einfach nur unter Verfolgungswahn. Vielleicht hatte Simon eine Psychose. Pubertäts-Stress. Schul-Koma. Und sein Gehirn spielte ihm einen Streich. Vielleicht war er es wirklich selbst, der sich irgendwo herumtrieb. Eine gespaltene Persönlichkeit, die gnadenlos die Welt unsicher machte und im nächsten Moment nichts mehr davon wusste. Und wenn er meinte, hier und da einen Doppelgänger zu sehen, dann bildete er sich das wahrscheinlich nur ein. Er selbst war sein eigener Doppelgänger! Simon war ein Fall für die Klapsmühle. Das wurde ihm hier im Angesicht der prüfend dreinblickenden Nadja schlagartig bewusst. Hätte er ihr doch bloß nichts von diesem Schwachsinn erzählt!

Plötzlich grinste Nadja, als hätte Simon sie bei einem harmlosen Spiel besiegt: »Du machst das gut, Simon. Wirklich.«

Was? Was machte er gut? So eine Scheiße, was meinte sie? Was ging hier vor? Jetzt nur nicht das Gesicht verlieren. Vielleicht bekam er ja etwas raus, wenn er bei ihrem Spiel mitmachte. Mit lässiger Miene setzte er sein Siegesgesicht auf, lehnte sich locker an den Türrahmen und grinste sie an: »Ja, findest du? Danke. Ich finde auch, ich mach das gut. Also hab ich gewonnen.«

»Da bin ich mir noch nicht ganz sicher.« Nadja verschränkte die Arme vor ihrer Brust. »Aber du bist nah dran.«

»Was muss ich denn tun, um zu gewinnen?«

Nadja spitzte den Mund, als überlegte sie sich eine kleine Aufgabe. »Dein Handtuch mit dem blauen Muster. Vermisst du das eigentlich?«

Was? Worauf wollte sie hinaus? Simon hätte am liebsten laut aufgeschrien, weil er hier überhaupt nichts, aber auch gar nichts, kapierte. Aber er riss sich zusammen und antwortete so ungerührt wie möglich: »Nein.«

»Schau mal im Wäschekorb nach. In eurem Badezimmer. Da liegt es. Riech mal daran. Findest du nicht auch, dass es total geheimnisvoll nach der verzauberten, alten Mühle riecht?«

Wieder hatte Simon das Gefühl, als würde sämtliches Blut in seinem Körper in seinen Bauch sacken. Fast wurde ihm schwarz vor den Augen. Woher wusste sie, dass oben in seinem Badezimmer ein Handtuch lag, das verzaubert roch?

Wie mit einem Hammerschlag donnerte ein neuer Gedanke in seinen Kopf: Nadja! ... War Nadja das geheimnisvolle Wesen? Konnte sich das Monster in unterschiedliche Menschen verwandeln? Erst war es Simon und jetzt war es Nadja? Simon taumelte im Flur zurück und brauchte ein paar Schritte, um sich zu fangen. Dann schwankte er ohne ein weiteres Wort die Treppe zum Badezimmer nach oben. Das Letzte, was er von Nadja sah, war ein zufriedenes Grinsen in ihrem Gesicht, während sie weiterhin mit verschränkten Armen und ungewöhnlich breit aufgestellten Beinen im Türrahmen stand. War das ein normales, menschliches Grinsen? Oder ein teuflisches? Wer war das?

Voller Hektik durchwühlte er den Wäschekorb im Badezimmer, bis er das Handtuch mit dem blauen Muster fand. Geradewegs hielt er es sich ins Gesicht und wollte einmal kräftig daran riechen. Aber schon beim ersten Riech-Impuls stach ihm so ein Gestank in die Nase, dass er das Handtuch fallen ließ, als wäre es mit Strom aufgeladen. Er selbst wich vor Ekel zurück, stolperte, fiel rückwärts nach hinten und stieß sich den Kopf an der Badewanne. Das Handtuch stank nach Schwefel, Dreck, Hundescheiße und Katzenpisse. Simon hätte sich übergeben können, aber er beherrschte sich. Woher wusste sie ...? Woher kam das Handtuch ...? Wie kam es hier rein ...? Nadja! Nadja war die Schlüsselperson! Sie war die Verzauberte! Sein Kopf schmerzte wie verrückt, sein Magen drehte sich um, er würgte. Sein Essen schoss ihm von unten hinauf in den Hals, er schluckte aber alles wieder runter. Jetzt erst mal die Dämonin unten in der Tür einfangen. Simon wollte im Bad aufspringen, aber sofort wurde ihm wieder schlecht und schwindelig zugleich und er polterte zurück auf den Boden. Egal. Nur raus hier. Auf allen vieren krabbelte er zum Bad raus und ließ sich auf dem Bauch die Stufen nach unten gleiten. »Nadja!«, brüllte er. »Wer bist du?«

Niemand mehr da. Die Haustür stand offen, keine Menschenseele zu sehen. Und auch keine seelenlose Kreatur. Hatte er sich das wieder nur eingebildet? Mit wem hatte er da gerade gesprochen? Er zog sich am Türrahmen hoch und brüllte mit letzter Kraft in die menschenleere Straße hinaus: »Ich werde dich finden!!!«

Dann beugte er sich neben die Haustür und brach gefühlt das Essen der letzten drei Tage aus.

Der Wecker hatte nicht geklingelt. Simon schreckte aus dem Schlaf hoch: So ein Mist! Wo war er? Wieso war es schon hell? Es war Montagmorgen. 29. April. Der erste Schultag nach den Osterferien. Es war schon kurz vor acht. Sein Bus war längst weg! Warum hatte ihn niemand geweckt?

Simon stürzte aus dem Bett, zog sich an und bedeckte mit einer Mütze die unfrisierten Haare.

»Wieso hast du mich nicht geweckt?«, brüllte Simon, als er nach oben in die Küche polterte.

Seine Mutter saß mit der Zeitung da und erschrak. »Du warst doch gestern Abend krank. Du hast doch ganz lange vor der Haustür gestanden und dich übergeben. Da habe ich gedacht, es ist besser, wenn du mal einen Tag zu Hause bleibst.«

»So ein Quatsch!«, schimpfte Simon. »Natürlich geh ich zur Schule!« Er schnappte sich seine Schultasche und rannte zur Bushaltestelle. An jedem anderen Tag wäre er froh gewesen, wenn er einen handfesten Grund gehabt hätte, von der Schule zu Hause zu bleiben. Heute war er fest entschlossen, Nadja gegenüberzutreten. Wenn sie von diesem Dämon besessen war, dann hätte er endlich ein greifbares Gegenüber, gegen das er kämpfen konnte.

Natürlich hatte Simon jeden Bus zur ersten Stunde verpasst. Und auch die Busse, die pünktlich zur zweiten Stunde fuhren, waren schon weg. Er betrat das Schulgebäude, als die zweite Stunde schon seit zehn Minuten begonnen hatte. Das fand Simon verschmerzbar. Die Lehrer sollten froh sein, dass er überhaupt noch kam. Selbstbewusst und ohne die Spur eines schlechten Gewissens betrat er den Klassenraum. Frau Hebener, die Englischlehrerin, schielte kurz über ihren Brillenrand: »Auch schon auferstanden, der Herr Köhler?«

Auferstanden. Sehr witzig. Blöde Kuh. Aber Simon grinste wie immer und breitete die Arme aus, als hätte man ihm gerade einen Preis verliehen: »Auferstanden aus Ruinen! Man kennt mich doch!« Einige lachten. Simon setzte sich auf seinen Platz. Und sofort hielt er Ausschau nach Nadja. Sie saß zwei Reihen vor ihm, aber so weit links, dass er keine Chance bekam, Kontakt mit ihr aufzunehmen. Sie hatte sich, als er reingekommen war, zu ihm umgedreht und ihn erstaunt angesehen. Seitdem hatte sie sich aber kein zweites Mal mehr umgedreht.

Nach dem Englisch-Unterricht ging er zur Klassenzimmertür und lehnte sich mit verschränkten Armen und lässigem Grinsen an den Türrahmen, sodass alle, die in die Pause gehen wollten, an ihm vorbeimussten. Manchen Mädchen pfiff er hinterher, manchen flüsterte er »Nette Zahnspange« oder »Gab's die Bluse auf'm Trödel?« hinterher. Die Jungs klatschte er ab. Die meisten waren stolz, von so jemandem wie Simon wahrgenommen zu werden. Als Leon kam, dachte er wohl, mit ihm würde er auch abklatschen, und er hob schon erwartungsvoll seine Hand. Simon erhob seine Hand ebenfalls, als Leon aber abklatschen wollte, ließ Simon seine Hand knapp an Leons Hand vorbeizischen und schlug ihm unsanft auf den Monster-Tornister, den Leon brav auf dem Rücken trug. »Oh, 'tschuldigung, Leon«, grinste er theatralisch.

Als Letztes kam Nadja. Auf keinen Fall durfte sie merken, dass er gestern Abend in Panik verfallen war. Wäre doch gelacht, wenn er nicht noch ein paar Infos über ihr Doppelleben kriegen würde. Mit verschränkten Armen lächelte er sie an und zog dabei die Augenbrauen hoch: »Na, Baby? Wie war deine Nacht in der Mühle?«

Nadja blieb augenblicklich vor ihm stehen, gefährlich nah an seinem Gesicht. Würde er jetzt seine Arme auseinandernehmen, könnte er ihr an die Brust fassen. Ihre Miene verfinsterte sich und ihr Ton hatte was Bedrohliches: »Ja, genau. Das ist der Simon, wie ich ihn kenne. Ein mieses, kleines Arschloch.«

Simon gelang es, seine Fassung zu bewahren. Niemand konnte sehen, dass ihm gerade ein Stich in die Magengrube fuhr. »Danke für das Kompliment. Klingt aus deinem Mund richtig sexy.«

Sie sah ihm weiterhin streng in die Augen: »Wenn du wüsstest …«

»Was denn?« Er grinste weiter. »Ach, übrigens. Das Handtuch, das du erwähnt hast – ja, das hat wirklich gestunken. Nach Mädchen, die sich ihren Hintern nicht abputzen. Guter Trick. Wie hast du das da reingezaubert?«

»Hab ich nicht. Das warst du sicher selbst. Denn du musst zugeben, eigentlich hat es nach ekelhaftem Schweiß von kleinen Milchbubis gerochen, die sich vorkommen, als wären sie schon achtzehn.«

»Gut gekontert. Aber wenn du's nicht reingetan hast – wieso wusstest du dann davon?«

»Ich weiß noch ein bisschen mehr, mein Lieber. Also sieh dich vor, dass du mir nicht auf die Nerven gehst.«

»Echt? Was weißt du denn noch?«

»Ich weiß zum Beispiel, dass du heute verschlafen hast. Und ich wusste, dass du in die zweite Stunde reinplatzt.«

»Oooh, jetzt hab ich aber Angst. Ich schätze mal, das wissen jetzt hundert Prozent der Klasse.«

»Ich wusste es vorher schon.«

»Oh, bravo. Ich bin beeindruckt.«

»Ich weiß auch noch, dass heute in der sechsten Stunde Sport ausfällt.«

»Woher?«

»Ich weiß es einfach.«

»Warum sollte Sport ausfallen? Herr Schweizer ist doch da.«

»Ja, aber er wird sich in der fünften Stunde beim Unterricht in einer anderen Klasse den Fuß umknicken und dann zum Arzt gehen.«

Ohne es zu wollen, entglitten Simon jetzt die Gesichtszüge. Er wurde kreidebleich. »Du bist es«, hauchte er leise. »Du bist die Gestalt aus der anderen Welt. Du versuchst mich zu schikanieren. Du versuchst mich fertigzumachen. Aber du hast keine Chance. Ich werde dich auslöschen.«

»Tu dir keinen Zwang an«, antwortete Nadja kühl. »Aber falls es dich beruhigt: Ich bin es nicht. Ich hab nichts damit zu tun. Ich hab dir auch nicht die Zettel geschrieben wegen Helge Schürmann und so.«

Wieder ein Stich in Simons Magengegend. »Woher weißt du von diesen Zetteln?«

Nadja schaute Simon immer noch fest an, sagte aber nichts. Da hatte Simon einen neuen Verdacht und den sprach er auch sofort aus: »Du warst gestern in der Mühle. Irgendwas hast du dort gesehen. Du hast jemanden getroffen. Hab ich recht? Ist es das? Hat dieser Dämon Besitz von dir ergriffen? Musstest du ihm deine Seele verkaufen? Hast du jetzt auch die Fähigkeit, in die Zukunft zu schauen? Bist du überhaupt noch die Nadja, die ich kenne?«

Nadja bekam ein gefährliches Grinsen. Sie kam ihm mit ihrem Gesicht noch näher. »Ich kann deine Angst riechen, Simon Köhler. Und ich muss sagen, es gefällt mir, dich auch mal so zu erleben. In diesem Blick steckt ein Hauch von Ehrlichkeit. Der steht dir gut.«

Simon ließ Kopf und Arme hängen. Er war völlig fertig. Nadja wandte sich zur Tür und wollte gehen, da fragte Simon leise: »Wer bist du? Was willst du?«

Nadja blieb stehen und drehte sich noch einmal kurz zu ihm um. »Zwei Fragen, zwei Antworten: Ich bin Nadja Tillmann und niemand anderes. Aber wer ich wirklich bin – tief in mir drin, das wird dieser Simon, den ich hier vor mir habe, wohl niemals herausfinden. Und was ich will? Ich will, dass du dich selbst mal kennenlernst, damit du siehst und erlebst, was für ein Mensch du eigentlich bist. Und ich will, dass du du selbst wirst.«

»Und wie soll ich das?«

»Finde es heraus.« Damit ging sie endgültig und ließ ihn verwirrt und ratlos im Klassenzimmer stehen.

Den Rest des Tages versuchte Simon, diese rätselhafte Bemerkung von Nadja zu entschlüsseln. »Ich will, dass du du selbst wirst«, hatte sie gesagt. Was sollten solche philosophischen Sätze? Simon war doch er selbst! Hatte dieses Gespenst vor einigen Wochen, als er es zum ersten Mal in der Nacht gesehen hatte, nicht auch so was gesagt? »Versuch, dich zu akzeptieren und du selbst zu werden. Dann musst du nicht andere kopieren wie ein billiger Doppelgänger.« Wenn Simon nicht er selbst war, wer war er denn sonst? Ein Doppelgänger? Von wem? Von der mysteriösen Kreatur in der Mühle?

Der Sport-Unterricht in der sechsten Stunde war tatsächlich ausgefallen. Weil Herr Schweizer in der fünften Stunde bei einer anderen Klasse seinen Fuß umgeknickt hatte und zum Arzt musste. Als er diese Nachricht hörte, wollte er sofort Nadja noch einmal darauf ansprechen, aber sie hatte schon den Nachhauseweg angetreten. Simon war fix und fertig. Wenn diese übersinnliche Macht das Ziel hatte, ihn in den Wahnsinn zu treiben und dadurch auszuschalten, dann war sie auf dem besten Weg, ihr Ziel zu erreichen. Simon wusste nicht, wie viel Kraft er noch hatte, um dagegen anzukämpfen.

Im Laufe der Woche versuchte Simon immer mal wieder während des Unterrichts zu Nadja rüberzuschielen, um ihren Blick aufzufangen. Aber er hatte keine Chance. Sie beachtete ihn überhaupt nicht. Und weil er sie nicht noch einmal bedrängen wollte, lauerte er ihr auch nicht mehr auf. Weder vor oder nach der Schule, noch in der Pause. Zum Glück konfrontierte sie ihn auch nicht mehr mit irgendwelchen hellseherischen Fragen oder Aussagen. Wenn er sie sah, wirkte sie entspannt und fröhlich. Überhaupt nicht mehr so dämonisch oder allwissend wie am Sonntagabend oder Montag. Ob das ein einmaliger Ausrutscher war? Wie um alles in der Welt sollte er sich das erklären? Und sein Doppelgänger tauchte auch nicht mehr auf. Das war einerseits gut, aber beruhigt war Simon deswegen noch lange nicht. Vielleicht war das auch nur die Ruhe vor dem nächsten Sturm. Er beschloss, weiterhin höllisch aufzupassen. Die Nachmittage verbrachte er entweder zu Hause an seinem PC oder bei Jan. Trotzdem musste er zwischendurch immer wieder an Nadja denken. Vor den Ferien, als er im Teentreff war, hatte sich kurz so etwas wie Sympathie zwischen den beiden entwickelt. Wenn auch nur die Andeutung davon. Und auf einen Schlag war alles verdorben. Konnte man das nicht irgendwie wiederherstellen?

Der Teentreff. Konnte der nicht eine Brücke sein? In den Ferien hatte er nicht stattgefunden. Aber jetzt wieder. Sollte er nicht einfach noch mal hingehen? Simon bequatschte Jan wieder so lange, bis der einwilligte, am Donnerstag mitzukommen.

Am Donnerstagmorgen kam Nadja in der Pause auf dem Schulhof kurz auf ihn zu: »Komm bloß nicht auf die Idee, heute Abend in den Teentreff zu kommen.«

Obwohl Simon über diese unverhoffte Absage erschrocken war, grinste er breit: »Wieso nicht? Kann mir keiner verbieten.«

»Doch: ich.«

»Und warum?«

Nadja brauchte zwei Sekunden zum Überlegen. »Weil du dich sowieso nur über das Ganze lustig machst.«

Simon verschränkte seine Arme und zog die Augenbrauen beim Grinsen zusammen: »Vielleicht will ich ja auch Christ werden.«

»Im Leben nicht.«

»Ich hör mir gerne an, was ihr zu erzählen habt. Und immerhin ist das ein öffentliches Treffen, oder?« Er kam noch näher an sie heran. »Und ich würde mich sehr freuen, wenn wir beide uns wieder ein bisschen näherkämen.«

»Vergiss es.« Damit ging sie wieder zu ihrer Freundin Steffi zurück.

So ein Mist. Was hatte das denn wieder zu bedeuten? Hatte sie wieder irgendwelche hellseherischen Anflüge? Woher wusste sie, dass er heute kommen wollte? Und warum war sie so dagegen? War er ihr gerade zu frech geworden? Egal. Sein Entschluss stand fest: Er würde heute in den Teentreff gehen. So schnell würde er nicht aufgeben.

Simon war top gestylt, als er sich zusammen mit Jan auf den Weg machte. Jan sah aus wie immer. Er hatte hier ja auch kein Mädchen, dem er gefallen wollte. Sie waren fast die Ersten, die sich vor dem Gemeindehaus einfanden. Nach und nach kamen die Teenkreisbesucher, die vor den Ferien schon da gewesen waren. Simon hatte sich damals nicht deren Namen gemerkt, und er fragte auch jetzt nicht danach. Die Jungs beachtete er außer mit einem beiläufigen »Hallo« kaum. Er grinste breit und tat so, als würde er sich mit Jan über etwas Wichtiges unterhalten. In Wirklichkeit bequatschten sie nur das Computerspiel, das sie vorhin gespielt hatten.

Endlich kam Nadja zusammen mit Steffi angeradelt. Simon wollte schon lässig auf die Fahrräder zuschlendern und irgendeine Reaktion von Nadja heraufbeschwören. Da sah er etwas, das ihm überhaupt nicht gefiel. Die Mädchen hatten einen Jungen mitgebracht, der ebenfalls auf einem Fahrrad fuhr. Auch ungefähr fünfzehn, dünn, sportlich, braune Haare, braune Augen, Jeansjacke, blaue Nike-Cap. Simons Grinsen verschwand für einen Augenblick. War das etwa Nadjas Freund? Oder einer, der es werden wollte? War das der Grund, warum

Simon nicht zum Teentreff kommen sollte? Oder gehörte der zu Steffi? Dann konnte ihm das ja egal sein. Der Typ konnte ja machen, was er wollte. Aber er durfte sich nicht an Nadja ranmachen.

»Hallo«, begrüßten Nadja und Steffi allgemein die Herumstehenden.

»Hallo«, grüßten die anderen zurück. Der Fremde sagte nichts.

»Hallo Simon, hallo Jan!«, grüßte Nadja die beiden Jungen noch mal extra. Sie wirkte dabei entspannt und vergnügt wie immer. Hä? Was war denn jetzt los? Heute Morgen wollte sie nicht, dass er herkam, und jetzt war sie freundlich wie eh und je? Das war doch eine Masche! Die plante doch was! Sollte ihre Heiterkeit von dem neuen Freund ablenken? Tat ihr der raue Ton von heute Morgen leid? Oder brauchte sie bloß die Umgebung dieses frommen Hauses, um ihn normal zu behandeln? Wie auch immer – falls das so sein sollte, wäre er gerne bereit, hier sein Lager aufzuschlagen. Solange dieser andere Kerl ihm jedenfalls nicht gefährlich würde.

»Hi Nadja!« Simon vergrub seine Hände lässig in den Hosentaschen, ging langsam auf sie zu und grinste auf seine unnachahmliche Weise.

»Schön, dass du kommen konntest«, sagte Nadja und es klang sogar ehrlich.

»Ich komme immer, wenn ich an dich denke«, sagte Simon und zog dabei verführerisch eine Augenbraue hoch.

»Puh«, machte Nadja, verzog das Gesicht und wedelte mit ihrer Hand vor der Nase, als hätte jemand einen Furz gelassen.

Okay. Schlechter Scherz. Schnell das Thema wechseln: »Und wer ist das?« Er zeigte mit seinem Kopf auf den Fremden.

»Das ist Timon«, sagte Nadja, und es klang wirklich so, als wäre das ihr neuer Freund. Simon versuchte diesen Klang zu überhören. Immerhin musste das ja nicht so sein.

»Hallo«, sagte Simon laut zu Timon, ohne aber seine Hände aus der Tasche zu nehmen, und fügte noch hinzu: »Simon.«

»Hallo«, sagte Timon. Obwohl Simon diesen Kerl noch nie gesehen hatte, durchfuhr ihn ein merkwürdiges Gefühl in der Magengegend, als er dessen Stimme hörte. Sie klang zwar irgendwie unsicher, aber trotzdem kam sie ihm bekannt vor. Woher bloß? Er hatte diesen Typen bestimmt noch nie gesehen. Und der Name Timon sagte ihm erst recht nichts.

»Nein, nicht Simon«, verbesserte Nadja und wirkte erschrocken. »Timon!«

»Ich weiß«, sagte Simon. »Hab ich verstanden. Aber *ich* heiß Simon. Ich dachte, das interessiert ihn vielleicht.« Dabei ließ er den fremden und doch nicht fremden Timon nicht aus den Augen. Woher kannte er ihn? Die Augen, das Gesicht, das ganze Auftreten – völlig fremd. Aber die Stimme …

»Ach so!«, lachte Nadja und schien erleichtert.

Jan, der bisher nur schweigend dabeigestanden hatte, grinste: »Simon – Timon, das passt ja.«

»Ja, genau!«, lachte Nadja immer noch.

Simon behielt sein undurchdringliches Grinsen, als er sagte: »Das wird sich noch zeigen.«

Dann kamen die Erwachsenen und alle gingen ins Haus. Der Teentreff begann.

Leider gelang es Simon nicht, einen Platz neben Nadja zu ergattern. Dafür saß dieser merkwürdige Timon neben ihr in diesen unmöglichen Hängematten-Sesseln, aus denen man sich nur mit viel Schwung erheben konnte. Simon beobachtete ihn die ganze Zeit. Wer war das und was war von ihm zu befürchten? Während der Lieder sang auch er nicht mit, das war ja schon mal beruhigend. Also kein christlicher Fanatiker. Jetzt, wo Simon so weit weg von Nadja saß, beschloss er, ihre Aufmerksamkeit mehr durch lustige Zwischenbemerkungen zu erlangen. Als jemand das Lied vorschlug: »Vater, ich komm auf deinen Schoß«, da blökte er: »Ich möchte hier auch bei jemandem auf den Schoß!« Und als Bernd zwischendurch fragte, ob jemand Ostern oder Karfreitag im Gottesdienst gewesen war, rief Simon: »Ja, ich. Karfreitag in der Kirchengrotte. Und das hat mir unheimlich gut gefallen. Besonders die Geiger, die haben so eine meditative Stimmung verbreitet. Da fühlte man sich gleich wie gekreuzigt.«

Wieder lachten einige. Simon grinste.

Susi, eine der Betreuerinnen Anfang zwanzig, hielt ihre kleine christliche Ansprache. »Was wäre für euch der größte Liebesbeweis?«, begann sie und hielt das wohl für einen genialen Einstieg.

Sofort fiel Simon was ein: »Wenn mich jemand von oben bis unten so richtig durchkneten würde. Aber ohne was auszulassen, wenn ihr wisst, was ich meine.« Dabei grinste Simon siegessicher, aber niemand lachte. Wirklich eine humorlose Runde in diesem frommen Hause hier. In der Klasse wären einige gewesen, die sofort laut losgelacht hätten. Wenigstens Jan neben ihm lachte. Simon war das Grinsen eigentlich vergangen, aber um sich keine Blöße zu geben, behielt er es bei.

»Gibt's auch noch sinnvolle Beiträge?«, fragte Susi.

Es dauerte weniger als drei Sekunden, bis Timon sich zu Wort meldete: »Einem Menschen eine zweite Chance zu geben.« Alle schauten ihn an. Timon wurde kein bisschen rot, sondern fuhr in aller Seelenruhe fort: »Wenn einer sich total danebenbenommen hat, aber der andere einem trotzdem noch zuhört und glaubt, dass etwas Gutes in ihm steckt.«

Was war das denn für ein frommer Spinner? Meinte der das wirklich oder sagte der das nur, um Nadja zu beeindrucken? Nadja lächelte genussvoll vor sich hin, aber sie schaute dabei niemanden an. Simon hätte am liebsten laut aufgeschrien. Irgendwas wie: »Was findest du an diesem Scheißkerl? Hä? Was denn? Fromme Sprüche klopfen kann ich auch! Wenn ich sage, ich fand den Karfreitagsgottesdienst gut, dann glaubt ihr mir das nicht! Aber wenn dieser Schwachkopf was von zweiter Chance und Zuhören und so was labert, dann seid ihr alle schwer beeindruckt! Da stimmt doch was nicht!« Und zu Timon hätte er am liebsten gebrüllt: »Hör auf, dich an Nadja ranzuschmeißen! Was willst du von ihr?« Und dann hätte er ihn am liebsten an seiner bescheuerten Jeansjacke aus dem Plumpsklo-Sessel gezogen, ihm einen Kinnhaken verpasst, der ihn in die hinterste Ecke des Gemeindehauses geschleudert hätte und dann wäre er mit einem Tarzanschrei auf den Tisch gesprungen, hätte noch die eine oder andere Bibel gegen die Wand geschmettert, hätte die Tür mit dem Fuß aufgetreten und wäre nach Hause gelaufen.

Einen kurzen Augenblick hatte Simon bei diesem Gedanken die Kontrolle über sein Gesicht verloren. Aber sofort hatte er sich wieder im Griff und grinste Timon an, als hielt er ihn für psychisch gestört.

Susi hielt eine stundenlange Predigt über Jesus und dass der größte Liebesbeweis wäre, wenn man für einen anderen sterben würde. Na super, dachte Simon. Sollte er vielleicht für Nadja sterben? Wäre das ein Beweis, der hier zählen würde? Oder war das hier in diesem christlichen Kreis nur symbolisch gemeint? Susi erzählte von Jesus, der für alle Menschen gestorben war, um den Weg zu Gott frei zu machen. Nun war es an jedem Einzelnen hier im Raum, selbst zu entscheiden, ob er diesen Weg gehen wollte. Konnten diese Christen eigentlich von nichts anderem reden? War das die einzige Botschaft, die sie hatten? Susi hatte sich ein paar Notizen auf einen Zettel gemacht. Meistens schaute sie nicht drauf, sondern sah die Leute hier in der Runde eindringlich an, so als wollte sie mit ihren aufdringlichen Blicken ihren Worten noch mehr Nachdruck verleihen. Manchmal schaute sie sogar nacheinander jeden an, als wollte sie aus jedem Blick ein Bekenntnis lesen: »Ja, hallo! Ich bin auch Christ! Jesus for president! Halleluja!« Als sie Simon anschaute, legte er alle Kraft in einen »Du-kannst-mich-mal«-Blick und grinste dabei. Er würde diesem Club so schnell nicht seine Seele verkaufen. Er war wegen Nadja hier und nicht wegen Susi. Und schon gar nicht wegen Jesus.

»Als ich so alt war wie ihr, hab ich mich erst mal gegen diesen Weg entschieden«, fing sie nun auch noch an, den ausgelieferten Zuhörern ihre Lebensgeschichte aufzuzwingen. Und dann hatte sie sich ganz, ganz bösen Dingen zugewandt wie »Partys, Freunde treffen, Alkohol, manchmal auch ein bisschen viel Alkohol«, kicher, kicher. Wer in diesem Raum wollte das hören? Simon wollte ihr schon ins Wort fallen und etwas rufen wie: »Fasse dich kurz, liebe Schwester und komm zu der Stelle, an der Jesus dich von Partys, Freunden und Alkohol befreit hat! Halleluja!« Aber er zog es vor, erst mal die Klappe zu halten. Immer wenn er zu Timon rüberschielte, schien der wirklich zuzuhören. War ja klar. Der war sicher christlich vorgeprägt mit seiner super duper Antwort vorhin. Aber wenn Simon auch nur halbwegs Chancen bei Nadja haben wollte, musste er gleich auch eine super duper Antwort geben. Nur welche?

Endlich hatte Susi ihren langen Vortrag beendet. Natürlich war sie vom Alkohol zurück zu Jesus gekommen, weil Jesus sie so sehr liebte. Aber das musste sie erst mal hier oben kapieren – dabei tippte sie sich auf ihre Stirn – und hier drinnen annehmen – dabei zeigte sie auf ihr Herz. »Und wenn du das auch hier oben kapierst und hier im Herzen annehmen willst«, schloss sie ihre Predigt ab, »dann sag Ja zu Jesus. Du ganz persönlich.«

Schweigen. Ende des Vortrags. Das war seine Gelegenheit, Nadja für sich zu gewinnen. Er musste eine Antwort finden, bevor dieser penetrante Timon irgendwas Schlaues sagte. Also, was hatte Susi gerade gesagt? Was sollten alle sagen? Ja zu Jesus? »Du ganz persönlich«?

Simon nutzte die Chance des Schweigens und antwortete als Erstes: »Ja zu Jesus! Du ganz persönlich!« Mist, aus seiner Stimmlage hatten alle heraushören können, dass das die pure Verarschung war. Immerhin lachte Jan. Aber sonst keiner. Auch Nadja nicht. Der schlaue Bernd mit der Gitarre sagte: »Das ist nicht witzig.«

Okay. Okay. Simon hatte ganz vergessen, dass er hier in einen Christenhaufen geraten war. Da war nix witzig.

»Also, noch mal komm ich hier nicht mit«, sagte Jan auf dem Nachhauseweg. »Das ist mir alles zu intellektuell und zu gefährlich. Wenn die da nachher Dart oder Tischfußball spielen, ist das ja immer ganz nett. Aber diese christlichen Reden, das halt ich nicht mehr aus.«

»Ich auch nicht, Jan«, gab Simon zu. »Aber hör mal, du kannst mich doch nicht allein da hingehen lassen. Ich brauch seelische und moralische Unterstützung, um Nadja zu bekommen.«

»Du spinnst ja. Hast du nicht gesehen, dass die einen Freund hat?«

»Der? Das war doch nicht ihr Freund! Niemals!«

»Ich glaub doch. So wie die sich immer angeschaut haben.«

»Nee, nee, Jan. Das bildest du dir ein. Es könnte natürlich sein, dass der was von ihr will. Aber umso wichtiger ist es, dass ich vorher bei ihr lande. Kapierst du das denn nicht?«

»Natürlich kapier ich das. Aber ich glaub nicht, dass du bei Nadja Chancen hast. Nadja ist eine Heilige. Das bist du nicht.« Jan grinste spöttisch dabei. Aber Simon wusste, wie das gemeint war.

»Dieser Timon – der ist auch ein Heiliger, was?«

»Schon eher. Der klopft nicht so Sprüche wie du und scheint auch insgesamt interessierter an der ganzen christlichen Sache zu sein.«

»Mit anderen Worten: Timon ist eindeutig langweiliger.« Beide lachten. Simon immer lauter. Er wollte so laut lachen, dass dieser dämliche Timon, wo auch immer er gerade war, das hörte. »Und so einen Langweiler hat Nadja nicht verdient. Ich werde um sie kämpfen!« Bei seinem nächsten Lachen fühlte er sich wie ein Piratenkapitän, der sich soeben vorgenommen hatte, einem feindlichen Piraten den Kampf um die vergrabene Schatzkiste anzusagen. Er hob sogar siegreich einen Arm in die Luft. Nur der Haken an seiner Hand fehlte noch.

In der Schule blieb Nadja auch in den nächsten Tagen für Simon nicht zugänglich. Wenn er sich ihr auf dem Schulhof vorsichtig näherte, drehte sie ihm den Rücken zu. Wenn er sich in einem Klassenzimmer einfach mal ganz dreist neben sie setzte, stützte sie ihren Ellenbogen auf den Tisch und den Kopf auf die Hand – und zwar so, dass sie ihm damit komplett den Hinterkopf zuwandte. Darum wartete Simon einmal nach der Schule in der Nähe ihres Fahrrads auf sie.

»Was muss ich tun, damit ich von dir ein Lächeln bekomme?«, fragte er frei heraus, als Nadja mit Steffi zusammen auf ihr Fahrrad zukam.

»Ein anderer Mensch werden«, war ihre knappe Antwort, bevor sie ihr Fahrradschloss entriegelte und die Schultasche in den Fahrradkorb legte.

»Okay. Mach ich. Und was für einer?«

Nadja überlegte kurz und antwortete dann: »Einer, der nett ist, der zuhören kann, der nicht nur an sich denkt und der vor allen Dingen keine bekloppten Sprüche klopft, mit denen er andere verletzt.«

Simon tippte sich auf sein Kinn und tat, als überlegte er laut: »Hmm, mal nachdenken. Nett bin ich, zuhören kann ich. Ich denk am allerwenigsten an mich, weil ich den ganzen Tag nur an dich denke. Tja, und das mit den Sprüchen – okay, das ist ein Punkt, an dem ich noch arbeiten müsste.«

Mit einem Schwung zog Nadja ihr Fahrrad aus dem Fahrradständer. »Dann fang mal an.«

»Okay. Und wenn ich das gelernt hab, dann reden wir weiter, ja?«

»Ja.«

Nadja und Steffi fuhren davon. Das war das produktivste Gespräch, das er seit Langem mit Nadja geführt hatte, fand Simon. Wie nach einem gewonnenen Spiel ballte er seine Faust und streckte sie siegreich in die Luft. Da kam plötzlich Leon in seine Nähe und wollte sich an ihm vorbeischleichen. Als sie sich kurz anschauten, stand schon wieder die nackte Angst in Leons Augen.

»Was gaffst du so?«, blaffte Simon ihn an.

»Ich gaffe nicht«, sagte Leon und schaute angestrengt vor sich auf den Weg, während er weiterging.

»Das stimmt, du gaffst nicht«, lachte Simon und hatte Leon mit zwei Schritten eingeholt, »du stolperst.« Und mit einem ordentlichen Stoß hatte Simon Leon von hinten angeschubst, sodass Leon drei, vier Schritte unbeholfen torkelte und dann nach vorne auf seine Knie fiel. Simon lachte laut. »Siehst du?« Während Simon zum Busbahnhof ging, war er höchst zufrieden mit seinem Werk. Leon war ihm immer noch untertan und Nadja würde es auch bald sein. Alles im grünen Bereich.

Obwohl Jan sich nicht überreden ließ mitzukommen, machte sich Simon am nächsten Donnerstag wieder auf den Weg zum Teentreff. »Was ist der größte Liebesbeweis?«, hatte Susi letzte Woche gefragt. Wenn sie es heute noch mal fragen sollte, dann wüsste Simon, was er antworten müsste: sich für Nadja unentwegt in die Höhle der Christen zu begeben.

Die üblichen Verdächtigen waren im Teentreff, auch Nadja und Steffi – und Timon. Wieder waren sie zu dritt mit dem Rad gekommen. Mist. Vielleicht doch ernst zu nehmende Konkurrenz. Simon nahm sich vor, Timon noch genauer unter die Lupe zu nehmen.

Weil das Wetter so schön war, kündigten die Erwachsenen an, sie würden alle miteinander zum Minigolf fahren. Das war schon mal eine gute Nachricht. Kein Dauersitzen auf diesen Tiefsitz-Sesseln, vielleicht noch nicht mal eine Dauerpredigt. Einfach mal entspannt Minigolf spielen. Das ließ sich Simon gefallen.

»Am besten bildet ihr immer kleine Gruppen zu drei oder vier Leuten«, schlug Bernd der Gruppe vor, während er die Minigolfschläger und -bälle verteilte. »Und dann verteilt euch auf unterschiedliche Bahnen, dann müsst ihr nicht so lange warten.«

»Ich bin mit Nadja in einer Gruppe!«, bellte Simon sofort und stand mit einem Schritt neben Nadja und Steffi. Timon war sowieso schon an der Seite neben Nadja angewurzelt, der traute sich vermutlich überhaupt nicht, sich von seiner Babysitterin zu lösen. Damit schien irgendwie klar zu sein, dass Steffi, Nadja, Simon und Timon eine Gruppe bildeten.

Die anderen drei schienen das Beste aus ihrer Lage zu machen. Die Mädchen hatten zwar mit den Augen gerollt, als sich Simon zu ihnen gestellt hatte, aber im weiteren Verlauf kamen keine blöden Kommentare mehr. Timon hatte nicht mit den Augen gerollt. Aber er schien Simon genauso zu fixieren wie er ihn. Vielleicht sah er in Simon auch eine ernst zu nehmende Konkurrenz. Ja, das war gut. Sollte er doch. Konkurrenz belebt das Geschäft, dachte Simon. Wollen doch mal sehen, wen von uns Nadja auswählt. Den coolen, pfiffigen, frechen, siegreichen Simon – oder den spießigen, langweiligen, schweigsamen Timon, der heute exakt dieselben Klamotten trug wic letzte Woche.

»Na, gab's den Pullover mehrmals im Angebot? Oder hast du nur den einen?«, fragte Simon seinen Konkurrenten beiläufig, als Nadja und Steffi einmal mit Punkte-Aufschreiben beschäftigt waren.

»Diesen Pullover hab ich nur einmal«, gab Timon zurück. »Aber hätte ich gewusst, dass du heute kommst, hätte ich mich natürlich noch schicker gemacht.«

»Mich musst du nicht beeindrucken«, sagte Simon gönnerhaft. »Hauptsache, Nadja steht drauf.«

»Nadja steht mehr auf innere Werte.«

»Weiß ich.« Simon lächelte überlegen. »Ich hab ja welche. Und du? Wann legst du dir deine zu?«

»Ich lass dir den Vortritt.«

»Das ist nett von dir.« Simon zog eine Augenbraue hoch. »Lässt du mir auch bei Nadja den Vortritt?«

Timon zuckte ebenfalls mit den Augenbrauen. »Das muss ich nicht. Ich glaub, Nadja kann sich selbst entscheiden.«

»Recht hast du, Milchgesicht.« Simon stieß Timon leicht mit dem Ellenbogen in die Seite. »Dann warten wir mal ab, für wen sich die Kleine entscheidet. Für das Leben oder für die Langeweile.«

Und bevor Timon darauf noch mal antworten konnte, rief Simon laut den anderen zu: »So, dann bin ich ja wohl wieder dran!«

Trotzdem blieb es auch in den nächsten Tagen schwierig, Nadja irgendwie positiv zu beeindrucken. Als er sich einmal einen ganzen Vormittag bemüht hatte, keine blöden Sprüche zu klopfen, ging er nach der Schule wieder auf Nadja zu: »Na, wie war ich? Keine blöden Sprüche mehr. Gut, was?«

»Ja, sehr gut, Simon«, stöhnte Nadja ungerührt und ging mit Steffi zusammen auf ihr Fahrrad zu. »Und jetzt versuchst du mal, das nicht nur einen Vormittag lang durchzuziehen, sondern eine ganze Woche.«

Simon blieb neben ihr, aber der Auftrag von Nadja war schon ein ordentlicher Hammer. »Wow, eine ganze Woche! Ganz schön hoher Anspruch!«

»Ja.« Nadja verlangsamte ihr Tempo nicht, während sie weiterredete. »Und wenn du diese Stufe erreicht hast, dann erweitern wir das auf dein ganzes Leben. Auf die Einstellung in deinem Herzen.«

Wow! Herzenseinstellung! Simon sollte sozusagen christlich werden! »Können wir nicht irgendwie einen Kompromiss finden, den ich auch erreichen kann?«

»Wieso?« Nadja blieb kurz stehen und schaute Simon belustigt an. »Ist dir die Latte zu hoch gehängt?«

Simon fletschte die Zähne beim Grinsen: »In deiner Nähe ist meine Latte immer oben!«

Im selben Augenblick verfinsterte sich Nadjas Gesicht. »Das war ja klar. Das war ja so was von klar.« Sie wandte sich von Simon ab und ging noch schneller auf ihr Fahrrad zu. »Mir wird schlecht.«

»Okay, okay!«, Simon holte Nadja wieder ein und hob ergeben seine Hände. »Kleiner Scherz! Sorry! Ist mir rausgerutscht, kommt nicht mehr vor! Aber du musst doch zugeben, bei der Steilvorlage konnte ich nicht anders!«

»Du ekelst mich an, Simon Köhler«, fauchte Nadja und beeilte sich, ihr Fahrrad aufzuschließen, die Tasche zu befestigen und aufzusteigen. Steffi war schon zur Abfahrt bereit.

Mist. Wieder ein Eigentor. Schade, dass sonst niemand dabei gewesen war. Julian, Benno und Konsti hätten diesen Spruch echt gut gefunden. Simon nahm sich vor, ihnen wenigstens nachträglich davon zu erzählen.

Eines Tages kam Simon nichts ahnend aus der Schule nach Hause, als er auf der anderen Straßenseite genau gegenüber seines Hauses Timon stehen sah. Er lehnte mit verschränkten Armen genüsslich an einer kleinen Mauer und schien geradezu auf ihn zu warten. »Was machst du denn hier?«, fragte Simon, ohne ihn zu grüßen oder sonst irgendwelche Nettigkeiten auszutauschen.

»Dich warnen«, antwortete Timon.

Wow. Der große, fremde Timon war gekommen, um Simon zu warnen. Das klang ja überaus spannend. Geradezu gruselig! »Warnen«, wiederholte Simon und war sehr gespannt, was dieser Affe zu sagen hatte. »Cool. Und wovor?«

Timon antwortete nicht, sondern grinste ihn nur blöde an. Wie er dieses bescheuerte Grinsen hasste! Wenn Timon lernen wollte, wie man grinste, dann sollte er mal bei Simon in die Lehre gehen. Aber dieses Möchtegern-Grinsen – lächerlich! Und wollte er nicht endlich mal was antworten? Simon überquerte die Straße, stellte sich vor Timon und fragte noch einmal: »Wovor willst du mich warnen?«

»Lass Nadja in Ruhe«, kam es von Timon langsam, aber deutlich.

Obwohl Simon mit so was in der Richtung gerechnet hatte, war er durch die Art, wie dieser fremde und doch so vertraute Timon das sagte, so überrascht, dass er spontan einen Schritt zurücktrat. Aber sofort hatte er sich wieder gefangen und begann zu lachen: »Was? Du spinnst wohl! Hast du etwa über sie zu bestimmen?«

»Nein, hab ich nicht«, sagte Timon. »Aber du auch nicht.«

»Okay, alles klar!« Dieser kleine Macho war ja wohl komplett durchgedreht. Was hatte er ihm schon zu befehlen? »Dann sind wir ja quitt! Du hast nicht über Nadja zu bestimmen, ich hab nicht über sie zu bestimmen. Wir wollen sehen, für wen von uns beiden sie sich entscheidet. Klar?«

»Nicht klar«, schoss Timon scharf zurück. »Du nervst Nadja mit deinen blöden Sprüchen und mit deiner peinlichen Anmache und damit sollst du aufhören!«

Wie bitte? Was wusste Timon über Simons Anmache? »Wer sagt das?«, fragte Simon langsam.

»So kriegst du sie nie!«, fuhr Timon fort, ohne seine Frage zu beantworten. »So ekelst du sie nur immer mehr an!«

Simon ging langsam auf Timon zu. »Ach ja? Hat Nadja dir das erzählt? Redet ihr über mich? Trefft ihr euch nachmittags?«

»Hör einfach auf, sie so zu behandeln. Ich will nicht, dass Nadja wegen dir leidet!«

Wegen mir leidet? Simon spürte, wie eine Wut ihn ihm aufstieg, die er fast nicht mehr kontrollieren konnte. Wie kam dieser fremde Kerl dazu, aus dem Nichts in das Leben von Nadja einzudringen und ihm jetzt auch noch Vorschriften zu machen? »Du Sackgesicht«, knurrte er leise, aber bedrohlich. »Du hast mir so was von überhaupt nix zu sagen. Nadja leidet nicht wegen mir. Verstanden? Vielleicht gefallen ihr meine Sprüche besser, als du denkst.«

»Wenn du wüsstest, wie armselig du bist«, flüsterte Timon ebenso leise. »Du bist so eine arme, hirnlose Sau. Wenn ich nicht so viel Mitleid mit dir hätte, würde ich dich nur noch verachten.«

»Danke für das Kompliment. Aber du kannst dir gar kein Urteil über mich erlauben. Du kennst mich doch überhaupt nicht.«

Timon grinste. »Wenn du wüsstest, wie gut ich dich kenne. Mehr, als dir lieb ist.«

Was hatte denn das schon wieder zu bedeuten? Timon kannte ihn? »Und woher, wenn ich fragen darf?« Simon zwang sich, ruhig zu bleiben, aber er konnte nicht verhindern, dass er sich aufregte. »Über Nadja, oder was? Die weiß doch auch gar nichts über mich! Einen Dreck weiß die!«

Timon blieb ruhig. »Wie gesagt. Ich wollte dich nur warnen. Hör auf, Nadja mit deinen blöden Sprüchen und deiner billigen Anmache zu nerven. Denn wenn du sie nervst, nervst du auch mich. Verstanden?«

Dieses großkotzige Arschloch, was bildete der sich eigentlich ein? Er war weder der Mentor von Nadja noch von Simon. Er hatte niemandem irgendwelche bescheuerten Ratschläge zu erteilen. Drohend hob er eine Faust vor sein Gesicht: »Hör mal. Wenn ich du wäre, würde ich jetzt ganz schnell zusehen, dass ich meine vorlaute Fresse halte und von hier verschwinde. Sonst könnte es passieren, dass ich mich noch vergesse.«

Plötzlich lachte Timon laut auf. »Wenn du ich wärst«, wiederholte er und lachte weiter. »Das ist gut! Das merk ich mir!«

»Ja, merk dir das!«, schimpfte Simon laut. »Und jetzt hau ab!«

Simon ging über die Straße und betrat sein Grundstück, ohne sich noch mal umzuschauen. So ein Depp! Auf den musste man echt aufpassen!

Den Teentreff besuchte Simon in den nächsten Wochen nicht mehr. Er hatte keine Lust, diesem Idioten öfter über den Weg zu laufen, als es sein musste. Aber dann hatte er doch wieder eine Begegnung mit ihm. Und die war mehr als seltsam.

Es war an einem Vormittag. Die Klasse war gerade auf dem Weg in die Turnhalle zum Sportunterricht, als Julian laut rief: »Achtung, Hundekacke! Nicht reintreten!«

Alle lachten, da fiel Simon etwas Lustiges ein. Er rannte ein paar Schritte voraus, wo Tollpatsch Leon allein vor sich hin watschelte. »Leon, komm mal mit, ich muss dir was zeigen!« Damit packte er Leon fest an der Hand.

»Nein, lass mich«, kam es mit leicht weinerlicher Stimme von Leon. Er wollte sich aus dem Handgriff lösen, aber Simon war stärker.

»Julian, Konsti, helft mir mal!«, rief Simon. Die anderen hatten natürlich sofort kapiert, was Simon vorhatte. Laut lachend kamen sie dazu und fassten Leon an der anderen Hand.

»Nein!«, rief Leon und geriet in Panik. »Lasst mich los!«

Aber er hatte keine Chance. Zu dritt rissen sie Leon an den Armen bis zu dem Hundehaufen. Leon gelang es ein paarmal, über den Haufen drüberzuspringen, wenn sie ihn darüberzerrten. Aber letztlich rissen sie ihn so oft hin und her, bis Leon schließlich doch mitten in die ziemlich weiche und viel zu große Matsche hineintrat. Laut und triumphierend lachten sie auf und ließen Leon bei dem Haufen stehen. Etliche aus der Klasse hatten das gesehen, aber keiner hatte eingegriffen. Warum auch? Mit Simon und seiner Bande wollte sich niemand anlegen. Diese Art von Macht war schon ziemlich cool.

Kurz bevor sie die Turnhalle betreten wollten, sah Simon Timon auf einem Zaungeländer ganz in seiner Nähe sitzen. Zuerst bekam Simon einen Schrecken, aber dann legte er all seine Siegesgewissheit in sein Grinsen und ging auf ihn zu. Julian, Konsti und Benno folgten ihm. Dadurch fühlte er sich noch stärker. Jetzt konnte ihm dieser Möchtegern-Bodyguard keine Angst mehr einjagen. »Na, Milchgesicht?«, begrüßte Simon ihn. »Hast du keine Schule?«

»Was für eine armselige, widerliche Kreatur«, sagte Timon nur. Anscheinend hatte er die Aktion mit Leon beobachtet.

»Hups«, machte Simon und tat überrascht. »Na, als so böse hätte ich den armen Leon ja nicht bezeichnet. Aber jetzt, wo du es sagst – du hast recht. Leon ist eine armselige, widerliche Kreatur.« Simon schaute zu Leon, der mit einem Stöckchen an seinen Schuhsohlen herumkratzte. »Schau mal, jetzt heult er sogar. Der Arme.«

Die anderen Jungs lachten.

»Ich meinte nicht Leon«, sagte Timon.

»Ach so«, gab Simon zurück. »Du meinst dich. Na gut. Selbsterkenntnis ist der erste Weg zur Besserung, hab ich mal irgendwo gehört.«

»Ich hasse dich«, knurrte Timon leise.

»Das ist gut«, sagte Simon und grinste bis hinter beide Ohren. »Da haben wir ja eine gemeinsame Ebene gefunden. Und jetzt mach's gut – und denk dran: Wenn ich du wäre, würde ich jetzt abhauen. Das wolltest du dir ja merken.«

»Und wie ich mir das merken werde«, entgegnete Timon. »Und du wirst dir das erst recht merken.«

»Hu, jetzt hab ich aber Angst!«

Simon wollte sich gerade umdrehen und zur Turnhalle zurückgehen, da hörte er, wie Nadja bei ihnen angekommen war: »Simon! Was machst du hier?«

»Was, ich?«, riefen Simon und Timon wie aus einem Munde.

Nadja hielt kurz die Luft an, sah von einem zum anderen und sagte dann: »Ich hab ›Simon‹ gesagt. Den gibt es hier nur einmal. ›Simon, was machst du hier bei Timon?‹, wollte ich fragen. Und Timon, was machst du hier an der Schule?«

Alle drei schauten sich kurz fragend an. Simon fand als Erstes die Worte: »Ich hab Timon Hallo gesagt. Das darf ich doch, wenn er uns schon mal an der Schule besucht, oder?«

»Und ich hab grad eine Freistunde und dachte, ich schau mal vorbei«, gab Timon zur Antwort.

»Freistunde, aha«, spottete Simon. »Welche Schule schwänzt du denn?«

»Das geht dich einen feuchten Dreck an.«

Simon grinste. »Feuchter Dreck – gutes Stichwort. Kommt Jungs, wir müssen zum Unterricht. Wir wollen ja nicht zu spät kommen.« Beim Gehen rief er Leon zu: »Komm, Leon, beeil dich!«

»Woher kennst du den?«, fragte Julian, während sie in den Umkleideraum gingen.

»Ich kenn den eigentlich gar nicht«, sagte Simon. »Aber er tut so, als würde er alle kennen. Eine totale Pfeife. Wie der schon aussieht.« Aber er wurde den Verdacht nicht los, dass er wegen Nadja da war. Und immerhin war sie ja genau auf ihn zugegangen. Ob die beiden schon ein Paar waren? Simon hasste es zu verlieren. Diesem Timon müsste er eine gehörige Lektion erteilen.

Der Juni hielt Einzug und das Wetter wurde immer sommerlicher. In Simons Leben kehrte nach und nach wieder eine gewisse Normalität ein. Dieser ominöse Doppelgänger oder was auch immer das für eine Erscheinung gewesen sein mochte, war schon etliche Wochen nicht mehr aufgetaucht. Nadja übersah ihn wie in all den Schuljahren zuvor auch. Das kleine Zwischenspiel mit dem Teentreff, bei dem sie sich ein bisschen nähergekommen waren, lag weit zurück. Hin und wieder sah er Timon noch in der Stadt, manchmal sogar, wie er mit Leon sprach. Aber ihn, Simon, hatte er nach der Begegnung vor der Turnhalle nicht mehr angequatscht.

Ende Juni gab es noch mal eine merkwürdige Situation: Als er aus der Schule nach Hause kam, sprach seine Mutter ihn auf Nadja an. »Sag mal, die Familie von Nadja Tillmann aus deiner Klasse – wie sind die denn so drauf?«

»Ganz normal, wieso?«

»Ich hab vorhin Frau Tillmann beim Einkaufen getroffen. Sie fragte mich, was denn die Probleme mit dir machen würden und wann du wieder hier bei uns einziehst.«

»Was?« Simon hatte keine Ahnung, wovon die Mutter sprach. »Was soll denn der Bockmist? Wieso denn hier einziehen? Ich wohn doch hier.«

»Frau Tillmann meinte, du würdest schon seit Wochen in ihrem Gästezimmer im Keller wohnen. Weißt du davon etwas?«

»Was? Nein! Die Frau ist krank! Was soll das? Ich wohne nicht bei Nadja, ich weiß ja noch nicht mal, dass die ein Gästezimmer haben.«

»Ich fahr jedenfalls nachher mal hin und guck mir das an. Ich hab gesagt, ich bring dich mit. Denn wenn der andere ein Betrüger ist, der sich nur als Simon ausgibt, kann ich ja gleich nachweisen, dass du der echte Simon bist.«

»Mama, wie bescheuert klingt das denn! Die Tillmanns haben einen an der Waffel! Die sind Christen, die sind nicht ganz normal! Die sehen Dämonen und Engel – die musst du nicht ernst nehmen!«

Während er das sagte, stolperte er über seine eigenen Worte. Hatte er nicht vor einigen Wochen selbst geglaubt, Engel oder Dämonen zu sehen? Geister, Naturerscheinungen, Monster? Saß dieses Monster, das Simon so lange verfolgt hatte, etwa bei Nadja im Keller? Wusste sie deshalb damals irgendwas von dem Handtuch aus der Mühle? Eigentlich hatte Simon sich vorgenommen, das Ganze zu vergessen. Aber andererseits hatte er sich auch geschworen, dieses Wesen zu vernichten, was auch immer es war.

»Du hast recht, ich komm mit!«, sagte er plötzlich.

Eine Viertelstunde später standen sie bei Tillmanns vor der Haustür. »Da bist du ja, wo warst du?«, begrüßte Frau Tillmann Simon nicht gerade höflich.

»Was soll das heißen, wo war ich?«, Simon begann schon wieder sich aufzuregen. »Ich bin hier! Und vorher war ich zu Hause und davor war ich in der Schule!«

Frau Tillmann ging einen Schritt auf Simon zu und betrachtete ihn von oben bis unten. »Du bist es aber.«

»Ich bin Simon Köhler«, bestätigte Simon. »Aber ich war nie in Ihrem Haus.«

»Kannst du das beweisen?«

»Natürlich. Alle meine Mitschüler haben mich gesehen. Meine Lehrer.« Er schaute nachdenklich zwischen Frau Tillmann und seiner Mutter hin und her. Er musste an die Vorwürfe denken, die man ihm vor einiger Zeit in der Schule gemacht hatte: dass er was aus der Turnhalle geklaut hätte, dass er auf dem Dach der Schule spaziert wäre, dass er die Schulsekretärin beleidigt hätte und so weiter. Da hatte er auch erst mal nachweisen müssen, dass er nicht der Täter war. Dann fiel ihm noch ein, dass er diesen Typen einmal bis in die alte Mühle verfolgt hatte. Aber das alles sagte er nicht laut, sondern überlegte es nur vor sich hin. Er hatte angenommen, dort würde er hocken. Aber die Mühle war leer gewesen. Bis auf die Matratze, den Schlafsack und das Kissen …

»Mir fällt da was ein«, beendete Simon laut seine Gedanken, ließ die beiden Frauen da stehen und drehte sich zum Gehen um. »Ich muss kurz was nachschauen. Bin gleich zurück. Bitte keine Polizei!«, ordnete er noch an. »Ich regel das!«

Dann rannte er los. Richtung Mühle. Jetzt würde er ihn zu fassen bekommen! Die Stunde der Vergeltung war nah! Auf dem Weg durch den Wald machte er fast schlapp, aber er verlangsamte sein Tempo nicht. Er wurde wie magisch von dem Bann dieser Räuberhöhle angezogen. Wie ein Verrückter rannte er über die grüne Wiese vor der Mühle, die so harmlos wirkte, als könnte sie niemals jemanden verzaubern. Aber hier in diesem Haus lag ein Geheimnis. Mit voller Entschlossenheit riss er die Tür auf und betrat den Raum. »Komm raus!«, brüllte er wie ein Irrer. »Ich weiß, dass du da bist! Ich rieche dich! Ich rieche Schwefel und Höllendampf! Und ich rieche, dass ich dich gleich krankenhausreif schlage! Also komm raus und kämpfe wie ein Mann!«

In der Mühle blieb es still. Die einzigen Geräusche kamen von seinen eigenen Schritten und seinem Gebrüll. Die Mühle war leer. Noch nicht mal die alte, verdreckte Matratze war bezogen. »Komm raus!«, brüllte er noch einmal. Dann setzte er seinen Fuß auf die unterste Stufe der Treppe, die nach oben führte. Es knarrte wieder bedrohlich. Ganz oben war er schon einmal eingebrochen. Darum ging er nur so weit nach oben, bis er über den Rand der Deckenbalken schauen und sich so einen Überblick über den Dachboden verschaffen konnte. Alles leer. Mist! Der Kerl war abgehauen. Aber wohin? »Ich komme wieder!«, brüllte er zur Sicherheit noch einmal durch das Haus. Dann ging er zurück. Aber nicht zu Tillmanns, sondern nach Hause. Für heute hatte er keine Lust mehr, darüber nachzudenken.

»Was war denn los? Wo warst du? Was weißt du über diesen anderen Jungen?«, fiel die Mutter über ihn her, sobald er zu Hause ankam.

»Ich weiß es doch nicht, Mama, bitte hör auf zu nerven!« Simon hielt sich die Hände über den Kopf, um die Fragen der Mutter wie unter einem Regenschirm von sich abprallen zu lassen.

Seine Mutter hörte sofort mit den Fragen auf, holte tief Luft und sagte dann: »Du hast recht, Simon. Ich misch mich nicht mehr in dein Leben ein. Es ist dein Leben. Du kannst erzählen, was du willst und wann du willst. Wir vertrauen dir.«

»Was?« Simon drehte sich um und schaute seine Mutter misstrauisch an. War bei ihr ein Draht durchgeschmort?

»War das nicht richtig?«, fragte sie nach, als hätte sie gerade versucht, eine Prüfungsfrage zu beantworten. »Sollen wir dich nicht dein Leben leben lassen und dir vertrauen?«

Simon grinste unsicher. »Doch.« Er nickte und wusste immer noch nicht, ob er richtig gehört hatte. »Doch, doch. Das ist ganz richtig so.« Er ging ein paar Schritte in Richtung seines Zimmers. »Und darum … leb ich jetzt erst mal mein Leben in meinem Zimmer und erzähle mehr, sobald ich mehr weiß. Okay?«

»Okay«, sagte die Mutter und nickte wie eine Servierdame im Hotel.

Die Welt wird immer verrückter, dachte Simon und verschloss die Zimmertür von innen.

Am Samstagmorgen bekam Simon einen Riesenschrecken, als er aufwachte. Direkt neben seinem Kopfkissen lag ein Blatt Papier, so groß wie ein Schulheft. Aufschrift: »Morgen um 24:00 Uhr in der alten Mühle.«

Obwohl er gerade erst wach geworden war, saß er mit einem Schlag kerzengerade in seinem Bett. Er schaute sich nach allen Seiten um, als säße irgendwo jemand, der ihn beobachtete. Klarer Fall: Jemand war vergangene Nacht in seinem Zimmer gewesen. Sein Doppelgänger? Was hatte er mit ihm vor? Warum um Mitternacht? Handelte es sich doch irgendwie um eine Geistergestalt? Ein Vampir, ein Werwolf? Konnte Simon deswegen tagsüber niemanden dort finden, weil das Wesen nur nachts aktiv war? Andererseits hatte er sein Gegenüber ja auch schon das eine oder andere Mal am Tag gesehen, wenn auch immer nur kurz. Einmal an der Bushaltestelle, einmal im Karfreitagsgottesdienst. Die anderen Male hatten ihn ja offensichtlich andere Leute gesehen und ihn für Simon gehalten. Also hatte er auch eine sichtbare, menschliche Gestalt. Und in den letzten Wochen schien er ja bei Nadja im Keller gehaust zu haben. Unheimlich.

Simon betrachtete noch einmal den geheimnisvollen Zettel. Wut und Hass stiegen in ihm hoch. Irgendjemand schien ihn wirklich zum Narren halten zu wollen. Entweder war ein Psychopath hinter ihm her, der nicht mehr alle Tassen im Schrank hatte, oder Simon war ernsthaft in Gefahr. Morgen Nacht um 24:00 Uhr könnte er dem Ganzen ein Ende setzen und das Monster ein für alle Mal beseitigen. Oder zumindest das Geheimnis lüften, denn der Brief schien ja so eine Art Einladung zu einem gemeinsamen Treffen zu sein. Vielleicht sollte er ja selbst bei diesem Treffen um die Ecke gebracht werden! Vielleicht steckte sogar eine ganze Bande dahinter, die in den letzten Wochen nur alle Vorbereitungen getroffen hatte – und dann sollte der echte Simon zur Mühle gelockt und umgebracht werden – stattdessen wollte sich sein Doppelgänger, der sich inzwischen lange genug auf die Rolle vorbereitet hatte, in sein Leben einschleusen. Als Drogendealer, Mörder oder sonst eine zwielichtige Gestalt.

Nein. Simon würde in der nächsten Nacht nicht zur Mühle gehen. Sollte sich doch jemand anderes für ihn töten lassen. Er nicht! Oder sollte er besser die Polizei zur Mühle schicken? Nein. Auch das nicht. Simon nahm den Zettel, riss ihn in hundert kleine Fetzen und warf ihn in den Papierkorb. Nichts würde er tun. Er würde schön zu Hause bleiben. Er war doch kein Idiot. Fertig, aus. Simon nahm sich vor, nicht weiter darüber nachzudenken.

Den ganzen restlichen Samstag saß er mit Jan vor dem PC. Am Nachmittag war es so heiß, dass Benno, Julian und Konsti anriefen, ob sie nicht zusammen ins Freibad gehen wollten. Das hätte schon über eine Woche geöffnet und jetzt könnten sie zusammen ein bisschen schwimmen, Volleyball oder Doppelkopf spielen. »Vielleicht morgen«, gab Simon ihnen zur Antwort. Für heute wollte er mit Jan zusammen einen entscheidenden Level knacken. Und dabei konnte er keine Ablenkung gebrauchen.

Am Sonntagnachmittag machte Simon sich mit seiner Sporttasche auf den Weg zu Jan. Dort wollte er sich mit den anderen treffen, um dann mit ihnen ins Freibad zu gehen. Die Sonne knallte vom Himmel runter, als wäre es Mitte August. Aber heute war erst der 30. Juni. Immerhin schon offiziell Sommer. Die Blätter der Bäume waren saftig grün, aber für so was hatte Simon keinen Blick. Er wollte unbedingt den Zettel mit der unheimlichen Aufforderung vergessen. Und dafür kam ihm das Freibad gerade recht. Als er schon fast Jans Straße erreicht hatte, sah er Leon, der in ciniger Entfernung auf der anderen Straßenseite mit gesenktem Kopf am Straßenrand stand. An seiner Schulter hing auch eine Sporttasche, als wäre er ebenfalls auf dem Weg zum Freibad. Neben ihm stand sein kleiner Bruder. Auf seiner anderen Seite stand – Timon! Und erst, als Simon näher kam, erkannte er, dass Timon seinen Arm um Leon gelegt hatte und mit ihm leise etwas besprach. Wären jetzt Julian und die anderen schon bei Simon gewesen, wäre ihm bestimmt ein schöner Streich eingefallen. Aber ohne Zuschauer machte das nur halb so viel Spaß. Als er in die Nähe der drei kam, bemerkten sie ihn. Leon löste sich sofort aus Timons Umarmung, zog die Nase hoch, sagte noch leise etwas zu Timon und ging mit seinem Bruder schnellen Schrittes die Straße runter. Timon blieb stehen und sah Simon an, als hätte er auf ihn gewartet. »Hallo Simon«, grüßte er ihn.

»Hi«, grüßte Simon nur kurz zurück und schaute ihn nicht weiter an. Ein Gespräch mit ihm konnte er heute nun wirklich nicht gebrauchen.

»Kann ich dich kurz sprechen?«, fragte Timon da auch schon und kam langsam über die Straße auf ihn zu.

»Nein«, war Simons kurze und knappe Antwort.

»Es ist aber wichtig.« Timon wirkte ernst.

Simon ging etwas schneller. Nein, heute bitte keine Lass-Nadja-in-Ruhe-Belehrungen. »Tut mir leid, Milchgesicht. Keine Zeit.«

»Bitte, Simon.« Timon ging auch schneller. Fast hatte er Simon eingeholt. »Es geht um deine Zukunft.«

Jetzt war Simon doch neugierig geworden. Er drehte sich zu Timon um und legte wieder sein normales Schritttempo ein. »Meine Zukunft? Was soll denn das heißen?«

Timon lief einige Schritte schweigend neben ihm her, holte ein paarmal Luft, um etwas zu sagen und schien seine Worte tausendmal in Gedanken umzuformulieren, bevor er endlich etwas sagte: »Es geht um Nadja.«

»Also doch!«, platzte Simon dazwischen. »Was soll das denn jetzt? Hättest du richtig aufgepasst, dann hättest du gesehen, dass ich Nadja in der letzten Zeit überhaupt nicht angequatscht habe. Ich hab sie völlig in Ruhe gelassen. Du kannst sie haben, wenn du willst!«

»Ich will sie ja auch haben«, sagte Timon sofort. »Aber es geht jetzt nicht um mich und Nadja. Es geht um dich und Nadja.«

»Was soll ich noch von ihr? Sie interessiert sich doch nicht für mich.«

»Sie interessiert sich nicht für den Simon Köhler, der so drauf ist wie du.«

»Na, danke für die Info. Das hab ich auch schon mitgekriegt.«

»Sie interessiert sich für den anderen Simon Köhler.«

Mit einem Schlag blieb Simon stehen. »Den anderen Simon Köhler? Welchen anderen?«

Timon blieb ernst, als er sagte: »Du weißt, wen ich meine.«

Simon riss seine Augen auf und blickte Timon direkt ins Gesicht. Konnte er darin irgendwas lesen? Wieso hatte er das Gefühl, dass Timon ihm vertraut war – als würde er ihn schon jahrelang kennen? Wer war dieser andere Simon Köhler? Meinte Timon wirklich diesen mysteriösen Doppelgänger? »Woher weißt du davon?«

»Glaubst du mir, Simon, wenn ich dir sage, dass ich es gut mit dir meine? Ich bin nicht gekommen, um dich zu warnen. Ich bin gekommen, um dir einen guten Rat zu geben.«

Simon versenkte seinen Blick weiterhin tief in Timons Augen: »Welchen?«

»Geh heute Nacht zur Mühle. Dir zuliebe und dem anderen Simon zuliebe.«

Um ein Haar verlor Simon sein Gleichgewicht. Ihm wurde schwindlig. Was hatte Timon mit der Mühle zu tun? Wer war dieser Timon? Obwohl er dagegen ankämpfen wollte, bekam er es mit der Angst zu tun. War Timon etwa gar kein Mensch? »Wer ist der andere Simon? Warum weißt du davon?«

»Heute Nacht in der Mühle wird er dir alles erklären.«

»Warum nicht jetzt? Wenn du doch auch davon weißt, wieso erklärst du es mir nicht?«

»Das geht nicht. Komm heute Nacht.«

»Aber warum? Was habt ihr vor? Wirst du auch da sein? Was soll das alles? Wer seid ihr?«

»Viel zu viele Fragen, Simon. Komm einfach heute Nacht. Dann wird dir alles klar werden.«

»Wollt ihr mich umbringen?«

»Nein. Auf gar keinen Fall.«

»Was denn dann?« Simon wurde laut. »Was wollt ihr von mir?«

Timon blieb ruhig und gelassen. »Ich zumindest will dir helfen.«

»Helfen? Wobei? Wirst du heute Nacht auch da sein?«

»Komm einfach, dann wirst du es sehen.«

Plötzlich hatte Simon einen Verdacht. »Bist du am Ende sogar mein Doppelgänger? Soll ich dir das Hirn rausprügeln?«

»Sehe ich etwa so aus wie du?«

»Na ja …« Nicht wirklich, dachte Simon. Einen Versuch war es trotzdem wert. »Aber du hast mit dem anderen Simon was zu tun. Sonst wüsstest du das alles doch nicht. Du bist mit Nadja zum Teentreff gekommen. Und der andere Simon schlägt sein Lager in Nadjas Keller auf. Da ist doch irgendein Zusammenhang! Ist Nadja vielleicht die Schlüsselfigur? Steckt ihr alle unter einer Decke?«

»Ich kann dir nur so viel sagen: Nadja mag Simon Köhler. Aber nicht den, der du jetzt bist. Wenn du Nadja für dich gewinnen willst, dann musst du ein anderer werden.«

»Aber wie soll ich das? Ich komm doch nicht raus aus meiner Haut! Ich bin halt so!«

»Niemand ist ›halt so‹. Jeder kann ein anderer werden. Komm heute

Nacht zur Mühle. Dann hast du die Chance, du selbst zu werden. So, wie auch Nadja dich mag.«

Das wurde ja immer unheimlicher. Simon spürte, wie nicht nur die Angst, sondern auch die Wut in ihm anstieg. »Du bist ein Dummlaberer, Timon. Wenn du glaubst, du könntest mir Angst einjagen mit deiner Psycho-Kacke, dann hast du dich geirrt. Ich *bin* ich selbst. Ich muss nicht zur Mühle gehen, um ich selbst zu werden. Klar? Und jetzt lass mich in Ruhe. Ich bin mit meinen Freunden im Freibad verabredet.« Er wollte schon weitergehen, da fixierte er Timon noch mal kurz und fragte scharf: »Und du? Hast du überhaupt Freunde, Timon?«

Timon hielt Simon am Arm fest: »Bitte, Simon. Komm zur Mühle. Wenn schon nicht dir zuliebe, dann wenigstens mir zuliebe.«

»Ich hab mit dir nichts zu schaffen. Lass mich sofort los, oder ich verpass dir einen Kinnhaken!«

»Dann tu es Nadja zuliebe!«

»Nadja kann mich mal!« Simon riss sich aus Timons Griff los.

»Du liebst Nadja! Das weiß ich! Du träumst nachts von ihr, schaust sie im Unterricht die ganze Zeit an! Du würdest alles für sie tun! Und es gibt keine größere Liebe, als sein Leben für seine Freunde zu lassen. Das weißt du ja noch aus dem Teentreff! Also mach endlich wahr, was du in deinem Herzen schon als wahr erkannt hast!«

Simon wollte noch wütender werden, stattdessen wuchs die Angst in ihm. Woher wusste dieser Kerl so viel über ihn? Wieso wusste er, was in seinem Herzen vorging? Simon nahm alle Kraft zusammen, um diese Angst zu verbergen. »Timon, du Schwachkopf! Du machst mir keine Angst!«

»Ich will dir auch keine Angst machen. Wirklich nicht. Ich will dir helfen.«

»Du hast gesagt, es gibt keine größere Liebe, als für seine Freunde zu sterben. Damit hast du doch zugegeben, dass ich oben in der Mühle sterben soll!«

Timon ließ seine Arme hängen und seufzte. »Pass auf. Es wird oben in der Mühle genau drei Möglichkeiten geben: Erstens, der andere Simon verschwindet ein für alle Mal aus deinem Leben, du bleibst, wie du bist, und Nadja wird für dich immer unerreichbar bleiben. Zweitens, der eine Simon bleibt da, du bleibst da und ihr könnt auslosen oder ›Schnick-Schnack-Schnuck‹ spielen, wer von euch beiden in Zukunft in deinem Zimmer wohnen darf und wer in dieser Welt sinnlos herumstreunt. Drittens – und das ist die Möglichkeit, auf die ich am meisten hoffe –, du bekommst eine neue Chance, ein neues Leben, und wirst ein ganz neuer Mensch. Einer, der dieses Leben versteht, der dem Sinn des Lebens näher kommt und der langsam, aber sicher Nadjas Herz gewinnen wird.«

Eine Gänsehaut überzog Simons Arme und Beine. Dieses Gespräch war irgendwie überirdisch. Das gehörte nicht in diese Welt. Wer war dieser Timon? Sein Kinn zitterte, als er fragte: »Bist du vielleicht Gott?«

Timon lächelte, als hätte er mit dieser Frage gerechnet. »Nein. Garantiert nicht.«

»Bist du Jesus?«

»Auch nicht.«

»Ein Engel?«

Timon schaute über Simons Kopf hinweg in Richtung Himmel. Diesmal dauerte es länger, bis er antwortete: »Ich glaub nicht.«

»Ein Dämon?«

Jetzt kam die Antwort schneller: »Nein. Ich hoffe nicht.«

»Du hoffst nicht …« Simon musste einmal feste schlucken. Er wurde das Gefühl nicht los, einem himmlischen Wesen gegenüberzustehen. »Bist du meinetwegen auf der Erde?«

Jetzt sah Timon ihm in die Augen. Milde, freundlich, fast liebevoll. »Ja, ich glaub schon.«

»Und was willst du von mir?«

»Bitte komm zur Mühle. Heute Nacht.«

Jetzt, wo Timon ohnehin über seine Gedanken Bescheid wusste, konnte er es auch zugeben: »Ich hab Schiss.«

»Das kann ich verstehen. Ich hab auch Schiss. Echt. Aber ich glaub, dir kann nichts passieren. Außer dass dein Leben besser wird.«

»Und dir? Kann dir was passieren?«

»Ja. Dasselbe wie dir.«

»Eine zweite Chance? Dass dein Leben besser wird? Das wär doch gut.«

»Ich hatte schon meine zweite Chance. Und ich kann dir gar nicht sagen, wie gut die für mich war. Ich bin ein neuer Mensch geworden. Schiss hab ich davor, dass alles heute Nacht endet und meine zweite Chance sich in Luft auflöst.«

»Und was könnte helfen, damit das nicht geschieht?«

Timon lächelte wieder. »Indem du zur Mühle kommst und den anderen Simon triffst.«

Simon schüttelte den Kopf. »Das klingt mir zu merkwürdig. Zu unheimlich. Ich fühl mich grad wie in einem Psychofilm. Oder irgend so einem Fantasyfilm mit Engeln und Dämonen und so einem Kram.«

Timon lächelte immer noch. Beinahe konnte Simon so was wie Tränen in seinen Augen erkennen. »Ich mich auch, Simon. Das kannst du mir glauben.«

So langsam reifte in Simon der Entschluss, das Treffen doch wahrzunehmen. Irgendwie klang das, was Timon da sagte, zwar unglaublich und verrückt, aber es klang auch ehrlich. »Vielleicht würde ich mich eher trauen, wenn ich wüsste, dass du auch da bist.«

Simon sah einen Funken Hoffnung in Timons Blick aufleuchten. »Okay. Wenn es dir hilft, dann komm ich heute Nacht auch.«

Nun machte sich auch in Simon so etwas wie Hoffnung breit. »Echt? Sollen wir dann zusammen hingehen? Wir verabreden uns irgendwo in der Stadt und gehen dann zusammen hoch?«

»Das geht leider nicht. Aber ich komme trotzdem auf jeden Fall. Wir treffen uns dann in der Mühle.«

»Wieso geht das nicht? Und wenn du mich verarschst und doch nicht kommst?«

»Ich verarsch dich nicht, Simon. Ich will doch, dass es mit uns weitergeht!«

»Mit uns?«

»Ja. Mit dir auf deine Weise und mit mir auf meine Weise.«

»Und mit dem anderen Simon?«

Timon lächelte. »Ja, auch mit ihm. Auf seine Weise.«

»Dieser andere Simon ist ein Arsch. Er hat mich in den letzten Wochen ständig reingerissen.«

»Das wird er nach heute Nacht nicht mehr tun, wenn alles gut geht.«

»Und wenn es nicht gut geht?«

Timon zog die Augenbrauen hoch. »Das Risiko müssen wir eingehen. Aber wie gesagt, ich tippe auf Möglichkeit drei: Der böse Simon verschwindet, der eigentliche Simon bekommt eine neue Chance mit Nadja an der Seite und Timon kann sich für immer zur Ruhe legen.«

»Zur Ruhe«, wiederholte Simon erschrocken. »Wirst du heute Nacht sterben?«

»Das könnte sein. Aber wenn, dann in einer guten Weise. Es gibt keine größere Liebe, als sein Leben für seine Freunde zu lassen.«

»Du spinnst«, rief Simon aufgeregt. »Du darfst nicht sterben! Du redest Blödsinn!«

Timon wandte sich zum Gehen. »Lass uns hier Schluss machen, Simon. Es ist alles gesagt. Komm heute Nacht um 24:00 Uhr zur Mühle. Und lass dich nicht davon abhalten, wenn es regnen oder gewittern sollte.«

»Ich hasse Gewitter!«

»Das musst du heute Nacht mal vergessen.«

Immer neue Fragen tauchten in Simons Kopf auf: »War der Zettel gestern Morgen in meinem Zimmer von dir?«

Timon hob seine Hand und ging die ersten Schritte von Simon weg: »Mach's gut, Simon. Wir sehen uns heute Nacht in der Mühle.«

»Wie bist du in mein Zimmer gekommen? Kannst du durch geschlossene Wände und Türen gehen?«, fragte Simon laut.

Timon entfernte sich weiter. »Bis heute Nacht, Simon! Viel Spaß im Freibad! Und vielleicht noch ein Tipp: Lass Leon in Ruhe, damit er nicht stirbt!«

Was? Warum sollte Leon sterben? »Was ist mit Leon?«, fragte er laut.

»Kümmer dich um ihn!«, war alles, was Timon darauf antwortete.

»Halt, warte noch!« Simon lief Timon hinterher. »Angenommen, heute Nacht geht alles gut aus – sehen wir uns dann noch mal wieder?«

Jetzt grinste Timon breit. »Davon gehe ich aus.«

»Und wo finde ich dich?«

Timon blieb kurz stehen, überlegte einen Augenblick und antwortete dann: »Du findest mich immer in dir.«

Das war zu viel. Simon starrte auf die Straße und musste das Gehörte erst mal verdauen. Simon fand Timon in sich selbst? Also war Timon doch ein Geist? Oder ein Engel? Oder Gott höchstpersönlich? Als er sich das nächste Mal zu Timon umdrehte, war er bereits verschwunden. Mist! Simon war kurz vor einem Ohnmachtsanfall.

Das Freibad war rappelvoll mit Leuten. Viele aus Simons Klasse, etliche aus den Jahrgängen darüber und darunter. Familien, kleine Kinder, große Jugendliche. Simon fühlte sich im Kreis seiner Freunde stark und überlegen. Er riss einen Witz nach dem anderen. Hauptsächlich, um seine unheimliche Begegnung von vorhin zu vergessen. Die Kumpels spielten ein bisschen Volleyball, saßen zusammen auf ihren Handtüchern und quatschten oder standen beim Turm der Sprungbretter an, um vom Dreimeterbrett zu springen. In der Nähe des Sprungturms stand Schlappschwanz Leon mit seinem jüngeren Bruder. Plötzlich hatte Simon eine finstere Idee. Die würde seine Laune bestimmt wiederherstellen: »Na, Leon?« Er ging auf den schmächtigen Jungen zu, der sogar ohne Schuhe so was wie Entenfüße hatte. »Auch mal springen?«

»Nein.« Sofort breitete sich Panik in Leons Augen aus.

»Da ist doch nichts dabei«, grinste Simon. »Komm, wir helfen dir auch.«

»Nein, lasst mich.«

Leons Bruder fühlte sich ganz mutig: »Lass meinen Bruder in Ruhe!«

»Halt die Klappe, Kleiner«, keifte Simon ihn streng an, »sonst ertränken wir dich im Babybecken.«

Julian, Konstantin und Benno waren dazugekommen. »Schaut mal«, rief Simon ihnen zu, »Leon will auch mal vom Dreimeterbrett springen. Er traut sich nur nicht, die Leiter hochzusteigen. Sollen wir ihm helfen?«

»Klar, gerne!« Die anderen drei packten Leon an den Armen und lachten laut, während sie den schreienden Jungen zum Dreimeterbrett zogen.

»Lasst ihn los! Hilfe! Lasst ihn los!«, rief der kleine Bruder und sprang wie ein Häschen um die Jungengruppe herum. Aber die vier ließen ihn natürlich nicht los. Einige Besucher rund um den Sprungturm schauten auf und wurden neugierig, was hier gerade vor sich ging. Kleinere Kinder zeigten mit Fingern auf Leon und seine Peiniger. Mütter zogen die Kinder von dem Geschehen weg. Mädchen und Jungen, die gerade selbst an der Leiter anstanden, amüsierten sich und machten Platz, damit Simon und Julian den heulenden Leon an den Armen die Stufen nach oben ziehen konnten. Konstantin und Benno schoben ihn dabei von unten Stufe für Stufe nach oben. Wer aus Simons Klasse war, stand unter dem Sprungbrett und jubelte Simon und seinen Helfern zu. Manche applaudierten und filmten alles mit ihren Handys. Wer das Ganze nicht gut fand, ging zur Seite. Manche schüttelten die Köpfe und gingen zurück zu ihren Handtüchern. Ein Bademeister stand in der Nähe des Außenzauns und rauchte. Ein anderer Bademeister saß auf einem erhöhten Sitz und aß eine Portion Pommes. So konnten Simon und seine Bande den trotteligen Leon in aller Ruhe nach oben ziehen. Erst als sie alle fünf in drei Metern Höhe angekommen waren, ließen sie ihr Opfer los. »So, und jetzt spring ins Wasser!«, forderte Simon ihn auf. Die Jungs machten es ihm vor. Einer nach dem anderen sprang mit Salto, Kopfsprung oder anderen Kunstsprüngen ins Wasser. Leon hockte auf allen vieren oben auf dem Brett und heulte wie ein Hund. Er schien nicht nur Angst vor dem Springen, sondern auch Höhenangst zu haben. Tränen und Rotz liefen ihm übers Gesicht und unentwegt wischte er sich mit dem Handrücken darüber. Langsam krabbelte er rückwärts und versuchte mit einem Fuß die oberste Stufe der Leiter zu ertasten. Weil er so zitterte und so zaghaft mit dem Fuß tastete, fand er die Stufe aber nicht. Unten hatten sich inzwischen noch mehr Leute mit ihren Handys versammelt, die das Ganze vergnügt filmten und kommentierten. Dann endlich berührten seine Zehen die oberste Sprosse. Und sofort stellte er sein ganzes Gewicht auf diesen einen Fuß. Weil er aber nur mit den Zehen auf der Sprosse stand und die Sprosse obendrein noch nass und rutschig war, glitt er aus, ruderte mit seinen Armen wild in der Luft herum und fiel mit einem lauten Schrei rückwärts aus drei Metern Höhe nach unten. Die Menschenmenge am Ende der Leiter erschrak und strömte auseinander. Es krachte, platschte und knackte gleichzeitig, als Leon mit voller Wucht mit dem Rücken auf den

Fliesen aufschlug. Ein erschrockenes Raunen durchzog die Menge. Die Handys filmten, wie dem leblosen Jungen Blut aus Mund und Nasenlöchern floss, während seine aufgerissenen Augen gespenstisch in die Luft starrten.

Simon, Julian, Benno, Konstantin und Jan hatten sich ziemlich schnell nach diesem Ereignis aus dem Freibad entfernt. Niemand hatte sie aufgehalten, als sie ihre Sachen zusammenpackten und durch die Drehtür nach draußen gingen. Warum auch? Sie hatten mit Leon bloß einen Spaß gemacht. Sie hatten ihm nach oben geholfen. Das war – zumindest aus Simons Sicht – nichts Verbotenes. Dass der Trottel zu doof war, eine Leiter nach unten zu steigen, dafür konnte Simon ja nichts. Die anderen schienen das auch so zu sehen, denn niemand hielt es für nötig, Simon und die anderen festzuhalten, zu befragen oder gar zu verhaften.

»Lass Leon in Ruhe, damit er nicht stirbt«, hatte Timon am Nachmittag zu ihm gesagt. Und: »Kümmer dich um ihn.« Diese Worte dröhnten laut in Simons Kopf, als er allein in seinem Zimmer saß. Wieso hatte Timon gewusst, dass Leon etwas zustoßen könnte? Kam Timon doch aus einer anderen Welt? Würde sich irgendeine Gottheit nun an ihm rächen? Sollte er deshalb heute Nacht in die Mühle gehen? Simon fröstelte bei dem Gedanken an die Nacht. Und eine Eiseskälte durchfuhr ihn bei der Erinnerung an Leon, wie er da auf dem Boden lag und sich nicht mehr bewegte. Simon schloss die Augen und bemühte sich, all das zu vergessen. Aber es gelang ihm nicht.

Im Laufe des Abends verbreitete sich über WhatsApp die Nachricht, Leon wäre nach seinem Sturz gestorben. Er wäre so unglücklich auf dem Rücken gelandet, dass er sich sofort das Genick gebrochen hätte. Scheiße. Er hatte doch nur einen Spaß machen wollen! Draußen vor seinem Fenster braute sich ein Unwetter zusammen. Es begann heftig zu regnen. Die Regentropfen donnerten so bedrohlich an seine Fensterscheibe, als wollten sie seine Scheibe zerbrechen, in sein Zimmer eindringen und ihn zur Strafe für den Mord an Leon massakrieren. Simon hielt sich die Ohren zu. Er war mit seiner Kraft am Ende. Was sollte er jetzt noch tun? Er wollte nicht an Leons Tod schuld sein. Nein! Und er war es ja eigentlich auch nicht. Nein, nein und nein! Er hatte ihn da hochgezerrt, okay. Aber davon war er nicht gestorben. Gestorben war er vom Runterklettern. Und dabei hatte Simon nicht mitgeholfen. Er hatte Leon auch nicht gestoßen. Und immerhin hatten da fünfzig oder achtzig Leute unter dem Sprungbrett gestanden, gegafft und gefilmt. Die hätten alle helfen können. Die waren mindestens genauso daran schuld wie er. So. Ende, aus. Simon nahm sich vor, nicht mehr darüber nachzudenken. Außerdem: Wenn hier einer in einer wirklich blöden Lage steckte, dann war es doch immerhin er selbst! Er, Simon, hatte den Auftrag, heute Nacht um 24:00 Uhr in die gespenstische alte Mühle mitten im Wald zu gehen und sich dem gefährlichen »anderen Simon« zu stellen. Und das bei diesem Sauwetter. Das war mal eine echt beschissene Ausgangslage. Das hätte sich der trottelige Leon niemals getraut. Eben weil er so feige war, darum war er gestorben. Simon dagegen war nicht feige. Er hatte sich geschworen, dieses fremde Gegenüber zu fangen und zu vernichten. Dafür war heute sein Tag. Beziehungsweise seine Nacht. Simon zitterte bei dem Gedanken daran, aber er blieb bei seinem Entschluss: Er würde gehen.

Es war eine halbe Stunde vor Mitternacht, als Simon sich einen Kapuzenpullover überzog und sein Zimmer verließ. Gerade als er die Haustür öffnen wollte, hörte er die Schlafzimmertür. »Simon?« Seine Mutter stand plötzlich hinter ihm. »Was ist los, Simon?«

»Nichts, Mama. Alles gut.«

»Was machst du an der Haustür?«

»Ich will noch mal kurz an die frische Luft.«

»Bei dem Wetter?«

»Ja. Der Regen macht mir nichts aus.«

Er sah seine Mutter nur im Augenwinkel, aber er erkannte, dass sie lächelte. »Du bist groß und vernünftig«, sagte sie. »Ich vertraue dir. Du machst es sicher richtig.«

»Was?« Er drehte sich zu ihr um und konnte kaum glauben, was er da hörte.

»Nimm am besten einen Schirm mit. Gute Nacht, Simon.«

Ein plötzliches Gefühl von Heimweh überfiel ihn. »Mama?«

»Ja?«

Schon bereute er es wieder, sie gerufen zu haben. Aber jetzt musste er ja was sagen. »Wenn ich nachher nicht wieder zurückkomme, dann sollst du wissen, dass ich … mich hier immer …« Ihm fiel nichts Sinnvolles mehr ein. Nettigkeiten und Mütter – das hatte sich nur früher am Muttertag miteinander vertragen. Jetzt kam ihm das albern und kitschig vor.

Seine Mutter machte ein besorgtes Gesicht: »Warum solltest du denn nicht zurückkommen? Simon, was hast du vor?«

»Das war Blödsinn, Mama«, wiegelte Simon ab. »Ich komm natürlich gleich wieder.« Er schaute wieder raus in den Regen. »Ich wollte nur sagen, falls ich doch nicht komme, dann schick morgen Mittag mal die Polizei zur alten Mühle draußen im Wald.«

»Was? Du willst doch jetzt nicht zu der alten, verfallenen Mühle im Wald gehen?«

»Mama, denk an deine eigenen Worte: Ich bin groß und vernünftig. Ich mach es richtig. Vertraue mir.«

Die Mutter seufzte. »Vor einigen Wochen ist in der Mühle der Blitz eingeschlagen. Pass auf dich auf.«

»Gute Nacht, Mutter.«

Es war klar, dass sie sich Sorgen machte, als sie ins Schlafzimmer zurückkehrte. Simon hatte keine Zeit, sich weiter darum zu kümmern. Er wartete, bis der Regen ein bisschen nachließ, dann machte er sich auf den Weg.

In der einen Hand hielt er den Schraubenzieher seines Vaters, den er sich noch schnell aus dem Gartenhäuschen geholt hatte. Vor einigen Wochen hatte er ihn schon mal in seiner Hand gehalten, um den Garten nach seinem unheimlichen Verfolger abzusuchen. In der anderen Hand hatte er sein Handy und beleuchtete damit seinen Weg durch den Wald. Außer dem Regen hörte er, wie es über den Wolken rumpelte und donnerte. Die Bäume im Wald wiegten ihre Köpfe unter dem Prasseln des Regens auf und ab. Simon zitterte und umschloss seine spitze Waffe noch fester mit der Hand. Je näher er der Mühle kam, desto lauter wurde der Donner. Blitze durchzogen den Nachthimmel. Simon hasste Gewitter. Panik stieg in ihm auf. Seine Beine waren bereit zum Weglaufen. Aber er lief nicht weg. Er ging weiter. Fest und entschlossen.

Nach einem viel zu langen Weg durch die Dunkelheit erreichte er endlich das verfallene Tor am Rand der Wiese. Wieder durchzuckten mehrere Blitze den Himmel hinter der Mühle und tauchten das alte, verhexte Gebäude in ein noch unheimlicheres Licht. Tiefschwarz hob sich der Schatten des Hauses vor dem leuchtenden Himmel ab, bevor wieder alles im Dunkeln lag und ein furchtbarer Donner wie das höhnende Lachen des Himmels durch die Nacht dröhnte. Simon hatte das Gefühl, seine Knie würden gleich versagen, als er sich auf das Haus zubewegte. Ein heller Blitz ließ ihn die Eingangstür unter den beiden tiefschwarzen kleinen Fenstern in der totenblassen Hauswand erkennen. Ein krachender Donner übertönte das Quietschen der Tür, die Simon mit beiden Händen aufstoßen musste.

Im Inneren der Mühle war der Regen zwar leiser, aber immer noch laut und deutlich zu hören. Zu viele Löcher in den Wänden und im Dach ließen das Tosen des Wetters hinein. Die Blitze und der Donner wirkten auch im Inneren dieses Hauses gespenstisch. Simon leuchtete mit seinem Handy alle Ecken ab. »Hallo?«, rief er laut durch den Raum. »Ist da jemand?«

Es vergingen einige schreckliche Sekunden, bis er von oben eine vertraute Stimme hörte: »Hier oben!«

Obwohl Simon dagegen anzukämpfen versuchte, klapperten ihm die Zähne, während er auf die Treppe zuging. Das Handy leuchtete jede Stufe ab. Mit dem Schraubenzieher in der anderen Hand war er zu allem entschlossen. Er würde um sein Leben kämpfen. Aber zuerst sollte sein geheimnisvolles Gegenüber ihm genau erklären, was hier vor sich ging. Vorsichtig stieg er die Stufen nach oben und überhörte dabei tapfer das bedrohliche Quietschen. Auf der obersten Stufe richtete er sich wieder gerade auf, leuchtete in alle Ecken und rief noch einmal: »Hallo?«

Dann hörte er endlich ein Schaben auf dem Boden in der Ecke ihm gegenüber hinter dem riesigen Zahnrad, das beinahe das ganze obere Stockwerk ausfüllte. Simon leuchtete mit seinem Handy in diese Richtung und hätte es vor Schreck fast fallen gelassen. Ihm gegenüber stand – Simon Köhler. Er selbst. Als eigenständige Person. Kein Spiegelbild. Kein Schatten. Ein eigener Charakter, sogar mit anderen Klamotten, als er selbst sie jetzt trug. Kein Zweifel: Dieser Kerl sah ihm so ähnlich, dass selbst seine Mutter ihn nicht von seinem Gegenüber hätte unterscheiden können. Das konnte doch nicht mit rechten Dingen zugehen!

»Wer bist du?«, hauchte Simon. Er musste sich an dem morschen Treppengeländer abstützen, ließ aber den Schraubenzieher nicht los.

»Ich bin Simon«, sagte der andere. »Simon Köhler.«

»Das kann nicht sein«, widersprach Simon. »Ich bin das. Ich bin Simon Köhler.«

»Das weiß ich«, gab der andere zu.

»Was hat das zu bedeuten?«, fragte Simon. »Wer bist du wirklich? Was willst du?«

»Ist denn schon 12:00 Uhr?«, fragte der andere.

Simon schaute auf sein Handy. »Zwei Minuten vor zwölf.«

»Komm her zu mir«, forderte der Fremde ihn auf.

»Warum?«

»Komm her.«

Simon umklammerte seinen Schraubenzieher. Irgendwie schien sich das stählerne Werkzeug in Gummi zu verwandeln. Simon hatte keine Kraft mehr. Was geschah jetzt mit ihm? »Wo ist Timon?«, fiel ihm noch ein.

»Komm, Simon«, sagte der andere wieder. »Ich zeig dir was.«

»Was denn?«

»Nun komm schon her.« Er streckte seine Hand nach ihm aus, als wollte er ihm beim Gehen helfen. »Aber Vorsicht. Nur auf die Holzbalken treten. Nicht auf die Zwischenräume.«

Simon schluckte und schaute sich um. »Was hast du vor?«

»Das siehst du, wenn du hier bist.« Er hielt ihm weiterhin die geöffnete Hand entgegen.

»Ich hab eine Waffe dabei«, drohte Simon. »Ich stech dich ab.«

»Dazu gibt es keinen Grund, Simon. Und nun komm endlich her, bevor alles zu spät ist!«

»Zu spät? Was ist zu spät?«

Der andere wurde ungeduldig: »Nun komm endlich! Ich erklär es dir, sobald du hier bist!«

»Ich warne dich! Wenn du mir was antust, spieß ich dich auf!«

»Nein, ich tu dir nichts. Wenn du dich hier hinter das Zahnrad stellst, wo ich gerade gestanden habe, dann stell ich mich da vorne neben die Treppe. Ich rühr dich nicht an, versprochen.«

Ein Blitz erhellte das Gesicht des anderen Simon. Ein Donner krachte fast im selben Augenblick so laut durch das Haus, dass Simon befürchtete, gleich würde hier alles einstürzen. »Warum soll ich dann nach hinten gehen?«

»Das wird dir sofort klar, wenn du dort stehst. Wirklich!«

Simon bewegte sich leicht in die angedeutete Richtung, aber er hütete sich, die Hand des anderen zu fassen. »Das ist doch eine Falle«, maulte er noch.

»Es ist gut für uns beide. Wirklich.«

Simon war fast bei dem Zahnrad angekommen. Der Boden unter ihm wirkte morsch und brüchig, obwohl er sich bemühte, auf den Balken stehen zu bleiben. Der andere stand jetzt in der Nähe der Treppe. Obwohl Simon stark sein wollte, klang es viel zu kleinlaut, als er fragte: »Muss ich jetzt sterben?«

»Ich hoffe nicht.«

»Du hoffst. Aha.« Simon zitterte am ganzen Körper. Sein Handy hielt er wie einen Revolver auf sein Gegenüber gerichtet. »Und was passiert jetzt? Was soll das überhaupt alles? Und wo ist Timon? Er wollte auch hierherkommen.«

»Weißt du, Simon, seit nunmehr dreizehn Wochen sehne ich mich danach, endlich wieder in meinem eigenen Zimmer zu wohnen und in meinem eigenen Bett zu schlafen. Ich will wieder an meinen Computer. Ich will wieder zur Schule. Aber ich kann nicht. Weil du mir im Weg bist.«

»Was? Was soll das? Wieso bin ich dir im Weg? Wo wohnst du überhaupt? Geh doch in dein Bett! Und hör auf, mich zu quälen!«

»Ja, das werde ich auch. Ich werde in mein Bett gehen. Und ich werde dich nicht mehr quälen.«

Beim nächsten Blitz grinste der andere so gefährlich, dass es Simon noch mehr mit der Angst zu tun bekam. Der Donner kam sofort hinterher, sodass Simon vor Schreck in die Knie ging. Das Gewitter war unmittelbar über der Mühle. Der nächste Blitz schlug direkt in die Mühle ein. Durch das Dach in das Zahnrad – einen Augenblick hatte Simon das Gefühl, er selbst wäre vom Blitz getroffen. Ihn umgab eine Hitze, dass er fürchtete sterben zu müssen. Der Donner ertönte zeitgleich mit dem Blitz, und mit einem lauten Krachen gab der Boden unter Simons Füßen nach. Unter dem Nachhall des Donners stürzte er mitsamt der Zwischendecke in die Tiefe. Den Aufprall in der unteren Etage spürte Simon schon gar nicht mehr. Alles um ihn herum war schwarz.

Als Simon erwachte, schmerzte jeder einzelne seiner Knochen. Er brauchte eine Weile, um sich zu orientieren. Wo war er? Wie war er hierhergekommen? Es war stockdunkel. Aber jedes Mal, wenn ein Blitz den Himmel durchzuckte, konnte er Holzbalken, Werkzeuge und viel morsches Holz erkennen. Da erinnerte er sich wieder. Die alte Mühle. Er war abgestürzt. Ein Blitz hatte ihn getroffen! Nein. Das war unmöglich. Simon schaute sich seine Hände an. Sie waren zwar verdreckt, aber nicht verbrannt. Er schaute sich weiter um. So langsam gewöhnten sich seine Augen etwas an die Dunkelheit. Rings um ihn herum steckten alte Holzbalken, Paletten, Stäbe, Bretter in so einer Art Kiste. Und Simon steckte mittendrin. Er schaute nach oben. Da war kein Loch in der Holzdecke. War er nicht eben gerade von da oben runtergefallen? Er war doch durch die Decke gekracht. Wie war er sonst hier in diese Kiste gekommen? Plötzlich fiel es ihm wieder ein: Er war dort oben seinem Doppelgänger begegnet. Diesem merkwürdigen Typen, der so aussah wie er selbst. Er hatte ihn zur Rede stellen wollen. Ja, genau. Und das wollte er immer noch. Na, der konnte was erleben! Das alles hatte er nur ihm zu verdanken! Also war das alles doch eine Falle gewesen und er wollte ihn tatsächlich umbringen! »Es ist gut für uns beide«, hatte er gesagt. Wahrscheinlich hatte er ihn mit Absicht genau um diese Uhrzeit hier in die Mühle gelockt, weil der Typ gewusst hatte, dass hier jetzt ein Blitz einschlagen würde! Dieser Scheißkerl! Simon würde ihn so was von fertigmachen!

Unter Ächzen und Stöhnen wand er sich aus dem Holzstapel heraus und stellte sich auf die Füße. Scheiße, tat das weh! Wo war noch gleich sein Handy? Er schabte mit den Füßen hin und her über den Boden, um es zu finden. Jeden Blitz nutzte er als kurzen Leucht-Impuls, um zu sehen, ob das Glas seines Displays zurückblitzte. Und jeder Donner, der sofort hinterherkrachte, schien ihm zuzubrüllen: »Vergiss es! Du findest es nicht!« Simon seufzte. Vielleicht lag es noch oben. Während er auf die Treppe zuwankte, trat er auf den Schraubenzieher, den er vorhin noch in der Hand gehalten hatte. Zu allem entschlossen nahm er ihn wieder fest in die Hand und ging die Stufen nach oben. Dort angekommen musste er sich erst mal umschauen und orientieren. Außer dem lauten Regen hörte er nichts. Und außer alten Holzzahnrädern und Dachbalken sah er nichts. Keinen Menschen.

»Wo bist du?«, brüllte Simon, so laut er konnte. Als Antwort darauf schickte der Himmel einen grellen Blitz und sofort danach einen Donner, der so heftig war, dass Simon beinahe die gesamte Treppe nach unten gestürzt wäre. War er ihm wieder entwischt? Wieso hatte er ihn dann hierherbestellt? Er wollte ihm doch alles erklären!

»Komm raus!«, brüllte er noch einmal und hielt sich an dem Balken fest, der mal ein Treppengeländer gewesen war. »Zeig dich, wenn du ein Mann bist!«

Wieder donnerte es. Simon musste an das Gewitter denken, das er vor einigen Wochen schon einmal erlebt hatte. Dieses Gewitter hier oben kam ihm noch schlimmer vor. Immerhin war er gerade von dem Blitzeinschlag durch die Mühle gepeitscht worden! Hatte der andere tatsächlich nur gehofft, ihn hier oben durch den Blitzschlag töten zu können? Und jetzt war er bereits abgehauen in der Annahme, dass Simon tot war?

»Ich werde dich finden!« Obwohl Simon das mit lauter Stimme schrie, konnte er sich fast selbst nicht hören, so laut prasselte der Regen auf das alte Schieferdach. Ohne sein Handy war es zwecklos, hier irgendjemanden zu finden. Trotzdem schrie er noch einmal: »Ich finde dich! Und dann kannst du was erleben!«

Vorsichtig tastete er sich die Treppe nach unten, verließ die Mühle, überquerte die Wiese und machte sich durch den Wald auf den Heimweg. Blitze und Donner umgaben ihn. Doch er war von seinem Erlebnis so erschüttert, dass ihm all das wie aus weiter Ferne vorkam. Ohne Handy war er nur ein halber Mensch, aber das war ihm in dieser Nacht erst mal egal. Er könnte morgen im Hellen zum Suchen wiederkommen. Simon fühlte sich wie in einem Traum. Irgendwas erschien ihm unwirklich. Wieso hatte er den Blitzschlag und den Sturz durch die Zimmerdecke überlebt? War das wirklich er, Simon Köhler, der hier durch den Wald stolperte? Warum sah der Wald so anders aus? Wo waren die Blätter hin? Kam es ihm nur so vor, oder war hier alles viel kahler? Wirkte ein Wald im Gewitter automatisch düsterer, kälter, karger? Oder war er einfach nur müde und deshalb wirkte alles so unecht? Wie auch immer. Simon hatte keine Lust mehr, weiter darüber nachzudenken. Jetzt ging es erst mal ins Bett.

Er war klatschnass, als er vor seinem Haus ankam. Simon wollte den Schraubenzieher schon irgendwo auf die Straße werfen, da entschloss er sich kurzfristig, ihn zurück in das Gartenhäuschen zu bringen. Er ging in den Garten und geradewegs auf das Häuschen zu. Als er es öffnen wollte, sah er aus dem Augenwinkel einen Lichtschein im Garten, der hier nicht hingehörte. Vorsichtig drehte er sich zum Haus um und sah, dass in seinem eigenen Zimmer Licht brannte. Er wusste genau, dass er es ausgemacht hatte, bevor er losgegangen war. Sofort schoss es ihm voller Wut durch den Kopf, wer das nur sein konnte: seine Mutter! Sie schnüffelte also doch in seinen Sachen herum, während er unterwegs war, obwohl sie immer beteuerte, sie würde das nicht tun! Und vorhin hatte sie noch gesagt, sie vertraute ihm! Er legte den Schraubenzieher vor die Tür des Gartenhäuschens und schlich sich langsam auf sein Fenster zu. Jetzt würde er Zeuge davon werden, wie die Mutter seinen Schreibtisch, seine Unterhosenschublade, vielleicht sogar seine Zeitschriftensammlung durchwühlte! Morgen würde er sie dafür zur Rede stellen!

Als er nah genug am Fenster stand, um etwas dahinter erkennen zu können, fiel er vor Schreck beinahe nach hinten. Da stand nicht seine Mutter – da stand er selbst! Seine Erscheinung! Sein Doppelgänger! In seinem Zimmer! Mit seinen Klamotten! Das konnte nicht sein. Unmöglich! Im Zimmer war das Licht an, draußen war es dunkel. Der Kerl da drinnen konnte ihn nicht sehen. Aber er starrte nach draußen, als würde er Simon direkt ins Gesicht schauen. Wusste er, dass Simon hier draußen stand? Wie konnte er von der Mühle aus so schnell hierhergekommen sein? Außerdem war er gar nicht nass! Und jetzt stand er in seinem Zimmer, als wäre es sein eigenes! Das war ja nicht zu fassen! »Ich will endlich wieder in meinem Zimmer wohnen«, hatte er gesagt. Und jetzt stand er in *seinem* Zimmer, als wohnte er schon immer darin! Und ihn, den echten Simon, glaubte er durch den Blitzeinschlag getötet zu haben! Na, der sollte ihn kennenlernen! Dem würde er es zeigen! Ohne es zu merken, hatte sich Simon langsam dem Fenster genähert. Jetzt stand er nur noch zwei Schritte davon entfernt. Der Kerl da drin zog sein T-Shirt aus. Bah, was für ein dürrer Hecht! Noch dünner als er selbst! Kein Sixpack, nix. Erbärmlich. Und trotzdem schien er sich selbst im Spiegelbild der Fensterscheibe zu bewundern. Was für ein eingebildeter, selbstverliebter Typ! Ekelhaft! Als er gerade dabei war, sich im Profil zu betrachten, beschloss Simon ihm zu zeigen, dass er nicht allein war. Sollte er doch sehen, dass sein Plan, ihn in der Mühle umzubringen, gescheitert war. Er trat noch zwei Schritte näher ans Fenster und stand jetzt direkt davor. Und erzielte die gewünschte Wirkung. Der Waschlappen da drin brach vor Schreck zusammen und fiel auf die Knie. Simon hörte ihn bis draußen hin schreien. Dann krabbelte er auf allen vieren aus dem Zimmer. Kurz darauf ging das Licht aus. Scheiße, was hatte das zu bedeuten? Würde er jetzt rauskommen und nach ihm suchen? Eigentlich hätte er hier auf den Kerl warten müssen. Ihm einen Kinnhaken verpassen, ihn so was von verprügeln, dass er nicht mehr wüsste, wo vorne und hinten war. Aber irgendwas in ihm trieb ihn dazu wegzurennen. Er rannte durch den Garten, an der Haustür vorbei bis auf die Straße und sprang gerade noch rechtzeitig hinter die Hecke. Im nächsten Augenblick öffnete sich die Haustür und dieser Typ kam mit dem Handy nach draußen. Das war sein Handy, das er vorhin mit in die Mühle genommen hatte! Diese Drecksau!

Simon schaute heimlich über die Hecke und beobachtete ihn. Er verhielt sich in allem genau so wie er selbst. Jede Bewegung stimmte, sogar das ängstliche Keuchen hätte von ihm kommen können. Er spielte seine Rolle wirklich gut. Aber warum machte er das?

Der Typ mit dem Handy kam bis dicht an die Hecke. Für einen Moment meinte Simon, jetzt hätte er ihn entdeckt. Aber dann ging er doch wieder zurück, nahm sich den Schraubenzieher vor dem Gartenhäuschen, schaute sogar noch in das Häuschen rein, leuchtete in sein eigenes Fenster, stach einmal mit dem Schraubenzieher wild in der Luft herum, als wollte er ein unsichtbares Gespenst töten, und verschwand wieder im Haus.

Das konnte doch alles gar nicht sein, dachte Simon und ging ziellos die Straße entlang. Wo war er hier? War das ein Traum? Ein schlechter Film? Hatte jemand die Schauspieler ausgetauscht und er war seine Rolle als Simon los? Wie war der andere überhaupt ins Haus gekommen? Vorbei an seinen Eltern? Musste Simon es sich etwa gefallen lassen, dass irgend so ein Niemand in seinem Zimmer lebte, seinen Schlafanzug trug und in seinem Bett schlief? Nein, musste er nicht!

Simon dachte an den Traum von damals, nachdem er das erste Mal den Fremden in seinem Garten stehen sah. Im Traum hatte der Typ ihn geschlagen und ihm zugerufen: »Versuch, dich zu akzeptieren und du selbst zu werden. Dann musst du nicht andere kopieren wie ein billiger Doppelgänger!« Bekam dieser Traum jetzt irgendeine Bedeutung? Was sollte er denn noch tun, um sich selbst zu akzeptieren? Er war doch gar nicht der Doppelgänger. Der andere war es doch! Und wer um alles in der Welt war der andere? Wieso wollte er Simon kopieren? Gab es da eine Erbschaft, von der Simon nichts wusste? Hatte sich jemand gegen ihn verschworen? Gab es irgendein Zeugenschutzprogramm und jemand meinte, er müsste ihn vernichten und dafür einen anderen an seine Stelle setzen?

Es nützt nichts, dachte Simon, nachdem er etwa eine Stunde einfach so durch die Stadt gelaufen war. Er würde bald verrückt werden, wenn er darüber noch weiter nachdachte. Und plötzlich stand sein Entschluss fest: Es war *sein* Leben, es war *sein* Zimmer. Er war Simon Köhler und er würde sich von diesem Scheißkerl nicht aus seinem eigenen Leben drängen lassen. Seine Schritte wurden schneller, als er wieder auf sein Haus zuging. Er ballte die Faust in seiner Jackentasche. Er würde diesen frechen Kerl zu Brei schlagen, wenn der nicht sofort aufhörte, ihn zum Narren zu halten. Mit festen Schritten betrat er den Vorgarten seines Hauses, stellte sich vor seine eigene Haustür und klingelte.

Es dauerte eine Weile, bis seine Mutter öffnete.

»Simon! Wo kommst du denn her?« Ihre Stimme war besorgt. Und ein bisschen gab es ihm das Gefühl zurück, dass aus ihrer Sicht noch alles wie immer war. »Ich dachte, du liegst längst im Bett!«

»Tja«, begann Simon unsicher. Was sollte er ihr jetzt bloß erzählen? »Wer liegt da in meinem Bett?«, hätte er sie am liebsten gefragt. Stattdessen sagte er: »Ich hab doch gesagt, ich geh noch ein bisschen raus. Ich dachte, du freust dich, dass ich gesund wieder zurück bin.«

»Du bist ja ganz nass, Junge«, sagte die Mutter und rubbelte ihm mit der Hand über die Haare. »Warst du bei dem Regen draußen? Die ganze Zeit? Hast du wieder keine Kapuze aufgehabt? Ach, Junge!« Normalerweise würde er sich jetzt barsch aus ihrer Große-Mama-kleiner-Junge-Klammer befreien, aber in diesem Moment vermittelte ihm diese Geste einen Hauch von Normalität, dass es ihm fast wieder etwas Sicherheit zurückgab.

»Es ist alles in Ordnung, Mama«, hörte Simon sich sagen. Er wunderte sich selbst darüber, wie ruhig er das sagte. »Leg dich wieder hin. Ich geh jetzt auch schlafen. Gute Nacht.«

Die Mutter ließ noch nicht so schnell locker: »Was hast du denn da draußen noch so spät gemacht?«

»Ich hab doch gesagt, ich geh noch raus an die frische Luft.«

»Aber so lange? Es ist nach 2:00 Uhr!«

»Ach, Mama.« Simon fühlte sich plötzlich total erschöpft. »Lass uns ein andermal darüber reden.«

Jetzt bekam Mama diesen rührenden Ach-mein-armer-Junge-Blick. Und dann strich sie ihm vorsichtig über den Arm und fasste diesen Blick auch noch in Worte: »Ach, mein armer Junge.« Da konnte Simon nicht anders und er nahm seine Mutter in den Arm. Am liebsten hätte er geweint, so fertig und erschöpft war er. Stattdessen versicherte er ihr leise: »Es ist alles in Ordnung, wirklich.«

»Na gut, wenn du meinst«, sagte die Mutter und es klang wie: »Ich weiß, dass nicht alles in Ordnung ist, aber ich nerv dich nicht mehr mit Fragen.« Dann küsste sie ihn auf die Stirn, lächelte noch einmal und ging in ihr Schlafzimmer.

Simon blieb noch einen Augenblick im Flur stehen. Vielleicht war ja alles doch nur ein Traum, dachte er. Wie schön wäre es, wenn er jetzt in sein Zimmer käme, sein Bett wäre leer und er könnte ganz normal wie immer schlafen gehen. Vorsichtig öffnete er seine Zimmertür, trat ein und knipste das Licht an. Leider nein. Da lag er noch. Dieser widerliche Kerl. Dieser Doppelgänger – die billige Kopie seiner selbst! Wer war das? Und was wollte er? Schneller, als ihm lieb war, stieg die Wut wieder in ihm hoch. Am liebsten hätte er irgendetwas in diesem Zimmer genommen und durch die Gegend geschleudert. Stattdessen riss er dem Schlafenden die Decke weg, zog ihn an seinem Schlafanzug in die Höhe und versetzte ihm mit seiner Faust einen Hieb ins Gesicht, wie er es noch nie zuvor bei irgendjemandem getan hatte. Der Kerl flog schreiend in die Ecke neben dem Schreibtisch. Simon hatte kein bisschen Mitleid.

»Du Dreckskerl!«, brüllte Simon ihn an. »Wer bist du?«

Der Kerl auf dem Boden hatte die Lage noch nicht wirklich erfasst. »Was soll das?«, fragte er benommen. »Ich bin Simon. Simon Köhler. Und wer bist du?«

Das war zu viel. Der konnte seine Rolle sogar im Schlaf aufsagen. Simon bekam einen roten Kopf, als er brüllte: »Ich! Ich bin Simon Köhler! Ich allein! Und ich verlange jetzt eine Erklärung! Was hast du vor? Was ist dein Plan? Warum sollte ich sterben?«

Der Kerl auf dem Boden war entweder bescheuert oder wirklich müde. Simon konnte kaum verstehen, was er da lallte: »Was soll das? Was willst du? Niemand muss hier sterben. Verschwinde aus meinem Zimmer!«

»Das ist *mein* Zimmer!«, platzte es da aus Simon heraus. »Du schläfst in *meinem* Bett! Und das findest du auch noch lustig, was? Ich sag dir was. Es kann nicht jeder Simon Köhler sein. Sieh das ein. Versuch, dich zu akzeptieren und du selbst zu werden. Dann musst du nicht andere kopieren wie ein billiger Doppelgänger! Hast du verstanden?«

Simon schnaufte. Irgendwie kam ihm das alles bekannt vor. Hatte er nicht genau das selbst schon mal erlebt oder geträumt? Hatte er nicht gerade genau das gesagt, was damals diese Traumgestalt zu ihm gesagt hatte? War das hier immer noch ein Traum? Fast überkam es ihn und er hätte diesen Blödmann heulend angefleht, ihn endlich in Frieden zu lassen. Aber der ließ sich überhaupt nicht aus der Ruhe bringen und sagte nur: »Ich bin Simon Köhler. Und ich will ins Bett.«

Es war zwecklos. Dieser Idiot war nicht zu bewegen. Zumindest nicht in dieser Nacht. Simon war klar, dass er sich geschlagen geben musste, wenn er nicht einen Mord begehen oder noch weiter auf diesen

Blödmann einprügeln wollte. »Na gut«, sagte er dann, aber er bemühte sich, dabei immer noch beherrscht zu klingen. Nicht wie ein Verlierer. Der andere sollte nicht denken, dass er seinen Platz in seinem Leben und in seinem Zimmer für immer räumen würde. »Dann schlaf von mir aus diese Nacht in meinem beknackten Bett. Aber morgen verschwindest du ein für alle Mal aus meinem Zimmer, verstanden? Und wenn ich dich morgen oder in den nächsten Tagen noch einmal hier in der Nähe meines Hauses sehe, dann prügel ich dir die Birne weich! Ist das klar?«

»Alles gut.« Der Typ hatte beschlossen weiterzuschlafen. »Morgen bin ich weg. Versprochen.«

Simon wollte noch was sagen, noch mehr prügeln, irgendwas machen. Aber er zog es vor, sein Zuhause zumindest für diese Nacht zu verlassen.

Eine Viertelstunde später stand er vor Jans Haus. Hier würde er aber garantiert nicht klingeln. Jans Eltern waren noch spießiger als Simons Eltern. Die würden wahrscheinlich sogar die Polizei rufen, wenn nachts jemand bei ihnen klingelte. Aber Jan hatte sein Zimmer zum Glück auch im Erdgeschoss. Simon ging an der Hauswand entlang und klopfte von außen an das Rollo. Mehrmals. Dann sah er durch die Ritzen, wie innen das Licht anging. Dann hörte er eine zaghafte Stimme: »Wer ist da?«

»Simon! Mach mal die Haustür auf!«

»Simon? Spinnst du? Was ist los?«

»Mach erst mal auf!«

Kurz darauf saß Simon mit angezogenen Beinen in Jans Zimmer auf dem Boden zwischen all den verdreckten Socken und Unterhosen und stützte seinen Kopf auf die Arme. Jan saß mit seinen Boxershorts und einem gammeligen T-Shirt wieder im Bett. Seine kurzen, blonden Haare standen wild in alle Richtungen ab.

»Da liegt ein fremder Kerl in meinem Bett.« Mehr brachte Simon nicht raus.

»Was? Wer ist das?«

»Keine Ahnung.«

»Was redest du da für eine Scheiße? Da liegt ein fremder Kerl in deinem Bett und du weißt nicht, wer das ist? Wie ist der denn reingekommen? Was macht der da? Was sagen deine Eltern dazu? Wieso schmeißt du den nicht raus?«

Alles berechtigte Fragen, dachte Simon. Auf die hätte er auch gerne Antworten. Aber er hatte keine. Im Gegenteil. Jede Frage warf gleich eine neue Frage auf. »Ich weiß es doch auch nicht.« Er seufzte. »Kann ich heut Nacht hier schlafen? Vielleicht sieht morgen schon alles ganz anders aus.«

»Klar.«

Mit einem Satz war Jan aus dem Bett gesprungen, hatte mit zwei Handgriffen sämtliche Wäsche im Umkreis von zwei Metern auf einen Haufen geschoben und eine Matratze unter seinem Bett hervorgekramt. »Warte, ich hol noch eine Decke.« Eine Minute später kam er mit einer Wolldecke und einem Sofakissen ins Zimmer zurück. »Brauchst du sonst noch was?«

»Nein, alles gut.« Simon legte sich mitsamt seiner Jacke auf die Matratze, deckte sich mit der Wolldecke zu und schloss die Augen. »Danke.«

Jan saß noch einen Moment auf seinem Bett und starrte das dreckige Menschenbündel auf seiner Matratze an. »Bist du irgendwie krank oder so?«, fragte er.

»Kann sein«, kam es müde von Simon. Bestimmt war er krank. Geistesgestört. Er litt unter Verfolgungswahn. Er war von sich selbst verfolgt. So was konnte nur krank sein. Jan fragte noch irgendwas, aber Simon hörte es schon nicht mehr. Er war fest eingeschlafen.

Simon, wach auf, ich muss zur Schule.« Jan hockte neben Simon und rüttelte vorsichtig an seiner Schulter. »Kommst du mit oder bist du noch krank?«

»Was?« Simon schreckte hoch und brauchte ein paar Sekunden, um die Lage zu erfassen. Wo war er hier? Ach ja, richtig. Diese furchtbare Nacht. Dieser Albtraum. Es war doch alles Wirklichkeit gewesen. Simon fühlte sich hundeelend. Aber er konnte ja hier nicht liegen bleiben. »Ja, klar. Ich komme mit. Wie spät ist es?«

»Viertel vor sieben.«

»Okay. Das schaff ich noch. Ich lauf nur schnell nach Hause und hol meine Schultasche.«

Damit war Simon aufgesprungen und zur Tür hinaus. Noch nicht mal seine Turnschuhe musste er sich anziehen, denn er war heute Nacht in voller Montur, mit Jacke und Schuhen, eingeschlafen.

»Bis gleich«, rief ihm Jan noch leise hinterher.

Simon rannte die Straße entlang. Wenn sein Doppelgänger noch im Bett lag oder sonst irgendwie im Haus unterwegs war, dann könnte er seine Mutter auffordern, zwischen den beiden den richtigen Simon ausfindig zu machen. Und Mütter kannten ihre Söhne. Darauf musste er sich in diesem Augenblick verlassen. Warum war es eigentlich noch so dunkel? Und so kalt? Heute war der 1. Juli. Bald gab es Sommerferien! Aber das Wetter und die Morgendämmerung kamen ihm vor wie Anfang April. Auch die Bäume sahen so aus, als wären sie gerade erst aus ihrer Winterstarre erwacht. So wie heute Nacht. Da war ihm das auch schon merkwürdig vorgekommen. Irgendwas stimmte hier nicht. Aber das würde er noch herausfinden.

Simon stand vor seiner Haustür und klingelte. Die Mutter öffnete: »Hast du was vergessen?«

»Ja. Meine Schultasche.« Damit zischte er an ihr vorbei und in sein

Zimmer. Irgendwas an der Frage irritierte ihn. Wieso fragte sie: »Hast du was vergessen?«, und nicht: »Wo kommst du denn jetzt her? Hast du die Nacht draußen verbracht?« oder so was? Sein Bett war leer. Die Schultasche war nicht in seinem Zimmer. Der Gedanke, dass sich ein Fremder in seinem Bett geräkelt hatte, ekelte ihn an. Fast mechanisch griff er nach seinem Schlafanzug und roch einmal feste daran. Er konnte keinen fremden Geruch feststellen. Aber es hatte doch jemand Fremdes darin gesteckt! Was zum Teufel ging hier vor?

»Simon, was machst du da?« Simon schreckte hoch und ließ sofort den Schlafanzug fallen. Wie lange hatte seine Mutter schon im Türrahmen gestanden und ihn beobachtet?

»Wo ist meine Schultasche?«, fragte er.

»Soweit ich weiß, hast du die vorhin mitgenommen.«

»Ich«, wiederholte Simon, um es selbst noch mal zu kapieren. »Mitgenommen.« Er nickte. Dann schaute er prüfend seiner Mutter in die Augen. »Bist du dir sicher, dass ich das war?«

Seine Mutter lächelte unsicher. »Wer denn sonst?«

»Na, jemand anderes vielleicht. Jemand, der mir ähnlich sieht.«

Die Mutter lächelte immer noch, aber sie sah verunsichert aus. »Was soll das, Simon? Der 1. April war gestern. Heute kannst du mich nicht mehr reinlegen.«

Wie bitte? Simon stutzte wieder. Wieso war der 1. April gestern? Oder war das metaphorisch gemeint? Nach dem Motto »Der 1. April liegt schon längst in der Vergangenheit«?

»Welcher Tag ist heute?«, fragte Simon so beiläufig wie möglich.

»Der 2. April«, antwortete seine Mutter. »Montag.« Und dann bemühte sie sich um ein lockeres Grinsen: »Schultag, falls du das meinst. Und wenn du nicht bald losgehst, verpasst du den Bus.«

Aha. Irgendwie hatte Simon das Gefühl, ihm würde schlecht. Hier stimmte einiges nicht.

»Nein, das meinte ich nicht«, sagte er dann. »Wo haben wir einen Kalender?«

»Überall. Da zum Beispiel.« Sie zeigte auf den Weltall-Kalender über Simons Schreibtisch. Das Bild für April war zu sehen. Dabei war sich Simon sicher, dass er jeden Monat das Blatt vom Vormonat abgerissen hatte. Gestern war noch das Blatt von Juni oben gewesen. Heute hätte er es abgerissen, denn heute war Juli.

»Heute ist Juli!«, protestierte Simon laut und überprüfte den Kalender. Hatte jemand nachträglich die Blätter wieder drangeklebt? Hier gab sich jemand wirklich alle Mühe, um Simon gründlich reinzulegen.

»Ja, das wär schön«, sagte die Mutter. »Dann wär es schon wärmer und bald wären Sommerferien.«

Seine Mutter war nicht der Typ Mensch, der so eine Verarsche lange durchziehen könnte. Die würde sich schnell verplappern oder lachen. Zumindest würde sie es niemals durchhalten, ihn so lange derart glaubhaft für doof zu erklären.

»Mama, sag bitte ganz ehrlich«, versuchte es Simon. »Was ist hier los? Gestern war der 30. Juni, also ist heute der 1. Juli! So ist es doch logisch, oder nicht?«

Wieder dieser unsichere, Hilfe suchende Blick der Mutter. »Simon, was ist los mit dir? Geht es dir nicht gut? Bist du vielleicht krank?«

Ja, es geht mir nicht gut, dachte Simon. Und vermutlich bin ich auch krank. Aber irgendwas in ihm sagte ihm, dass es hier keinen Zweck hatte, weiterzudiskutieren. Er würde versuchen, den Bus noch zu kriegen und zur Schule zu fahren. Wenn der andere Typ mit seiner Schultasche eben losgegangen war, würde er ihn ja vielleicht noch einholen. Und dann könnte er ihn vor allen zur Rede stellen.

Simon sah seine Mutter so tapfer wie möglich an: »Es geht schon wieder.« Er ging auf seine Zimmertür zu. »Ich muss dann mal los.« Als er sich an seiner Mutter, die noch am Türrahmen lehnte, vorbeiquetschen wollte, bekam er so etwas wie Mitleid mit ihr. Wie sie so dastand, völlig verunsichert. Vielleicht waren sie alle miteinander in einen falschen Film geraten. Dann wären sie alle Opfer einer Verschwörung. Eines Regisseurs, der mit ihnen machte, was er wollte. Und sie säßen gemeinsam in einem Boot. Obwohl er es sich eigentlich nicht vorgenommen hatte, nahm er seine Mutter noch einmal in den Arm. Und sie drückte ihn fest an sich. Für seinen Geschmack beinahe zu fest. Mit diesem Mein-kleiner-Junge-ich-lass-dich-niemals-los-Druck, aus dem er sich normalerweise immer sofort befreite. Aber für diesen Augenblick war es in Ordnung. Vielleicht waren sie die einzigen zwei auf der Welt, die keine Ahnung hatten, was vor sich ging. Dann mussten sie jetzt zusammenhalten.

Dann ließen sich die beiden los und mit einem unsicheren »Tschüss« verließ Simon das Haus.

Während Simon die Straße entlangrannte, sah er schon den Bus kommen. Mist, den würde er nicht mehr kriegen. Er rannte schneller. Der Bus brauste an ihm vorbei und hielt an der Bushaltestelle, die leider noch viel zu weit weg war. Aber während Simon darauf zurannte, sah er, wie dieser andere Kerl mit seiner Schultasche in den Bus einstieg, als wäre es das Normalste auf der ganzen Welt. Er unterhielt sich dabei mit Jan, dem auch nichts aufzufallen schien. Und all den anderen, die da gerade in den Bus stiegen, auch nicht! Ja, waren denn alle völlig blind und bescheuert geworden? Simon rannte schneller. Vielleicht sah der Busfahrer ihn ja im Rückspiegel rennen und würde anhalten. Fast hatte er die Bushaltestelle erreicht, da setzte sich der Bus in Bewegung und fuhr los. Simon rannte noch schneller. Er wusste, er würde den Bus nicht mehr kriegen, aber er wollte wenigstens einen Blick in den Bus werfen. Suchend starrte er durch die Scheiben. Und da entdeckte er ihn auch schon. Kurz trafen sich ihre Blicke. Dann entfernte sich der Bus und Simon hörte auf zu rennen. Er beugte sich vor und stützte seine Hände auf den Oberschenkeln ab. Er war völlig außer Puste. Aber er hatte ihn gesehen. Sie hatten sich angeschaut. Sah der andere nicht sogar irgendwie erschrocken aus? Ja, das geschah ihm recht. Sollte er doch ein bisschen Angst vor ihm kriegen! Simon würde ihn so lange verfolgen, bis der elende Kerl es aufgab, seine Rolle in Simons Leben zu übernehmen!

Simon ging zurück zur Bushaltestelle und beschloss, auf den nächsten Bus zu warten. Er hatte keine Schultasche, war dreckig von oben bis unten und würde ohnehin zu spät kommen. Aber das würde ja in der Schule nichts ausmachen, denn dort war ja bereits sein anderes Ich, das seine Schultasche pünktlich und sauber in die Klasse trug. Das hatte ja auch was Praktisches. Simon musste grinsen. Eigentlich bräuchte er jetzt überhaupt nicht mehr in die Schule zu gehen. Da war ja jemand, der das freiwillig an seiner Stelle übernahm. Dann bräuchte Simon im

Grunde genommen überhaupt nirgendwo mehr hinzugehen. Überall saß sein dämlicher Platzhalter und imitierte Simons dummes Gesicht, sodass niemand auf dieser ganzen Welt den wirklichen Simon überhaupt vermissen würde. Simon könnte jetzt Urlaub machen. Er könnte um die ganze Welt reisen und sich alles anschauen, während sein Double munter den grauen Alltag bewältigte. Dieser Gedanke war durchaus verlockend. Andererseits wusste er auch nicht, was dieser Typ wirklich im Schilde führte. Was würde er wohl unternehmen, wenn Simon ins Ausland reiste? Vielleicht würde er irgendeine Bank ausrauben, mit der Beute verschwinden und die Polizei würde dann nach seinem Bild suchen, sodass er, der echte Simon, ins Gefängnis wandern würde. Oder der Typ würde sich an Nadja ranmachen. Vielleicht hätte er sogar eine bessere Masche drauf als er selbst und Nadja würde auf ihn reinfallen! Dann würde Nadja denken, sie hätte Simon zum Freund, dabei wäre sie nur seiner lebendigen Wachsfigur auf den Leim gegangen!

Simon spürte, wie Zorn und Hass wieder in ihm hochkrochen. »Keine Angst, mein Freund«, knurrte er leise vor sich hin, »ich lass dich nicht aus den Augen. Wenn's sein muss, bis ans Ende meines Lebens. Oder bis ans Ende deines Lebens.« Plötzlich überkam ihn ein seltsamer Gedanke. War es vielleicht Simons Pflicht, seinen Doppelgänger aus der Welt zu schaffen? Über so etwas hatte er noch nie nachgedacht. Aber sein Hass auf diesen Idioten, der jetzt gerade in seine Schule fuhr, war so groß – wenn der Fremde jetzt neben ihm stünde und Simon den Schraubenzieher von letzter Nacht in der Hand hätte, er würde für nichts garantieren können.

Neben Simon stand ein Mann mit Aktenkoffer, der ebenfalls auf den Bus wartete. Der Mann war ganz in eine aufgeschlagene Tageszeitung vertieft. Simon schielte zu ihm rüber und versuchte, das Datum auf der Zeitung zu erfassen. »Montag, 2. April« stand darauf. Das war entweder eine alte Zeitung oder eine Verarschung, oder Simon war wirklich gerade dabei, den Verstand zu verlieren. Er starrte weiter auf die Zeitung in der Hoffnung, dass sich das Datum beim längeren Draufschauen aktualisierte oder dass irgendwo doch noch der 1. Juli stand.

Der Mann schien Simons Blick zu bemerken, denn er schaute von seiner Zeitung hoch: »Soll ich dir was abgeben? Ich les sowieso nur den Sportteil.«

»Nein, danke.« Simon versuchte, so höflich und belanglos wie möglich zu lächeln. Aber dann ergriff er doch die Chance: »Welcher Tag ist heute?«

»Montag.«

»Welches Datum?«

»Zweiter Vierter.«

»Seit wann?«

»Wie, seit wann?« Der Mann zuckte mit den Augenbrauen. »Seit heut Nacht um 0:00 Uhr.«

Simon kam sich ein bisschen dämlich vor, aber er hatte nichts zu verlieren. Er existierte ja quasi überhaupt nicht. Oder zweimal. Oder es war sowieso alles eine große Verarsche. Also konnte er ein bisschen weiterforschen: »Warum ist heute nicht der 1. Juli?«

Dem Mann schien nicht nach Spielchen zumute zu sein. »Weil heute der 2. April ist.«

»Aber gestern war der 30. Juni«, tastete Simon sich vor.

Der Mann sah wieder in seine Zeitung: »Scherzkeks.«

»Gestern war der 30. Juni!«, wiederholte Simon laut. »Den ganzen Tag! Überall! Und vorgestern war der 29. Juni! Ich weiß es genau! Ich war doch dabei!« Simon zeigte auf die Bäume am Straßenrand. »Und die Bäume, die waren gestern alle schon viel grüner, viel sommerlicher! Gestern Nacht – da war ein riesiges Gewitter! Und gestern Nachmittag, da sind wir noch alle im Freibad gewesen! Da war doch der Unfall mit Leon!«

»Geh mal in die Irrenanstalt«, brummte der Mann in die Zeitung hinein.

»Das Gewitter! Das war doch hier! Ich bin doch jetzt noch nass und dreckig davon!«

»Ja, das Gewitter war hier. Ziemlich nah. Und ziemlich heftig«, bestätigte der Mann.

»Genau! Der Blitz ist draußen im Wald in die alte Mühle eingeschlagen!«

»Ja, das hab ich auch gehört.«

Die Mühle! Vielleicht lag da die Lösung seines Rätsels!

Der Bus rollte an der Bushaltestelle vor, der Mann mit der Zeitung stieg ein, aber Simon hatte es sich anders überlegt. Er nahm die Beine in die Hand und rannte los. Immer Richtung Wald. Richtung Wiese. Richtung Mühle. Immer, wenn er zwischendurch an einem Kiosk vorbeikam, schaute er sich die Zeitungen an. Alle schienen sich darin einig zu sein, dass heute der 2. April war. Und auch die Meldungen auf den Titelseiten entsprachen dem, was Simon vor drei Monaten in den Zeitungen wahrgenommen hatte. Krass. Krass. War er hier in eine Zeitschleife geraten? Wie hieß dieser Film, in dem jemand ein und denselben Tag immer und immer wieder erlebte? »Täglich grüßt das Murmeltier«? Oder dann der andere: »Zurück in die Zukunft«? War das jetzt seine Situation? So was gab's doch gar nicht! Simon rannte weiter.

Die Bäume im Wald ließen noch müde und erschöpft vom nächtlichen Gewitter ihre Blätter und Zweige hängen. Manche Äste waren abgebrochen und lagen auf dem Boden. Einige beugten sich vor und zurück, während Simon unter ihnen her rannte, als wollten sie ihm etwas Wichtiges mitteilen. Oder ihn warnen. Simon beachtete sie nicht. Er wollte einfach nur die Mühle erreichen.

Still und unheimlich lag sie vor ihm, als er am Ende des Waldes die große Wiese betrat. Am Tag sah das alte Gebäude längst nicht so mysteriös aus wie in der Nacht. Und trotzdem strahlte es eine merkwürdige Atmosphäre, ja, fast einen Zauber aus. Oder kam Simon das nur so vor, weil er sich gerade wie in einer anderen Welt fühlte? Vorsichtig schob er die krächzende Tür auf und betrat den Innenraum. Widerlicher Gestank stach ihm in die Nase. Trotzdem sah es hier anders aus als beim letzten Mal. Der Tisch, die Kisten, die Stühle – all das war zwar noch genauso da wie vor drei Tagen, als er zum letzten Mal hier war. Aber heute wirkte alles viel älter, verstaubter, vermoderter. Die Werkzeuge, Hämmer und Sägen lagen auf dem Boden verstreut, manche hingen noch an den Wänden oder an Lederriemen unter der Decke. Überall auf dem Boden lagen Ziegelsteine, Holzbalken, vermoderte Säcke, Äste, Bretter und – Dreck. Dreck, wohin man nur schaute. Und Müll. Bierflaschen. Bierdosen. Zigarettenkippen. Stroh. Plastiktüten. Ekelhaft! Es war eng und Simon bemühte sich bei jedem Schritt, nicht auf irgendwelche widerlichen Sachen zu treten. Am liebsten wäre er wieder weggegangen. Dann sah er eine angefressene Matratze. War das nicht die, die neulich noch mit einem Bettlaken überspannt gewesen war? War der Bewohner wieder ausgezogen? Klar. Der hatte sich ja jetzt in Simons Zimmer breitgemacht! Die Zigarettenstummel und die Bierdosen schienen jedenfalls darauf hinzudeuten, dass hier trotzdem manchmal irgendwelche Herumtreiber zum Übernachten herkamen. Und denen wollte Simon garantiert nicht begegnen.

Er sah die Holzkiste mit Brennholz, Brettern und anderen hölzernen Geräten, in die er vergangene Nacht hineingefallen war. Die Zimmerdecke darüber war nicht kaputt. Merkwürdig. Im hinteren Bereich gelangte er an die Treppe nach oben, die immer noch aussah, als würde sie bei der leisesten Berührung einstürzen. Weil er aber wusste, dass er vergangene Nacht schon einmal da oben war, wagte er es, die Stufen nach oben zu steigen. Dort angekommen, schaute er sich alles genau an. Was hatte sich hier verändert?

Gestern Abend war er dem Ruf von Timon gefolgt, der ihn hier oben hingelockt hatte. Da war noch der 30. Juni. Da war er sich zu 100 Prozent sicher. Na ja. 90 Prozent. Immerhin hatte ihm heute schon mal jemand empfohlen, er sollte mal in eine Irrenanstalt gehen. Gestern war er noch mit Jan und all den anderen im Freibad gewesen. Er hatte Leon von der Leiter fallen sehen. Und dann das Gewitter. Er war hier oben in der Mühle gewesen. Er hatte sein Gegenüber, sein zweites Ich, getroffen. Und zwar genau neben diesem großen Zahnrad. Und dann war der Blitz in die Mühle geschlagen. Er war durch den Boden gekracht und unten in der Kiste gelandet. Als er dann nach Hause kam, war plötzlich der 2. April. Merkwürdig. Plötzlich fiel ihm noch etwas anderes ein: War es nicht auch damals die Nacht vom 1. auf den 2. April gewesen, als er zum ersten Mal diesen anderen Typen außen vor seinem Fenster gesehen hatte? Damals war Simon in seinem Zimmer gewesen, während draußen der fremde Kerl im Garten gestanden und hineingestarrt hatte. Vergangene Nacht stand Simon im Garten und schaute ins Zimmer, während der Fremde in seinem Zimmer war und nach draußen starrte.

Vorsichtig tastete sich Simon wieder Stufe für Stufe nach unten und versuchte, seine Gedanken zu sortieren. Konnte er in eine Zeitschleife geraten sein und die ganze Zeit ab da jetzt zum zweiten Mal erleben? Nur diesmal aus anderer Sicht? Simon schüttelte sich. Er setzte sich auf eine der Holzkisten in der Nähe der Haustür. Sollte das etwa heißen, dass der Typ, den er damals im Garten stehen sah, er selbst war? Er, der damals schon in die Zeitschleife geraten war? Und er selbst, also Simon, der damals noch im ersten Durchgang der Simon im Zimmer war? Simon schlug sich mit seinem Handballen gegen die Stirn. Das konnte doch alles nicht sein! Da bekam man ja einen Knoten im Hirn beim Nachdenken! Simon schloss die Augen. Das alles musste er erst mal verarbeiten. Kaum hatte er die Augen geschlossen, überfiel ihn eine so große Müdigkeit, dass er auf der Kiste zur Seite kippte und fest einschlief.

Als er aufwachte, war es heller Nachmittag. Simon hatte Hunger und er musste aufs Klo. Er ging hinter die Mühle und pinkelte in den Bach. Woher sollte er jetzt was zu essen bekommen? Er konnte wohl kaum bei sich zu Hause klingeln und sagen: »Hallo Mama, ab jetzt hast du zwei Söhne. Einen, den du schon immer hattest, und einen, der aus der Zukunft zu euch gereist ist. Wenn du willst, kann ich dir erzählen, was in den nächsten drei Monaten alles passiert. Also, was gibt's zu essen? Ach, weiß ich ja schon. Es ist der 2. April, dann gibt es Pizza, die untendrunter ein bisschen verbrannt ist. Na, kann ich hellsehen?«

Geld hatte er nicht dabei. Außerdem trug er nun schon seit gestern Abend die ganze Nacht hindurch dieselben Klamotten. Er hatte das dringende Bedürfnis, sich zu duschen, was Sauberes anzuziehen und was zu essen. Gab es da irgendwie eine Sonderregel für Zeitreisende?

Simon ging durch den Wald zurück in die Stadt. Jetzt, da er wusste, dass er wieder in den 2. April gereist war, kam ihm der Wald gar nicht mehr so fremd vor. Für einen Apriltag sah er eigentlich ganz normal aus. Für einen Julitag nicht.

Als er die ersten Häuser der Stadt erreichte, traute er seinen Augen nicht: Da kam Leon die Straße entlang! Langsam, aber lebendig! Na, dann konnte das gestern ja doch nicht ganz so schlimm gewesen sein! Oder war wirklich der 2. April und auch Leons Uhr war wieder zurückgedreht worden? Dann läge Leons Tod noch in weiter Ferne und heute würde er vielleicht sogar bei ihm etwas zu essen bekommen!

»Hi Leon«, rief er fröhlich. »Ich freu mich, dich gesund und munter zu sehen! Ehrlich!«

»Hallo«, sagte Leon vorsichtig und zog schon ängstlich den Kopf ein.

»Bleib locker, Leon«, sagte Simon. »Ich mein es gut mit dir.«

»Ach ja? War das mit dem Gehfehler und dem Fischglas heute Morgen auch gut gemeint?«

»Gehfehler? Fischglas?« Ach, du Schreck. Die Sache von damals. Hilfe. Das war heute gewesen? Tja, da hatte er ja genau den richtigen Tag erwischt. »Ach, Leon! Das ist doch schon eine Ewigkeit her!«

»Nein, das war heute Morgen. Für mich ist das noch keine Ewigkeit her.«

»Ach, ja, richtig! Heute Morgen! Jetzt fällt es mir wieder ein!« Er musste sich zwingen, nicht wieder laut loszulachen. Es gelang ihm ernst zu bleiben. »Du, Leon, ich … also … ich bin extra hergekommen, um mich … ähm, also … um mich bei dir dafür zu entschuldigen.«

Leon wirkte nicht beeindruckt. Er trottete weiter die Straße entlang. »Du verarschst mich doch.«

»Nein, ehrlich nicht! Ich wollte sagen, dass ich mich oft wirklich danebenbenehme. Und das tut mir echt leid.«

»Und das soll ich dir glauben?«

»Ja.«

»Okay. Von mir aus. Aber lass mich in Zukunft bitte in Ruhe.«

Simon überschlug schnell die letzten drei Monate. »Ähm, Leon, wie soll ich sagen? Es gibt da noch zwei, drei kleine Streiche, die ich dir demnächst antun werde. Aber ich möchte mich jetzt schon mal dafür entschuldigen. Besonders für die Sache im Freibad, die ich dir am 30. Juni antun werde.«

»Siehste! Du verarschst mich.« Leon ging schneller. Simon blieb auf seiner Höhe.

»Nein, echt nicht! Ich möchte wirklich gern alles wiedergutmachen. Aber es gibt so manche Sachen im Leben, die sind schon so gut wie in die Bahn gebracht, die kann man nicht mehr ändern.«

»Klar kann man das. Du kannst doch die Gemeinheiten, die du dir vorgenommen hast, einfach nicht tun.«

»Tjaaa …« Er sah die Chancen auf was zu essen schon verschwinden. »Es ist so, Leon. Manchmal … da bin ich nicht der, der ich sein möchte … und dann will ich das Gute tun … und dann … ähm … kommt das Böse einfach so aus mir raus, weißt du? Ich kann gar nichts dafür. Es macht einfach Plopp, und dann ist da was Böses rausgekommen.«

»Du spinnst ja.«

»Doch, echt!«

»Und gibt es keine Möglichkeit, da auszubrechen? Man könnte doch, wenn man schon weiß, dass man es gar nicht will, sich vorher im Kopf irgendeine Sperre einbauen oder so.«

»Nein. Geht nicht. Alles schon probiert.«

»Ich kann dich ja beim nächsten Mal, wenn du mich reinlegen willst, daran erinnern. Dann funktioniert es ja vielleicht.«

»Nein, bloß nicht!« Leichte Panik stieg in Simon auf. »Wenn du mich daran erinnerst, dann machst du es nur noch schlimmer!«

»Warum?«

»Weil, wenn du mich morgen an unser Gespräch von heute erinnerst, dann ist das aus meiner Sicht … also, ich wollte sagen … dann weiß ich davon morgen nichts mehr.«

»Warum nicht?«

»Weil ich dann … ähm … weil ich dann sozusagen ein anderer Mensch bin.«

»Bist du eine gespaltene Persönlichkeit?«

»Ja.« Simon nickte heftig und erleichtert. »Genau so ist es. Tut mir leid, dir das jetzt so sagen zu müssen, aber jetzt weißt du die Wahrheit.«

Leon blieb stehen und schaute Simon groß an. »Das heißt also, du kannst gar nichts dafür, dass du morgens in der Schule so ein Arschloch bist?«

Hups! Das wollte Simon nun doch nicht ganz so stehen lassen. Andererseits – wenn Leon sich das so einredete, nahm er vielleicht die Attacken der nächsten Zeit nicht mehr ganz so ernst. Also ließ er ihn in dem Glauben: »Ja, so könnte man das zusammenfassen.«

»Dann bist du also selbst ein Opfer?«

Puuuuh, jetzt ging Leon doch ein bisschen zu weit. »Ach, Leon. Wer oder was ist schon ein Opfer …? Sind wir nicht alle irgendwie … ähm … Opfer … also … zum Beispiel unserer Erziehung und so? Opfer der Gesellschaft … Opfer von höheren Mächten …«

»Hm, ja, so gesehen …« Leon setzte sich wieder in Bewegung. Er war schon kurz vor seinem Wohnblock. »Aber ich muss jetzt nach Hause, bei uns gibt es jetzt was zu essen.«

Ha! Das war das Stichwort! »Du, Leon, hör mal. Als Zeichen meiner Entschuldigung und unseres kleinen freundschaftlichen Gesprächs – ähm, würdest du mich vielleicht heute zu dir zum Essen einladen?«

Leon runzelte die Stirn. »Hast du kein eigenes Zuhause?«

»Ähm … normalerweise doch, aber gerade heute … da … also … nein.«

»Wieso nicht?«

»Weil … also … lange und komplizierte Geschichte. Und traurige Geschichte, viel zu traurig. Ich muss immer weinen, wenn ich sie erzähle. Aber können wir das nicht abkürzen und du nimmst mich einfach mit zu dir nach Hause?«

Leon schaute an Simon runter und wieder hoch, als wollte er hier irgendwo ein Schild mit der Aufschrift: »Herzlich willkommen bei ›Verstehen Sie Spaß?‹« suchen. Dann sagte er: »Na gut. Dann komm mit.«

Leon wohnte mit seiner Mutter und seinem jüngeren Bruder im 7. Stock eines der Wohnblockhäuser im hinteren Teil der Stadt. Die Wohnung bestand mehr oder weniger aus zwei oder drei Zimmern: ein Schlafzimmer für Leon und seinen Bruder, eine Mini-Küche, ein Mini-Badezimmer, ein Wohnzimmer, dessen Sofa sich die Mutter abends als Bett auszog. Schon irgendwie bemitleidenswert. Kein Wunder, dass man da so ein Opfer wie Leon wurde. Obwohl – in diesem Haus wohnten noch tausend andere Familien, deren Kinder absolut keine Opfer waren. Eher Täter. Die wussten sich durchzusetzen. Leon erzählte, fast jeden Abend wäre in einer der Wohnungen die Polizei zu Besuch, weil jemand verprügelt wurde, zu laut, zu frech, zu grob war oder sonst in der Stadt was verbrochen hatte, weswegen man ihn jetzt mitnahm.

Eigentlich hatte Simon sich vorgenommen, sich wie ein ausgehungertes Raubtier auf das Essen zu stürzen, sobald es auf dem Tisch stand. Als er aber dann die relativ kleine Mutter in der noch kleineren Küche sah, die ihren Leon mit »Hallo Schatz« begrüßte und auf die Wange küsste, und als dann noch das bisschen Essen aus einer Mikrowellenschüssel auf den Tisch kam und die Mutter mit den Worten: »Na klar kann dein Schulfreund mit uns essen!«, Simon an den Tisch bat, da traute er sich nicht mehr. Er lud sich einen Klecks von der undefinierbaren Pampe auf den Teller, stocherte ein bisschen darin herum und lobte das Essen der Köchin.

»Ach, das ist doch gar nicht gekocht«, sagte die kleine Mama und lächelte freundlich. »Ist doch nur 'ne Packung aufgemacht und in die Mikrowelle geschoben.«

Schmeckt auch so, dachte Simon, aber er sagte es nicht. Finn, Leons kleiner Bruder, erzählte das ganze Essen lang ohne Unterbrechung. Jede Unterrichtsstunde wurde nacherzählt, jede Aussage eines jeden Lehrers und Schülers kommentiert. Leon und seine Mutter schienen sich darüber zu freuen. Sie grinsten viel und lachten auch manchmal. Hin und wieder schaute Leon verstohlen zu Simon, ob er sich auch über den süßen Bruder amüsierte. Simon bemühte sich, nicht so zu wirken, als würde ihn dieser Junge zu Tode nerven.

Nach dem Essen sagte Leons Mutter: »Wenn ihr wollt, könnt ihr ja noch ein bisschen unten im Hof miteinander spielen, ja?«

Leon schaute wieder peinlich berührt zu Simon rüber. Und Simon sprang schnell von seinem Stuhl auf: »Äh, nein, wirklich, also … sonst gerne … aber ich hab noch ein paar … ähm … die Hausaufgaben und so. Danke für das leckere Essen. Mach's gut, Leon, alter Knabe. Und du auch, ähm … kleiner Bruder. War schön bei euch. Und denk dran: Wenn ich mal wieder meine verrückten fünf Minuten habe – immer locker bleiben.« Damit ging er nach draußen.

Simon lief zu sich nach Hause. Irgendwie müsste er hier unbemerkt reinkommen, sich mal duschen und was Frisches zum Anziehen mitnehmen. Dann könnte er ja irgendwo sein Lager aufschlagen und in aller Ruhe überlegen, wie er die nächsten Tage am besten verbringen konnte. Während er sich darüber Gedanken machte, tauchte gleich die nächste Frage auf: Wie lange sollte diese Lebensphase überhaupt dauern? Gab es ab jetzt bis zum Ende seines Lebens zwei Simons? Sollte er sich jetzt bis ans Ende seines Lebens verstecken? Und falls ja, warum überhaupt er und nicht der andere Simon? Ihnen beiden gehörten immerhin das Zimmer und das Bett bei ihm zu Hause. Der Unterschied bestand darin, dass der eine Simon ahnungslos vor sich hin lebte und der andere Simon völlig durchgeknallt in den verdreckten Klamotten vom 30. Juni durch den 2. April lief.

Vor seinem eigenen Haus angekommen, überlegte er, ob er wohl zu Hause war. Er dachte scharf nach. Aber er wusste nachträglich natürlich nicht mehr von jedem Tag der letzten drei Monate, wann er wo gewesen war. Er hatte ja nie Tagebuch geführt. Jetzt wäre das für ihn allerdings hilfreich gewesen. Er ging die Straße auf und ab und versuchte, eine Bewegung hinter den Fensterscheiben wahrzunehmen. Keine Chance. Dann schlich er sich in den Garten. Immer an der Hauswand entlang. Bis zum Fenster seines Zimmers. Zuerst stand er neben dem Fenster mit dem Rücken an die Wand gepresst und versuchte zu lauschen. Nichts zu hören. Dann beugte er sich ganz vorsichtig zur Seite und schaute durch eine kleine Ecke des Fensters in das Zimmer hinein. Niemand zu sehen. Mehr und mehr reckte er seinen Kopf zum Fenster, bis er schließlich das ganze Zimmer einsehen konnte. Es war leer. Vermutlich war er nicht zu Hause. Schlimmstenfalls war er gerade auf der Toilette oder saß oben im Wohnzimmer oder in der Küche. Aber die Wahrscheinlichkeit dafür war eher gering.

Simon musste es versuchen. Langsam ging er durch den Garten wieder vor das Haus. Er wunderte sich darüber, wie aufgeregt er war, während er vor seiner eigenen Haustür stand und klingelte. Die Mutter öffnete und lächelte unsicher. »Hallo.«

Simon bemühte sich, so normal wie möglich zu wirken. »Hallo. Ist er weg? Ich meine … bin ich weg? Ähm … ich wollte sagen … weißt du noch, was ich gesagt habe, wohin ich gehen wollte und wie lange?«

Die Mutter schaute ihn misstrauisch an. »Was meinst du damit?«

»Ist doch egal. Antworte doch einfach. Ich bin doch vorhin aus dem Haus gegangen. Richtig?«

»Richtig.«

»Gut. Wie lange ist das her?«

»Noch nicht lange. Zehn Minuten. Aber warum fragst du so was?«

»Ja, weil ich irgendwie … weißt du … ich bin grad in der Pubertät und da kommt es immer mal wieder vor, dass man Dinge vergisst. Stell dir vor, ich bin vorhin hier rausgegangen und als ich die Straße entlangging, da hab ich doch schon wieder vergessen, wohin ich überhaupt wollte. Peinlich, nicht wahr? Ja, und jetzt dachte ich: Frag doch mal deine liebe Mama, die hat sich das bestimmt gemerkt.«

Endlich lächelte seine Mutter wieder. »Du armer Kerl. Du wolltest zu Jan, wenn ich das richtig verstanden habe. Aber was du da machen wolltest – keine Ahnung.«

»Dann ist gut. Das dauert in der Regel länger. Kann ich kurz in mein Zimmer und was holen?«

»Selbstverständlich. Da brauchst du doch nicht zu fragen.«

»Ach, ja, richtig.« Mann, war das anstrengend, in seinem eigenen Haus plötzlich wie ein Fremder zu sein und doch so zu tun, als sei alles in Ordnung. »Ich bin gleich wieder weg.« Damit ging er an seiner Mutter vorbei in Richtung seines Zimmers. Die Mutter schloss die Haustür.

»Eins noch«, Simon drehte sich noch mal um, »wenn ich nachher nach Hause komme – also, ich meinte, wenn ich gleich wieder zu Jan gehe und danach wieder nach Hause komme –, dann sprich mich bitte nicht darauf an, dass ich zwischendurch hier war. Okay?«

»Was? Warum denn nicht?«

»Mach's einfach nicht. Ich bin in der Pubertät und da laufen die wildesten Gehirnströme durcheinander. Kann sein, dass ich diesen kurzen

Zwischenbesuch gleich wieder vergesse und wenn ich dann darauf angesprochen werde, reagiere ich vielleicht ziemlich pubertär, verstehst du?«

»Bist du sicher, dass alles in Ordnung ist, Simon?«

»Ja. Außer ich bekomm im Fünf-Minuten-Takt genau diese Frage gestellt. Das ist für 15-jährige Jungs Gift. Okay?«

»Okay.«

»So, dann wäre ja alles geklärt. Ich geh nur kurz in mein Zimmer und hol wichtige Sachen. Dann muss ich noch kurz oben ins Bad und dusch mich. Und dann bin ich auch schon wieder weg. Und sollte ich in der Zeit, in der ich im Bad bin, nach Hause kommen, dann sagst du … äh …«

Mist. Das war zu viel geplappert. Seine Mutter faltete besorgt ihre Hände vor der Brust: »Wenn du nach Hause kommst, während du im Bad bist??«

Simon schlug sich mit der Hand gegen die Stirn. »Ach, so ein Quatsch! Haha! Was rede ich denn da? Wenn ich im Bad bin, kann ich ja gar nicht nach Hause kommen, denn dann bin ich ja schon zu Hause, nicht wahr? Zu Hause im Bad! Hahaha! Reingelegt! Ja, da siehst du mal, wie nah man als Pubertierender am Rande des Wahnsinns entlanggeht, was?« Simon schnaufte und versuchte mehr zu reden, als ein Mutterhirn aufnehmen konnte, in der Hoffnung, dass nur das Gute hängen blieb. »Aber letztlich, liebe Mama, ist doch nur entscheidend, dass das Verhältnis zwischen Mutter und Sohn ein liebevolles und freundschaftliches bleibt, denn weißt du, liebe Mama, …« Jetzt schnell ein schönes Gedicht aufsagen, das beeindruckte Mütter immer. Aber welches? Gab es da keins, das er früher mal Mitschülerinnen in Freundebücher geschrieben hatte? »Ähm … denk stets an die Rosen, die Tulpen, Narzissen – so bleibt unsre Liebe für immer be… äh … beflissen … und alles Gute zum Muttertag.« Damit grinste er noch einmal breit und verschwand in sein Zimmer, bevor er noch mehr geistigen Dünnschiss zum Besten gab.

Jetzt aber schnell. Mit einem Griff hatte er seinen Kleiderschrank geöffnet. Unter dem Schrank krallte er seinen Rucksack hervor, dann stopfte er von jedem Stapel einfach was rein: Hosen, Pullover, T-Shirts, Unterhosen, Socken. Was noch? Er schaute sich kurz im Zimmer um.

Da – ein Sparschwein von seiner Tante. Viel konnte da nicht drin sein, aber für den Anfang sollte es reichen. Was noch? Ein Schlafsack. Der war unterm Bett. Sein Handy. Das trug der andere Simon natürlich mit sich herum. Ohne Handy war sein Leben aber mehr oder weniger sinnlos! Wie sollte er Kontakt zu seinen Freunden halten? Hatte er nicht noch ein Altes irgendwo rumfliegen? Er öffnete ein paar Schranktüren, fand aber nichts. Mist. Aber darum konnte er sich auch ein andermal kümmern. Der Laptop lag zumindest auf dem Schreibtisch. Wenn schon kein Handy, dann wenigstens Laptop. Gerade wollte er nach ihm greifen, da überlegte er es sich anders. Wer weiß, wo er die nächsten Nächte verbringen würde? Sobald der Akku leer war, wäre er sowieso nutzlos. Außerdem könnte der andere Simon dadurch schneller bemerken, dass er hier gewesen war. Und ein, zwei Tage könnte er ja mal ohne auskommen. Mann, Mann, Mann. Damit wäre er quasi komplett ohne Technik ausgestattet. Wie sollte er das überleben?

Simon überprüfte den Inhalt seines Rucksacks. Der Rest, den er brauchte, war im Badezimmer. Schnell sprang er die Treppe nach oben, schloss die Badezimmertür ab, riss sich die Kleider vom Leib und stellte sich unter die Dusche. Das tat gut. Am liebsten hätte er hier stundenlang gestanden und einfach nur gespürt, wie das heiße Wasser an seinem erschöpften Körper herabfloss. Aber er hatte keine Zeit. Er musste sich beeilen. Abtrocknen, anziehen, Zahnbürste und Zahnpasta einpacken. Duschgel. Haarspray. Deo. Sonst noch was? Schnell in die alten Turnschuhe schlüpfen, die dreckige Jacke wieder anziehen, das passte schon. Die dreckigen Klamotten in den Wäschekorb. Da würde der andere Simon so schnell nicht reinschauen.

Es klingelte an der Haustür.

Scheiße.

Wer konnte das sein? Doch nicht er selbst? Simon hielt die Luft an.

Die Mutter öffnete die Tür: »Simon! Was machst du denn hier?«

»Ich hab was vergessen«, hörte Simon seine eigene Stimme unten kurz angebunden.

»Schon wieder? Ich dachte, du bist im Bad!«

»Wieso sollte ich denn im Bad sein? Du wusstest doch, dass ich zu Jan wollte.«

»Ja, ja …«

Die Schritte der Mutter kamen wieder die Treppe nach oben. »Komisch«, sagte sie leise vor sich hin. Wenn sie jetzt die Badezimmertür öffnen wollte und merkte, dass sie abgeschlossen und er noch hier drin war, dann würde sie durchdrehen. Kurz entschlossen stellte er sich hinter die Tür, griff zum Schlüssel und drehte ihn kaum hörbar um. Eine Sekunde später öffnete die Mutter die Tür und schaute ins Bad hinein. Simon machte sich hinter der Tür so platt, wie er nur konnte. »Komisch«, murmelte die Mutter noch einmal und schloss die Tür wieder. Dann hörte er, wie sie in die Küche verschwand.

Schnell und leise ergriff Simon den gepackten Rucksack, stahl sich die Treppe nach unten, öffnete die Haustür und schlich über den Hof bis zur Straße. Dort angekommen, rannte er, so schnell ihn seine Beine trugen, ziellos durch die Stadt. Wo konnte er jetzt bleiben? Wie lange sollte das Theater gehen? Wie kam er aus der Nummer bloß wieder raus? Simon hatte keine Ahnung. Der einzige Ort, den Simon kannte, an dem er bisher noch nie jemanden außer sich selbst getroffen hatte, war die Mühle außerhalb der Stadt. Auch wenn er sich nicht sicher war, ob er es da aushalten würde, beschloss er, zunächst einmal dort hinzugehen. Und so ging er mal wieder zur Stadt hinaus durch den Wald über die Wiese bis zur Mühle.

Die Sonne schien, als er die Wiese überquerte und auf das alte, halb verfallene Haus zuging. Und für einen Augenblick spürte er so etwas wie Erleichterung in seinem Herzen. Er kam sich vor wie ein Einsiedler oder wie ein Wanderer auf Bergtour, der eine Nacht in einer Berghütte verbrachte. Im Schein der Sonne wirkte das Gras besonders grün und saftig, auch wenn es gestern – also am 30. Juni – noch viel grüner und saftiger gewesen war. Aber gestern war es ihm noch nicht aufgefallen.

Er betrat die Mühle und legte seinen Rucksack in die Nähe der alten, zerfressenen Matratze. Auf diesem ekelhaften Ding würde er garantiert nicht schlafen. Aber er würde schon was finden.

Den Rest des Tages verbrachte er entweder draußen vor dem Haus auf einem Holzklotz, auf dem er saß und die Sonne beobachtete, während er sich mit dem Rücken an die Hauswand lehnte. Oder, als es wieder zu regnen begann, im Innern der Mühle auf einem Stuhl. Egal, wo er saß – immer musste er an all das denken, was er jetzt gerade nicht hatte: sein Handy, seinen PC, Internet. Sein Zimmer, sein Bett, seinen Fernseher. Die Mama-geschmierten Brote auf dem Bob-der-Baumeister-Essbrettchen. Nadja. Seine Freunde. Und ihm fiel auf, wie furchtbar lang so ein Tag war, wenn man nichts zu tun und nichts zum Anschauen hatte.

Simon musste auch an Timon denken. Jetzt hätte er sich gerne mal mit ihm unterhalten. Wieso war er nicht wie verabredet zur Mühle gekommen? Was war mit ihm und wo war er jetzt? Wenn er ein Engel war – wieso konnte er nicht jetzt mal vorbeischauen und ihm erzählen, wie man aus dieser Zeitschleife wieder herauskam?

Plötzlich fiel ihm auf, wie viele Tausend Fragen ihm schon die ganze Zeit durch den Kopf schwirrten, die jetzt, wo er nichts zu tun hatte, alle nach und nach Gestalt annahmen. Was war mit ihm passiert? Wie war er in die Zeitschleife geraten? Und warum? Warum er? Warum drei Monate? Genau genommen: dreizehn Wochen? Was sollte er lernen? Was machte der andere Simon jetzt gerade? Eigentlich müsste er das doch wissen, denn vor dreizehn Wochen war er es doch selbst. Wie lange sollte das weitergehen? Wie sollte er an ein neues Handy kommen? Bekam man hier draußen überhaupt Empfang?

Als es dunkel wurde, breitete er seinen Schlafsack auf dem Holzboden aus und nahm sich vor zu schlafen. Bestimmt war es dazu noch viel zu früh. Und Simon war auch noch kein bisschen müde. Aber was sollte er im Dunkeln hier sonst unternehmen? Er hatte ja noch nicht mal eine Taschenlampe. Ziemlich schnell wurde es so stockfinster in der Mühle, dass er nicht einmal mehr den Schlafsack direkt vor seinen Augen erkannte. Ohne Handy besaß er auch keine Uhr. Und vor allem: Er hatte sich kein Kopfkissen mitgenommen. Und dieser blöde Holzboden war so hart – der Arm tat ihm schon nach kurzer Zeit so weh, dass er nicht mehr wusste, wie er liegen sollte. Alle paar Minuten hörte er irgendein Geräusch, das er nicht zuordnen konnte. Krabbelte da etwas auf dem Dach herum? In der Mühle sogar? Waren da Schritte draußen vor dem Fenster? Dann wieder Tierlaute. So was wie eine Eule. Der Wind, der durch die Löcher im Dach pfiff und der sich manchmal genau so anhörte wie die Gespenster in den Kinder-Gruselgeschichten. Irgendein Metallstift, der irgendwo locker war und im Sekundentakt gegen ein anderes Metallstück klackerte. Dazwischen immer gleichförmig der Bach hinter dem Haus. Der Bach hatte was Beruhigendes. Aber all die anderen Geräusche – furchtbar. Einmal gellte zwischendurch ein Schrei durch den Wald, als würde jemand erstochen. Simon zuckte zusammen und krallte sich automatisch von innen an seinen Schlafsack. Was war denn das schon wieder? Ein Tier? Ein Vogel? Ein Mörder? Ein Zauberer, eine Hexe? War diese Mühle vielleicht wirklich verzaubert? Reiste er über Nacht noch einmal durch die Zeit? Vielleicht landete er dann im Mittelalter und musste wie Krabat einem finsteren Zaubermeister dienen? Obwohl er sich ständig einredete, dass das hier alles ganz natürlich und normal war, zitterte er vor Angst. Und das ärgerte ihn am meisten, denn Simon wollte keine Angst haben. Er hasste Angsthasen! Und bisher hatte er immer Methoden gefunden, seine Angst zu verdrängen oder zu überspielen. Hier in dieser Nacht, in dieser Vorhölle nicht. Da – derselbe Schrei noch einmal! Diesmal, redete er sich ein, war es wirklich ein Tier. Konnte doch sein, oder? Vielleicht so was wie eine Ente? Welches Tier schrie denn mitten in der Nacht wie abgestochen? Nein, er würde jetzt nicht nachschauen. Er kniff die Augen zu und wollte sich vorstellen, er läge in seinem Bett. Aber bei diesem harten Fußboden war das unmöglich. Ganz in seiner Nähe lag die Matratze. Die widerliche, ekelhafte, angefressene, bepisste Matratze. Aber andererseits: die weiche Matratze. Und Simon lag im sauberen Schlafsack. Der Schlafsack wäre doch so eine Art Schutzschicht zwischen dem Dreck und Simon. Nach einigen quälenden Minuten gab er sich einen Ruck, tastete sich im Schlafsack bis zur Matratze vor, legte sich darauf und war im nächsten Augenblick eingeschlafen.

Die Sonne war bereits aufgegangen, als Simon erwachte. Es war kein Tier gekommen und auch kein Mensch. Kein Drache, keine Hexe. Die Mühle hatte ihn nicht verzaubert. Und so kalt, wie es hier in dem Schlafsack war, konnte es nur April sein. Nach dem zweiten April von gestern vielleicht heute mal der dritte? Es könnte ja zur Abwechslung mal wieder ein bisschen Struktur in sein Leben kommen. Zur Sicherheit nahm er sich vor, falls er heute in die Stadt kommen sollte, auf einer Zeitung nachzuschauen, ob er immer noch im selben Jahrhundert war.

Simon stand auf, ging hinters Haus, pinkelte ins Gebüsch und wusch sein Gesicht notdürftig in dem saukalten Wasser aus dem Bach. Ein Frühstück wäre jetzt nicht schlecht. Aber er hatte natürlich nichts mitgenommen. Sollte er das Geld aus seinem Sparschwein jetzt schon in der Stadt ausgeben?

Nachdem er eine Weile frierend in der Mühle gesessen hatte, beschloss er, sich etwas Abwechslung zu verschaffen. Er wollte in die Stadt gehen, etwas frühstücken und nachschauen, was sein anderes Ich in der Schule gerade so trieb.

Die Zeitungen in der Stadt versicherten ihm: Es war Dienstag, der 3. April. Kurz nach neun erreichte er sein Schulgebäude. Kein Schüler mehr, der draußen herumlungerte. Alle in den Klassen. In einer der Klassen müsste er selbst jetzt sitzen. Schon krass. Und in welcher? Dienstagmorgen, zweite Stunde: Mathe. Raum 615. Automatisch schlenderte er die Gänge entlang in diese Richtung. Vor einem der Klassenräume lag ein Schulranzen. So fett und babyhaft, wie der aussah, gehörte der bestimmt einem Fünftklässler. Kurz schaute Simon sich um. Und als niemand um die Ecke kam, öffnete er den Ranzen und durchwühlte so lange alle Innen- und Außentaschen, bis er eine Brotdose und eine Trinkflasche fand. Er zerrte sie raus, ließ den Schulranzen so offen da liegen und versteckte sich mit seinem Frühstück auf dem Jungenklo. Gierig verschlang er das Brot, ohne darauf zu achten, womit es überhaupt belegt war. Die Trinkflasche leerte er in einem Zug. Danach war er immer noch hungrig. Wo könnte er noch mehr Schultaschen finden, ohne in ein Klassenzimmer zu gehen? Simon ließ die leere Brotdose und die Trinkflasche auf dem Klo liegen und ging auf den Schulhof. Hinter dem Schulgebäude lag die Turnhalle. Da bekam er die rettende Idee: Er rannte darauf zu, ging rein und betrat gezielt den Umkleideraum der Jungen. Da standen mehr als zehn Schulranzen. Und überall waren Brotdosen drin. Simon bediente sich und fraß, als wäre das seine letzte Mahlzeit. Gerade war er dabei, eine weitere Schultasche zu plündern, als sich die Tür öffnete und ein Junge reinkam. Sechste oder siebte Klasse. Ein Déjà-vu. Mit diesem Jungen hatte er vor Kurzem doch schon mal eine unangenehme Begegnung gehabt. Was war das noch gleich? War es dieselbe wie jetzt? Garantiert nicht. Dass er von einem Siebtklässler mampfend vor einer offenen Schultasche erwischt wurde – das hatte er in seinem ganzen Leben noch nicht erlebt. Der andere Junge hatte als Erstes die Lage erfasst, zeigte auf Simon, der gerade vor der offenen Schultasche kniete, und blökte: »Was machst du da?«

»Nichts«, war das Einzige, das Simon mit vollem Mund herausbrachte. Dass das total bescheuert war, wusste er selbst.

»Du klaust!«, rief der andere.

»Nein, stimmt nicht!«

»Das sag ich Herrn Hofmann!« Und weg war der Kerl.

Scheiße. Nichts wie weg. Simon stürzte aus der Umkleide und aus der Turnhalle heraus und versteckte sich hinter dem nächstbesten Müllcontainer, gerade rechtzeitig, bevor der Junge und sein Lehrer nach draußen kamen. »Da ist er langgelaufen!«, rief der Junge. Der Lehrer ging ein paar Schritte auf und ab und hätte Simon um ein Haar gefunden. Dann gingen die beiden brummelnd und redend wieder nach drinnen.

Simon fand, dass er sich damit genug in Gefahr gebracht hatte. Er verließ das Schulgelände.

Die nächsten Stunden verbrachte Simon in der Stadt, betrachtete die Schaufenster und wärmte sich in einem Computerladen auf. Kurz vor Mittag hatte er eine neue Idee. Mit dem Bus fuhr er zum Haus seiner Eltern. Eigentlich war es ja auch sein eigenes Haus, aber irgendwie fühlte er sich dort im Moment ziemlich fremd und ausgeschlossen. Er klingelte.

Die Mutter war wie immer verwirrt: »Simon? Ist die Schule schon zu Ende?«

»Nein, ich geh gleich wieder hin. Ich wollte was anderes fragen. Wo ist eigentlich unser Ersatz-Haustürschlüssel?«

»Ist was passiert?«

»Nein. Aber kann ich bitte für alle Fälle einen Haustürschlüssel haben?«

Die Mutter ging nach oben und kramte in einem Kästchen. »Simon, du gefällst mir nicht. Irgendwas ist doch vorgefallen. Du kommst mir vor, als wärst du zwei Persönlichkeiten in einer Gestalt.«

»Das ist die Pubertät, Mama. Alles in Ordnung.«

»So hab ich mir die Pubertät aber nicht vorgestellt.« Sie hatte einen Schlüssel gefunden und gab ihn Simon.

»Niemand hat das, Mama. Ich erst recht nicht, das kannst du mir glauben. Also danke schön. Ich bin dann wieder weg.«

»Nur um den Schlüssel zu holen, bist du aus der Schule gekommen?«

»Ja. So wichtig ist das.« Simon stockte kurz, dann wählte er sorgfältig seine nächsten Worte. »Mama, da ist noch was.« Er sah sie so streng und gleichzeitig liebevoll wie möglich an. »Es kann sein, dass ich, wenn ich gleich aus der Schule nach Hause komme, nichts mehr davon weiß, dass ich den Schlüssel geholt habe. Dann sprich mich bitte, bitte auch nicht darauf an. Kannst du dir das merken?«

Die Mutter machte ein Gesicht, als wollte sie gleich anfangen zu heulen. »Simon, was hat das alles zu bedeuten? So was hast du doch noch nie gesagt! Was soll das alles?«

»Ich glaub, ich bin so ein bisschen … ähm … gespalten. Ja. So, wie du es ja selbst schon bemerkt hast. Zwei Persönlichkeiten in ein und demselben Menschen. Und je nachdem, welche Persönlichkeit man gerade vor sich hat, weiß die eine oft nichts von der anderen. Darum ist es ratsam, dass man denjenigen nicht darauf anspricht. Hast du das verstanden?«

Die Mutter schüttelte den Kopf. »Dann sollten wir doch mal zu einem Arzt gehen.«

»Ja. Aber dazu muss man erst mal sehen, wie sich das Ganze entwickelt. Vielleicht ist nach einer Weile ja wieder alles normal. Und dann ist es gut, wenn man nicht allzu viel Staub aufgewirbelt hat. Okay?«

»Na, wenn du meinst …«

»Ja, das meine ich. Und ganz wichtig: Sprich mich gleich, wenn ich aus der Schule komme, nicht darauf an. Du darfst dir deine Gedanken machen – aber mehr nicht. Okay? Und wenn du mich so normal wie möglich behandelst und mich nicht wie ein Auto anstarrst, dann bin ich auch so normal wie möglich zu dir. Als gäbe es gar keine zwei Persönlichkeiten. Alles klar?«

»Ja, mal sehen«, sagte sie unsicher.

»Du schaffst das.« Er grinste aufmunternd und klopfte ihr wie einem Mitschüler auf die Schultern. »Und jetzt muss ich schnell abhauen, bevor ich aus der Schule komme.« Er stutzte wieder. »Ähm, ich meinte, bis meine andere … ähm … Persönlichkeit … aus der Schule kommt.«

Als Simon wieder in seiner Mühle saß, fühlte er sich wesentlich sicherer. Er hatte einen Haustürschlüssel und konnte jederzeit ins Haus gehen, um sich Sachen zu holen, wenn er was benötigte. Er könnte nachts, wenn alle schliefen, duschen und ausgiebig auf dem Klo sitzen. Er könnte sich frische Klamotten besorgen. Auch Essen aus dem Vorratsraum. Ja, das mit dem Schlüssel war eine gute Idee gewesen. Simon streckte seine Füße aus, verschränkte die Arme hinter dem Kopf und lehnte sich mit geschlossenen Augen an die Wand an. So langsam hatte er das Gefühl, die Lage wieder in den Griff zu bekommen. Er war nicht mehr Opfer höherer Mächte, sondern aktiver Gestalter seines Tages. Zumindest könnte das ab jetzt so sein.

Simon ging in den nächsten Tagen morgens immer einmal zur Schule, am liebsten während der großen Pause, und beobachtete sich selbst von Weitem. Leider bekam er nichts von den Gesprächen mit, die sein anderes Ich führte. Aber manchmal kramte er in seinen Erinnerungen und dann fiel ihm die eine oder andere Situation von vor 13 Wochen wieder ein. Besonders, wenn er sah, wie der andere Simon Leon vor sich herschubste, ihm ein Beinchen stellte oder dessen Trinkflasche über den Schulhof rollen ließ. Am Anfang fand Simon das lustig zu beobachten. Am Freitag der ersten Woche hatte Simon allerdings ein Erlebnis, das ihn zum Nachdenken brachte.

Es begann damit, dass er beobachtete, wie der trottelige Leon nach so einer Attacke von dem anderen Simon, also seinem Gegenüber aus dem ersten Zeitdurchlauf, an den Rand des Schulhofs torkelte und damit bedrohlich nah an ihn selbst herankam. Er konnte sehen, wie Leon weinte und sich gleichzeitig bemühte, seine Tränen zu verstecken. Simon ging ein wenig in Deckung. Er sah, wie Leon sich die Nase putzte und von dort aus den anderen Simon und seine Mitschüler beobachtete. Sie lachten laut und klopften sich auf die Schultern. Mit demselben Taschentuch, das er gerade noch zum Naseputzen benutzt hatte, wischte er sich jetzt durchs Gesicht, um die Spuren seiner Tränen zu beseitigen. Das sah einerseits total widerlich aus, andererseits empfand Simon bei diesem Anblick so etwas wie Mitleid mit Leon.

Leon zog geräuschvoll die Nase hoch und steckte das klatschnasse Taschentuch in seine Hosentasche. Da kam sein kleiner Bruder Finn auf ihn zugelaufen: »Leon, die anderen ärgern mich!«

Leon wischte sich noch mal mit dem Ärmel übers Gesicht, um die letzten Heulspuren zu verwischen: »Was machen sie denn?«

»Die sagen ›Spasti‹ zu mir und ziehen an meiner Kapuze!«

Leon legte dem Bruder den Arm um die Schultern: »Mach dir nichts daraus.«

»Ich mach mir aber was daraus!«

»Wenn du sie nicht beachtest, dann hören sie irgendwann von allein damit auf.«

»Das stimmt gar nicht. Bei dir machen die auch immer weiter. Dieser blöde Simon, der neulich bei uns zum Essen war, der hat immer so weitergemacht.« Finn blickte seinem Bruder ins Gesicht, stockte kurz und fragte dann: »Hast du geheult?«

Leon zog die Nase hoch und lachte unsicher: »Quatsch.«

»Wegen dem doofen Simon wieder, wetten?«

Leon schüttelte den Kopf und bemühte sich, fröhlich zu klingen. »Nein. Hör auf damit.«

Finn packte Leon an der Jacke: »Wenn wir nur ein bisschen stärker wären, dann würden wir es dem so richtig zeigen, was?«

Da ging Leon in die Hocke und zog seinen Bruder etwas näher zu sich heran: »Weißt du, ich hab Anfang der Woche was von Simon gelernt. Am Montag, als er bei uns zum Essen war. Da hat er gesagt, er ist irgendwie … wie zwei Personen in einer. Die eine Person muss immer gemein sein und der anderen tut das dann wieder ganz leid. Nachher, wenn Simon allein ist, dann bereut er das Böse, das er vorher getan hat. Simon ist irgendwie selbst ein Opfer.«

Finn schaute angestrengt in Richtung Simon und seiner Clique. »So sieht er aber gar nicht aus.«

»Stimmt. Simon steckt ganz viel Kraft da rein, nicht so auszusehen wie ein Opfer. Aber ich bin froh, dass er das mir gegenüber neulich selbst zugegeben hat. Er hat sogar gesagt, hinter ihm steckt auch eine traurige Geschichte und er muss immer weinen, wenn er sie erzählt. Seit ich das weiß, sehe ich ihn ganz anders.«

»Wie denn?«

Leon seufzte. »Na, als das, was er ist: als Opfer. Als armer Mensch, der einem nur leidtun kann.«

Finn schaute Leon lange an. »Siehste, du hast nämlich doch geheult.«

Leon lächelte. Diesmal warm und herzlich. »Kann sein. Weil es eben doch auch wehtut, wenn er mich wieder rannimmt. Aber später, da kann ich ihm dann nicht mehr böse sein.«

Finn kuschelte sich kurz an Leons Schulter, dann sprang er plötzlich fröhlich auf, als hätte jemand einen Schalter in seinem Kopf umgelegt: »Tschüss, bis später!« Damit rannte er zu seinen Mitschülern zurück und quatschte mit ihnen, als sei nie was passiert.

Leon war schon längst zurück in die Klasse gegangen, als Simon noch immer gedankenverloren dasaß. Noch nie war ihm so deutlich wie jetzt vor Augen gewesen, dass hinter dem trotteligen Leon auch ein Mensch mit einem Herz und einer Seele steckte. Ein Mensch, der sich wehren wollte, der sich Gedanken machte, der sich die Welt irgendwie so erklärte, dass er damit weiterleben konnte. Zum ersten Mal fühlte sich Simon schlecht für all das, was er Leon in der Vergangenheit angetan hatte. Als er jetzt wieder über den Schulzaun schaute und Simon mit seinen Kumpels laut lachen sah, kroch so etwas wie Verachtung in ihm hoch für diesen Kerl, der nichts anderes im Sinn hatte, als sich über Leute wie Leon lustig zu machen.

Am Samstag saß er so lange gut versteckt vor seinem eigenen Haus, bis er sicher sein konnte, dass alle unterwegs waren. Simon bei Jan, die Eltern auf irgendwelchen Besorgungstouren. Dann ging er mithilfe seines Haustürschlüssels ins Haus, duschte sich in Ruhe, brachte seine schmutzigen Klamotten in den Wäschekorb und packte sich frische in den Rucksack. Er nahm sich Kekse, Brot und andere Lebensmittel, die man nicht kochen musste, aus dem Regal, außerdem zwei Rollen Klopapier, ein sauberes Betttuch und ein Sofakissen aus dem Wohnzimmer. Eigentlich wollte er so schnell wie möglich zurück zur Mühle. Aber dann überlegte er es sich kurz anders und schlich in sein eigenes Zimmer. Er warf den Rucksack auf den Boden und ließ sich in sein Bett fallen. Das Gesicht zur Zimmerdecke, die Arme hinter dem Kopf verschränkt. Sein Zimmer. Wie gern würde er hier wieder wohnen. Was müsste er bloß unternehmen, um hier wieder einziehen zu können? Könnte er den anderen Simon irgendwie verjagen? Er musste an die paar Male denken, in denen er seinem Gegenüber einen ganz schönen Schrecken eingejagt hatte. Eigentlich witzig: Simon Köhler hatte die Macht, Simon Köhler zu erschrecken. Vorher war er wochenlang der Verängstigte. Jetzt war er in der wissenden Position. Irgendwie gefiel ihm dieser Gedanke. Ob er den ahnungslosen Simon noch einmal ein bisschen erschrecken sollte?

Welcher Tag war heute? Samstag, der 6. April. Morgen würde die große Zeitreise eine Woche alt. Konnte sich Simon an irgendwas erinnern, das damals am 6. oder 7. April passiert war? Er musste eine Weile nachdenken. Aber dann fiel ihm ein, dass es Anfang April war, als dieser Fußballnationalspieler Helge Schürmann bewusstlos auf dem Fußballplatz zusammengebrochen war. Er konnte sich noch ganz genau daran erinnern, denn jemand hatte ihm mit dicken Buchstaben eine Zukunfts-Vorhersage auf den Schreibtisch gelegt. Eine Woche lang hatte der Fußballer im Koma gelegen, ganz Deutschland hatte mit ihm gefiebert und dann war er an inneren Blutungen gestorben. Simon war wegen der Zettel-Vorhersagen fast verrückt geworden. Aber jetzt wollte er es mal sein, der sein kleines Gegenüber ein bisschen verunsicherte. Er nahm ein weißes Blatt und schrieb mit großen Buchstaben darauf: »Simon, du weißt es: Helge Schürmann wird bewusstlos auf dem Fußballplatz zusammenbrechen.« Dieses Blatt legte er gut sichtbar auf den Schreibtisch. Dann verließ er das Haus und kehrte zu seiner Mühle zurück.

Am Sonntagabend schlich er sich, während Simon oben bei seinen Eltern Fußball schaute, noch einmal in sein Zimmer, kramte den geheimnisvollen Zettel, der inzwischen im Papierkorb lag, wieder heraus und schrieb dick darunter: »Siehste?« Er grinste diebisch, während er sich auf den Weg zurück zur Mühle machte. Der würde Augen machen! Obwohl – die hatte er ja schon längst selbst gemacht! Vor genau 13 Wochen! So langsam machte ihm das neue Spiel Spaß.

In der kommenden Woche gefiel es Simon, sein Gegenüber ein bisschen reinzulegen und zu verunsichern. Am Montag ging er ganz lässig, ohne sich zu verstecken, auf seinen Klassenraum zu, wartete, bis Simon gerade auf dem Klo war, und steckte ihm einen zweiten Zettel in die Schultasche. Einige Mitschüler grinsten ihn an, während er das tat. »Pssst, nichts verraten«, zischte er geheimnisvoll und grinste ebenfalls bis hinter beide Ohren. Dann verschwand er wieder.

Am Dienstag spazierte er gemütlich durch den Schulgang. Als er

Frau Heidemann, die Schulsekretärin, traf, blieb er direkt vor ihr stehen, sodass die Frau nicht an ihm vorbeikam und auch stehen bleiben musste. »Na, Alte?«, sagte er zu ihr. »Lust auf Fischgeschmack?«

»Was?«, fragte die Sekretärin empört.

»Ich auch.« Damit beugte er sich so nah an ihr Gesicht vor, als wollte er sie küssen, und rülpste ihr rekordverdächtig laut ins Gesicht, sodass die Frau zwei Schritte nach hinten torkelte. Sie schrie laut auf vor Entsetzen. Simon ging weiter und winkte ihr zu: »Mein Name ist übrigens Simon Köhler, falls Sie mich suchen. Simon Köhler!«

Am Mittwoch spazierte er so lange über das Schuldach, bis der Hausmeister ihn erwischte. Als der ihn dann endlich einfangen wollte, kletterte Simon auf der anderen Seite des Daches wieder nach unten und lief in den Wald zurück.

Am Donnerstag schmuggelte er Simon während einer Freistunde einen Zettel in die Jackentasche. Diesmal mit der Aufschrift: »Simon, du weiß es: Schürmann stirbt am Sonntag.«

Am Freitag wollte er dem armen Simon eigentlich einen Ruhetag gönnen. Aber als er morgens vor der Schule herumlungerte, sah er, wie Nadja mit dem Fahrrad vor der Schule vorfuhr. Ein Stich in seiner Magengegend machte ihm klar, wie sehr er sie vermisste, obwohl sie ihn in der letzten Zeit so furchtbar ignoriert hatte. Alles, was er unternommen hatte, um sie zu beeindrucken, war fehlgeschlagen. Ob er sie wohl jemals für sich gewinnen würde? Jetzt war es ja wohl sowieso egal. Das mit ihnen beiden würde eh nichts mehr. Er ging auf sie zu und bemerkte nicht, wie freundlich sie ihm gerade zulächelte. »Na?«, begann er. »Das mit uns wird wohl nichts mehr, was?«

Das Lächeln verschwand aus ihrem Gesicht. »Was? Was meinst du damit?«

»Ach, weißt du. So lang hab ich um dich gekämpft. Und du bist mir gegenüber immer komischer geworden. Ich kann jetzt nicht mehr. Mach doch, was du willst.«

»Ich glaub, du spinnst«, sagte Nadja und schloss ihr Fahrrad ab. »Wo hast du denn um mich gekämpft? Nur weil du zweimal im Teentreff warst?«

»Ach, das war ja nur der Anfang.« Simon merkte, dass er nicht mehr

Herr seiner selbst war. Aber er hatte keine Lust mehr, sich anzustrengen, die Zeiten auseinanderzuhalten. »Das meiste, was ich gekämpft hab, das kommt ja noch. Also aus deiner Sicht zumindest. Aus meiner Sicht mach ich das grad alles zum zweiten Mal durch.«

»Bist du betrunken?« Nadja nahm ihre Schultasche aus dem Fahrradkorb und ging Richtung Schuleingang.

Simon ging ihr langsam hinterher. »Ich lass dich jetzt in Ruhe, hörst du?«

»Von mir aus.«

»Aber darf ich noch eine Bitte äußern?« Er beeilte sich, um Nadja wieder einzuholen.

»Was denn?«

Simon bekam Herzklopfen, als er fragte: »Küsst du mich bitte nur einmal? Zum Abschied?«

Nadja ging schneller. »Du bist komplett verrückt. Lass mich in Ruhe.«

Simon keuchte. Er war so nah dran an seinem Ziel. Nur einen Kuss von Nadja. Und Timon hatte gesagt, Nadja würde den anderen Simon mögen. War er denn nicht inzwischen der andere Simon? Stand ihm ein Kuss von Nadja dann nicht zu? Nein, er würde jetzt nicht aufgeben. »Bitte Nadja. Einen Kuss. Danach sprech ich dich auch nie wieder an. Bitte.«

»Hau ab!« Nadja rannte fast, so schnell ging sie.

Simon hielt sie am Arm fest und drehte sie zu sich um. »Du willst es doch auch.« Dann hielt er sie mit beiden Händen fest und näherte sich ihr mit seinem Gesicht. Schon spürte er die Wärme ihres Atems. Im nächsten Augenblick trat Nadja ihm mit voller Wucht mit ihrem Knie in die Eier. Simon klappte wie ein Taschenmesser nach vorne, schrie laut auf, hielt sich mit beiden Händen seine Weichteile fest und krachte schließlich laut aufjaulend auf dem Boden vor den Fahrradständern zusammen. Während Nadja hektisch ins Schulgebäude rannte, wurde Simon von verschiedenen Schülern umringt. Die einen wollten ihm aufhelfen, die anderen zischten etwas wie: »Geschieht dir recht« oder: »Arsch!«. Das war der Augenblick, in dem Simon sich vornahm, diesem Leben ein Ende zu setzen.

In einer der Kisten in der Mühle fand er ein Seil, das lang genug war. Balken, an denen man es befestigen könnte, gab es hier genug. Simon schnaufte und keuchte, während er sich einen geeigneten Balken aussuchte, der für das Ende seines Lebens stabil genug war. In diesem Leben gab es nichts mehr zu holen. Er war auf dieser Welt so was von überflüssig. Er würde ja noch nicht einmal fehlen, wenn er sich jetzt umbringen würde. Im Gegenteil. Dieser merkwürdige Spuk wäre ein für alle Mal vorbei. Und der andere Simon hätte endlich wieder seine Ruhe. Zwei von einer Sorte in derselben Stadt – das war unnatürlich. Wenn er jetzt tot wäre, dann hätte alles wieder seine Richtigkeit. Dass er nicht in sein eigenes Haus gehen und in seinem eigenen Bett schlafen durfte, das war bereits schlimm genug. Dass er sich nun aber so peinlich Nadja gegenüber verhalten und es sich mit ihr ein für alle Mal verdorben hatte, dass sie ihn durch den Eiertritt so erniedrigt hatte, das war für ihn das Schlimmste. Er hasste sich selbst für sein idiotisches Verhalten. Und es gab nur eine Möglichkeit, das wiedergutzumachen: Er würde sich selbst aus dieser Welt hinausbefördern. Dicke Tränen rannen über sein Gesicht, während er versuchte, den großen Tisch an der Wand unter einen geeigneten Balken zu schieben. Simon konnte sich nicht erinnern, wann ihm zum letzten Mal Tränen gekommen waren. Zum Heulen war er immer zu stolz gewesen. Nur Mädchen und Weicheier heulten. Simon war weder das eine noch das andere. Sein siegessicheres Grinsen war stets seine Waffe gewesen. Überhaupt: Wegen seines selbstbewussten Auftretens hatten alle immer den Eindruck gehabt, er wäre sich niemals unsicher gewesen. Und die meiste Zeit hatte er das ja auch von sich gedacht. Er war sich selbstbewusst, stark und absolut sicher vorgekommen. Aber das war jetzt alles weit weg. Jetzt fühlte er sich hundeelend, schwach, klein, ausgestoßen. Ein Versager. Ein Nichts. Eine Null. Ein Waschlappen. Und jetzt heulte er auch noch, also war er obendrein auch noch ein Weichei. Simon hatte es echt nicht mehr verdient weiterzuleben.

Der Tisch war viel zu schwer, doch es gelang ihm, in kurzen, ruckartigen Stößen das riesige Möbelstück an die gewünschte Stelle zu rücken. Mit dem Handrücken wischte er sich die Tränen aus seinem Gesicht. So eine Scheiße, konnte er nicht wenigstens aufhören zu flennen? Er leckte sich über die Lippen und erwischte damit ein paar Tränen, die ihm schon bis an den Mund gelaufen waren. Seine Tränen waren warm. Und schmeckten salzig. Und irgendwie hatte er plötzlich das Gefühl, dass sie von irgendwo ganz innen kamen und eine solche Wärme und eine Ehrlichkeit mitbrachten, wie er sie schon lange nicht mehr empfunden hatte. Simon stützte sich mit beiden Händen an dem großen Tisch ab und ließ seinen Tränen freien Lauf.

Hier in dieser verfallenen Hütte mit diesem Seil in der Hand unter dem Balken fühlte er sich wie der einsamste Mensch der ganzen Welt. Und sein Entschluss, sich das Leben zu nehmen, verstärkte sich noch mehr. Bald wäre er weg und alle anderen auf diesem Planeten könnten wieder ein ganz normales Leben führen. Vielleicht würde der andere Simon ja einfach seine Chance nutzen und sich auf normale Weise noch einmal Nadja nähern. Obwohl – er wusste ja, dass sich die Angelegenheit in den letzten Monaten sowieso verkompliziert hatte. Na ja. Auch egal. Sollte dieser andere Simon doch machen, was er wollte. Sollte er doch weiterhin seine Mitschüler fertigmachen und sie wie ein Arschloch vor sich hertreiben. Ihm könnte das jetzt egal sein. Wenn er wollte, könnte er auch weiter in den Teentreff gehen. Das könnte für den anderen Simon ein guter Ort sein, um ein besserer Mensch zu werden. Aber für ihn, den geheimnisvollen Doppelgänger, den mysteriösen Erschrecker, gab es in dieser Welt keinen Platz mehr. Für ihn war hier sowieso alles sinnlos. Was sollte er noch auf dieser Welt? In dieser beschissenen Mühle?

Simon stieg auf den Tisch, warf das Seilende über den Balken und knotete es fest. Das andere Ende versuchte er zu einer Schlinge zu verknoten. Aber soviel er auch knotete, es zog sich nicht fest genug. Simon ärgerte sich. Selbst zum Schlingenknoten war er zu blöd! Er legte sich das Seil einfach um den Hals und versuchte, es vorne zuzuknoten, wie man Schnürsenkel eines Turnschuhs verknotete. Aber dann löste er den Knoten wieder. Dieser Kindergartenknoten erschien ihm zu unsicher. Was, wenn der Knoten nach einer halben Minute aufging und er auf den Boden knallte? Dann wäre er nicht tot, sondern schwerbehindert. Und so würde er dann allein in dieser verrotteten Mühle vor sich hin vergammeln, elendig verhungern und verdursten, da ihn hier im ganzen Leben nie jemand finden würde. Nein, das wäre auch nichts. Er band noch einmal eine Schlinge und betrachtete sie skeptisch. Nein. Das sah scheiße aus. Mit so einem laienhaften Knoten würde er sich nicht umbringen. Wenn, dann müsste er den Knoten noch mal üben. Der Knoten müsste bombenfest sitzen, damit er wirklich, ohne viel zu leiden, sicher und schnell sterben würde. Warum sah das bei Selbstmördern im Fernsehen immer so einfach aus? Hatten die alle vorher bei einem Schlingen-binde-Kurs mitgemacht? Warum lernte man so was nicht in der Schule? Dann würden nicht so viele Versager erwachsen werden! Dann könnten er und noch einige andere Volltrottel in eigener Entscheidung ihr verkorkstes Leben in dieser verkackten Welt auslöschen!

Simon sprang vom Tisch und ließ sich kraftlos auf den Boden fallen. Wieder schossen ihm die Tränen aus den Augen und diesmal konnte er nicht anders, als dabei laut aufzuheulen und zu schluchzen wie damals als Kind, wenn ihm alles zu viel wurde und er den Kopf auf Mamas Schoß legte und sie ihm über die Haare strich und »Armer Simon« sagte. Hier in dieser Mühle auf dem kalten Holzboden sagte niemand »Armer Simon«. Hier war er vollkommen allein. Und überflüssig. Simon heulte den ganzen Schmerz und Frust der letzten Wochen aus sich raus. Er wusste, dass ihn sowieso niemand hörte und sah. Darum war es ihm auch völlig egal, wie kindisch er sich damit verhielt. Jetzt war ihm nur noch nach lautem und unbeholfenem Heulen zumute. Und das tat er so laut, als wäre gerade ein ganz wichtiger Mensch in seinem Leben gestorben. Vielleicht war in diesem Moment sogar ein Teil von ihm gestorben. Grund genug zum Heulen. Lang und hemmungslos.

Schließlich schlief er irgendwann völlig erschöpft ein.

Simon wurde wach, weil er aufs Klo musste. Wie spät war es? Wie lange hatte er geschlafen? Er schüttelte seinen Kopf und musste sich erst mal orientieren. Der Tisch unter dem Balken und die lächerliche

Schlinge, die von oben herunterhing, brachten ihm die Erinnerung zurück. Er hatte sich umbringen wollen und war dabei eingeschlafen. Was für ein Schlappschwanz war er bloß. Wieder schüttelte er den Kopf. Diesmal eher aus Verachtung für sich selbst. Dann nahm er die Klopapierrolle und ging hinters Haus. Dort hatte er sich schon vor ein paar Tagen eine Konstruktion aus Holzbalken zurechtgezimmert, die ihm als notdürftiges Plumpsklo diente. Das war zwar ekelhaft und wenn er da saß, setzte er seinen Haufen immer genau an dieselbe Stelle, aber zumindest halfen ihm die Bretter und Balken, sich so hinzusetzen, dass er nicht in seinen eigenen Mist trat und sich auch nicht auf seine runtergezogene Hose kackte. Simon kannte sich gut mit Technik und Computern aus. Er hatte als Kind auch unzählige Weltraumbücher gelesen und konnte einiges über Sterne und Planeten erklären. Aber solche Dinge, wie man ohne Technik, ohne Internet, ja sogar ohne Strom und ohne Toilette auskam – das hatte ihm nie jemand beigebracht. Und er war sich in den ersten zwei Wochen in dieser runtergekommenen Mühle auch ziemlich unbeholfen vorgekommen. Aber auf jede Hilfestellung, die er sich hier in den letzten Tagen selbst zugelegt hatte, war er stolz gewesen wie ein kleiner Junge, der zum ersten Mal ein Bild gemalt, ein Stück Holz gesägt oder eine Bude im Wald gebaut hatte. Wobei Simon von diesen Dingen in seinem bisherigen Leben höchstens das gemalte Bild vorweisen konnte.

Während er auf seinem Plumpsklo saß, mit dem Blick auf die Mühle und dem Rücken zum Mühlbach, überlegte er, was er mit seinem verkorksten Leben hier außerhalb der Zivilisation anfangen sollte. Nach dem langen, tiefen Schlaf war sein Plan, sich umzubringen, wieder etwas in den Hintergrund gerückt. Das konnte man auch später noch nachholen. Jetzt hatte er erst mal keine Lust mehr auf Sterben. Auch wenn er nicht sagen konnte, worauf er stattdessen Lust hatte. Es gab hier ja sowieso nichts für ihn zu tun.

Simon betrachtete gedankenverloren die heruntergekommene Hausrückwand. Diese verdreckte Mühle war ihm bisher nur furchtbar und unheimlich vorgekommen. Und jeden Tag hatte er gehofft, es würde der letzte hier oben sein. Aber nach zwei Wochen war nach und nach auch etwas Vertrautes in dieses Haus gekommen. Ob er es sich hier wohnlich einrichten sollte? Je länger er die Mühle so von außen betrachtete, desto mehr strahlte sie etwas Abenteuerliches aus. Und obwohl Simon noch nie der Wald-Typ gewesen war, erwachte in ihm eine Art Naturinstinkt. Wieso sollte er die Zeit hier oben nicht nutzen, um einfach ein bisschen Urlaub zu machen? Er könnte sich die Mühle mal genauer anschauen. Was war eigentlich alles in diesen alten Kisten drin, die da überall herumstanden? Was lag auf dem Dachboden? Wo genau waren das Dach, die Decke, die Wand kaputt? Konnte man da was reparieren? Und je mehr er sich das überlegte, umso mehr pochte sein Herz vor Aufregung. Ein breites Grinsen trat auf sein Gesicht. Aber kein »Du-kannst-Simon-nicht-besiegen«-Grinsen, sondern ein abenteuerlustiges, neugieriges Grinsen. Simon Köhler war wieder zum Leben erwacht.

Vieles in dieser Mühle war so verfault, dass man es zu nichts mehr gebrauchen konnte. All das trug Simon hinter die Mühle auf einen Holzhaufen in den Brennnesseln, der sowieso schon vor sich hin verwitterte. Aber beim genauen Betrachten der einzelnen Gegenstände in der Mühle kamen ein Hammer, ein Rechen, ein Hobel, mehrere Eimer und jede Menge Säcke zutage. In einer der Kisten lagen ein Krug, zwei Becher und zwei Teller aus Ton. In einer der hinteren Ecken lehnte ein Besen. Damit fegte Simon äußerst gründlich den kompletten unteren Raum aus. Das Seil, das noch an dem Balken baumelte, wurde natürlich abgehängt. Der Tisch wurde so in der Raummitte platziert, dass man von allen Seiten drum herum gehen konnte. Die Stühle, die völlig morsch und zerbrochen waren, kamen nach draußen. Zwei, die noch stabil genug waren, stellte er an den Tisch. Einer der beiden bestand Simons Sitztest am besten. Das sollte sein regelmäßiger Sitzstuhl sein. Als es dunkel wurde, war er gerade eben so mit Aufräumen und Einrichten fertig geworden. Schade eigentlich. Denn jetzt hätte er gern noch ein bisschen in seiner neu geschaffenen Wohnung gesessen und sich sein Werk angeschaut. Aber ohne Licht?

In dieser Nacht brach Simon wieder in das Haus seiner Eltern ein, nahm sich Vorräte zum Essen mit und durchsuchte die Schränke in den verschiedenen Vorrats- und anderen Räumen so lange, bis er einen reichlichen Vorrat an Kerzen gefunden hatte, dazu ein Feuerzeug und ein Päckchen Streichhölzer. Außerdem hatte er den Krug, die Becher und Teller in seinem Rucksack mitgebracht. So leise wie möglich spülte und schrubbte er diese Sachen mit heißem Wasser und viel Spülmittel in der Küche und packte sie wieder ein.

Zurück in der Mühle stellte er zuallererst eine dicke Kerze auf den großen Holztisch, zündete sie an und setzte sich auf den Stuhl, den er am Nachmittag als den stabilsten befunden hatte. Bei diesem Kerzenschein kehrte wieder so etwas wie Ruhe und Frieden in sein Herz ein.

Die Tier- und Klopfgeräusche rund um die Mühle wirkten jetzt auch eher vertraut als unheimlich. Wieder musste Simon grinsen. Das Leben hatte doch noch viel Schönes zu bieten.

Die nächsten Tage verbrachte Simon viel draußen. Er baute am Bach einen Staudamm und schöpfte mit dem Krug das gestaute klare Wasser daraus zum Trinken. Oft saß er auf einem Holzklotz vor dem Haus, schaute in die Wolken und beobachtete die Vögel. Je länger er hier saß, umso mehr hatte es den Anschein, als kämen bestimmte Vögel immer wieder ganz in seine Nähe, schauten ihn neugierig an und flogen irgendwann wieder davon. Waren das wirklich dieselben Vögel? Oder kam ihm das nur so vor, weil alle Amseln oder Rotkehlchen völlig gleich aussahen? Aber irgendwie hatte er das Gefühl, dass einer dieser kleinen, schwarzen Vögel immer wieder in sicherem Abstand in seiner Nähe landete, so als wollte er langsam ein bisschen Kontakt zu ihm aufnehmen. Manchmal, wenn er ihn länger nicht gesehen hatte, wartete er schon fast wieder auf ihn. Einmal, als dieser Vogel wieder in seiner Nähe saß, streckte Simon langsam seinen Finger aus. War sein Vogelfreund schon so zahm, dass er ihm auf den Finger hopste wie all die Vögelein in dem kitschigen Schneewittchenfilm von Walt Disney? Aber der Vogel kannte Schneewittchen anscheinend nicht, denn sobald Simon den Finger ausstreckte, flatterte er aufgeregt davon. Trotzdem kam er bald darauf wieder und besuchte Simon aus sicherem Abstand. »Hallo«, flüsterte Simon ihm leise zu, lächelte und behielt den Finger auf seinem Schoß. Schon krass, die Natur.

An einem anderen Abend, als es nicht regnete, blieb er so lange vor dem Haus sitzen, bis die nächtlichen Tiergeräusche einsetzten. Dann schlich er sich so langsam wie möglich auf die Geräusche zu. Er hatte den Ehrgeiz herauszufinden, woher die Rufe, die Klopfzeichen und auch die Schreie kamen. Dummerweise verstummten die Geräusche immer, sobald er in ihre Nähe kam. Trotzdem nahm er sich vor, diesen Dingen in den nächsten Nächten noch mal näher auf den Grund zu gehen. So etwas wie ein Forscher wurde in ihm wach. Schon allein das Bewusstsein, hier mitten in der Nacht allein im Wald zu stehen, umgeben von Tieren, die gerade die Luft anhielten, weil da ein potenzieller

Jäger in ihrer Nähe stand, gab ihm das Gefühl, selbst ein Teil der Natur zu sein. So etwas hatte er noch nie gespürt. Warum war er früher so selten im Wald gewesen?

Inzwischen hatte Simon völlig das Zeitgefühl verloren. Wie viele Tage lebte er nun schon hier oben abgeschieden von der Menschheit? Eine Woche? Eine halbe? Um nicht so oft nach Hause laufen zu müssen, teilte er sich sein mitgebrachtes Essen gut ein. Er stellte fest, wenn er viel trank, bekam er auch nicht so viel Hunger. Und Wasser gab es hier ja kostenlos, so viel er wollte. Anfangs hatte er ein bisschen Bedenken, das Wasser wäre zu dreckig und er würde womöglich krank davon. Als er nach ein paar Tagen aber immer noch nicht krank wurde, kam er zu dem Schluss, dass das Wasser nicht so giftig sein konnte. Seitdem pinkelte er auch nicht mehr in den Bach, sondern auf der anderen Seite des Hauses in die Brennnesseln. Morgens nach dem Aufstehen schmeckte das Wasser so frisch und rein, dass Simon sich wirklich wie im Urlaub in den Bergen fühlte. Ab und zu sehnte er sich natürlich noch nach was richtig Gekochtem. Einem fetten Döner oder einer riesigen Pizza, Pommes oder einem Burger von McDonald's. Ob er einfach mal in die Stadt gehen und sich was holen sollte? Bisher hatte er sein mitgebrachtes Geld noch nicht angebrochen. Aber jedes Mal schob er den Gedanken auf. Wenn es ihm mal ganz schlecht ginge, dann könnte er sein Geld immer noch ausgeben.

Wieder war es Abend geworden. Simon saß vor dem Haus und schaute verträumt nach oben. Der Himmel war heute so klar und wolkenlos wie noch nie, seit er hier wohnte. Er hatte ja schon manches Mal, wenn er nachts unterwegs war, einen sternklaren Himmel gesehen und versucht, bestimmte Sternbilder, die Milchstraße oder den Fixstern zu finden. Aber stundenlang einfach dazusitzen und dieses großartige Bild des Universums zu betrachten, das wäre ihm nie in den Sinn gekommen. Ebenso wenig wie all die anderen Dinge, die er hier in den letzten Tagen gemacht hatte. Simon war fasziniert. So ein unglaubliches Weltall. Sterne, so weit weg, dass nie einer hinreisen könnte. Und doch so leuchtend, dass man ihren Schein hier auf der Erde sehen konnte. Einige dieser Sterne waren mehrere Lichtjahre von der Erde entfernt, das wusste Simon aus seinen Weltraumbüchern. Das bedeutete, dass das Licht, das Simon in dieser Sekunde sah, von dem Stern schon vor mehreren Jahren losgeschickt worden war. Und wenn ein Stern bereits verglüht war, könnte es sein, dass man ihn hier auf der Erde immer noch sah, weil das Licht so lange brauchte, um bei uns anzukommen. Beeindruckend. Im Grunde schaute man, wenn man den Sternenhimmel betrachtete, immer in die Vergangenheit. Das, was man dort sah, war ja eigentlich das, was im Universum vor etlichen Jahren, vielleicht sogar schon vor Tausenden von Jahren losgeschickt worden war. Echt krass. Ob so auch Zeitreisen möglich wurden? War Simon auch nur der dreizehn Wochen später gestartete Lichtstrahl dessen, der da jetzt irgendwo seine Osterferien verbrachte?

Simons Gedanken kreisten weiter. Was verbarg sich wohl hinter diesem Meer an Sternen? Wenn das Weltall wirklich unendlich war, wie es in den Büchern manchmal bezeichnet wurde – könnte dann also auch theoretisch nie jemand an den Anfang dieses Universums reisen? Und wenn es unendlich war, gab es dann auch zeitlich weder Anfang noch Ende? Ginge das überhaupt? Hatte nicht alles irgendwie einen Anfang? Wie konnte so ein riesiges Weltall überhaupt entstehen? Durch einen Urknall, wie er es in der Schule gelernt hatte? Einen Feuerball? Eine Gaswolke? Eine Explosion? Und vor allem: Was war vorher? Worauf steuerte das alles zu? War das ganze Universum mit dem entstandenen Leben auf der Erde wirklich Zufall? Falls ja – hatte das Leben dann überhaupt einen Sinn? Oder wäre jedes Lebewesen nicht bloß ein sinnloses, zufälliges Zusammentreffen von Molekülen? Das wäre dann schon irgendwie doof. Sinnlos. Ohne Konsequenzen. Falls es aber kein Zufall war – wer oder was steckte dann dahinter? Und welchen Sinn sollte dann ein Leben haben? Simons Leben?

Während er diesen Himmel weiterhin betrachtete, fiel ihm der Teentreff wieder ein. Einer hatte so eine Art Gebet aus der Bibel vorgelesen: »Gott, ich seh den Himmel, den du gemacht hast. Den Mond, die Sterne, alles hast du gemacht. Wie winzig klein ist der Mensch dagegen. Trotzdem hast du ihn mit Würde gekrönt – beinahe göttlich.« Immer noch konnte Simon seinen Blick nicht von der unendlichen Weite dieses Himmels abwenden. Damals konnte er diesem Abschnitt aus der

Bibel nichts abgewinnen. Er hatte nur Verachtung dafür gespürt. Aber heute, hier unter dem Sternenhimmel, musste er sich eingestehen: Ja, das stimmte! Wenn man sich dieses Universum anschaute, kam man sich klein und unbedeutend vor. Dabei an Gott zu denken, war Simon noch nie vorher in den Sinn gekommen. Die Vokabel »Gott« brachte er immer nur mit Kirche, Reli-Unterricht und hundertjährigen Pfarrern in Zusammenhang. Allenfalls noch mit »Bibel im heutigen Deutsch«. Als er sich heute allerdings diesen gigantischen Himmel anschaute, schien die Vokabel »Gott« doch irgendwie zu passen. Gleichzeitig breitete sich bei dem Gedanken daran in seinem Kopf so was wie Unendlichkeit, Macht, Ewigkeit aus. Faszination. Weite. Zeitüberspannend. Und wieder fiel ihm etwas aus dem Teentreff ein: »Gott hat jedem Menschen eine Ahnung für das Ewige ins Herz gelegt. Aber es ist dem Menschen unmöglich, das Universum und alles, was Gott gemacht hat, vollständig zu erklären und zu begreifen.«

Simon wollte den Gedanken wieder verdrängen. Aber während er hier so auf seinem Hocker in der Dunkelheit saß, tat es ihm gut, diesen Gedanken über Gott zuzulassen. Ja, es stimmte. So eine Ahnung von etwas Göttlichem hatte irgendwo in seinem Herzen, in seinen Gedanken einen Platz. Diese Ahnung war nur nie zum Vorschein gekommen, weil sie überschüttet war von Erlebnissen und Begegnungen mit bekloppten Leuten, die behaupteten, Anwälte dieses Gottes zu sein, von dem sie meinten, ihn wie ein Produkt in ihrem Aktenkoffer mit sich rumzuschleppen und mit »Gott-liebt-dich«-Werbesprüchen an den Mann bringen zu wollen. Dieser Gott, den man wie saures Bier verschenken wollte, erschien Simon überflüssig. Aber hier in dieser Nacht unter diesem Sternenhimmel ließ sich eine versteckte Ahnung von Gott vorsichtig blicken. Und diese Ahnung fühlte sich gut an. Zum ersten Mal kam er sich nicht eingesperrt, gemaßregelt oder gelangweilt vor, wenn er an Gott dachte. Sondern irgendwie eingebunden in ein großes Ganzes. Ein kleiner Simon auf einer großen Erde in einem noch größeren Sonnensystem in einer unfassbaren Galaxie in einem unendlichen Universum. Und trotzdem irgendwie gehalten, getragen, geschützt von etwas noch Größerem – wie Gott. Wow. Wieder musste er an Timon denken. Konnte er nicht noch einmal in sein Leben treten und ihm etwas vom Himmel erzählen? Wie ging das alles mit Gott? Was hatte Timon gesagt, wo er ihn finden würde? In ihm drinnen? Simon versuchte, nach innen zu horchen. Da war kein Timon.

Simon verschränkte die Arme vor der Brust und schloss die Augen. Das Gesicht eines Pfarrers trat vor sein inneres Auge. Er erzählte etwas über dieses Gefühl in uns drinnen, mit dem wir Gott erkennen. Und dann etwas davon, wie Gott seine Hand dem Menschen entgegenstreckt. Und dann noch was mit Jesus. Und Tod. Auferstehung. Ja, so langsam dämmerte ihm was. Es war damals im April … vor über 13 Wochen … in diesem Gewölbekeller neben der Kirche. Gottesdienst zum Karfreitag. Damals hatte er da dringestanden und nur den einen Gedanken gehabt: wie er die Aufmerksamkeit von Nadja erhaschen könnte. Von der Predigt hatte er so gut wie nichts mitbekommen. Außer den wenigen Gedankenfetzen, an die er sich jetzt noch erinnerte. So ein Mist. Jetzt hätte sich Simon das Ganze gern etwas genauer angehört. Gab es das nicht irgendwo als Podcast zum Runterladen? Zum noch mal Anhören? Ach, Mann. Er hatte ja eh kein Handy. Nix zum Runterladen. Ob er je noch mal die Gelegenheit bekäme, sich anzuhören, wie jemand über Gott so sprach, dass es ein normaler Mensch auch kapierte? Zumindest einer, der grundsätzlich interessiert war? War dieser Typ, der da gesprochen hatte, überhaupt ein Pfarrer gewesen? Könnte man den noch mal aufsuchen? Simon schüttelte mit geschlossenen Augen den Kopf. Quatsch. So was würde Simon niemals tun. Er würde garantiert keinen Pfarrer freiwillig besuchen. Am Ende bekäme er einen dreistündigen Privatvortrag über den Verfall der Kirche und das Ende der Welt gehalten. Oh Mann. Wenn man doch sein Leben wie einen Film noch mal zurückspulen könnte. Noch mal kurz die Zeit zurückdrehen.

Simon riss die Augen auf und sprang von seinem Hocker in die Höhe. Das war es! Die Zeit zurückdrehen! Irgendeine höhere Macht hatte in Simons Leben die Zeit zurückgedreht! Er war wieder im April! Er hatte die einmalige Gelegenheit, einen Teil seines Lebensfilms noch einmal anzuschauen! Ja! Genau! Wie auf Kommando pochte sein Herz, als hätte er sich gerade vorgenommen, Nadja einen Heiratsantrag zu machen. Welcher Tag war überhaupt? Vor einigen Tagen war er beim

Beginn der Osterferien gelandet. Inzwischen könnte Karfreitag sein! Gleich morgen würde er in die Stadt gehen und nachsehen. Vielleicht war ja schon Karfreitag. Und dann würde er noch einmal genau diesen Gottesdienst aufsuchen und sich die Predigt unter anderen Voraussetzungen anhören. Andererseits … war der Karfreitagsgottesdienst nicht genau die Situation gewesen, in der er seinem Gegenüber begegnet war? Da musste er wirklich gut aufpassen. Auf die Begegnung mit seinem anderen Ich hatte Simon im Moment wirklich keine Lust!

Obwohl es noch nicht lange hell war, fühlte Simon sich frisch und ausgeschlafen, als er am nächsten Morgen aufwachte. Heute würde er nach etwa einer Woche Leben in der Wildnis wieder zu den Menschen gehen. In die Stadt. Während er einige seiner Kekse frühstückte, fragte er sich, ob er in diesem Zustand überhaupt unter die Menschheit treten könnte. Er hatte länger nicht mehr geduscht und nur alle zwei Tage die Klamotten gewechselt. Eine Geruchsprobe unter seinen Armen machte ihm deutlich, dass demnächst mal wieder eine ordentliche Grundreinigung nötig wäre. Bis vor Kurzem hatte er sich noch ganz logisch jeden Morgen geduscht, literweise Deo unter die Arme gesprüht und drei Tonnen Spray in die Haare gepumpt. Hier in der freien Natur hatte er das schon länger gar nicht mehr als nötig empfunden. Aber ob er jetzt so in die Stadt gehen könnte? Simon zog seine Wollmütze aus dem Rucksack, setzte sie auf und befand, dass damit seine Nicht-Frisur gut genug versteckt war. Die Jacke sah noch in Ordnung aus. Hose und Turnschuhe auch. Und wenn er nicht zu nah an andere heranging, fiel es vielleicht auch gar nicht auf, dass er stank wie ein verfaultes Stinktier.

In der Stadt war alles so ruhig wie an einem Sonntag. Oder an einem Feiertag, zum Beispiel Karfreitag. Kaum fahrende Autos, kein Lärm, keine Hektik. Das war ein gutes Zeichen. Die Rathausuhr zeigte kurz vor 10:00 Uhr. Mit entschlossenen Schritten marschierte Simon auf die Kirche zu. Tatsächlich sah er, je näher er der Kirche kam, einzelne Menschen die Straße entlanggehen oder mit Autos in der Nähe der Kirche anhalten und aussteigen. Mit gesenktem Kopf und den Händen in den Taschen schloss er sich den letzten an, die sich an der Kirche vorbei in das unterirdische Kellergewölbe drängten. Als er den Geruch im Inneren des Gewölbes einatmete, hatte er das Gefühl, in etwas Vertrautes zurückzukommen. Simon hatte nie einen Bezug zu irgendeiner Kirche gehabt. Aber heute Morgen hier in diesem alten Gemäuer fühlte er

sich plötzlich wohl und sicher. Hier war er richtig. Und er war jetzt schon gespannt, ob er irgendwas von den Worten des Pfarrers kapieren würde. Bevor er einen Platz in der hinteren Ecke einnahm, schaute er sich aufmerksam im Raum um. Eigentlich müsste sein Gegenüber aus der Vergangenheit auch hier sein. Der durfte ihn natürlich nicht entdecken. Am besten ging er einfach direkt nach der Predigt oder lieber schon etwas früher. Dann könnte er diese blöde Situation vielleicht umgehen. Es dauerte nicht lange, da sah er ihn auch schon, wie er lässig dastand, sich nicht bewegte und nur Augen für Nadja vorne in der ersten Reihe hatte. Simon sah auch Nadja und ihre Familie vorne stehen. Er spürte einen Stich im Bauch. Wie gern würde er jetzt neben Nadja stehen. Oder sitzen. Oder liegen. Sie im Arm halten. Mit ihr den Sternenhimmel anschauen. Sie danach fragen, was sie fühlt, wenn sie an Gott denkt. Simon zog seine Mütze noch ein Stück weiter ins Gesicht und trat so weit nach hinten, dass er eigentlich von niemandem bemerkt werden könnte, es sei denn, jemand würde ganz bewusst zu ihm rüberschauen.
Der Gottesdienst begann. Die vier Personen an den Streichinstrumenten spielten wieder die Todesmusik, die zwar gut in dieses unterirdische Gemäuer passte, aber trotzdem niemals zu Simons Lieblingsmusik aufsteigen würde. Aber das hatte er ja damals schon festgestellt. Die Trauerbegrüßung, ein Lied, eine Lesung aus der Bibel. Es war die Geschichte, wie Jesus hingerichtet wurde. Am Kreuz. Mit einer geflochtenen Krone aus Dornen auf dem Kopf. Und der Aufschrift auf einem Schild: »Das ist Jesus Christus. Der König der Juden.« Soldaten teilten seine Klamotten untereinander auf, ein paar Frauen standen unter seinem Kreuz und weinten. Und bevor Jesus starb, rief er: »Es ist vollbracht.«

Noch ein Lied, ein Gebet, ein Vortrag der Geigenspieler. Simon erinnerte sich, wie er schon einmal hier Qualen der Langeweile erlebt hatte. Damals war er wegen Nadja tapfer geblieben. Heute war er wegen der Erklärungen über Gott hier, an die er sich dunkel erinnerte. Und die wollte er sich jetzt anhören. Konnte ein Zeitreisender den Gottesdienstfilm nicht doch wieder ein bisschen vorspulen? Leider nein. Simon schielte zum anderen Simon rüber, der mittlerweile damit beschäftigt war, ein Spiel auf seinem Handy zu spielen. Schade, dass er selbst inzwischen kein Handy mehr hatte. In der Mühle war er mittlerweile ganz gut ohne Handy zurechtgekommen. Aber hier in der unterirdischen Kammerkonzert-Veranstaltung wäre ein bisschen Abwechslung nicht schlecht gewesen.

Dann endlich die Predigt. Wieder diese einschläfernde Stimme, die Simon schon damals an Meditations-CDs erinnert hatte. Aber diesmal zwang sich Simon zuzuhören. »Bevor wir fragen, warum der Tod von Jesus wichtig für unser Leben ist, müssen wir uns fragen, wie Gott und wir Menschen grundsätzlich zueinander stehen«, sagte der Pfarrer. Na gut, dachte Simon. Dann fang mal an. Aber so, dass es auch Leute verstehen, die nicht so oft hier sind.

»Die Frage, ob es überhaupt einen Gott gibt, werde ich heute nicht behandeln«, begann der Pfarrer. »Aber wenn wir ehrlich zu uns selbst sind, dann spüren wir, dass da schon längst eine Antwort in unserem Inneren existiert, und die lautet: Ja, es gibt einen Gott. Da ist ein Bewusstsein für Gott in unserem Herzen, das haben wir alle schon in uns verspürt. An einem schönen Tag, unter einem sternklaren Nachthimmel, im Angesicht der majestätischen Berge, bei der Geburt unseres ersten Kindes. In solchen Augenblicken spüren wir nicht nur, dass es da einen Gott gibt, sondern auch die Sehnsucht, diesem Gott zu begegnen. Eins zu sein mit Gott. Beschützt zu sein, getragen zu sein. Aber gleichzeitig ist da auch ein Gefühl in unserem Herzen, das uns sagt, dass wir diesem Gott nicht gerecht werden. Dass Gott heilig ist und wir nicht. Dass da etwas zwischen uns steht, das die Beziehung stört.« Der Pfarrer schaute die Zuschauer an und zog die Augenbrauen zusammen. »Die Bibel verwendet dafür den Begriff ›Sünde‹.«

Simon schaute zu seinem anderen Ich rüber. Der hörte nicht zu, sondern spielte an seinem Handy herum.

»Woher kommt die Sünde? Wieso ist unser Leben immer wieder von Gedanken, von Handlungen oder von Worten bestimmt, die uns oder andere verletzen?«, fuhr der Pfarrer fort. »Auch das wäre noch mal eine eigene Predigt wert. Für heute belasse ich es dabei, dass Sünde einfach da ist und uns belastet. Sie nimmt uns regelrecht gefangen. Und alleine kommen wir da nicht raus. Egal, wie viel Gutes wir tun.

Wir können uns nicht selbst erlösen. Aber mit diesem Bewusstsein sind wir nicht allein.« Der Pfarrer schaute in sein Ringbuch in der Hand und blätterte eine Seite um.

»Schau in jedes Land, in jede Kultur dieser Erde«, sagte er weiter. »Sie alle ahnen, dass sie nicht allein im Universum sind, dass Leben nicht durch Zufall entsteht. Und sie alle ahnen, dass die Verbindung zum Schöpfer nicht automatisch da ist. Dass da was zerbrochen ist. Aber jedes Volk sucht die Verbindung zu dem Göttlichen auf seine ganz ureigene Weise. Das eine durch Meditation, ein anderes durch Kultstätten. Eines durch Rituale, das nächste durch Gebete, dann durch Geisterbeschwörung, durch gute Taten, Gebote, Selbstbestrafung, Blutvergießen, Tieropfer, ja sogar Menschenopfer. Und immer bleibt ein Stückchen Angst: Mach ich es richtig? Hab ich einen gnädigen Gott? Wird er mir in diesem Leben oder nach diesem Leben gnädig sein? Wird irgendwo eine Rache, ein Gericht, eine Vernichtung, eine Genugtuung stattfinden? Werden sich die Geister der Vorfahren, die verschiedenen Götter, die Geister in allem Lebenden rächen? Mich bestrafen? Oder wird der eine Gott mir einen Platz in einem Himmel frei halten, wie auch immer der aussieht? Falls ja, unter welchen Bedingungen? Was muss ich tun, wie muss ich sein? Wie viel muss ich dafür leiden? Quälende Gedanken mit viel Angst und Unsicherheit. Wer gibt darauf eine Antwort?«

Der Pfarrer lächelte und seufzte: »Auf der ganzen Welt verbindet uns also dieser eine große Wunsch: wieder ins Reine zu kommen. Mit uns selbst, mit unserem Herzen, unserem Gewissen, mit dem anderen Menschen, mit der Natur. Und irgendwo tief in uns drinnen sitzt auch die Sehnsucht, Frieden mit Gott zu haben. Mit dem Himmel. Dem Schöpfer. Mit dem, der uns gemacht hat. Aber wie kommen wir dahin?«

Der Pfarrer schaute kurz in die Menge der Versammelten, dann wieder in sein Ringbuch: »Und dann gibt es da dieses unscheinbare Buch. Ein Buch, das den einfachen Titel trägt: ›das Buch‹. Auf Griechisch: ›Biblios‹ – ›die Bibel‹. Dieses Buch erzählt von den Anfängen der Welt, von Gottes Liebe zu dem Menschen, von seinem Vorhaben, mit dem Menschen in Gemeinschaft zu leben. Es erzählt auch von dem tragischen Bruch zwischen Gott und dem Menschen, ausgelöst durch das furchtbare Misstrauen, das den Menschen antreibt. Es erzählt davon, dass im Herzen der Menschen mehrere Dinge nebeneinander wohnen: auf der einen Seite der Drang, das Leben selbst zu meistern, ohne Gott. Auf der anderen Seite die Sehnsucht, wieder mit diesem Gott versöhnt zu sein. Auf der einen Seite ein ausgeprägter Sinn für Gerechtigkeit, der hinausposaunt: ›Schuld muss bestraft werden! Mord muss gerächt werden! Böses muss mit Bösem heimgezahlt werden!‹ Auf der anderen Seite die bange Hoffnung, dass es einen selbst nicht trifft. Dass man Gnade erlangt, auch wenn man selbst genauso Mist gebaut hat. Und die Bibel bestätigt dieses Gefühl: ›Ja, so ist das‹, steht da. ›Schuld muss gesühnt werden. Auf Schuldhaftigkeit folgt Tod. Für ein schuldbeladenes Leben muss Blut fließen.‹ Ein kleines Volk aus dem Nahen Osten wird als das ›Gottesvolk‹ bezeichnet. Diesem Volk bringt er bei: Ja, es gibt Erlösung von Schuld. Ihr könnt euer schuldvolles Leben reinwaschen, indem ihr schuldloses Blut vergießt. Aber nicht das eurer Kinder, sondern das von Tieren. Erstgeborene, fehlerlose Tiere. Deren Blut soll stellvertretend für euer Blut, für euer Leben vergossen werden.

Diese Aussöhnung galt allerdings immer nur vorübergehend. Denn ein Tier, und sei es noch so fehlerlos, könnte niemals ein für alle Mal alle Schuld aller Menschen auslösen. Ein Mensch ist gottähnlich. Wenig niedriger als Gott. Ein Tier ist zwar unschuldig, aber niemals dem Menschen ebenbürtig. Es gibt nur einen Einzigen im Universum, der fehlerlos ist und noch würdevoller und wertvoller als der Mensch und damit die Schuld aller Menschen aufwiegen könnte. Und das ist Gott selbst.« Der Pfarrer ging langsam zur Seite, hinter den Altar und stellte sich direkt neben das hohe, von roten Strahlern angeleuchtete Holzkreuz. »Als Jesus auf der Welt war – damals, vor zweitausend Jahren –, war Gott selbst in Menschengestalt auf der Welt. Gott wohnte unter uns. Er aß mit uns, lachte mit uns, weinte mit uns. Dass er Gott war und nicht nur ein braver Mensch, bewies er durch seine Wundertaten. Nicht nur Krankheiten verschwanden, wenn er Menschen berührte. Alle Naturgesetze unterlagen seinem Befehl. Auf sein Machtwort hin verstummte ein Seesturm. Klares Brunnenwasser verwandelte sich in Wein. Selbst Tote kamen aus ihren Grabhöhlen heraus und lebten weiter. Alle, die ihn sahen und erlebten, waren sich darin einig: Hier war Gott selbst am Werk.« Der Pfarrer schaute an dem Kreuz nach oben und klatschte mit seiner flachen Hand vorsichtig auf den langen Holzpfosten. »Als Jesus starb, war das ein Opfertod. Ein Leben für viele andere Leben. Kein Tierleben, kein Menschenleben. Ein göttliches, makelloses, sündloses Leben. Ein Opfer nicht bloß für einen Menschen, sondern für die Menschheit.« Er ging zurück vor den Altar und nahm eine Bibel in die Hand. »Das Ergebnis lautet: Versöhnung. Ein für alle Mal. Frieden. Frieden mit Gott. Frieden für die Seele. So steht es geschrieben in Gottes Buch: ›Gott hat diese Welt so sehr geliebt, dass er seinen einzigen Sohn hergab. Nun werden alle, die sich ihm im Vertrauen zuwenden, nicht verloren gehen, sondern ewig leben.‹«

Simon sah sich kurz im Raum um. Ob die anderen hier überhaupt zuhörten und all das verstanden? Als er sich so einen Kopf nach dem anderen von hinten anschaute, sah er auch zum anderen Simon rüber, der sein Handy inzwischen wieder eingesteckt hatte. Genau in diesem Augenblick schaute auch der andere zu ihm rüber. Ihre Blicke trafen sich wie zwei Magnete, die mit einem Klick aneinander kleben blieben. Simon war über diese Blickbegegnung so erschrocken, dass er es über zwei bis drei Sekunden nicht schaffte, davon wegzuschauen. Normalerweise war er es, der den Blicken überlegen war. Aber nicht den Blicken von Simon. Seinem eigenen Blick. Nicht in diesem Moment. Vor allem wollte er nicht erkannt werden. Und die Blicke des anderen verrieten ihm gerade jetzt, dass er erkannt war. Scheiße. Zu lange gewartet.

Er musste seine Augen zukneifen, um sich von diesem magischen Blick loszureißen. Dann starrte er vor sich auf den Boden und zog automatisch seine Wollmütze tiefer ins Gesicht. Der andere Simon hatte auch ziemlich erschrocken ausgesehen, das war schon mal ein Trost. Trotzdem wurde es ihm hier ungemütlich. Er schlug seinen Kragen hoch, vergrub die Hände in der Jackentasche und ging durch den Ausgang, in dessen Nähe er stand, nach draußen. Erst als er bereits auf der Straße war und fast hinter der nächsten Häuserwand verschwand, drehte er sich kurz zur Kirchengrotte um. Wieder erschrak er fast zu Tode: Der andere Simon kam mit schnellen Schritten heraus und hatte ihn schon wieder gesehen. Simon ging schneller. Er bog in eine Seitenstraße ein, einfach um nicht mehr gesehen zu werden. Aber schon hörte er hinter sich seine eigene laute Stimme: »Bleib stehen!«

Simon dachte nicht daran. Er ging schneller. Er begann zu laufen. Wieder hörte er sich selbst rufen: »Bleib sofort stehen!«

Simon rannte schneller. Er bog um eine weitere Ecke. Er versuchte seinen Verfolger abzuschütteln, aber es gelang ihm nicht. Der andere Simon war auch schnell. Genauso schnell wie er. Was für ein Wunder, dachte Simon. Natürlich ist er so schnell wie ich! Er ist ich!! Trotzdem rannte Simon weiter. Er hoffte, seine Todesangst würde ihm Flügel verleihen. Was würde der andere Simon mit ihm machen, wenn er jetzt stehen bliebe? Er müsste sich doch eigentlich daran erinnern, denn vor 13 Wochen war Simon selbst derjenige, der jetzt hinter ihm herrannte. Trotzdem konnte er sich nur noch an das Rennen erinnern. Könnte Simon dieses Rennen jetzt beenden? Verändern, indem er einfach stehen blieb und diesen Simon verprügelte? Ihm war aber nicht nach Prügeln zumute. Also rannte er weiter. Der andere war ihm dicht auf den Fersen. Manchmal schaute sich Simon um. Der Abstand war jetzt größer geworden, aber immer noch nicht groß genug, dass Simon sich hätte ausruhen oder irgendwo verstecken können. Also rannte er weiter. Immer durch die Stadt. Bis an den Stadtrand. Dann durch den Wald. Seinen Wald. Immer weiter. Noch einmal drehte er sich um. Der Abstand war noch größer geworden. Ja. Er könnte den anderen abschütteln. Die Mühle wäre ein sicherer Ort. Da gab es genügend Verstecke. Simon rannte wie ein Verrückter das letzte Stück über die Wiese auf seine Mühle zu, stürzte durch die Tür nach innen, donnerte die Tür zu und schob zwei Stühle davor. Was völlig unnötig war, denn die meisten Fenster hatten ohnehin kein Glas mehr. Sein Verfolger hätte bequem durch eines der Fenster einsteigen können. Sicherheitshalber krabbelte Simon die Treppe nach oben zum Dachgeschoss mit den großen Zahnrädern. Bei seinem ersten Besuch hier oben war er durch den Mörtel in der Decke eingestürzt. Inzwischen hatte er längst gelernt, dass er nur auf die dicken, massiven Holzbalken treten durfte, die hier quer über den Dachboden liefen – von einer Wand bis zur anderen. Die Holzbalken krachten nicht ein. Das lehmige Material zwischen den Balken hielt ihm nicht stand, das hatte er mittlerweile herausgefunden. Mit drei, vier Sprüngen hatte er sich so hinter einer Ansammlung von Zahnrädern versteckt, dass er von der Treppe aus nicht zu sehen war. Und von unten schon mal gar nicht. So saß er eine ganze lange Weile da und lauschte. Aber niemand kam. Hatte der andere aufgegeben? Simon konnte sich schwach erinnern, dass er auch vor dem Zeitensprung einmal hier oben gewesen war. Hatte es sich der andere Simon diesmal anders überlegt? Hatte der aktuelle Simon gerade durch irgendeine Handlung die Geschichte verändert? Konnte er das überhaupt?

Irgendwann wagte er sich aus seinem Versteck heraus und ging die Treppe wieder nach unten. Vorsichtig schob er die Stühle zur Seite, schaute zur Tür hinaus und lief einmal rund um seine Mühle herum. Nein. Da war niemand. Er war allein. Erleichtert stieß Simon einen Stoßseufzer aus und setzte sich für die nächste halbe Stunde in aller Ruhe auf sein selbst gezimmertes Klo.

Der nächste Tag war für einen April ungewöhnlich sonnig und warm. Simon saß tagsüber lange ohne Jacke vor dem Haus und beobachtete die Hasen, die sich über seine Wiese gegenseitig jagten, oder die Vögel, die in den Zweigen der Bäume direkt neben der Mühle spielten. Manchmal hörte er, wie sich Menschen der Mühle näherten. Dann ging er nach drinnen und beobachtete durchs Fenster, wer da kam und was er wollte. In der Regel waren das Wanderer oder Spaziergänger, die auf der anderen Seite des Baches entlanggingen. Manchmal hörte er sie über die alte Mühle reden, aber nie schenkte jemand dem alten Haus Beachtung. Simon konnte das nur recht sein.

Immer mal wieder musste er an die Predigt in der Kirchengruft denken. Da war ein Gott, der sich die Menschheit ausgedacht hatte, dem die Menschen aber anscheinend davongelaufen waren und der nun seinen eigenen Sohn opferte, um die Schuld der Menschheit wieder zu tilgen. Schon krass. Irgendwie waren da noch Fragen und Ungereimtheiten in seinem Kopf. Wieder sehnte er sich danach, mit Timon darüber reden zu können. Wo war Timon? Er war ihm so vertraut vorgekommen. Schade, dass er ihm die ganze Zeit mit so viel Ablehnung begegnet war. Jetzt hatte er große Lust, ihn zu fragen, wie er denn die Sache mit Gott sah. Aber trotzdem: Vieles von dem, was er dort unten gehört hatte, klang gut. Versöhnung mit dem unfassbar großen Gott, der mächtiger als das Universum war. Und Wiedergutmachen von Schuld. Zum Beispiel der mit Leon. Oder was er Nadja angetan hatte. Schuld wegwischen. Das war schon was. Dieser Gedanke, zusammen mit der Aprilsonne, wärmte ihn innerlich und äußerlich auf.

Simons Vorräte gingen mal wieder zur Neige. Außerdem fühlte er sich ekelhaft dreckig. Also packte er seine stinkenden Klamotten in den Rucksack und schlich sich in der Nacht nach Hause. Als er die Haustür aufschloss, hörte er, dass aus seinem Zimmer Musik kam. Offensichtlich war der andere Simon noch auf. Ob er es wagen könnte, jetzt oben das Badezimmer zu blockieren? Er tat es einfach und duschte lange und ausgiebig. Nachdem er sich abgetrocknet hatte, fiel ihm ein, dass er gar keine frischen Klamotten einpacken konnte, wenn Simon noch wach war. Er überlegte eine Weile hin und her. Dann entschied er sich, wenigstens das benutzte Handtuch gegen ein neues auszutauschen. Das neue steckte er in den Rucksack, das alte stopfte er in den Wäschekorb. Erst jetzt, wo er selbst frisch geduscht war, konnte er riechen, dass das alte Handtuch dermaßen nach Wald, Dreck und Schweiß stank, dass er sich fragte, ob es jemals wieder frisch und sauber werden würde. Das aufgedruckte blaue Muster war schon mehr schwarz als blau. Widerlich. Dann zog er notgedrungen seine alten Klamotten wieder an. Die restlichen Sachen, die er letzte Woche schon getragen hatte, stopfte er wieder in den Rucksack. In einem der Körbchen in der Nähe der Waschmaschine lag eine Tube mit Reise-Waschcreme. Ob er seine Klamotten auch oben im Mühlbach waschen könnte? Klar! Konnte man früher doch auch! Er packte die Tube ein, ging leise die Treppe nach unten, packte noch ein paar Essensvorräte aus der Abstellkammer ein und verließ das Haus. Dass die Musik aus seinem Zimmer inzwischen verklungen war, fiel ihm nicht auf. Kurz bevor er um die nächste Straßenecke bog, blickte er sich noch mal kurz zu seinem Haus um und sah, dass die Haustür offen stand. Erst auf den zweiten Blick erkannte er, dass da schon längst eine Gestalt im Dunkeln auf ihn zugelaufen kam. Beinahe wäre er vor Schreck wie gelähmt gewesen. Aber irgendetwas in ihm trieb ihn an. Simon rannte wie um sein Leben. Er hatte einen Rucksack, der andere nicht. Er war dadurch sicher langsamer, aber er gab alles. Er kannte den Weg durch den Wald auch im Dunkeln, der andere nicht. Das könnte ein Vorteil sein. Als er sich kurz vor der Mühle noch einmal nach hinten umdrehte, war er sich sicher, dass er seinen Verfolger mal wieder abgeschüttelt hatte. Gott sei Dank!

Am nächsten Tag wusch er einige seiner Pullover, Unterhosen und Socken mithilfe der Waschmittel-Tube in dem Mühlbach. Dazu zog er sich Schuhe und Strümpfe aus, wickelte seine Hosen bis zum Knie hoch und stellte sich mitsamt der Wäsche in den Bach. Während er das tat, musste er immer wieder über sich selbst kichern. Vor ein paar Wochen würde er jeden ausgelacht haben, der so was von sich erzählt hätte. Und jetzt stand er wie ein Waschweib aus dem Mittelalter im Bach und rubbelte seine Wäsche mit Seifenlauge, knetete sie und wusch sie im klaren Wasser wieder aus. Dann wrang er jedes einzelne Teil aus und legte es in einen der Eimer. Während er aus dem Wasser stieg, überlegte er, wo er seine Sachen zum Trocknen aufhängen könnte. Gerade kam er hinter dem Haus hervor, um die Wäsche nach drinnen zu tragen, da ließ er sich reflexartig auf den Bauch fallen. Vorne am Holztor zur Mühlwiese war jemand gekommen. Unter der Deckung des hohen Wiesengrases krabbelte er mitsamt seiner Wäsche zurück hinter das Haus. Dort stellte er sich so hinter das eine Fenster, dass er durch das Fenster in den Raum hinein und aus dem gegenüberliegenden Fenster wieder nach draußen auf die Wiese schauen konnte. Zuerst sah er nichts, aber dann trat plötzlich doch eine Gestalt in sein Sichtfeld: Es war Simon. Der andere Simon. Sein Schatten aus der Vergangenheit. Ach du Scheiße! Mit großen Schritten kam er auf den Hauseingang zu. In der Hand hielt er eine Metallstange. Aus seiner Erinnerung wusste er, dass das ein Stuhlbein von einem alten Gartenstuhl war. Dieser Simon war zu allem bereit, das wusste er selbst noch. Gut, dass er hier hinten war und nicht im Inneren des Hauses. Denn schon hörte er, wie mit lautem Quietschen die Tür aufgestoßen wurde. »Hallo?«, hörte er den Eindringling rufen. Simon duckte sich unter das Fenster und hielt die Luft an. »Hallo, ist da jemand?« Langsame Schritte in der Hütte. Dann wieder ein lautes: »Hallo!« Simon blieb so nah wie möglich an der Wand sitzen. Wenn alles so lief wie vor 13 Wochen, dann war er hier sicher. »Komm raus!«, hörte er von innen. »Ich weiß, dass du da bist! Verstecken ist zwecklos!« Schritte. Schlurfen. »Bist du da oben?« Die Treppe knarrte. »Ich komm jetzt hoch! Und ich hab eine Waffe in der Hand! Du hast jetzt noch eine letzte Chance, dich zu ergeben!« Quietsch, Knarz, die Treppenstufen stöhnten unter der Last des Fremden. »Wo bist du? Komm raus!« Dann ein Schritt und ein lautes Krachen. Es bröckelte. Die Wand, an die Simon sich drückte, vibrierte. Klarer Fall: Der Simon da drinnen war mit seinem Fuß durch die Decke gekracht. Was für ein Hornochse! Zu dumm, dass er das über sich selbst dachte. Ächzen, stöhnen, noch mal stöhnen. Dann: »Ich seh dich!« Simon musste fast loslachen. Ja, laber du nur. Wenn man sich den coolen Simon von außen anhörte und dabei wusste, was in ihm wirklich vorging, war das nur noch lächerlich. Armer, erbärmlicher Idiot da drinnen.

Plötzlich musste Simon aufs Klo. Na, ganz toll. Das ging jetzt natürlich nicht. Er musste erst mal warten, bis der andere Simon weg war. Dann konnte er nach drinnen gehen, das Klopapier holen und sich in aller Ruhe hier auf den Donnerbalken setzen. Aber jetzt durfte er kein Geräusch von sich geben. Von drinnen hörte er, wie der kleine Schlappschwanz auf dem Hintern die Treppe runterrutschte und danach wie ein Feldwebel durch den Raum schritt. Hu, jetzt hab ich aber Angst, dachte Simon sarkastisch. Und nun hau endlich ab, du Blödmann, oder ich mach mir in die Hose. Aber der Simon da drinnen schien die Ruhe wegzuhaben. Seine Schritte wurden langsamer und hörten vor der Tür auf. Er lauschte. Der Simon hinter dem Haus kniff seine Pobacken zusammen, so fest er konnte. Jetzt bloß nicht schwach werden! Aber je länger er hier saß, umso mehr hatte er das Gefühl, sein Darm würde bald platzen. Für einen kleinen Pups musste er mal kurz die Spannung im Po lösen. Das tat Simon. Sofort kam ein derart lauter Furz herausgedonnert, dass er glaubte, das ganze Haus begänne zu wackeln und die Scheiben zu klirren. Simon hielt die Luft an. War er jetzt entdeckt worden? Innen im Haus hörte er immer noch nichts. Dann endlich laut: »Ich komme wieder! Verlass dich drauf!« Türenquietschen. Einige Sekunden blieb Simon regungslos an die Wand gequetscht dasitzen. Immerhin hätte ihn dieser Monsterpups verraten können. Aber niemand kam zu ihm um die Ecke. Dann erhob sich Simon, schaute wieder durchs Fenster nach drinnen und durch das gegenüberliegende Fenster nach draußen. Der andere Simon entfernte sich. Schnell schlich er sich an der Hauswand entlang, drang durch die Tür nach innen, griff sich das Klopapier und erreichte seinen Donnerbalken gerade noch in der letzten Sekunde.

Wie lange sollte das noch so weitergehen?, fragte sich Simon wieder einmal, während er lange auf seinem Balken saß. Immer auf der Flucht vor dem anderen Simon, immer im Versteck leben, immer außerhalb der Stadt, außerhalb der Menschheit. Das konnte doch nicht bis in alle Ewigkeit so bleiben. Es musste doch eine Möglichkeit geben, hier rauszukommen.

Plötzlich hörte Simon schon wieder ein Geräusch. Die Tür zur Mühle wurde mit einem vorsichtigen Quietschen aufgeschoben. War der andere Simon schon wieder zurückgekommen? Oder jemand anderes? Wer könnte denn das schon wieder sein? Simon hielt in den Bewegungen inne und hoffte inständig, dass jetzt niemand hinter die Mühle käme und ihn mit runtergelassener Hose beim Kacken erwischen würde. Leise Schritte im Haus. Wer um Gottes willen war das?

Im Affentempo putzte Simon seinen Hintern ab, um so schnell wie möglich abhauen zu können. Aber schon hörte er einen lauten Schrei. Und als er aufs Haus sah, erkannte er, wie eine weibliche Person durch eines der Fenster nach draußen schaute und Kack-Simon bei der Arbeit entdeckte. Das war Nadja! Schöne Scheiße!

Nadja verschwand vom Fenster und Simon zog in wilder Hektik seine Hose hoch. Jetzt musste er schnell aus dieser Scheiß-Lage rauskommen. Mit leisem Ächzen zog er sich die kleine Böschung bis zum Haus hoch. Er überlegte gerade, ob er schneller nach links oder nach rechts abhauen sollte, da kam Nadja auch schon von rechts.

»Simon!«, brachte sie halb entsetzt, halb verwundert heraus.

»Hallo«, kam es von Simon und er hatte das Gefühl, als hätte das nie in seinem Leben so dämlich geklungen.

»Ist das die Auflösung der ganzen Scheiße?«, fragte Nadja scharf und stemmte ihre Hände in die Seite.

»Was? Was meinst du damit?«

»Das hast du mir doch eben gerade empfohlen. Ich sollte hier nachschauen. Und hier fände ich die Auflösung der ganzen Scheiße!«

»Ich verstehe nicht …«

»Eigentlich wollte ich auch gar nicht nachschauen. Ich wollte vorbeifahren. Aber dann hat mich doch die Neugier gepackt und ich wollte kurz nachsehen. Vielleicht hast du hier irgendwas versteckt, dachte ich, das dich als Psychopathen oder als sonst irgendwas entlarvt. Aber dass ich dich hier leibhaftig vorfinde, wie du hier auf einem Plumpsklo hockst, das hätte ich jetzt wirklich nicht gedacht!«

»Ach du Scheiße«, entfuhr es Simon. So langsam dämmerte es ihm. Er hatte doch damals, als er hier in der Mühle war, anschließend Nadja im Wald getroffen. Und er hatte ihr nachgerufen, sie sollte hier nachschauen. Er hatte damals doch gedacht, hier wäre niemand. Dass man hier Simon beim Kacken erwischen konnte, hätte er sich natürlich niemals vorgestellt. »Du … du hast Simon getroffen«, stammelte er wieder vor sich hin, aber sogleich merkte er, dass das sehr dumm war.

»Ja, ich habe Simon getroffen«, sagte Nadja wieder im gleichbleibend strengen Ton. »Simon Köhler. Ich weiß nicht, ob du den kennst. Ein dreistes, egoistisches Arschloch, das nur an sich und seine eigenen Ziele denkt. Der hat mich zur Lösung seiner peinlichen Lage zur alten Mühle geschickt. Und wen treffe ich hier? Simon Köhler. Was für ein Zufall! Ich lach mich tot!«

Simon fühlte sich in die Ecke gedrängt. Und er hatte nichts zu seiner Verteidigung vorzubringen. Den Coolen raushängen zu lassen, das schaffte er nicht mehr. Nicht in dieser peinlichen Lage. So rutschte ihm nur ein »Tut mir leid« raus.

»Tut dir leid?« Sie ging einen gefährlichen Schritt auf Simon zu. »Was, bitte, tut dir leid?«

»Das alles.« Simon kam sich klein und dumm vor. Trotzdem fühlte es sich ausnahmsweise wahr und richtig an, was er sagte. »Dass du so einen Stress mit mir hast. Dass ich so doof bin. Die Sache neulich vor der Schule. Die tut mir am meisten leid. Ich weiß gar nicht, was da in mich gefahren ist. Ich schäm mich dafür. Wirklich.« Er traute sich nicht einmal, Nadja dabei anzuschauen.

Nadja schien mit dieser Reaktion von ihm nicht gerechnet zu haben. Sie stockte, räusperte sich, streckte unsicher ihren Kopf nach vorne. »Was?«, brachte sie mühsam hervor. »Was sagst du da?«

Simon sah immer noch zu Boden. »Ich weiß nicht, was genau von dem, was ich gerade alles gesagt habe, du noch mal hören willst. Aber zusammengefasst könnte man auch sagen: Ich bin ein Idiot.«

Nadja zögerte schon wieder. Sie klang zwar noch streng, aber nicht mehr ganz so sauer: »Damit könntest du recht haben.«

Nach diesem leichten Stimmungswechsel wagte Simon, von unten ein bisschen aufzuschauen. So wie ein Erstklässler, der sich nach einer langen Strafpredigt endlich traute, seinen Lehrer anzusehen und so etwas wie »Entschuldigung« zu stammeln. Aber was er sagen sollte, wusste er nicht. Entschuldigt hatte er sich schon. Dass Nadja wie immer umwerfend aussah, konnte er in dieser Situation wohl schlecht sagen. Dass er sich vor Scham, Angst und Verlegenheit jetzt gerade fast in die Hosen machte, sagte er wohl besser auch nicht. Und was anderes fiel ihm nicht ein. Ihm, dem großen Simon, dem sonst immer irgendein dummer Spruch einfiel. Er hatte das Gefühl, jetzt schon eine Stunde bewegungslos dazustehen und Nadja so blöd anzugaffen wie ein Nilpferd. Sein Herz pochte wie wild. Sogar seine Hände begannen zu kribbeln. Irgendwie war sein Kreislauf völlig durcheinandergeraten. Hoffentlich fiel er jetzt nicht noch in Ohnmacht. Irgendein Teil in seinem Inneren brüllte: »Simon, du Idiot! Sag endlich was!« Aber der Mechanismus, der seinen Mund sonst bewegte, war irgendwie kaputt. Und seine Stimme weg. Gesichtslähmung. Kurz überfiel ihn die Angst, bis zum Ende seines Lebens mit diesem Nilpferd-Glubschaugen-Gesicht herumlaufen zu müssen. Also zwang er sich, so etwas wie ein freundliches Lächeln aufzulegen. Das Einzige, was ihm gelang, war jedoch höchstens eine Art »Osterhäschen zeigt Schneidezähne«. Nur Leon konnte dämlicher grinsen. Aber was anderes bekam Simon nicht zustande. Er erkannte sich selbst nicht wieder. »Und jetzt sag was!«, hämmerte die Stimme in seinem Inneren. Das einzig Beruhigende an der ganzen Sache war, dass Nadja bisher auch nichts gesagt hatte. Vielleicht erging es ihr ja ähnlich. Zumindest war sie in den letzten gefühlten hundert Stunden, in denen er hier zur Salzsäule erstarrt war, weder weggegangen, noch hatte sie ihm eine runtergehauen oder in die Eier getreten. Das deutete er schon mal als gutes Zeichen.

»Ja …«, kam es schließlich mit belegter Stimme aus ihm heraus. Und dann noch: »… und jetzt?«

Nadja schien ihre Sprache nicht verloren zu haben. Sie stemmte ihre Hände in die Seite. »Und jetzt … würde mich mal interessieren, wie du so schnell hier hochgekommen bist. Ich hab dich doch eben gerade unten auf dem Waldweg getroffen. Und es sah so aus, als wärst du zu Fuß auf dem Weg in die Stadt. Und ich war mit dem Fahrrad unterwegs. Ich bin direkt auf diese Mühle zugefahren, hab nicht gesehen oder gehört, wie du mich überholt hast. Und dann sitzt du plötzlich hier hinter der Mühle und machst dein Geschäft in die Wiese. Jetzt musst du mir erst mal verraten, wie du das hingekriegt hast.«

Schon wieder fühlte sich Simon in die Ecke gedrängt. Was sollte er denn sagen? Die Wahrheit würde sie ihm niemals glauben. Er konnte es ja selbst kaum glauben. Sollte er ihr was von einem schnellen Motorrad erzählen, mit dem er hier hochgeheizt wäre? Nein. Irgendwie war ihm nicht mehr nach Angebergeschichten zumute. »Okay, ich sag's dir«, sagte er mit dem letzten Rest an Glaubwürdigkeit, den er noch zusammenkratzen konnte. »Aber du musst mir versprechen, dass du weder wegläufst noch mich anschreist oder zusammenschlägst.«

Nadja bewegte sich nicht vom Fleck. »Wenn du mich wieder angreifst, werde ich mich verteidigen, darauf kannst du Gift nehmen!«

»Ich greif dich nicht an, Ehrenwort. Ich berühre dich überhaupt nicht. Von mir aus kannst du in fünf Metern Entfernung von mir stehen bleiben. Aber wenn ich dir die Wahrheit sage, dann kann es sein, dass dich das ziemlich schockt oder dass du mich für verrückt erklärst oder sonst irgendwie was Blödes von mir denkst.«

»Für verrückt erkläre ich dich sowieso schon.«

»Ja. Hm.« Simon schaute unsicher hin und her. »Es ist auch verrückt. Für meinen Geschmack ein bisschen zu verrückt.«

»Also gut. Solange du mir nichts tust, tu ich dir auch nichts. Aber jetzt spann mich nicht länger auf die Folter. Was ist los? Was hast du gemacht?«

Simon holte tief Luft und atmete einmal schwer aus. Er kam sich vor, als müsste er vor einem Priester die Beichte seines Lebens ablegen. Oder vor dem hohen Gericht all seine großen und kleinen Verbrechen zugeben. Oh Mann. Und das Ganze hier hinter dem Haus? »Sollen wir uns nicht lieber vorne vors Haus setzen? Da liegt ein Baumstumpf, auf den kann man sich draufsetzen. Dann hab ich … ähm … mehr Ruhe, um dir alles zu erzählen.«

»Was denn zu erzählen?« Nadja legte ihre Stirn in Falten. »Das ist doch ein Trick. Was hast du vor?«

»Nur reden. Ehrlich.« Simon hob feierlich zwei Finger seiner rechten Hand. »Ich schwöre.«

Langsam setzte sich Nadja in Bewegung. »Na gut. Aber wehe, du hast was vor. Du weißt, ich kann schreien und ich kann treten. Und wenn ich will, kann ich auch noch mehr.«

»Ich weiß. Keine Angst.«

Sie gingen langsam um das Haus herum. Nadja immer mit einem Drei-Meter-Sicherheitsabstand. Die Sonne schien am wolkenlosen Himmel. Vor dem Haus deutete Simon auf den Baumstumpf: »Da kannst du sitzen.« Dann ging er ins Haus und holte seinen stabilen Sitz-Stuhl. Er stellte ihn mit einem kleinen Sicherheitsabstand zu ihr an die Holzwand und setzte sich. »Puh, also, wo soll ich anfangen?« Er stützte seine Ellenbogen auf die Knie ab und legte die Stirn in seine Hände. »Am besten ganz von vorne.«

Nadja schien seine Aufregung zu spüren. »Mannomann. Was kommt denn jetzt?« Aber es klang nicht mehr streng, sondern eher neugierig. Und das gab Simon Mut.

»Also. Das Ganze fing schon vor mehr als 13 Wochen an. Genau genommen am 1. April.«

»Am 1. April dieses Jahres? Das ist genau vier Wochen her. Heute ist der 28. April.«

Simon schaute hinter seinen Händen nicht hervor, während er weiterredete. »Ja. Stimmt. Einerseits schon. Aber andererseits auch nicht. Für mich ist der eine erste April auch vier Wochen her. Und der andere vier Wochen plus dreizehn Wochen. Also siebzehn Wochen her.« Dann setzte er sich aufrecht hin, drehte seinen Kopf und schaute Nadja direkt in die Augen. »Ich erleb nämlich die ganze Zeit seit dem ersten April zum zweiten Mal.«

Bevor er weiterredete, musste er zuerst einmal Nadjas Gedanken in ihren Augen lesen. Simon war schließlich Meister im Augenfechten. Aber das klappte nur, wenn er so viel Überheblichkeit in seinen Blick legte, dass niemand seine eigenen Gedanken in seinen Augen lesen konnte. Jetzt, wo er selbst so unsicher war, hatte er das Gefühl, seine Augen waren ein offenes Fenster, das einen viel zu tiefen Einblick in das Innere seiner Seele gab. Normalerweise gefiel Simon das nicht. Und er brachte immer eine Menge Energie dafür auf, dass niemand sehen konnte, was in seinem Herzen und in seiner Seele vorging. Er hatte seine Augen so trainiert, dass sie undurchdringlich waren. Das war immer ein guter Schutz gewesen. Schutz vor Spott, vor Angriffen, vor Verletzungen. Aber jetzt hier in der wärmenden Sonne neben Nadja, deren Nähe er sich so gewünscht hatte, kam es ihm auf magische Weise plötzlich sehr gelegen, dass seine Augen den Blick in seine Seele freigaben. Und er hoffte nichts sehnlicher, als dass Nadja ebenso darin geschult war, in den Augen der anderen zu lesen, welche Abgründe sich dahinter befanden. Gleichzeitig versuchte er, im Blick von Nadja zu lesen, was in ihr vorging. Was er sah, war, dass sie ihn auch anschaute. Ihre Stirn war immer noch misstrauisch in Falten gelegt. Und ihre Augen bewegten sich schnell und unruhig zwischen Simons rechtem und linkem Auge hin und her. Das sah aus, als würde sie in seinem Gesicht im Schnelldurchgang ein Buch lesen. Zeile für Zeile. Immer von rechts nach links. Zack, zack, zack. Und Simon bemühte sich, sein Gesicht wie ein aufgeschlagenes Buch wirken zu lassen. Aber gelang ihm das? Was Simon meinte, in Nadjas Blick lesen zu können, war etwas wie: »Was soll das? Was geht in diesem Kopf vor? Lügt der mich an? Nein, er lügt nicht. So ehrlich, wie er jetzt schaut, hat er noch nie geschaut. Das ist ein ganz anderer Simon, als ich ihn kenne. Aber irgendwie kann ich dem noch nicht ganz trauen. Was kommt jetzt noch? Wie geht das weiter? Was hat das zu bedeuten, das er mir gerade offenbart hat?«

»Du hast recht«, sagte Simon, als hätte Nadja all das, was er in ihren Augen versucht hatte zu lesen, wirklich laut gesagt. »So ehrlich, wie ich jetzt schaue, war ich noch nie.«

»Das hab ich doch gar nicht gesagt«, protestierte Nadja.

»Aber gedacht.«

Einundzwanzig, zweiundzwanzig, dreiundzwanzig … Simon konnte sehen, wie sich der Blick von Nadja veränderte. Immer noch zuckten ihre Augen zwischen Simons Augen hin und her, als würden sie dort ganz tief drinnen etwas suchen. Aber jetzt lag noch etwas mehr Misstrauen in ihnen. Und etwas mehr Neugierde. Ihre Augen blitzten. Die ungestellte Frage in ihren Augen lautete: »Woher weißt du das?«

Und da kam sie auch schon aus ihrem Mund: »Woher weißt du das?«

Simon konnte ein Schmunzeln nicht unterdrücken. Er war eben

doch Meister im Augenfechten. Und während er schmunzelte, spürte er, wie auch sein Blick weicher wurde. Wenn Simon sonst sein Gegenüber angrinste, merkte er, wie sein Blick härter wurde. Undurchdringlicher. Eine Mauer aus Glas. Eiskaltem Glas, durch das man nicht hindurchschauen konnte. Und das sollte ja auch so sein. Dass jetzt sein Blick weicher wurde, sollte auch so sein. Denn er empfand es als ehrlich. Aufrichtig. Und das waren Gefühle, die eigentlich nicht zu Simons Grund-Charaktereigenschaften gehörten. Aber sie fühlten sich gut an. Und richtig. Wieder hoffte er, dass Nadja das lesen konnte. Aber so, wie ihre Augen noch hin und her huschten, steckte da noch zu viel Misstrauen drin. Unsicherheit. Konnte dieser Simon ehrlich sein? Vermutlich passte so ein Blick voller Ehrlichkeit gar nicht in dieses Simongesicht, das sonst immer nur voller Siegessicherheit und Coolness strahlte.

»Ich lese deine Gedanken«, antwortete Simon auf Nadjas Frage, ohne seinen Blick von ihren Augen zu nehmen.

»Aha.« Ihr Blick wurde fester. Sie hatte die Tiefenbohrung in der Seele hinter seinen Augen beendet. Jetzt begann sie selbst so etwas wie eine gläserne Wand in ihren Augen hochzufahren. »Und was denk ich jetzt?«

»Jetzt denkst du, dass du nicht willst, dass ich durch deine Augen in dein Herz schaue. Aber bis vor einer Sekunde hast du dich noch gefragt, ob man von mir überhaupt so etwas wie Ehrlichkeit erwarten kann.«

Nadja riss sich aus seinem Blick los. Sie blinzelte und schaute geradeaus auf die Wiese vor der Mühle. »Du bist mir unheimlich«, sagte sie.

»Entschuldigung. Das wollte ich nicht.«

Eine Weile schaute auch Simon vor sich auf die Wiese. Keiner sagte etwas.

»Du wolltest mir erzählen, wie du so schnell zurück zur Mühle gekommen bist«, durchbrach Nadja das Schweigen, ohne zu ihm rüberzuschauen.

»Das stimmt. Aber vorher wollte ich mich davon überzeugen, ob du mir glauben könntest. Und ich wollte dir zeigen, dass ich mir das, was ich jetzt erzählen werde, nicht ausgedacht habe. Denn ehrlich gesagt, kann ich das alles selbst noch nicht glauben. Und auch nicht einordnen.«

Beide saßen an die Hauswand gelehnt und schauten über die Wiese in die Ferne, während die Sonne ihre Gesichter wärmte. »Dann schieß mal los«, sagte Nadja schließlich.

»Alles begann mit diesem furchtbaren Gewitter am 1. April«, tastete sich Simon langsam an die Geschichte heran. Und dann erzählte er alles, woran er sich in den letzten Wochen erinnerte. Von der unheimlichen Begegnung mit dem fremden Simon in seinem Garten, von seinen Verfolgungen an der Bushaltestelle, von den Todes-Vorhersagen über Helge Schürmann und wie er seitdem versuchte, seinen Verfolger zu fangen und zu vernichten. Er erzählte, wie er wochenlang im Teentreff versucht hatte, Nadjas Herz zu erobern, es ihm aber einfach nicht gelingen wollte. Er erzählte von der Gewitternacht am 30. Juni, in der er eigentlich den anderen Simon treffen wollte, seitdem aber in eine Zeitschleife geraten war und ab dem 1. April alles noch einmal erlebte, nur aus der Perspektive des vorher so geheimnisvollen Verfolgers. Sogar davon, wie er Nadja vor der Schule abgefangen und mit letzter Motivation einen Kuss von ihr einfordern wollte, erzählte er. Und wie er sich daraufhin selbst umbringen wollte. Und dann in den Karfreitagsgottesdienst gegangen war und wie er seitdem sein Leben hier in der Mühle verbrachte und so langsam begann die Natur zu genießen. Von Timon, dem zukünftigen Freund von Nadja, erzählte er lieber nichts. Auch nicht von dem Unfall mit Leon im Freibad. Aber sonst ließ er ziemlich wenig von den Erlebnissen der letzten 13 Wochen aus.

Die Sonne wanderte dabei in aller Gemütlichkeit über die Bäume des Waldes entlang, als wollte sie nicht eher untergehen, bis auch sie sich die ganze Geschichte bis zum Ende angehört hatte. Erst als Simon dort angekommen war, wo ihn der andere Simon an diesem Nachmittag gesucht und anschließend Nadja ihn hinter dem Haus gefunden hatte, trat die Sonne langsam ihren Heimweg hinter den Horizont an. Die Schatten der Bäume am Rand der Wiese waren immer länger geworden. Und als sie schließlich bis zu Simon und Nadja vorgekrochen waren und sich mit ihrer scheußlichen Kälte auf ihre Gesichter legten, rieb sich Nadja automatisch die Arme, um sich zu wärmen.

»Die Antwort auf deine Frage, wie ich so schnell hier oben hingekommen bin, ist demnach ganz einfach«, schloss Simon seine Erzählung ab. »Es gibt zurzeit zweimal Simon Köhler. Der eine erlebt den April gerade zum ersten Mal und wundert sich über den geheimnisvollen Fremden in der Mühle. Dem bist du vorhin begegnet. Und der andere durchleidet diese ganze Zeit zum zweiten Mal. Und der sitzt jetzt neben dir.« Die Schatten der Bäume ließen ihm eine Gänsehaut über die Arme laufen. Aber auch die Angst, Nadja könnte ihn nach dieser Geschichte für bescheuert oder für einen Lügner erklären. Darum schaute er jetzt endlich wieder zu ihr rüber und sagte: »Und dieser Simon fragt sich jetzt, ob du ihm das alles glaubst.«

Nadja legte ihren Kopf zurück an die Hauswand und schloss ihre Augen. Viel zu lange kam von ihr überhaupt keine Reaktion und Simon fürchtete schon, sie wäre eingeschlafen. Aber dann sagte sie: »Das weißt du doch sowieso, wenn du Gedanken lesen kannst.«

»Nicht, wenn du mich dabei nicht anschaust.«

Aber Nadja schaute ihn nicht an. Und das verunsicherte Simon wieder. War er zu weit gegangen? Nicht nur mit seiner Geschichte, sondern auch damit, dass er ihr vorher das Gefühl vermittelt hatte, er könnte Gedanken lesen? Endlich, wieder nach einer viel zu langen Zeit, schaute sie zu ihm hinüber und fixierte ihn mit einem festen Blick. Selbstbewusstsein sollte er vermitteln. Aber Simon erkannte darin auch Unsicherheit, allerlei Fragen und Misstrauen. Das konnte Simon gut verstehen. »Und was liest du jetzt?«, fragte sie, als befände sich Simon in einer mündlichen Prüfung. »Was denke ich?«

Tja, hätte Simon am liebsten geantwortet, genau das lese ich: Verwirrung, Angst, Unsicherheit mit einem kleinen, wohltuenden Schuss Mitleid und dem Wunsch, das alles glauben zu können. Und dem noch größeren Wunsch, dass Simon das alles nicht in diesem Blick finden könnte. Aber das sagte Simon nicht. Denn wenn das alles wirklich stimmte und er ihr das so sagte, würde sie sich ihm gegenüber vielleicht noch mehr verschließen. Also antwortete er: »Dass ich ein Arschloch bin.«

Nadja grinste selbstzufrieden und schaute wieder nach vorne auf die Wiese. Offensichtlich glaubte sie ihren Blick so im Griff zu haben, dass Simon nicht darin lesen könne. »Tja«, sagte sie dann. »Am liebsten würde ich das auch denken.« Sie rieb sich mit ihren Händen wieder die Arme. »Eigentlich bist du das auch.« Sie lachte und schaute ihn dabei an. Simon lachte nicht. Er spürte, dass jetzt noch etwas Wichtiges kam. Etwas sehr Wichtiges. Wo ein »Eigentlich« war, gab es auch noch was anderes.

»Aber?«, wollte er sie zum Weiterreden ermutigen, nachdem sie wieder viel zu lange nichts sagte.

Nadja schaute zum Himmel hinauf, an dem die untergehende Sonne langsam einen rötlichen Schimmer hinterließ. »Aber das klang so anders, was du da erzählt hast.« Sie schaute wieder kurz zu ihm rüber. »Ich meine nicht, *was* du erzählt hast, sondern *wie* du es erzählt hast.« Sie setzte sich aufrecht auf ihrem Baumstamm hin, ohne sich an die Wand zu lehnen. »Also das, *was* du da erzählt hast, klang so abstrus, so chaotisch, so unrealistisch, dass ich am liebsten aufstehen und dir eine knallen würde. Normalerweise würde ich denken: Das ist die allermieseste Geschichte, die mir jemals jemand aufgetischt hat, um damit sein peinliches Verhalten zu erklären. Und warum er mir mit aller Gewalt einen Kuss aufdrängen will, nur um anschließend zu erklären, dass er eigentlich gar nichts dafür kann, weil ihn höhere Mächte in den Wahnsinn treiben oder es einen Doppelgänger gibt, der eigentlich schuld ist. Das war wirklich das Allerdickste, was ich je gehört hab.« Sie verlor ihre stramme Sitzhaltung wieder, lehnte sich an die Wand und schaute Simon mit so einem freundlichen, milden Blick an, dass er am liebsten angefangen hätte zu heulen. »Aber die Art, *wie* du deine Geschichte erzählt hast, hat mir zu denken gegeben. Das klang nicht wie eine dumme Ausrede. Das klang auch nicht dick aufgetragen oder angeberisch. Es klang eigentlich überhaupt nicht nach Simon Köhler. Es klang nach einem Menschen, der sich wirklich für den interessiert, mit dem er redet.«

Simon spürte einen Kloß im Hals. Er musste sich zwingen ihn runterzuschlucken, sonst bestünde die Gefahr, dass er hier mitten auf der Wiese vor Nadja anfing zu heulen. So etwas Nettes hatte er noch nie jemanden über sich sagen hören. Und wieder fühlte es sich wahr und richtig an. Unverstellt. Simon brachte ein unsicheres Lächeln zustande: »Kannst du etwa aus der Stimme Gedanken lesen?«

Nadja lachte. »Vielleicht.«

»Aber du hast recht mit dem, was du aus meiner Stimme rausgehört hast. Ich interessiere mich wirklich für dich.« Irgendein Impuls in ihm wollte ihn bremsen, so geschwollen und kitschig daherzureden. Aber er hörte nicht darauf. Denn das, was er jetzt empfand, kam ihm so gut, so richtig und so wahr vor, wie er es nur selten erlebt hatte. Darum redete er weiter: »Und das mein ich jetzt nicht so, als wollte ich dich bloß anbaggern. Mir ist es wirklich wichtig, dass du mich verstehst. Denn so, wie wir jetzt dasitzen … das … das tut mir irgendwie gut. Und es ist schön, mit dir hier zu sitzen und zu reden. Und das mein ich jetzt ganz … freundschaftlich.«

Ein geheimnisvolles Grinsen tanzte um Nadjas Lippen herum, machte sich aber nicht über dem ganzen Gesicht breit. Was hatte das zu bedeuten? Fand sie das, was er gerade gesagt hatte, etwa albern? Oder zu schnulzig? Sie schaute wieder auf die Wiese. »Aus dir soll mal einer schlau werden!«

»Aus mir kann man gar nicht schlau werden.« Endlich konnte auch Simon wieder grinsen. »In mir ist nämlich nichts Schlaues.«

Da fing Nadja an zu kichern und Simon grinste wieder übers ganze Gesicht wie eh und je. Die Welt war wieder in Ordnung. Zumindest für einen Augenblick in diesem kleinen, fast heiligen Moment.

»Woher weiß ich, dass du mich nicht anlügst?«, fragte sie plötzlich.

»Du kannst ja, wenn du nach Hause fährst, bei mir zu Hause vorbeifahren und klingeln. Dann siehst du den anderen Simon. Und wenn du nicht völlig blind bist, wirst du an seinem Verhalten merken, dass das der alte Simon aus dem ersten Durchgang ist.«

»Der alte Simon«, wiederholte Nadja und schüttelte langsam den Kopf. »Wie sich das anhört.« Dann besann sie sich wieder: »Und woher weiß ich, dass das nicht doch du bist, und du verstellst dich bloß, um mich gründlich hinters Licht zu führen?«

»Hm. Frag den Simon irgendwas, was du hier gesehen hast und was er nicht wissen kann, wenn er nicht gerade hier dabei gewesen ist.«

»Das könntest immer noch du sein und du stellst dich nur dumm.«

»Na gut. Sag ihm, im Wäschekorb im Badezimmer liegt das Handtuch mit dem blauen Muster. Er soll mal daran riechen und sich fragen, ob es nicht sehr geheimnisvoll nach der verzauberten alten Mühle riecht. Und dann schau dir mal an, was er für ein Gesicht macht.«

»Wieso weißt du, was in seinem Wäschekorb liegt?«

»Ich bin letzte Nacht zu Hause gewesen und hab heimlich geduscht, während alle anderen geschlafen haben.«

»Verrückt.« Dann grinste sie wieder wie ein Lausejunge, dem gerade ein genialer Streich eingefallen war. »Sag mir etwas, das morgen oder in der nächsten Woche passiert.«

»Nein, ich weiß nicht, ob das so gut ist.«

»Etwas Harmloses. Damit ich sehe, dass du diese Zeiten wirklich schon einmal durchgemacht hast.«

»Hm. Welcher Tag ist morgen?«

»Der 29. April. Der erste Schultag nach den Osterferien.«

Simon schloss die Augen und versuchte sich an den ersten Schultag nach den Osterferien zu erinnern. »Ich glaub, das war der Tag, an dem ich verschlafen hab. Ich bin erst zur zweiten Stunde in die Schule gekommen. Und selbst da war ich noch zu spät. Als ich in die Klasse reingeplatzt bin, hatten wir gerade Englisch, und Frau Hebener zischte nur: ›Auch schon auferstanden, der Herr Köhler?‹«

Nadja lachte. »Auferstanden? Wie Jesus nach seinem Tod?«

»Wie auch immer. Das hat sie jedenfalls gesagt. Und nachher in der letzten Stunde ist Sport ausgefallen, weil Herr Schweizer sich in der Sportstunde davor irgendwie den Fuß umgeknickt hat und zum Arzt musste.«

»Du erzählst das wirklich, als hättest du das alles schon mal erlebt.«

»Hab ich ja auch. Und wenn du das morgen auch alles erlebst, dann weißt du, dass ich nicht gelogen habe.«

»Wir werden sehen.« Nadja stand auf und zog an ihrem Pullover, als wollte sie ihn in eine Jacke verwandeln und vor der Brust zuziehen. »Ich muss jetzt nach Hause. Es wird schon kalt.«

»Ja, klar.« Simon erhob sich ebenfalls. »Schön, dass du da warst.«

Für einen Augenblick standen sie sich ein wenig unbeholfen gegenüber, als müssten sie sich zum Abschied noch irgendetwas Bedeutsames sagen. »Ja« war das Bedeutsamste, das Nadja herausbrachte.

»Wenn du willst, kannst du mich noch mal besuchen«, schob Simon noch hinterher.

»Hm, mal sehen.« Nadja schaute verlegen auf den Boden, dann wieder zu Simon. »Wohnst du denn immer hier?«

»Ja, in der letzten Zeit schon.«

»Was isst du denn?«

»Kekse und so. Was ich halt bei uns in der Vorratskammer finde, das man nicht kochen muss.«

»Vielleicht kann ich dir mal was Richtiges zum Essen bringen.«

Wieder spürte Simon, wie sein Herz Purzelbäume schlug. Er musste sich regelrecht zwingen, nicht in die Luft zu hüpfen wie ein Kindergartenkind. »Ja, das fänd ich nicht schlecht.«

Nadja wischte ihre Hände an der Hose ab. »Also, dann.«

»Ja, genau.«

Für den Bruchteil einer Sekunde wirkte es, als wollte sich Nadja auf ihn zubewegen, um ihm die Hand zu geben, ihn zu umarmen – oder etwa, um ihn zu küssen? Aber dieser Moment war so kurz, dass Simon ihn fast nicht bemerkt hätte. Denn sofort danach wandte sie sich in die andere Richtung, setzte ihr zauberhaftes Nadja-Lächeln auf, von dem er jahrelang geträumt hatte, dass es nur ein einziges Mal ihm gelten möge, und hauchte ein letztes: »Gute Nacht.« Dann nahm sie ihr Fahrrad, das sie vor der Mühle abgestellt hatte und schob es über die Wiese, ohne sich noch ein weiteres Mal umzudrehen.

»Gute Nacht«, sagte Simon und hob die Hand zu einem leichten Winken. Am liebsten hätte er mit ausgestreckten Armen so lange gewunken, bis auch die letzte Haarsträhne von Nadja hinter dem Hügel verschwunden war. Aber das tat er natürlich nicht. Er blieb regungslos stehen und schaute den Umrissen von Nadja so lange nach, bis sie mit dem Schatten des Waldes verschmolzen. »Gute Nacht«, flüsterte er noch einmal. »Gute Nacht.« Vieles in Simons Leben war chaotisch, verwirrend und unklar. Aber eines war so klar wie das Wasser hinter der Mühle: Heute Abend war Simon der glücklichste Mensch der Welt.

Am nächsten Tag sah Simon schon von Weitem Nadja auf die Mühle zukommen. Er hatte sich am Morgen nach dem Aufstehen bereits gefragt, ob er wohl sein Gegenüber in der Schule beobachten oder vielleicht sogar noch mal erschrecken sollte. Aber irgendwie hatte er keine Lust mehr darauf. Trotzdem verspürte er den ganzen Vormittag eine Sehnsucht danach, Nadja wiederzutreffen. Auf keinen Fall aber wollte er ihr wieder so tollpatschig hinterherrennen, wie er es im ersten Durchgang getan hatte. Also war er hiergeblieben und wünschte sich nichts mehr, als dass Nadja von alleine kommen würde. Als er sie nun über die Wiese kommen sah, spürte er, wie sich ein Feuerwerk aus Schmetterlingen in seinem Bauch ausbreitete. Er freute sich wie ein fünfjähriger Junge, der Geburtstag hatte und gerade vor einem riesigen Geschenkpaket stand und völlig aufgeregt auf das Startsignal der Eltern wartete, um es endlich auspacken zu dürfen. Sein Herz pochte wie wild und er hoffte, dass man das von außen nicht allzu doll sah. Er hatte sich zwar gewünscht, dass Nadja kommen würde, aber im Grunde hatte er es nicht wirklich für möglich gehalten. Immerhin war das, was sie bisher miteinander verband, doch eher von Unglücksspuren begleitet gewesen.

»Hallo!«, grüßte sie fröhlich, als sie ihn fast erreicht hatte. Dieses unbefangene, fröhliche, befreiende Lächeln von Nadja – selbst die begabtesten Maler aus allen Jahrhunderten der Menschheitsgeschichte wären nicht in der Lage, dieses Lächeln in einem Gemälde einzufangen.

»Hi«, gab Simon den Gruß zurück und strahlte.

Nadja trug einen großen Korb in der Hand und stellte ihn zwischen sie beide auf den Boden. »Ich hab dir was zu essen mitgebracht.«

»Echt?« Jetzt wuchs das Klein-Simon-hat-Geburtstag-Gefühl noch mehr.

Sie gingen in die Mühle und Nadja breitete ein paar Plastikdosen auf dem Holztisch aus. Kartoffelsalat, Würstchen, zwei Hähnchenschenkel, zwei gekochte Eier – sogar ein Schokoladenpudding kam zum Vorschein. Alles Sachen, die er seit Wochen nicht mehr gegessen hatte. Dazu eine Flasche Cola, eine Packung Apfelsaft, ein sauberer Teller, ein Glas, einmal Messer, Gabel, Löffel. Obwohl alles nur in Plastikdosen oder in Alufolie steckte, wirkte der Tisch wie ein Geburtstagstisch, auf dem gerade das Festessen serviert wurde. »Geil«, kam es mit strahlenden Augen aus Simon heraus.

»Greif zu«, forderte Nadja ihn auf. Simon musste sich sehr zurückhalten, um sich nicht wie ein Neandertaler auf das Essen zu stürzen. Aber er aß schon mit großem Hunger und Appetit.

»Du hattest recht«, begann Nadja irgendwann. »Der andere, der da noch in der Stadt rumläuft, ist ein anderer Mensch. Es ist zwar auch Simon, aber es ist jemand anderes als du. Ich war bei ihm zu Hause. Simon ist fast ausgerastet, als ich ihm das mit dem Handtuch erzählt hab. Ich bin schnell abgehauen, als er nach oben gelaufen ist. Ich hatte Angst, er tut mir was an, wenn er merkt, dass es stimmt.«

»Ich weiß«, nickte Simon und lutschte einen Hähnchenknochen ab. »Ich kann mich noch gut erinnern. Ich hatte auch vor, dir was anzutun. Ich hab gedacht, du wärst irgendein Dämon.«

»Heute Morgen bist du zu spät zur Schule gekommen, Frau Hebener hat exakt das gesagt, was du vorhergesagt hast. Und in der sechsten Stunde ist Sport ausgefallen, weil sich Herr Schweizer den Fuß umgeknickt hat. Alles, wie du es gesagt hast.«

»Glaubst du mir jetzt?«

Nadja nickte langsam. »Und wenn man es weiß, dass ihr zwei unterschiedliche Menschen seid, sieht man es auch ein bisschen. Denn du hier oben hast inzwischen längere Haare und bist im Gesicht doch etwas abgemagert.« Sie lachte. »Wahrscheinlich, weil du nur Wasser und Kekse isst.« Dann plötzlich schien sie in Gedanken vertieft zu sein. »Aber warum ist der eine Simon auch von der Persönlichkeit her so ganz anders als der andere?«

Simon stutzte: »Ist er das?«

»Ja. Und wie.« Nadja schaute nachdenklich aus dem Fenster. »Der eine Simon unten in der Stadt ist überheblich, rücksichtslos und eiskalt. Und du hier oben … also, wie du gestern von dir erzählt hast … das hatte so viel Ehrliches, so viel Freundliches. Das strahlte direkt so etwas wie Wärme aus.«

Mit so lieben Worten hatte Simon nicht gerechnet. Er griff nach einem Würstchen, starrte es an und drehte es in seiner Hand, als stünde da irgendwo ein Text drauf, den er jetzt aufsagen könnte. »Danke« war alles, was ihm einfiel.

»Hat sich dein Charakter verändert, als du durch die Zeit gereist bist?«

Wieder musste Simon erst mal nachdenken. »Nein, ich glaube nicht. Als ich wieder im April gelandet bin, hatte ich ja zuerst nur den einen Wunsch, den anderen Simon auszuschalten. Dann hatte ich den Wunsch, den anderen Simon so richtig leiden zu lassen. Und dann hab ich gedacht, wenn es mich sowieso zweimal gibt und der andere Simon all das ausbaden muss, was ich anstelle, dann kann ich mir ja auch von dir einen Kuss klauen. Und der andere wird dafür bestraft.« Er schaute verlegen zu Nadja rüber. »Zeugt nicht von verändertem Charakter, was?«

»Stimmt.« Nadja trommelte mit den Fingern auf der Tischplatte.

»Dein Tritt in meine allerwertvollsten Weichteile – der war der Auftakt dafür, was ändern zu wollen. Da hab ich plötzlich gemerkt, dass ich so nicht weiterleben kann. Das bedeutete für mich zuerst, mich umzubringen. Ich wollte mich allen Ernstes hier in der Mühle aufhängen.«

Simon zeigte mit dem Kopf in eine Ecke des Raumes: »Da hinten liegt noch das Seil. Es fällt mir schwer, das zuzugeben, aber das Ganze ist nur daran gescheitert, dass ich zu bescheuert bin, eine ordentliche Schlinge in das Seil zu knoten.« Er lachte.

Nadja lachte auch.

Wie befreiend das war! Endlich hatte er mal nicht das Gefühl, immer nur aufpassen zu müssen, was er sagte, wie er wirkte, was andere von ihm dachten oder dass ihn ja sowieso alle für einen Helden hielten. Das Zusammensein mit Nadja hatte so etwas Befreiendes. Keine Maske, keine blöden Sprüche, die eigentlich nur davon ablenken sollten, was sich hinter seinem Gesicht verbarg. Einfach nur reden und sogar über seine eigenen Fehler lachen.

»Und wie ging's dann weiter?«

»Hmm.« Das Essen war sehr lecker. Er musste sich konzentrieren, um dabei gleichzeitig nachdenken zu können. »Als ich mich dann nicht mehr umbringen wollte, hab ich angefangen, mich hier einzurichten. Es war, als ob ein Männchen in meinem Kopf sagte: ›Hör zu, Simon, du hast jetzt genau zwei Möglichkeiten: Entweder du findest dein Leben scheiße, dann bring dich um. Oder du findest dein Leben in Ordnung, dann mach was draus. Um dich umzubringen, bist du ja offensichtlich zu doof, also bleib am Leben und versuch, das Beste aus deiner Situation zu machen.‹ Und so hab ich erst mal aufgehört, gegen mein Leben in der Zeitschleife anzukämpfen. Ich hab mein Dasein in der Abgeschiedenheit akzeptiert. Und als ich diesen Schalter erst mal umgelegt hatte, wurde es besser. Ich hab es mir hier gemütlich eingerichtet. Ich hab die Natur beobachtet. Ich hab hier viel gesessen und nachgedacht. Und mich mit der Mühle, dem Wald, der Wiese, den Vögeln angefreundet. Das dauerte vielleicht zwei, drei Tage. Wenn du so lange mit niemandem redest, wenn du keine Musik hörst als nur die, die dir die Tiere Tag und Nacht vorsingen, dann geht das ganz schnell. Ich hätte das nie gedacht.«

Simon nahm das letzte Ei und begann, es zu schälen. »Weißt du, früher war es so: Wenn wir in Religion oder in Musik aus irgendeinem Grund eine Minute lang nichts tun sollten, als nur dazusitzen und auf die Stille zu hören oder so, dann war ich nach einer Minute fix und fertig. Das ging einfach nicht. Stille war in meinem Leben schlicht nicht vorgesehen! Und so ging mir das die ersten Tage hier oben auch. Ich hatte kein Handy mehr, mein Laptop war beim anderen Simon zu Hause. Als ich hier oben war und fünf Minuten am Stück vor dem Haus saß und nichts zu tun hatte, wollte ich geradezu verrückt werden! Aber wenn man die ersten fünf Minuten und danach sogar die erste Stunde überstanden hat, wird es immer einfacher. Irgendwann sitzt man da und genießt einfach die Ruhe. Ohne auf die Zeit zu achten. Und wenn man sich dazu entschieden hat, das nicht mehr furchtbar zu finden, dann ist es geradezu …« Er stockte, um nach dem richtigen Wort zu suchen.

»Ja?« Nadja sah zu ihm auf.

»… himmlisch.« Das war das richtige Wort. Zufrieden schob er sich das geschälte Ei in den Mund. Jetzt lag nur noch der Nachtisch vor ihm.

»Himmlisch«, wiederholte Nadja amüsiert. »Dabei hast du doch gar nicht so viel mit dem Himmel am Hut.«

»Nicht so viel, stimmt.« Simon grinste und hob mahnend seinen Zeigefinger, an dem noch ein Stückchen Eierschale klebte. »Aber auch nicht so wenig, wie du denkst.«

Dann erzählte er von seinen tiefsinnigen Gedanken beim Betrachten des Sternenhimmels und von seinem Ausflug in den Karfreitagsgottesdienst. »Mein ganzes Leben lang war mein Kopf mit allem Möglichen zugeballert. Mit Computer, Handy, Tausenden Downloads, Filmen und Apps, mit Hausaufgaben und mit dem ewigen Gedanken, wie ich an dich rankommen könnte.« Er schielte verlegen zur Seite und grinste spitzbübisch. »Sorry. So war das. Aber jetzt, wo ich hier oben in der Natur lebe und nichts anderes um mich habe als das nackte Leben, da fragt man sich schon, warum man überhaupt lebt und was das alles soll. Na ja, und dann hab ich mich daran erinnert, dass ich vorher schon mal in eurem Karfreitagsgottesdienst war. Damals natürlich nur, um dich zu sehen. Aber jetzt wollte ich wissen, was der Pfarrer über Gott gesagt hat und über unsere innere Ahnung davon, dass es da noch was Göttliches über uns geben muss.«

»Aha?« Nadja war offensichtlich überrascht. »Und was hast du gelernt?«

»Tja.« Simon lehnte sich in seinem Sitzstuhl nach hinten. »Ich weiß gar nicht, ob ich das alles noch mal so wiedergeben kann, was ich da gehört habe. Es ging um Gott und um die Frage, wie man sich mit ihm versöhnen kann. Und was die Naturvölker und so weiter dafür tun. Und dass irgendwie schon immer Opfer dazugehört haben. Weil Versöhnung mit Gott auch immer was mit Blutvergießen zu tun hat.« Ganz schön wenig für so eine lange Predigt, was Simon davon behalten hatte. Aber immerhin mehr als bei sämtlichen anderen religiösen Vorträgen, die er in seinem Leben zuvor gehört hatte. »Und dass Jesus auch ein Opfer ist. Oder dass Gott Jesus geopfert hat. Jesus ist Gott selbst beziehungsweise Gottes Sohn. Und als Jesus gestorben ist, hat sich Gott quasi selbst geopfert. Stellvertretend für die Menschheit.« Ein Glück, da war ihm doch noch was Wichtiges eingefallen. Selbstzufrieden grinste er Nadja an. »Na, hab ich mir das gut gemerkt?«

»Ich bin beeindruckt«, grinste Nadja zurück. »Und was machst du jetzt mit diesem Wissen?«

»Tja, das weiß ich auch noch nicht.« Er schaute Nadja an. »Was machst du denn damit?«

»Für mich ist die Konsequenz, selbst als Christ zu leben. Also Jesus nachzufolgen.«

»Aber wenn Jesus doch geopfert ist«, wandte Simon ein.

»An Ostern warst du wohl nicht im Gottesdienst«, schmunzelte Nadja. »Jesus ist doch wieder auferstanden. Er lebt. Er ist seinen Jüngern erschienen und hat ihnen damit gezeigt, dass nicht nur er den Tod überwunden hat, sondern dass alle, die zu ihm gehören, den Tod überwinden werden.«

»Ja, stimmt, da war mal was.« Irgendwie hatte Simon davon schon mal was gehört. Ostern, Auferstehung. Genau. Aber trotzdem. Alles sehr religiös, sehr theoretisch und sehr weit weg von ihm. »Ist aber doch ziemlich kompliziert, oder?«, fasste er sein Misstrauen zusammen.

»Eigentlich ist es ganz einfach«, sagte Nadja. »Jesus lebt. Er ist auferstanden. Und er lebt immer noch. Man kann ihn nicht mehr sehen, aber er hat selbst zu seinen Jüngern gesagt: ›Ich bin bei euch alle Tage bis zum Ende der Welt.‹ Und: ›Wenn sich zwei oder drei in meinem Namen versammeln, bin ich mitten unter ihnen.‹«

»In meinem Namen«, wiederholte Simon langsam. Das klang rätselhaft.

»Na ja, wenn mindestens zwei oder drei zusammenkommen, um an Jesus zu denken oder über ihn zu reden oder sich mit ihm zu beschäftigen – dann ist Jesus dabei.«

Simon grinste frech. »Dann ist Jesus jetzt quasi mit hier in der Mühle?«

»Ja. So ist das.«

Simon schaute sich um, als würde er Jesus irgendwo unter der Decke hängen sehen. »Vielleicht ist er es, der hier nachts so einen Krach macht.« Sofort erkannte Simon an Nadjas Gesicht, dass das ein dummer Witz war. »'tschuldigung. War nicht so gemeint.« Trotzdem klang ihm das noch ein bisschen zu einfach. Gott als allmächtiger Schöpfer über das Universum – okay. Gott, der den Menschen erschuf und ihm damit einen Sinn gab – alles gut. Gott, der sich selbst als Opfer gab, um die Menschheit mit sich zu versöhnen – okay, aber schon harte Kost. Jesus, der wiederauferstanden ist – gerade noch nachvollziehbar, aber schon irgendwie unglaublicher. Aber derselbe Jesus, der vor zweitausend Jahren irgendwo in Israel getötet wurde, sollte jetzt unsichtbar in der Mühle sein und dem Gespräch zwischen ihm und Nadja lauschen? Na ja … »Trotzdem ein bisschen schwer zu glauben, oder?«, fasste er seine Gedanken zusammen.

»Kann sein«, sagte Nadja. »Für mich war das nie ein Problem. Ich bin in einer Familie aufgewachsen, da gehörten Gott und Jesus schon immer irgendwie dazu. Wir haben immer zu Gott gebetet und auch zu Jesus. Das hab ich nie angezweifelt.«

»Echt? Nie?«

»Na ja«, jetzt fiel Nadja doch erst mal in nachdenkliches Schweigen. »Dass es Gott gibt, hab ich nie angezweifelt. Dass Jesus für meine Schuld gestorben ist, hat man mir von Anfang an erzählt, das war auch immer klar.« Wieder langes Schweigen. Nachdenkliche Falten bildeten sich über Nadjas wunderschönen Augen. »Wenn ich was angezweifelt hab, dann das, ob sich Gott wirklich für mich interessiert. Oder ob er mich so gut findet, wie ich bin. Ob ihn meine Gebete interessieren. Wenn man mehrmals hintereinander erlebt, wie man für etwas betet, aber es tut sich nichts, dann kommt man schon ins Nachdenken. Und wenn man dann betet: ›Jesus, wo bist du?‹, und man kriegt keine Antwort, dann ist das schon doof.«

»Was willst du denn auch für eine Antwort bekommen? Hat der unsichtbare Jesus denn noch eine Stimme, die man hören kann?«

»Nein. Aber manchmal erlebe ich es, dass ich bete, und danach legt sich so ein Frieden in mein Herz. Oder eine innere Stimme sagt mir: ›Alles ist gut.‹ Oder ich les was in der Bibel, und da steht dann irgendwas, das wie eine Antwort auf meine Fragen wirkt. Da hab ich dann schon das Gefühl, dass mir Gott das sagt.«

Hätte Simon dieses Gespräch dreizehn Wochen früher geführt, wären ihm tausend sarkastische Bemerkungen dazu eingefallen, wie man nur so naiv sein konnte, die Bibel irgendwo aufzuschlagen und einen Satz so zu lesen, als hätte ihn Gott ausgerechnet für Nadja da zwischen die Buchdeckel geschrieben. Aber jetzt – mit dieser inneren Frage nach Gott, die sich ja auch wie von selbst in ihn hineingelegt hatte, da kam ihm das gar nicht mehr so naiv vor. Okay, ein bisschen schon noch. Aber jetzt hatte es auch was Bewundernswertes. Eigentlich wäre es doch schön, wenn er selbst auch so einen inneren Frieden spüren würde, nachdem er mal gebetet hätte. Vielleicht könnte ja ein erster Schritt sein, dass er überhaupt mal anfinge zu beten. Aber – puuuh, selbst mit dem Gott zu reden, der Himmel und Erde erschaffen hatte und nun irgendwo über dem Universum thronte – das war schon was, das einem nicht mal eben so über die Lippen ging. Da hatten es Leute wie Nadja schon viel leichter, die das von Anfang an gelernt hatten. »Hm«, machte Simon. »Und wie kann man das lernen?«

»Weiß ich auch nicht.« Nadja lächelte wieder. »Ich würde sagen: einfach mal anfangen. Losbeten und aufpassen, was passiert. Und in der Bibel lesen.«

Ach du Schreck. Das hatte ja kommen müssen. Bibel lesen! Am besten im »heutigen Deutsch«! Simon hasste es zu lesen. Wenn jemand eine WhatsApp-Nachricht verschickte, die länger als vier Zeilen war, drückte Simon die schon ungelesen weg. Lesen war pure Zeitverschwendung. »Gregs Tagebuch« hatte er als Kind ja gerade noch hinbekommen, aber das waren ja auch mehr Bilder als Text. Und »Donald Duck« vielleicht noch. Aber die Bibel? Hallo? Literatur von vor zweitausend Jahren? Wenn das die Eintrittskarte für den Zugang zu Gott war, dann rückte dieser Gott gerade wieder ein paar Lichtjahre ins entfernte Universum zurück.

»Beten krieg ich vielleicht noch hin«, sagte Simon. »Aber Bibellesen ist schon echt eine Hürde.«

Nadja grinste. »Wenigstens bist du ehrlich.«

Simon grinste auch. »Bin gerade dabei, das zu lernen.«

»Dann kannst du das andere ja auch lernen.« Sie packte die leeren Dosen und Flaschen zurück in den Korb. »Wenn du willst, kannst du ja noch mal mit in den Teenkreis kommen. Da kriegst du vielleicht noch ein bisschen mehr Zugang dazu.«

Teenkreis. Ach du Scheiße. Der jugendliche Pfarrer mit der Föhnfrisur. Damals, vor dreizehn Wochen. Irgendwie war ihm dieser elitäre Kreis unheimlich vorgekommen. Er wollte schon dankend ablehnen. Aber dann dachte er sich, jetzt, wo sich in seinem Leben einiges geändert hatte, könnte das ja vielleicht, eventuell, unter bestimmten Umständen … noch mal eine Option sein. »Okay, ich überleg's mir.«

Bald darauf verabschiedete sich Nadja wieder. »Schön, dass du da warst«, sagte Simon und wieder flog ein Schwarm Schmetterlinge durch seinen gesamten Bauch- und Brustraum, während er das sagte.

»Morgen hab ich nicht so viel Zeit, aber ich kann dir trotzdem was zu essen vorbeibringen, wenn du willst.«

»Na klar. Gern. Was hast du deinen Eltern denn erzählt, für wen du das ganze Essen eingepackt hast?«

»Ich hab gesagt, dass ich jemanden kenne, der Hunger hat.«

»Und du meinst, die kochen ab jetzt jeden Tag für einen unbekannten Hungrigen mit?«

»Für heute hat es zumindest gereicht.«

Simon hatte noch Stunden später das Gefühl, Nadjas Anwesenheit in der dunklen Mühle riechen zu können.

»Ich hab's mir überlegt, ich komme mit«, sagte Simon, als Nadja ihn am Dienstag wieder mit einem Korb voller Essen besuchte. Weil sie noch für die Schule lernen und danach zum Sport musste, konnte sie nicht so lange bleiben. Aber Simon genoss jede Minute, in der sie da war.

Nadja grinste zufrieden und nickte. Mehr wurde an diesem Tag nicht darüber gesprochen.

Als Nadja am Mittwoch mit dem Essen kam, musste Simon ihr eine schlechte Nachricht mitteilen: »Ich kann leider doch nicht mit zum Teentreff kommen.«

»Warum nicht?«

»Mir ist eingefallen, dass ich damals in der ersten Woche nach den Ferien – also vor dreizehn Wochen – selbst bei euch im Teentreff war.

Ich glaub, ich wollte wieder mit dir in Kontakt kommen, und da bin ich ganz munter dort hingegangen. Jetzt kann ich unmöglich dazustoßen. Ich kann doch nicht einfach mein eigenes Ich treffen. Was sollen denn die anderen sagen? Wie sollen wir ihnen das erklären? Noch dazu, wo ich als Simon von damals ja nur darauf gewartet hab, das geheimnisvolle Gegenüber mal zu treffen, um ihm persönlich den Hals umzudrehen. Nein, Nadja, ich kann mich da unmöglich blicken lassen.«

Nadja nickte langsam und grübelte. »Stimmt, das ist schlecht.« Dann hatte sie eine Idee: »Ich könnte dem anderen Simon morgen in der Schule sagen, dass er auf jeden Fall zu Hause bleiben soll.«

»Hm. Ja. Du kannst es ja mal versuchen. Aber wunder dich nicht, wenn er trotzdem kommt. Ich kann mich nämlich erinnern, dass du mir das vor 13 Wochen schon mal gesagt hast, und ich bin trotzdem gekommen. Also, bis jetzt ist es mir bei allem, was ich unternommen habe, noch nicht gelungen, den Verlauf der ersten Geschichte zu verändern.«

»Na gut. Ich werde noch mal drüber nachdenken«, sagte Nadja. »Aber eigentlich wär es total cool, wenn du dein eigenes Ich von früher mal kennenlernen würdest. Es ist schon ein krasser Unterschied zwischen euch beiden.«

»Ich glaub nicht, dass das geht«, überlegte Simon. »Und ich weiß auch nicht, ob ich das so gut finde. Irgendwie ist das ein merkwürdiger Gedanke, mir im selben Raum gegenüberzusitzen und mich von außen zu beobachten.«

Nadja grinste breit. »Klingt doch total spannend. Ich persönlich fänd es nicht schlecht, wenn ich mal die Gelegenheit hätte, mich selbst von außen zu beobachten.«

Simon grinste auch. Krasse Vorstellung. Überhaupt alles krass, was er hier gerade erlebte.

»Also bleibt es dabei, dass du mitkommst? Ich mach mir in der Zwischenzeit ein paar Gedanken, wie das gehen kann. Der Teentreff fängt um 19:00 Uhr an. Also komm doch am besten so um halb sechs zu mir nach Hause. Dann kannst du auch noch bei uns was essen.«

Wie bitte? Um halb sechs zu Nadja nach Hause????? Simon spürte, wie sich ein Anflug von Aufregung in seinem Inneren breitmachte.

Hätte ihm Nadja vor 13 Wochen dieses Angebot gemacht, wäre er total ausgeflippt und hätte sich vorsichtshalber schon mal ein Kondom eingepackt. Eine Einladung zu Nadja nach Hause! Das war ja fast wie ein Freibrief, eine Einladung in ihr Bett!

Aber jetzt, wo sie sich unter ganz anderen Voraussetzungen noch mal ganz neu kennengelernt hatten, da war klar, dass es sich hier um keine Einladung zum schnellen Sex vor dem Teentreff handelte. Wenn er morgen zu Nadja ginge, dann würde er das ganz freundschaftlich tun. Und er würde das nicht ausnutzen. Diese neue Freundschaft, die hier in den letzten Tagen entstanden war, war ihm so wichtig, so wertvoll geworden, das wollte er auf keinen Fall aufs Spiel setzen.

In der Nacht brach er wieder bei sich zu Hause ein, duschte ausgiebig und zog sich komplett frisch an. Weder bei Nadja noch im Teentreff wollte er nach »Penner aus der Mühle« stinken. Als er sich im Badezimmerspiegel betrachtete, staunte er darüber, wie lang seine Haare geworden waren und wie schmal sein Gesicht war. Er war ja sowieso schon immer eher schlank gewesen, aber durch die karge Nahrung in den letzten Wochen war er noch mal ein ganzes Stück dünner geworden. Das wirkte etwas kränklich. Wenn seine Mutter ihn so sähe, würde sie sich Sorgen machen.

Seine Mutter.

Von einem plötzlichen Impuls geleitet, verließ Simon das Badezimmer und schlich sich in das Schlafzimmer seiner Eltern. Das Licht ließ er aus. Aber er blieb so lange in der Dunkelheit vor dem Ehebett stehen, bis er meinte, seine Eltern in ihrem Bett erkennen zu können. Wie ruhig und friedlich sie so dalagen. Seine Mutter, die sich immer und immer Sorgen machte. Die immer irgendwie ihren Sohn beschützen und klein halten wollte. Die nicht wahrhaben konnte, dass Simon inzwischen auf dem besten Wege war, erwachsen zu werden, selbst Entscheidungen zu treffen, selbst Erfahrungen zu sammeln und aus ihnen zu lernen. Wie oft war die Wut in ihm hochgekrochen, wenn sie ihn bemuttert, bevormundet, überbehütet hatte. Aber jetzt, wo sie so dalag und nur ganz leise Atemgeräusche von sich gab, merkte er, dass da doch auch ganz viel Liebe für seine Mutter in ihm schlummerte. Als kleiner Junge war er oft nachts ins Bett seiner Eltern gestiegen und hatte sich ganz eng an sie gekuschelt. Wie lange das schon her war. Jetzt, wo er so vor ihnen stand, fand er es ein bisschen schade, dass diese Zeit so unwiderruflich vorbei war. Das Kuscheln, das Geborgensein ganz nah an seiner Mutter – das war auch was Schönes. Aber jetzt war er gerade dabei, ein Mann zu werden. Und irgendwann würde sich vielleicht ein kleines Kind an ihn, den großen Simon, kuscheln. Der Gedanke daran zusammen mit den Erinnerungen an damals setzte ihm ein Lächeln ins Gesicht und gleichzeitig bekam er ein bisschen feuchte Augen. Irgendwie hatte das auch was von Abschied.

Als er seinen Vater anschaute, wie er dalag, wurde ihm bewusst, dass er ihn eigentlich überhaupt nicht richtig kannte. Sein Vater war die meiste Zeit des Tages auf der Arbeit. Am Wochenende lag er auf dem Sofa, las Zeitung oder schaute fern. Manchmal war er im Garten, manchmal auch unterwegs. Wo genau er dann war, wusste Simon überhaupt nicht. Und es hatte ihn in den letzten Jahren auch überhaupt nicht interessiert. Früher, als Simon noch klein war, da ging er mit dem Vater Drachen steigen lassen. Sein Vater hatte im Garten einmal eine Hütte aus Holz gebaut, da konnte sich Simon mit seinen Freunden verstecken. Früher hatte Simon gedacht, Papa ist der Größte. Er kann alles, und einmal will ich so groß und so stark sein wie er.

Aber irgendwann hatte das aufgehört. Als Simon anfing, sich für Computer zu interessieren, teilten sich ihre Wege. Der Vater arbeitete beruflich auch am PC, aber er spielte keine Spiele, zockte nicht im Internet und programmierte keine eigenen Programme. Mit dem, was Simon am PC machte, kannte sich der Vater nicht aus und es interessierte ihn auch nicht. Vom Vater hörte er auch nie mal, dass Simon irgendwas gut gemacht hätte. Noten von Klassenarbeiten zeigte er der Mutter. Und die erzählte es abends sicher dem Vater, aber es kam selten vor, dass er das bei einer der gemeinsamen Mahlzeiten mal kommentierte. Wenn Simon Fußball, Simpsons oder »The Big Bang Theory« schauen wollte, musste er das oben im Wohnzimmer tun, weil er keinen eigenen Fernseher im Zimmer hatte. Dann saß der Vater auch schon mal mit davor. Aber gesprochen wurde da wenig. Warum eigentlich?

Simon wusste ja noch nicht einmal, ob sich seine Eltern noch verstanden. Wirklich gestritten wurde wenig. Aber weil sowieso wenig gesprochen wurde, fiel das gar nicht auf. Irgendwie schienen es sich die Eltern in ihrem Leben als Ehepaar so eingerichtet zu haben, dass sie damit halbwegs klarkamen. Aber wirklich glücklich wirkten sie dabei nicht. Hatten sie überhaupt den Anspruch, glücklich zu sein? Selbst das konnte Simon nicht sagen. Wenn man den ganzen Tag auf der Arbeit war und abends vor dem Fernseher saß – machte man sich da überhaupt Gedanken darüber, was Glück war oder welchen Sinn das Leben haben sollte? Andererseits – es musste doch auch so eine Art Herz oder Seele in seinem Vater geben. War das denn vom Alltag so verschüttet? Ganz zaghaft keimte etwas in Simon: der Wunsch, diesen Vater ein bisschen kennenzulernen und ihn danach zu fragen, was er über das Leben dachte. Ja, auch für den Vater war noch ein Rest Liebe da. Auch wenn sich da eine ordentliche Mauer herum aufgebaut hatte. Aber Mauern konnte man auch einreißen. Oder zumindest eine Tür oder ein Fenster finden.

Obwohl Simon im Dunkeln stand und seine Eltern fest schliefen, hob er seine Hand und winkte ihnen kurz zum Abschied zu. Dann verließ er das Schlafzimmer und auch das Haus.

Als es Tag geworden war, verbrachte Simon die meiste Zeit in der Stadt. Erstens wollte er nicht wieder den Geruch der Mühle annehmen. Zweitens konnte er hier ständig auf die öffentlichen Uhren schauen. Punkt halb sechs klingelte er an Nadjas Haustür.

Frau Tillmann öffnete die Tür. Simon legte automatisch sein entwaffnend siegessicheres Grinsen auf. »Hallo«, begrüßte er sie wie ein Staubsaugervertreter. »Ich wollte zu Nadja.«

»Ach ja.« Frau Tillmann lächelte freundlich, aber Simon bemerkte sofort, wie sie mit diesem »Ach das ist der neue Freund meiner Tochter«-Blick einmal kurz von oben bis unten an ihm herab und sofort wieder nach oben schaute. Fast unmerklich, aber Simon entging so was nicht. »Komm doch rein«, sagte sie und behielt ihr freundliches Lächeln. Sie schloss die Tür hinter ihm und rief: »Nadja! Besuch!«

Wieder an Simon gerichtet fragte sie: »Bist du der Bekannte, der zu Hause nichts zu essen bekommt?«

»Ähm … also … so gesehen … ja … so kann man das sagen …«

»Wie kommt das?«

»Na ja … meine Familien- … und … Lebenssituation … ist im Moment … etwas … ähm, kompliziert.«

»Kann man dir da irgendwie helfen?«

»Tjaaa … ach nee … also … Nadja hat mir doch schon in den letzten Tagen ganz toll geholfen, indem sie mir was zu essen gebracht hat. Wirklich. Vielen Dank. Auch Ihnen, Frau … ähm, … Tillmann.«

»Sind deine Eltern den Tag über nicht zu Hause?«

»Doch, doch. Also, das heißt meine Mutter schon. Aber … ähm … ich – ich bin nicht zu Hause.«

»Ach so. Wo bist du denn?«

»Ich bin … tja … derzeit … wie soll ich sagen …«

Endlich kam Nadja um die Ecke: »Hallo Simon. Komm rein.«

Nadja schob Simon in eine Art Wohnzimmer. Frau Tillmann ging in die Küche: »Das Essen ist auch gleich fertig.«

Simon wunderte sich: »Hat deine Mutter jetzt extra für mich gekocht?«

Nadja grinste: »Extra für dich später gekocht. Wir haben alle noch nicht zu Mittag gegessen.«

Das war Simon einigermaßen peinlich. Sollte er jetzt mit der ganzen Familie zu Mittag essen? Beziehungsweise zu Abend? Samt der prüfenden Blicke der Eltern, die ihn sicher anstarrten, als sei er der erwählte Schwiegersohn, der erst mal die »Kann der sich beim Essen überhaupt benehmen«-Prüfung ablegen musste? Simon spürte, wie er kleine Schweißausbrüche bekam. Jetzt bloß nichts anmerken lassen.

»Ich hab mal was für dich vorbereitet.« Nadja hielt eine große Plastiktüte in der Hand und holte ein paar Dinge heraus.

Simon wurde noch unheimlicher zumute. »Was ist das?«

»Sachen zum Verkleiden. Damit dich im Teenkreis keiner erkennt.«

»Ach du Schreck. Meinst du, das geht? Die erkennen mich doch sicher trotzdem. So doll kann man sich doch nicht verkleiden.«

Nadja holte eine Pappschachtel aus der Tüte und öffnete sie: »Wir können es ja zumindest mal versuchen. Hier zum Beispiel sind farbige Kontaktlinsen. Damit wirst du zu einem anderen Menschen.«

Simon wurde flau im Magen. Er schüttelte den Kopf. »Das kann ich nicht. Nein. Das hab ich noch nie gemacht.«

»Das ist ganz einfach.« Nadja holte ein Döschen aus der Schachtel, öffnete ein Fläschchen mit einer Flüssigkeit und nach ein paar Handgriffen und Regieanweisungen hatte Nadja Simon auf jedes Auge eine dunkelbraune Kontaktlinse gesetzt. Als Simon sich damit im Badezimmerspiegel betrachtete, erkannte er sich selbst fast nicht wieder. Unweigerlich entfuhr ihm ein Grinsen. Boah. Fast ein neuer Mensch.

»Und jetzt noch eine Perücke«, ordnete Nadja an, als Simon wieder ins Wohnzimmer kam, und hatte schon eine aus der Tüte geholt. Dunkle Haare, etwas länger als die, die er von Natur aus trug. Als sie ihm die Perücke aufsetzte, bedeckten die Haare gerade eben seine Ohren. Das sah ein bisschen lächerlich aus, fand Simon, und hatte was von Karneval. »Sieht man nicht sofort, dass das eine Perücke ist?«

»Kann sein«, sagte Nadja und holte schon das nächste Teil aus der Tüte: eine Cap mit »Nike«-Aufschrift, die sie ihm sogleich aufsetzte und tief in die Stirn zog. »Jetzt fallen die Haare darunter schon kaum mehr auf.«

Sie musterte Simon genau. »Jetzt noch die Augenbrauen.«

Sie zog einen Augenbrauenstift aus einem Schminkkästchen hervor und übermalte gründlich Simons Augenbrauen. Er genoss es, sie so nah vor seinem Gesicht zu spüren.

»Nein, das sieht immer noch zu sehr nach Simon aus«, stellte Nadja fest, nachdem sie ihr Kunstwerk begutachtet hatte. Wieder griff sie in die Einkaufstüte und holte eine Packung mit runden Watterollen heraus, wie man sie beim Zahnarzt immer mal wieder vor die Zähne gestopft bekam. »Hier«, befahl sie, »steck dir zwei, drei davon rechts und links in deine Backentaschen und eins vor die Schneidezähne.«

»Wie bitte?« Simon gehorchte, aber das fühlte sich ekelhaft an. »Damit kann ich gar nicht reden«, lallte er und schon tropfte etwas Spucke seitlich aus seinem Mundwinkel heraus.

»Das lernst du schon noch. Außerdem sollst du ja auch gar nicht viel reden. Du sollst ja nur gucken. Aber jetzt hat dein Gesicht durch die Wattepolster doch noch mal eine ganz andere Form bekommen. Prima. Schau selbst.«

Simon sah wieder in den Spiegel. Diesmal bekam er so einen Schrecken, dass ihm fast die Kontaktlinsen aus den Augen gefallen wären. Den Kerl, den er da jetzt entdeckte, kannte er nur zu gut. Das war Timon! Timon aus dem Teentreff! Und auf einmal wurde ihm schlagartig klar, warum ihm dieser Mensch, den er so oft getroffen hatte, die ganze Zeit über so vertraut vorgekommen war, obwohl er ihn noch nie zuvor gesehen hatte! Er selbst war es! Er hatte damals schon sich selbst gegenübergestanden! Mit sich selbst in einem Raum gesessen!!! Es war ihm damals schon merkwürdig vorgekommen, und jetzt wusste er auch, warum! Damals als fremder Nadja-Anwärter – und jetzt, 13 Wochen später, hatte er die Rollen getauscht und war seinerseits dieser mysteriöse Timon und würde wieder sich selbst begegnen – diesmal dem alten Simon! Mit einem Mal wurde ihm klar, was für einer verrückten Aufgabe er sich hier gerade stellte. Ob er das überhaupt konnte?

Simon wurde schwindelig. Er torkelte ein paar Schritte zurück und ließ sich im Wohnzimmer auf einen Sessel gleiten. »Timon«, hauchte er aus und konnte seine neueste Entdeckung noch immer nicht so recht glauben. »Ich bin Timon!«

»Timon«, wiederholte Nadja. »Klingt gut. Klingt so ähnlich wie Simon und ist doch ganz anders. Gute Idee.«

Gute Idee? Das war doch nicht seine Idee. So wurde ihm der fremde Kerl vor 13 Wochen vorgestellt. Er hatte doch jetzt nur ausgesprochen, was er noch von damals wusste. War die Idee denn auch damals von ihm gewesen? Also von Timon? Musste ja. Denn jetzt gerade hatte er diesen Namen zum ersten Mal ausgesprochen. Aber nein – er hatte ihn ja aus dem ersten Durchgang der Zeitschleife behalten und jetzt im zweiten Durchgang eingeführt, um ihm gleich dem Simon aus dem ersten Durchgang als neuen Namen zu präsentieren, der ihn dann irgendwann vielleicht, wenn er selbst den zweiten Durchgang erlebt, als neuen Namen einführt … AAAAAAH!! Irgendwie bekam die Zeitschleife gerade einen furchtbaren Knoten. Irgendwas stimmte da nicht. Aber er bekam es nicht hin, diesen Knoten in seinem Hirn zu lösen.

Nadja hingegen hatte keinen Knoten im Hirn. Sie war noch ganz in ihrem Element. »Und jetzt noch die Klamotten«, sagte sie und holte eine komplette Montur Jeanshose, Sweatshirt, Jeansjacke und Turnschuhe aus der Plastiktüte.

»Nadja!«, entfuhr es Simon und er beendete damit endgültig seine gedanklichen Ausflüge. Er stand aus dem Sessel auf und betrachtete den Haufen an Klamotten. »Woher hast du das alles?«

»Die Kontaktlinsen vom Optiker, die Perücke hatten wir noch zu

Hause, den Augenbrauenstift auch. Die Klamotten sind aus dem Second-Hand-Laden in der Stadt. Also keine Panik. Alles bezahlbar.«

Simon staunte. »Warum machst du das alles für mich?«

Nadja war gerade dabei, die Klamotten ordentlich über einen Stuhl zu hängen. Jetzt hielt sie dabei inne, ließ ihre Arme sinken, drehte sich zu Simon um und lächelte ihn so entwaffnend an, dass er fast zurück in den Sessel geplumpst wäre. »Erstens, weil ich möchte, dass du dich selbst mal kennenlernst. Du sollst sehen, wie der Simon von vor 13 Wochen auf andere wirkt. Zweitens«, jetzt bekam sie einen noch freundlicheren, beinahe glasigen Blick, »weil ich den Simon, den ich vor einer Woche kennengelernt habe, sehr nett finde und ihm gerne ein bisschen helfe.«

Simon wollte zurücklächeln, aber dieses Bekenntnis hatte ihn so getroffen, dass ihm alle Kraft aus dem Gesicht fiel. Sein Herz schlug wie wild und einen kurzen Augenblick hatte er das Gefühl, dass sich sein Mund mit Sabber füllte wie bei einem Hund, dem man ein Stück Fleisch hinhielt. Seine Stimme war belegt und er musste sich mehrfach räuspern, um den nächsten Satz vollständig rauszuquetschen: »Ich finde dich auch sehr … also … ich … ähm … ich find es auch schön, dass wir … wenn wir uns … treffen.«

Nadja sah ihn an. Und obwohl er die dunklen Kontaktlinsen trug, konnte er durch ihre Augen hindurch bis in ihr Herz schauen. Diesmal sah er so viel Gutes, so viel Nettes, fast könnte er glauben, er sähe etwas wie Liebe darin. Und wenn Nadja auch in seinen Augen lesen konnte, dann hätte sie darin die reinste Verknalltheit gefunden. Simon gab sich keine Mühe, das zu verstecken. Er war nun mal verknallt. Das war er schon lange. Aber seit sie sich so gut miteinander verstanden und viel unterhielten, war sein Verlangen nicht nur auf ihren Körper bezogen. Jetzt hatte er das Gefühl, dass sich ihre Innenwelten angefreundet hatten. Und das stärkte in ihm das Verlangen, sie in den Arm zu nehmen und zu küssen, noch mehr. Ob Nadja das in seinen Augen erkannte? Zumindest verlor sie gerade in diesem Augenblick ihr Lächeln und schaute ihm mit demselben Verlangen so tief in die Augen, als würden gerade ihre Seelen miteinander verschmelzen. Simons Herz raste so schnell, dass er leise zu keuchen begann. Als er einen Verlegenheitskloß in seinem Hals runterschlucken wollte, kam es ihm vor, als wäre dieses Schlucken im ganzen Raum wie ein riesiger Donner zu hören. Unweigerlich konnte er nur noch auf ihre Lippen schauen.

»Essen ist fertig!«, hörte er aus dem Nebenzimmer.

Im selben Augenblick war Nadja wie aus dem Koma erwacht, zog ihre Blicke aus seiner Innenwelt heraus und rief zurück: »Wir kommen!«

Die gemeinsame Mahlzeit sollte wohl locker wirken, aber das war sie ganz und gar nicht. Nadjas Mutter tat immer ganz offen und freundlich, aber jedes Mal, wenn sie sich unbeobachtet fühlte, musterte sie Simon von oben bis unten. Seine Verkleidung hatte Simon wieder abgelegt. Davon brauchten die anderen nichts zu wissen, meinte Nadja. Ihr Vater redete das ganze Essen über fast kein Wort. Er machte den Eindruck, als wäre er beleidigt, weil da gerade ein feindliches Wesen in das Leben seiner Tochter eindrang. Nur ihr jüngerer Bruder, Yannik, war lustig und frech und fragte Simon unentwegt nach seiner Lieblingsfußballmannschaft, nach seinen Computerspielen und allen weiteren Interessen aus.

Später machten sie sich gemeinsam auf den Weg in den Teentreff: Nadja und der verwandelte Simon mit Mütze, Perücke, Kontaktlinsen und all den Klamotten, die Nadja gekauft hatte. Nadja fuhr mit ihrem eigenen Fahrrad, Simon benutzte das von Nadjas Vater. Sie lachten oft auf ihrem Weg und amüsierten sich über jeden, den sie trafen und dem offensichtlich nicht auffiel, dass hier ein Typ herumlief, der wie im Zeugenschutzprogramm von oben bis unten in einer Verkleidung steckte. Bei jedem Lachen musste er aufpassen, dass ihm diese bescheuerten Wattepolster nicht aus dem Mund fielen. Je näher sie dem Teentreff kamen, desto aufgeregter wurde Simon. Er wusste ja noch genau, wie er sich damals gefühlt hatte, als er den fremden Kerl mit Nadja zusammen kommen gesehen hatte. Er war ihm merkwürdig und vertraut vorgekommen: Aber dass er er selbst war, auf die Idee wäre Simon damals nie gekommen. Von daher brauchte sich Simon jetzt eigentlich keine Sorgen zu machen aufzufliegen. Trotzdem war er unsicher und aufgeregt. Was, wenn er sich jetzt doch irgendwie verraten würde? Immerhin spielte er nicht eine Rolle in einem Film, in dem der

Ausgang sowieso klar war. Es könnte doch jederzeit passieren, dass er sich anders verhielt als der Fremde damals vor 13 Wochen. Und dann würde die Geschichte ganz anders weitergehen.

Unterwegs hielten sie bei Steffi Schürholz, um sie abzuholen. »Das ist Timon«, stellte Nadja Simon vor. »Ein guter Bekannter, der gerade zu Besuch ist.«

»Hallo«, sagte Steffi fröhlich. Auch ihr schien nicht aufzufallen, dass sich unter dem Kostüm von Timon eigentlich Simon versteckte.

»Hallo«, nuschelte Simon und zog die Spucke im Mund hoch. Mist. Das mit dem Reden musste er noch üben. Zu dritt radelten sie weiter.

Vor dem Teentreff warteten schon außer den üblichen Besuchern der alte Simon und Jan. Jetzt erst fiel Simon auf, wie lange er seinen Freund Jan schon nicht mehr getroffen und mit ihm Computer gezockt hatte. Eigentlich interessant, dass er ihn in den letzten Wochen gar nicht so furchtbar vermisst hatte. Hatte er denn überhaupt jemanden vermisst? Seine Kumpels? Benno, Julian und Konsti? Nee. Eigentlich nicht. Schon verrückt. War Simon denn so ein Einzelgänger, dass er seine Freunde gar nicht brauchte?

»Hallo!«, begrüßten Nadja und Steffi die Herumstehenden.

»Hallo!«, kam es von den anderen zurück.

»Hallo Simon, hallo Jan!«, begrüßte Nadja die beiden Jungen und ließ sich nicht anmerken, dass sie ja eigentlich schon wusste, dass sie kamen.

»Hi Nadja«, kam es von dem anderen Simon. Er grinste und hatte dabei eine Tonlage, als wäre er sich sicher, Nadja nach ein bis zwei Gesprächen ins Bett zu kriegen. Ekelhaft.

»Schön, dass du kommen konntest«, sagte Nadja noch mal speziell zu ihm.

Der andere Simon beugte sich leicht vor und ging in der Tonlage noch weiter runter – dahin, wo es erotisch klingen sollte: »Ich komme immer, wenn ich an dich denke.«

»Puh«, machte Nadja und wedelte sich angewidert vor ihrer Nase her. Der verkleidete Simon ganz in der Nähe rümpfte ebenfalls die Nase. Dass Nadja bei solchen widerlichen Sprüchen überhaupt noch so cool bleiben konnte!

»Und wer ist das?« Der andere Simon zeigte mit seinem Kinn auf den verkleideten Simon.

»Das ist Timon.« Nadja schien froh, dass das Thema gewechselt wurde und dass sie ihn nun endlich vorstellen konnte.

Der andere Simon fixierte den verkleideten Simon mit einem langen, prüfenden Blick. Nein, du erkennst mich nicht, dachte Simon. Er bemühte sich, locker und unauffällig zu bleiben. Der andere Simon sagte langsam und überheblich: »Hallo, Simon.«

Da fuhr es dem verkleideten Simon durch alle Körperteile. Hatte er gerade Simon zu ihm gesagt? Hatte er ihn etwa erkannt? Woran? War er nun doch schon aufgeflogen? War der Verlauf der Geschichte schon verändert? Scheiße, was sollte er jetzt machen? Mühsam brachte er ein »Hallo« in einer etwas tieferen Stimmlage heraus und hoffte, seine Wattepolster blieben vernünftig liegen.

Auch Nadja schien erschrocken. »Nein, nicht Simon!«, verbesserte sie laut und aufgeregt. »Timon!«

»Ich weiß«, kam es lässig und immer noch undurchdringlich zurück. »Hab ich verstanden. Aber *ich* heiß Simon. Ich dachte, das interessiert ihn vielleicht.«

Der blufft, dachte Simon. Der hat mich erkannt, aber er sagt es nur nicht. So eine Scheiße, hätte ich mich doch bloß nie darauf eingelassen!

»Ach so!«, lachte Nadja erleichtert. Und Jan scherzte: »Simon – Timon, das passt ja.«

»Ja, genau!« Nadja gab sich echt alle Mühe, eine gewisse Lockerheit zu verbreiten.

»Das wird sich noch zeigen«, sagte der andere Simon und hielt seinen Blick auf die dunklen Kontaktlinsen des verkleideten Simon geheftet. Nein, du erkennst mich nicht, redete sich Simon ein und hielt dem Blick stand. Augenfechten. Das konnte Simon. Aber mit sich selbst – das hatte er noch nie gemacht. Scheiße, und der andere war echt besser. Dieses undurchschaubare Grinsen dabei verschaffte dem alten Simon einen enormen Vorteil. Nach einigen Sekunden Blickkontakt war es schließlich der Simon mit Kontaktlinsen, der den Kopf wegdrehte. Der andere Simon hatte gewonnen. Sollte er doch.

Im Teenkreis setzte er sich neben Nadja, da fühlte er sich am sichersten. Auf der anderen Seite von Nadja saß Steffi. Auf Simons anderer Seite saß einer der Jungs, deren Namen er sich nicht merken konnte. Der unverkleidete Simon saß ihnen gegenüber, aber er ließ ihn nicht aus dem Blick. Während der gesungenen Lieder fixierte er ihn unentwegt, als wartete er nur auf eine Geste, mit der er sich verraten würde. Timon-Simon starrte einfach auf sein Liederheft und hoffte, dass dieser Blödmann bald mal woanders hinschaute.

»Gibt's noch einen Liedwunsch?«, fragte Bernd mit der Gitarre.

»Vater, ich komm auf deinen Schoß!«, schlug eines der Mädchen vor.

»Ich möchte hier auch bei jemandem auf den Schoß«, quakte der andere Simon frech dazwischen und grinste wie ein Honigkuchenpferd. Dabei schaute er zu Nadja rüber, aber Nadja schaute nur gequält vor sich auf das Liederheft. So was Peinliches, echt! Und das hatte er vor einigen Wochen selber gesagt! Simon konnte kaum glauben, dass zwischen dem, was er da hörte und dem, was er selber neulich verzapft hatte, gerade mal dreizehn Wochen lagen und dass er selbst es war, dem das damals eingefallen war. Während der andere Simon in die Runde grinste, als sei ihm ein genialer Witz gelungen, hatte der verkleidete Simon genug Zeit, sich umzuschauen. Den meisten hier war es regelrecht peinlich, was sein Gegenüber aus dem ersten Durchlauf da von sich gab. Merkte der das denn gar nicht? Nein. Natürlich nicht. Vor ein paar Wochen war er selbst es, der das gesagt hatte. Und ihm war es nicht aufgefallen.

Später wollte Susi etwas aus der Bibel erzählen. »Was wäre für euch der größte Liebesbeweis?«, fragte sie zu Beginn. Wieder war der schreckliche Simon der Erste, der etwas durch den Raum blökte: »Wenn mich jemand von oben bis unten so richtig durchkneten würde. Aber ohne was auszulassen, wenn ihr wisst, was ich meine.«

Der Simon mit Kontaktlinsen rutschte in seinem Sessel nach unten und rückte sich die Cap ins Gesicht. War das mega-hammer-oberpeinlich! Dieser Kerl war ein Volltrottel erster Klasse! Alle in der Runde schämten sich offensichtlich fremd für diese Bemerkung. Keiner lachte, alle schauten heimlich um sich, um abzuchecken, ob die anderen auch so unter diesem Blödmann litten wie sie selbst. Und ihm, dem verkleideten Simon, war es noch mal doppelt peinlich, denn er wusste, dass es sein eigenes Ich war, das sich da gerade um Kopf und Kragen redete. Und dem das anscheinend noch nicht mal peinlich war, denn er grinste weiter, als fände wenigstens er seinen eigenen Spruch witzig.

»Gibt's auch noch sinnvolle Beiträge?«, fragte Susi.

»Einem Menschen eine zweite Chance zu geben«, entfuhr es Simon, dem Verkleideten, daraufhin, so als wollte er damit das Gequatsche seines Vorredners wiedergutmachen. »Wenn einer sich total danebenbenommen hat, aber der andere einem trotzdem noch zuhört und glaubt, dass etwas Gutes in ihm steckt.« Puh, damit hatte er ja fast eine Liebeserklärung vor allen Leuten gemacht. Nadja schmunzelte schüchtern vor sich hin. Sie hatte offenbar verstanden, dass diese Aussage auf sie gemünzt war. Alle anderen schauten ihn zwar etwas überrascht an, aber sie schienen keine Selbstoffenbarung daraus gehört zu haben. Umso besser. Für die anderen war der Spruch ja auch nicht bestimmt. Aber der andere Simon – der schaute, als hätte ihm jemand einen Pfosten gegen die Stirn gedonnert. Trotzdem bemühte er sich tapfer, sein Grinsen beizubehalten. Ja, grins du nur, du dummes Arschloch, dachte Simon. Ich weiß ja, wie es in Wirklichkeit in dir drinnen aussieht.

Susi zählte Liebesbeweise auf, in denen Leute bereit waren, für einen anderen etwas zu tun, das sie normalerweise nicht tun würden: Der Mann ließ das Licht für seine Ehefrau an, auch wenn es ihm zu hell war. Ein anderer hörte sich mit seiner Freundin Platten an, die er nicht mochte. Der Dritte würde für seine Geliebte bis nach Barcelona trampen, wenn es für sie wichtig war. Beweise der Liebe.

Simon begann automatisch zu überlegen, was er bereit wäre, für Nadja zu tun. Aus Liebe. Eigentlich fiel ihm nichts ein, was er nicht für sie tun würde. Er würde alles für sie tun, denn das Wort »Liebe« bekam für ihn in diesen Tagen überhaupt erst seine wirkliche Bedeutung. Diese Erkenntnis gefiel ihm und dabei legte sich ein zufriedenes Lächeln auf sein Gesicht.

»Die größte Liebe beweist der, der sein Leben für seine Freunde hergibt«, sagte Susi. Diesen Fall hatte Simon noch nicht in Erwägung gezogen. Wäre er auch bereit, für Nadja sein Leben zu lassen? Hm. Er hoffte, er käme nie in die Verlegenheit, das unter Beweis stellen zu müssen. Susi redete weiter: »Das steht in der Bibel. Jesus hat das gesagt. Jesus ist bereit gewesen, sein Leben zu geben. Für uns. Um die Trennung von Gott wieder aufzuheben.« Das kenn ich doch, dachte Simon. Das hab ich doch schon mal gehört. Karfreitag. Musste er sich das jetzt schon wieder anhören?

»Jesus hat den Weg zu Gott frei gemacht«, sagte Susi. »Die Frage ist nur, was machst du damit? Willst du den Weg gehen, den Jesus geebnet hat?«

Ja, dachte Simon. Ja, das will ich. Aber irgendwie waren da immer noch zu viele offene Fragen. Irgendwie klang ihm das alles noch zu einfach. Was musste er denn tun, um diesen Weg zu gehen? Wo musste er hingehen? Den ganzen Tag in der Bibel lesen? Immer in die Kirche rennen? Immer beten? Das konnte es ja wohl nicht sein. Oder etwa doch?

»Die meisten von euch sind christlich aufgewachsen«, hörte er Susi sagen. »Ihr wisst das alles schon von Kind an. Für vieles ist das ein Vorteil. Denn dann gehört Gott schon immer irgendwie dazu. Aber andererseits ist das auch ein Nachteil. Denn viele verpassen dadurch den Zeitpunkt, an dem sie sich persönlich dafür entscheiden, diesen Weg zu gehen. Den Weg mit Jesus kann man nicht immer nur hinter seinen Eltern oder hinter der christlichen Erziehung herlaufen. Irgendwann kommt jeder an den Punkt, an dem er sich fragen muss: Will ich das eigentlich selbst?« Obwohl die ganze Zeit schon niemand was gesagt hatte, wirkte es plötzlich noch stiller im Raum. »Jesus hat den Weg frei gemacht. Aber gehen muss ihn jeder selbst. Kann sein, dass du ihn in den ersten Jahren deines Lebens mit deinen Eltern gegangen bist. Aber irgendwann musst du die Hand deiner Eltern loslassen. Und dann bist du für dich selbst verantwortlich.« Susi schaute von einem zum anderen. Einige schauten sie mit großen Augen an, einige schauten auf ihren Schoß. Der Simon ohne Verkleidung grinste frech. Der hörte sicher überhaupt nicht zu. Als sie schließlich auch den Timon-Simon kurz anschaute, fühlte er einen kurzen Stich im Bauch. Wie ein kleiner Impuls, als müsste er jetzt auf irgendwas reagieren. Die Atmosphäre in diesem Raum war so dicht – wäre die Tür jetzt aufgegangen und Jesus wäre höchstpersönlich reingekommen, hätte sich Simon kaum gewundert.

»Als ich so alt war wie ihr«, fuhr Susi fort, »hab ich mich erst mal gegen diesen Weg entschieden. Mir erschien das Leben als Christ irgendwie zu eng. Ich hatte Angst, etwas im Leben zu verpassen, wenn ich Christ bin. Ich wollte frei sein. Also hab ich mich nicht um Gott gekümmert, sondern darum, möglichst viel zu erleben. Partys, Freunde treffen, Alkohol, manchmal auch ein bisschen zu viel Alkohol …« Sie kicherte. Aber niemand im Raum kicherte mit. »Manchmal hab ich tief in mir drinnen eine Sehnsucht gespürt. Eine Sehnsucht nach Frieden mit Gott. Aber diesen Gedanken hab ich immer wieder weggeschoben, denn ich war ja absichtlich von Gott weggegangen, ich wollte ja frei sein. Ich war aber nicht frei. Ich war vielleicht frei von Gott. Aber gleichzeitig abhängig von vielen anderen Dingen. Ich war total abhängig davon, dass mich andere mögen. Ich war sklavisch abhängig davon, dass immer etwas los war. Dass nie das Gefühl der Leere, der Sinnlosigkeit aufkam. Trotzdem kam das Gefühl, innerlich leer zu sein, immer wieder hoch. Besonders nachts oder wenn ich allein war. Dann musste ich unbedingt was unternehmen: irgendwo im Internet rumsurfen, irgendwas im Fernsehen schauen. Immer die Birne volldröhnen, bloß nicht nachdenken. Ich war im Grunde versklavt von dem Gedanken, meinem Leben selbst einen Sinn geben zu müssen. Mich selbst zu erlösen.« Susi schaute in die Bibel, die sie aufgeschlagen auf ihrem Schoß liegen hatte. »Als es mir dann vor ein paar Jahren einmal total schlecht ging … ich weiß gar nicht mehr, warum, ich glaube, ein Freund hat mit mir Schluss gemacht … da hab ich gemerkt, dass mich Partys, Fernsehen, Internet und so weiter nicht trösten können. Klar, meine Freunde haben versucht mich zu trösten. Aber mir wurde immer klarer, dass ich nicht wirklich frei bin. Also hab ich wieder angefangen, ein bisschen in der Bibel zu lesen. Und dabei bin ich auf diese Bibelstelle gestoßen aus dem Buch Johannes, Kapitel 8.« Sie las vor: »Wenn ihr euch nach dem richtet, was ich euch gesagt habe, dann gehört ihr wirklich zu mir. Ihr werdet erkennen, worauf es in dieser Welt wirklich ankommt. Was wirklich wahr ist. Und diese Wahrheit wird euch frei machen. Wer von Gott getrennt lebt, ist ein Sklave. Ein Sklave der Sünde. Ein Sklave ist aber kein Familienmitglied, ein Sohn oder eine Tochter dagegen gehört für immer zur Familie. Also. Nur wenn der Sohn euch aus dieser Sklaverei befreit, seid ihr wirklich frei.«

Sie schaute wieder in die Runde. »Da hab ich gemerkt, was mir gefehlt hat. Jesus macht frei von den Abhängigkeiten. Zum Beispiel, dass man besessen davon ist, gut anzukommen, cool zu sein, alles haben zu wollen. Jesus zeigt uns, worauf es im Leben wirklich ankommt und was die wirkliche Wahrheit ist: dass Gott mir die Hand reicht. Dass Jesus mich liebt. Dass mein Leben erst in der Freundschaft mit Gott sinnvoll ist. Dass ich durch Jesus zur Familie von Gott gehören darf. Und dass Jesus sein Leben für mich gelassen hat, weil er mich so sehr liebt.« Sie tippte sich mit dem Finger an ihre Stirn. »Das musste ich erst mal hier oben kapieren«, dann tippte sie sich vorsichtig auf die Stelle am Oberkörper, hinter der sich das Herz befindet, »und hier drin annehmen. Jesus hat für mich sein Leben gelassen. Das ist der größte Liebesbeweis.« Wieder schaute sie in die Runde der Teilnehmer. »Und wenn du das auch hier oben kapierst und hier im Herzen annehmen willst, dann sag Ja zu Jesus. Du ganz persönlich.«

Wieder war es einige Sekunden totenstill, dann quakte der nervige Simon von gegenüber mit Donald-Duck-Stimme: »Ja zu Jesus! Du ganz persönlich!«

Jan neben ihm lachte. Der war aber auch der Einzige. Der Simon hinter den Kontaktlinsen schämte sich mal wieder für sein altes Ich, das mit dieser Bemerkung die ganze Atmosphäre kaputt gemacht hatte. Nadja traute sich nicht aufzuschauen, einige aus der Runde rollten mit den Augen. Bernd mit der Gitarre sagte: »Das ist nicht witzig.« Und Susi versuchte, sich nicht anmerken zu lassen, dass sie durch diese Bemerkung nach ihrer persönlichen Geschichte auch ein Stück verletzt worden war.

Am Abend saß Simon auf dem stabilen Stuhl in seiner Mühle vor dem großen Holztisch mit der brennenden Kerze und wollte beten. Er legte seine gefalteten Hände auf den Tisch und schloss die Augen. So. Jetzt müsste was kommen. Ein paar gottesfürchtige Worte. Aber es kam nichts. Sollte Simon seine Worte hier laut aussprechen? Nein. Er war doch nicht verrückt und würde hier in der Mühle laute Selbstgespräche führen. Obwohl – wenn er mit Gott reden würde, wären das ja keine Selbstgespräche.

Simon öffnete die Augen wieder und sah sich im Raum um. Kein Lichtschein, kein Jesus. Nur er und die Kerze. Also noch mal. Beten. Das konnte doch wohl nicht so schwer sein. Er kniff die Augen fester zu. Gott, dachte er in Gedanken. Ich bete. Lieber Gott, ich bete.

Augen wieder auf. Nein. In Gedanken zu beten war auch doof. Wie sollte er seine wirren Gedankengänge, die ihm automatisch durch den Kopf schossen, von denen unterscheiden, die als Gebet galten? Also laut beten. Dann aber mit offenen Augen. Er starrte in die Kerze. »Gott«, begann er und erschrak gleichzeitig über sein erstes laut gesprochenes Wort alleine hier in der Mühle. Am liebsten hätte er das Gebet damit schon wieder beendet. Für den ersten Tag und das erste Gebet war das ja schon mal was. Immerhin hatte es ihn eine ganze Menge Überwindung gekostet.

Nein. Jetzt hatte er angefangen, also musste er auch weiterbeten. Aber was? »Gott«, begann er zum zweiten Mal. Und dann: »Wir haben uns heute … hier … versammelt …« Nee. Auch doof. »Vater unser im Himmel …« Puh, und jetzt? »Geheiligt … ähm … sei … dein Wille …« Simon kniff die Augen wieder zu. Und weiter? Ihm fiel nichts ein. Eigentlich hatte er fürs erste Mal inzwischen wirklich viel gebetet. Entschlossen sprach er ein lautes »Amen!«, stand sofort vom Tisch auf und ging nach draußen an die frische Luft. Hui, da hatte er ja gerade was ganz Enormes geleistet: sein erstes Gebet zu dem allmächtigen

Gott, der das Weltall erschaffen und seinen Sohn geopfert hatte. Simon hatte mit ihm gesprochen. Wow. Gar nicht so einfach. Aber auch gar nicht so schwer. Darauf konnte man aufbauen. So ein wirkliches Gefühl von Frieden oder Freiheit hatte sich zwar noch nicht in ihm breitgemacht, aber trotzdem war er irgendwie stolz auf sich. Und er fühlte sich gut. Das war insgesamt ein guter Anfang.

Am Freitag traute sich Simon mal wieder in die Stadt und beobachtete über den Zaun an der Schule den anderen Simon und seine Clique, wie sie sich unterhielten, Blödsinn machten, Leon ärgerten und Mädchen hinterherpfiffen. Seine Verachtung für den alten Simon wurde immer größer.

Am Samstag verbrachte er fast den ganzen Tag mit Nadja. Sie kam schon am Vormittag zu ihm und hatte Brötchen, Nutella und was man sich nur wünschen konnte, im Gepäck. Danach gingen sie ausführlich im Wald und in der Umgebung spazieren. Normalerweise hasste er Spaziergänge. Aber mit Nadja zusammen war jeder Schritt ein Genuss. Sie unterhielten sich über die Schule, über den Teentreff, über den alten und den neuen Simon. Nadja erzählte, was sie in ihrer Kindheit schon alles über Gott gelernt hatte. Sie tauschten sich aus, welche Filme sie schon gesehen hatten, auch wenn es da fast keine Überschneidungen gab. Nadja erzählte von ihren Hobbys: dass sie Klavier lernte, zur Leichtathletik ging und mit ihrem Bruder oft gemeinsam Spiele am Tisch spielte oder DVDs anschaute. Und dass sie viel mit Steffi unternahm. Steffi ging auch zur Leichtathletik und eben auch zum Teentreff. Manchmal traf Nadja sich auch mit der einen oder anderen Freundin aus der Klasse, aber Steffi blieb ihre beste Freundin. Alles, was Nadja erzählte, klang wundervoll. Sie schien ein in sich glückliches und zufriedenes Leben zu führen und Simon beneidete sie darum. Denn er selbst konnte gar nicht so viele Hobbys vorweisen. Er hatte sich immer mit Jan zum PC-Zocken getroffen und ansonsten zu Hause allein im Internet oder in seinen Spielen rumgehangen. Sonst nichts. Fußball? Ja, im Fernsehen schauen. Aber selbst spielte er nicht. Bisher war ihm das auch immer genug gewesen. Aber wenn er sein bisheriges Leben mit dem von Nadja verglich, erschien ihm das plötzlich ziemlich eintönig.

Genau genommen gab es ziemlich wenige Gemeinsamkeiten zwischen ihnen beiden. Aber wenn sie so zusammen durch den Wald gingen, hatte das gar keine Bedeutung. Wenn sie sich unterhielten, sich etwas erzählten oder Witze machten, dann fühlte er sich ihr so nah, als führten sie schon seit Ewigkeiten ein gemeinsames Leben, in dem sie alles teilten und alle Hobbys gemeinsam hatten. Manchmal gingen sie so nah nebeneinander, dass Simon beim Gehen mit seiner Hand aus Versehen ihre Hand berührte. Dann war er jedes Mal versucht, einfach ihre Hand zu nehmen und im Gehen weiter festzuhalten. Er hatte sich aber geschworen, ihr auf keinen Fall körperlich näher zu kommen, als es ihr lieb war. Dass er sie vor den Ferien einfach so gegen ihren Willen geküsst hatte, hatte sie so wütend und ihr Verhältnis so kaputt gemacht – das wollte er keinesfalls noch einmal erleben. Und jetzt war ihre Freundschaft so ein kostbares, zartes Pflänzchen geworden, das wollte er um nichts auf der Welt aufs Spiel setzen.

Als die Sonne unterging und sie wie vor einer Woche vor der Mühle saßen, erzählte er ihr von seinem Versuch zu beten. Dass er immerhin ein halbes Vaterunser und ein »Wir haben uns heute hier versammelt« hingekriegt hatte. Zuerst kicherte Nadja vor sich hin, aber dann brach doch ein lautes und ungehemmtes Lachen aus ihr heraus. Sie konnte sich gar nicht mehr einkriegen. Simon wollte schon sein Siegeslächeln aufsetzen, womit er sonst immer seine Unsicherheit überdeckte, aber er entschied sich dann doch dazu mitzulachen.

Als Nadja ihren Lachanfall beendet hatte, wischte sie sich aus jedem Auge ein paar Tränen und sagte: »Simon, du bist irgendwie süß.«

Wieder durchfuhr es Simon heiß, aber er konnte trotzdem noch antworten: »Und du sowieso.«

Nadja fuhr sich noch einmal mit den Händen durch ihr Gesicht. »Aber zumindest ist das schon mal ein guter Anfang.« Sie schaute zu Simon rüber und lächelte ihn an. »Ein erster Schritt von dir auf Gott zu. Auch wenn ihr euch noch nicht so viel unterhalten habt.« Sie kicherte wieder los, hatte sich aber schnell wieder gefangen. »Im Grunde ist es doch das, was Gott will: Beziehung. Freundschaft.« Sie sah Simon geheimnisvoll an und lächelte. »Liebe.« Sofort schoss rote Farbe in Simons Gesicht. Schnell schaute er von Nadja weg und starrte geradeaus in den Wald. Nadja redete weiter: »Weißt du, letztlich kannst du so viel über Gott hören, wie du willst. Du kannst dir darüber Gedanken machen, ob es sein kann, dass derselbe Jesus von damals heute hier ist. Du kannst dich über Christen oder die Kirche aufregen. Aber das bleibt alles nur Theorie. Eine Beziehung zu ihm hast du dadurch noch lange nicht.« Simon sah immer noch geradeaus auf die Wiese und den Wald, als er Nadja sagen hörte: »So ist es doch auch mit anderen Freundschaften oder Beziehungen. Du kannst zum Beispiel über mich ganz viel reden, nachdenken, wissen. Aber eine Beziehung haben wir dadurch noch lange nicht.«

»Das stimmt«, rutschte es Simon viel zu schnell heraus. Er wollte diesen peinlichen Satz schnell wieder zurücknehmen. Aber sofort fragte er hinterher: »Und wie kriegen wir die dann doch noch?«

Nadja grinste breit, als hätte sie mit dieser Frage gerechnet. Oder am Ende sogar darauf gewartet? »Na ja. Es fängt damit an, dass man erst mal das Misstrauen überwindet und den einen oder anderen Schritt auf den anderen zugeht. Auch wenn man noch nicht genau weiß, worauf es hinausläuft. Und dann auch mit dem anderen redet. Aber nicht nur Müll, sondern was Ehrliches.«

»Das hab ich ja«, kam es aus Simon heraus.

»Genau. Und dann redet man öfter miteinander. Und mehr. Man freut sich aufeinander. Man will wissen, wie es dem anderen geht. Vor allem will man, dass es dem anderen gut geht. Und man fragt den anderen, was er denn will. Man tut dem anderen zuliebe auch mal etwas, das man sonst nicht tun würde. Und irgendwann kommt man sich dabei so nah, dass man gar nicht mehr ohne den anderen sein möchte.«

Simon hatte das Gefühl, immer noch knallrot im Gesicht zu sein. Sein Herz schlug immer schneller. »Hast du jetzt über die Beziehung zu Gott geredet oder über uns?«, fragte er vorsichtig.

»Über die Beziehung zu Gott natürlich«, sagte Nadja schnell. Und dann fügte sie hinzu: »Aber ein bisschen ist das doch bei jeder Beziehung so, oder?«

»Ja.« So persönlich, fast romantisch hatte Simon noch nie über die

Sache mit Gott nachgedacht. Gott nahe sein, sich auf Gott freuen, ihm zuliebe etwas tun – ja, das klang alles gut. Aber er musste sich eingestehen, dass er diesbezüglich noch ziemlich am Anfang stand. »Und wie kann ich so eine Beziehung … also … so vertiefen, dass ich gar nicht mehr davon wegwill?«

»Meinst du jetzt deine Beziehung zu Gott oder die zu mir?«

Simon war inzwischen so rot geworden, dass er das Gefühl hatte, seine Ohren würden glühen. »Also … die zu Gott natürlich.«

Sie schauten sich schweigend an. Nadja grinste, als hätte sie seine Gefühle in seinen Augen gelesen. Oder an seinen roten Ohren. »Wenn du willst, können wir mal zusammen beten«, schlug sie vor.

»Ja, gern. Wo und wann?«

Wieder kicherte Nadja ein bisschen, dann sagte sie: »Von mir aus hier und jetzt.«

»Ach so. Jetzt.« Simon schaute sich nach allen Seiten um. Wieder Blödsinn, denn es war niemand in der Nähe. Allerdings auch keine Kerze, und irgendwie hatte er das Gefühl, eine Kerze gehörte mit zum Beten. »Hier draußen?«

»Warum nicht?«

»Stimmt. Warum nicht. Genau. Warum eigentlich nicht?«

Dass das gemeinsame Beten auf einmal so unverhofft so nah gekommen war, ohne dass Simon sich richtig darauf vorbereiten konnte, machte ihn doch ein bisschen nervös. Aber das wollte er natürlich nicht zugeben.

»Bist du nervös?«, fragte Nadja unvermittelt.

»Was? Wieso?« Konnte sie etwa hellsehen? Oder hatte sie in seinen Augen gelesen? Simon atmete schwer aus. Was für eine Erleichterung, wenn man nicht immer so tun musste, als wäre man stärker, als man in Wirklichkeit war. »Ja«, gab er zu. »Ich bin nervös. Blöd, oder? Ich weiß gar nicht, warum.«

»Das ist nicht blöd«, sagte Nadja. »Das ist süß.« Sie lächelte. Und damit hatte sie ihn schon wieder entwaffnet.

Nadja faltete ihre Hände und schloss die Augen: »Also los.«

»Okay.« Simon tat es ihr gleich.

Nadja begann: »Gott, ich dank dir für Simon. Danke, dass du ihn geschaffen hast. Und danke, dass er sich in den letzten Wochen so zum Positiven verändert hat. Danke, dass ich diesen neuen Simon kennenlernen durfte. Danke, dass so viel Gutes in ihm steckt und danke, dass er so ehrlich und offen nach dir fragt. Danke für alles.«

Dann kam nichts mehr. Stille. Simon öffnete die Augen und sah zu Nadja rüber. Sie saß immer noch in Gebetshaltung da. War er jetzt etwa dran? Sollte er jetzt etwa vor ihr laut etwas zu Gott sagen? Und was?

Als hätte Nadja seine Gedanken gehört, sagte sie, ohne die Augen zu öffnen: »Jetzt du.«

»Ach so. Ja.« Simon nahm wieder Gebetshaltung ein. Augen zu, Kopf nach unten. »Gott.« So weit war er vorgestern auch schon gekommen. Aber dann dachte er an das, was Nadja gerade eben gebetet hatte, und dann kam es mehr oder weniger von selbst aus ihm heraus: »Danke für Nadja. Danke, ähm … dass es Nadja gibt. Und danke, dass Nadja hier hoch zu mir in die Mühle gekommen ist. Und dass sie nicht weggelaufen ist, nachdem ich ihr meine Geschichte erzählt habe. Und ich fänd's schön, wenn wir beide … also, du und ich … uns … also … noch besser kennenlernen könnten. Und … ähm, bitte … also … wenn du das einrichten kannst … dann mach doch, dass ich … also dass Nadja … ähm, dass Nadja und ich … na, du weißt schon. Amen.«

Puh. So ein langes Gebet. Und das ganz frei und ohne dass ihm jemand was vorgesagt hatte! Simon musste ein paarmal ein- und ausatmen. Ein bisschen fühlte er sich, als hätte er gerade eine kleine Rennstrecke zurückgelegt. Als er zu Nadja rübersah, hatte sie so einen lieben, verklärten Blick, dass ihm fast das Herz stehen blieb. Es blieb aber nicht stehen, im Gegenteil: Es schlug mit einem Mal so heftig, dass er Angst bekam, es würde jeden Augenblick aus seiner Brust herausbrechen und wild um ihn herumflattern.

»Simon«, sagte Nadja nur, und auch das klang so anziehend, dass es Simon nicht mehr auf seinem Stuhl aushielt. Er sprang auf und kniete sich nun aufrecht genau vor ihren Baumstumpf, auf dem sie immer noch saß. Sein Gesicht war nur noch wenige Zentimeter von ihrem entfernt. Simon keuchte. Nadja lächelte. »Du bist süß.« Im nächsten Augenblick spürte er ihre Hand in seinem Nacken, wie sie ihm hinten über seine Haare strich. Ab da war es nur noch eine kurze Bewegung, bis sich ihre Lippen berührten. Und spätestens da platzte Simons Herz aus seiner Brust, jagte mit schnellen Flügelschlägen in den Himmel, drehte dort oben Purzelbäume und Saltos, kam im Sturzflug wieder heruntergedüst und umkreiste mindestens zehn Minuten lang das Pärchen, das fast unbeweglich in dem hohen Gras vor der Mühle kniete und mit geschlossenen Augen und umschlungenen Armen die wohlschmeckende Nähe des anderen genoss. Das nannte Simon mal eine schnelle Gebetserhörung. »Na, du weißt schon«, hatte Simon gebetet. Und Gott wusste schon. Und Nadja auch. Das war Friede. Das war Glück. Das war Gott. Simon war im Paradies angekommen.

Am Sonntag überbrachte Nadja eine ganz neue Nachricht: »Ich hab meine Eltern überredet. Sie räumen für dich das Gästezimmer frei. Du kannst bei uns wohnen.« Nadja strahlte dabei wie ein Kind, das seinen Eltern gerade ein wunderschönes Bild gemalt hatte und nun auf das Lob des Beschenkten wartete.

Simon konnte kaum glauben, was er da hörte. »Was? Wie hast du das hinbekommen? Was hast du ihnen gesagt?«

»Ach, ich hab ganz lange auf sie eingeredet. Ich hab gesagt, es ist eine absolute Ausnahmesituation und wir erklären alles, wenn sich die Lage wieder beruhigt hat. Ich hab auch gesagt, für deine Eltern ist das völlig in Ordnung. Denn auch für sie ist es eine ganz besondere Situation. In gewisser Weise vermissen sie dich ja noch nicht mal.«

»Oh weh. Und das haben sie geschluckt?«

»Nicht wirklich. Aber ich hab gesagt, sie tun dir damit einen riesengroßen Gefallen, weil du im Moment eigentlich so was wie obdachlos bist. Und ich hab erklärt, wir tun wirklich nichts Verbotenes und das muss man auch nicht der Polizei oder sonst jemandem melden. Und weil meine Eltern mir im Großen und Ganzen vertrauen, haben sie erst mal zugestimmt.«

Spontan nahm Simon Nadja in den Arm und hielt sie fest. »Danke! Vielen Dank!« Und wieder genoss er es, ihr endlich, endlich so nah sein zu dürfen und zu wissen, dass sie das auch genoss.

»Und für wie lange haben sie zugestimmt?«, fragte er sie schließlich, als sie sich wieder aus der Umarmung gelöst hatten.

»Wir haben über keine bestimmte Zeit geredet«, sagte Nadja. »Keine Ahnung, wie lange das dauert. Bis sich deine Situation wieder normalisiert hat.«

»Aha. Und wann ist das?«

»Das weiß ich nicht. *Du* lebst doch in der doppelten Zeit. Wie lange geht das denn noch so?«

»Das weiß ich auch nicht. Meine Zeitreise begann in der Nacht vom 30. Juni auf 1. Juli. Als ich in der Nacht nach dem 30. Juni nach Hause kam, war plötzlich der 2. April. Vielleicht ist dann am 30. Juni wieder alles vorbei.«

»Aha. Und wenn nicht? Leben dann für immer zwei Simons nebeneinander in der Stadt?«

»Nein. Das glaub ich nicht.«

»Und wenn doch?«

Simon fühlte sich unsicher. Eigentlich hatte er keine Lust, darüber nachzudenken. »Das geht schon wieder vorbei und dann gibt es nur noch einen Simon.«

Nadja gab sich damit nicht zufrieden: »Und wie, denkst du, geht das vorbei? Wer von euch beiden verschwindet? Der Simon des ersten Durchgangs oder der des zweiten Durchgangs?«

Puh. Darüber hatte Simon noch gar nicht nachgedacht. »Ich hoffe doch, dass ich bleibe und der andere Simon verschwindet.«

»Und wohin verschwindet er? Und wieso er und nicht du? Die mysteriöse Gestalt, die plötzlich in diese Zeitschiene hineingefallen kam, warst ja immerhin du und nicht der andere. Denn ich, wenn ich das mal sagen darf, erlebe diese Zeit zum ersten Mal. Bei mir ist es zum ersten Mal der 5. Mai. Und für den nervigen Simon, den ich jeden Morgen in der Schule treffe, auch. Logisch wäre ja eigentlich, wenn der Überflieger verschwindet.«

»Logisch?« Simon schüttelte den Kopf. »Logisch ist hier überhaupt nichts. Ich mach so eine Zeitschleife auch zum ersten Mal mit. Darum kann ich dir noch keine Erfahrungswerte mitteilen.« Dann stutzte Simon kurz: »Willst du etwa, dass ich verschwinde und nicht der andere Simon?«

»Natürlich nicht, du Dummkopf.« Sie strich ihm mit der Hand über die Wange. »Aber ich frag mich halt, wie das mit uns beiden weitergehen soll, wenn ich jeden Tag von zwei Simons umgeben bin. Einer, der mich morgens in der Schule unglaublich nervt, und einer am Nachmittag, der sehr, sehr nett ist. Und noch schlimmer wäre für mich die Vorstellung, wenn du am 30. Juni wirklich einfach so weg wärst. Den Simon aus dem ersten Durchgang würde ich mir garantiert nicht als Freund aussuchen.«

Simon seufzte. »Ich weiß es doch auch nicht. Sollen wir es denn nicht einfach mal abwarten?«

Nadja lächelte, aber zufrieden schien sie nicht. »Ist gut«, sagte sie trotzdem. »Dann lass uns jetzt mal zu uns nach Hause gehen. Soll ich dir beim Packen helfen?«

Relativ schnell waren die wenigen Habseligkeiten von Simon in den Rucksack gepackt. Als sie die große Wiese überquert hatten und bei dem verfallenen Tor angekommen waren, drehte sich Simon noch einmal um und betrachtete das Haus, das in den letzten Wochen sein Zuhause gewesen war. Irgendwie war ihm die alte Mühle doch sehr ans Herz gewachsen. Er hatte zwar nichts außer ein paar Keksen, er hatte keinen Strom und noch nicht mal eine ordentliche Toilette. Trotzdem hatte er das Gefühl, in dieser Zeit erwachsener, reifer und selbstständiger geworden zu sein. Er hatte die Natur und die Einfachheit zu schätzen gelernt. Die Tiere, besonders dieser kleine schwarze Vogel, waren irgendwie seine Freunde geworden. Und jetzt kam er wieder zurück in die Zivilisation, wo er sich jeden Tag duschen, stylen und die Klamotten wechseln konnte. Schon krass.

Das Gästezimmer bei Familie Tillmann lag im Keller, aber es hatte ein eigenes kleines Badezimmer mit Dusche und WC direkt nebenan. Er war hier unten also sein eigener Herr. Die Bedingung von Tillmanns war, dass sich die beiden, wenn sie Zeit miteinander verbringen wollten, immer im Wohnzimmer, draußen oder sonst wo treffen mussten, jedenfalls nicht unbeaufsichtigt in Nadjas oder in seinem Zimmer. Simon fand das oberspießig, aber er sagte nichts dagegen. Immerhin war es schon ein ungeheures Entgegenkommen, dass er überhaupt hier wohnen durfte.

An den Abenden, wenn Nadja bereits im Bett lag und er allein in seinem Zimmer war, begann er, seine Gedanken in eine Art Tagebuch zu schreiben. An den Vormittagen, während Nadja in der Schule war, zog er hin und wieder eines der Bücher aus dem Bücherschrank, das sich hier im Gästezimmer befand. Meistens hatte er nach einer oder zwei Seiten schon keine Lust mehr auf das Buch. Aber manche Bücher waren interessanter, da gab er erst nach 20 Seiten auf. Hier unten lag auch eine Bibel. Hin und wieder versuchte er sogar darin zu lesen. Aber da kam er meistens nicht über ein oder zwei Abschnitte hinaus. Die ersten Kapitel der Bibel gingen ja noch: wie Gott die Welt erschuf, wie Adam und Eva vom verbotenen Baum aßen, wie Kain seinen Bruder Abel erschlug. Dann tausend Namen und wer wie lange gelebt und wie viele Kinder er bekommen hatte. Dann wieder eine bekannte Geschichte: Noah und die Tiere in der Arche. Im Vergleich zu dem, was er von früher aus den Bilderbüchern im Kindergarten kannte, war hier kaum was wiederzuerkennen. Aber immerhin – er hatte es erkannt. Danach der Turmbau in Babel. Dann wieder Namen, Namen, Namen. Dann Geschichten eines gewissen Abram. Das wurde schon komplizierter. Weil er aber pro Tag immer nur ein paar Abschnitte las, kam er langsam, aber stetig doch voran. Irgendwann hieß Abram plötzlich Abraham. Er bekam einen Sohn Isaak. Den sollte er eines Tages opfern. Im letzten Augenblick aber dann doch nicht. Also, das waren teilweise schon krasse Geschichten. Aber immerhin – er hatte angefangen zu lesen. In einer echten Bibel. In was-auch-immer-für-einem Deutsch. Und er verstand das meiste.

Mittags aßen Nadja, ihr Bruder Yannik und er mit Nadjas Mutter zusammen am großen Esstisch. Nachmittags half Simon Nadja manchmal bei den Hausaufgaben, da er ja all das, was sie durchgenommen hatten, bereits schon einmal mitgemacht hatte – auch wenn er im ersten Durchgang nicht so pflichtbewusst und regelmäßig die Hausaufgaben gemacht hatte wie Nadja. Danach unternahmen sie oft etwas miteinander. Wenn sie obendrein mit Steffi unterwegs waren, verwandelten sie Simon vorher in Timon. Das taten sie dann heimlich, sodass weder Yannik noch Nadjas Eltern etwas davon mitbekamen. Simon kam sich bei solchen Verwandlungsaktionen ein bisschen vor wie Clark Kent, der sich immer in einer Telefonzelle in Superman verwandelte. Mit der Zeit klappte es sogar ganz gut, mit den Wattepolstern zu reden, ohne dass sie verrutschten. Darauf war Simon ganz besonders stolz.

Am Donnerstag ging er als Timon wieder mit Steffi und Nadja zum Teentreff. Und wieder war der andere Simon anwesend, diesmal ohne Jan. Weil das Wetter so schön war, blieben sie nicht im Gemeindehaus, sondern fuhren mit den Autos der Erwachsenen zu einem Minigolfplatz. Ach ja, richtig, dachte Simon. Minigolf. Das hatte er ganz vergessen. Also wusste er jetzt schon, dass der kleine, freche Simon sich gleich bei der Gruppenaufteilung zu ihm, Nadja und Steffi gesellen würde. Und so kam es dann auch. Simon wünschte sich, dieser Abend würde so bald wie möglich enden. Mit seinem eigenen Ich Minigolf spielen – das hätte er sich in den kühnsten Träumen nicht vorstellen können. Er bemühte sich, so unauffällig wie möglich zu bleiben, und vermied es, mit dem anderen Simon irgendwo allein zu sein. Aber einmal ließ es sich doch nicht vermeiden. Als Nadja und Steffi sich in kleiner Entfernung über ihre Punktezettel beugten, stellte sich der coole Simon dicht neben ihn und fragte wie beiläufig: »Na, gab's den Pullover mehrmals im Angebot? Oder hast du nur den einen?«

Simon schaute kurz an sich herunter. Das stimmte. Wenn er sich jetzt öfter im Timon-Kostüm aufhalten wollte, müsste er sich mal ein paar Sachen zum Wechseln zulegen.

»Diesen Pullover hab ich nur einmal«, antwortete er so gelassen wie möglich. »Aber hätte ich gewusst, dass du heute kommst, hätte ich mich natürlich noch schicker gemacht.«

»Mich musst du nicht beeindrucken«, sagte der andere gönnerhaft. »Hauptsache, Nadja steht drauf.«

Nadja und ich sind bereits zusammen, du Arsch, dachte Simon, und das hätte er ihm auch am liebsten an den Kopf geschleudert, aber stattdessen sagte er: »Nadja steht mehr auf innere Werte.«

»Weiß ich«, kam es großkotzig von Ekel-Simon. »Ich hab ja welche. Und du? Wann legst du dir deine zu?«

Sehr lustig. Wirklich sehr lustig. Aber Simon wusste ja noch, wie man konterte: »Ich lass dir den Vortritt.«

»Das ist nett von dir.« Großkotz-Simon zog eine Augenbraue hoch. Das wirkte nicht nur überheblich, sondern auch lächerlich. »Lässt du mir auch bei Nadja den Vortritt?«

Augenbauen hochziehen – das konnte Simon ja noch. Er konnte es sich nicht verkneifen, den Blödmann nachzumachen, als er sagte: »Das muss ich nicht. Ich glaub, Nadja kann sich selbst entscheiden.«

»Recht hast du, Milchgesicht.« Sein eigenes Ich stieß ihm mit dem Ellenbogen in die Seite. »Dann warten wir mal ab, für wen sich die Kleine entscheidet. Für das Leben oder für die Langeweile.«

Und bevor Simon darauf noch mal antworten konnte, rief der andere den Mädchen laut zu: »So, dann bin ich ja wohl wieder dran!«

Du Arschloch, dachte Simon nur. Wenn du wüsstest, wie lächerlich du dich machst. Und von wegen Milchgesicht! Guck dich selber mal an! War ihm das damals, als er all diese Sprüche vom Stapel gelassen hatte, wirklich nicht aufgefallen, wie bescheuert das wirkte? Wie gestellt, wie möchtegern-cool, wie übertrieben? Er war sich immer so toll vorgekommen, so überlegen. Aber im Grunde war er ein riesiger Idiot gewesen. Simon konnte über sich selbst nur den Kopf schütteln.

In den nächsten Wochen genoss Simon jede Minute, die er mit Nadja verbringen konnte. Es war einfach himmlisch, mit ihr zu reden, mit ihr zu lachen oder sie schlicht im Arm zu halten. Immer öfter lasen sie auch zusammen in der Bibel. Nadja schlug meistens vor, im Neuen Testament zu lesen, also im hinteren Teil der Bibel. Da, wo Jesus mit ins Spiel kam. Das war zugegebenermaßen insgesamt leichter zu verstehen als die Geschichten vorne in der Bibel – noch dazu, wo die Kapitel vorne irgendwann nur noch in Gesetzestexte ausarteten: wer wann warum welches Fleisch essen darf und so weiter. So was wie Friede oder Gottesnähe stellte sich bei solchen Kapiteln nicht ein.

Wenn Simon mit Nadja betete, schämte er sich anfangs noch jedes Mal. Denn er fand, Nadja betete so leicht, so locker, als redete sie wirklich mit einem Freund oder einem Vater. Und er selbst formulierte sich seine Worte so zurecht, als müsste er eine Rede vor einem Politiker halten. Trotzdem machte das irgendwie Spaß. Und nach und nach fiel es ihm auch leichter.

In seinem Zimmer fühlte er sich nach wie vor wohl. Weil er jetzt regelmäßig und gut aß, bekam er auch bald wieder seine Figur von vorher. Und weil er einmal, als Nadja in der Schule war, zum Frisör ging, hatte er auch wieder seine übliche Simon-Frisur. Damit gefiel er sich wesentlich besser.

Auf Nadja kamen allerdings nach und nach ein paar Probleme zu. Das eine war, dass es sie immer mehr Mühe kostete, Timon und Simon auseinanderzuhalten. Wenn sie zu Steffi ging, war Simon Timon. Wenn sie zu Hause waren, war Simon Simon. Wenn sie draußen spazieren gingen, wo sie niemand Bekanntes zu treffen erwarteten, blieb Simon Simon. Wenn sie aber Gefahr liefen, dass sie jemand gemeinsam sehen könnte, zum Beispiel in der Stadt, beim Fahrradfahren oder im Teentreff, dann wurde Simon Timon. Simon war inzwischen natürlich fit genug, um sich selbst zu verkleiden. Wenn sie mit Timon ausgehen wollte, dann brauchten sie das nicht mehr im Wohnzimmer zu organisieren, wenn gerade niemand in der Nähe war. Nein, Simon konnte sich unten alleine umziehen, seine Kontaktlinsen alleine einsetzen, sogar die Augenbrauen anmalen, dann verließ er das Haus durch die Kellertür und sie trafen sich zwei Straßen weiter an der Ecke.

Trotzdem versuchten sie, diese Maskerade so selten wie möglich anzulegen. Sonntags zum Beispiel ging Familie Tillmann immer in den Gottesdienst. Dahin wollten sie Simon auch mitnehmen. Obwohl es ihn auch hin und wieder interessiert hätte, war ihm das insgesamt zu riskant. Als Simon konnte er dort unmöglich auftauchen. Da hätten sich garantiert ein paar Leute gewundert, die auch den anderen Simon kannten. Als Timon wollte er aber auch nicht in so eine große Öffentlichkeit gehen. Je mehr Leute ihn mit Nadja zusammen sahen, umso mehr Leute wollten dann auch wissen: Wer war das? Woher kam der? Woher kannten er und Nadja sich? Wieso wohnte der bei Tillmanns? Das würde so einen Rattenschwanz an Fragen und Problemen mit sich bringen, dass Simon es bevorzugte, am Sonntagvormittag zu Hause zu bleiben, auch wenn Nadjas Eltern manchmal skeptische Gesichter machten, wenn sie ihn allein im Haus zurückließen. Immerhin kannten sie ihn nicht wirklich und wussten nicht, was er alles anstellen würde, wenn er alleine in ihrem Haus blieb.

Das nächste Problem war, dass Nadjas Eltern immer öfter fragten, wie lange denn ihr Gast noch da unten wohnen bleiben wollte. Natürlich waren die Eltern meistens nett zu Simon. Sie hatten ja nun auch kapiert, dass die beiden befreundet waren. Und sie akzeptierten das auch. Es kamen auch keine Sprüche wie »Seid bloß vernünftig« oder so was. Klar, es blieb dabei, dass sie sich weiterhin nicht in Simons oder Nadjas Zimmer zurückziehen durften. »Du bist immerhin erst fünfzehn«, hatte Nadjas Vater in den letzten Tagen bestimmt hundertmal mahnend am Tisch gesagt. Okay, nicht hundertmal. Neunzigmal. Trotzdem. Die Eltern wurden immer misstrauischer. Ob mit Simons Familie wirklich alles in Ordnung wäre, wollte die Mutter wissen. Wussten Simons Eltern wirklich davon, dass er hier wohnte, und waren sie wirklich damit einverstanden? Nadja wusste bald gar nicht mehr, wie sie ihre Eltern hinhalten konnte, ohne sie anzulügen und trotzdem nichts von der Zeitschleife zu erzählen.

Die Geheimhaltung dieser Zeitschleife war für Nadja ein wirkliches Problem. Besonders ärgerlich war es für sie, dass sie ihrer besten Freundin Steffi nicht wirklich ihren Freund Simon vorstellen konnte. Sie konnte Steffi ja schlecht sagen, dass sie zwar mit Simon zusammen war, aber nicht mit der Arschgeige aus der Klasse, sondern mit seinem zweiten Ich aus der Zukunft. Sie wollte ihr aber auch nicht für immer einen verkleideten Timon mitbringen. Sie kam sich dabei unehrlich vor, aber sie wusste nicht, wie sie es besser machen sollte. »Lass uns Steffi einweihen, sie wird es auch keinem weitersagen«, bat sie Simon hin und wieder. Aber Simon gefiel diese Idee nicht. Er fühlte sich selbst in seiner Rolle als Zeitreisender total mies und kam kaum damit zurecht. Allein Nadja alles zu erzählen hatte ihn schon eine riesige Überwindung gekostet. Da wollte er jetzt nicht noch mehr Leute mit reinziehen, denen er sein Geheimnis erklären musste.

Das größte Problem von allen aber war, dass Simon aus der Klasse Nadja zunehmend annervte. Er ließ wirklich nichts unversucht, um Nadjas Aufmerksamkeit zu erlangen. Manchmal war Nadja so fertig von seinen dummen Anmachen in der Schule, dass sie sich zu Hause auf den neuen Simon erst mal gar nicht richtig einlassen konnte. Immerhin sahen beide wieder genau gleich aus. Und sie musste sich richtig konzentrieren, um zwischen den beiden Simons hin- und herswitchen zu können. Darum nahm sich Simon eines Tages vor, seinen nervigen Zwillingsbruder ein bisschen zu besänftigen. Er zog sich mittags die Timonn-Verkleidung an und ging in die Straße, in der Simons Haus stand. Mit verschränkten Armen lehnte er an der Mauer gegenüber seines eigenen Hauses und wartete auf Simon. Als er irgendwann endlich angeschlendert kam, erkannte er ihn schon von Weitem. Sofort legte Klein-Simon sein blödes Grinsen auf und verlangsamte seinen Schritt. »Was machst du denn hier?«, rief er über die Straße.

»Dich warnen«, antwortete Timon-Simon gelassen.

Klein-Simon zuckte mit den Mundwinkeln, als wollte er damit zeigen, wie beeindruckt er war. »Warnen«, wiederholte er. »Cool. Und wovor?«

Der verkleidete Simon blieb an der Mauer gelehnt auf der anderen Straßenseite. Eigentlich hatte er keine Lust, diese Unterhaltung über die ganze Straße hinweg zu führen. Andererseits wollte er auch nicht derjenige sein, der auf den anderen zuging. Also blieb er einfach da stehen und wartete. Dabei grinste er so, wie es der andere Simon sein ganzes Leben lang getan hatte. Der andere Simon wartete ein paar Sekunden, und als keine Antwort kam, machte er sich tatsächlich auf den Weg über die Straße und stellte sich direkt vor ihn: »Wovor willst du mich warnen?«

Simon bewegte sich kein Stückchen, als er antwortete: »Lass Nadja in Ruhe.«

Automatisch trat Klein-Simon einen Schritt zurück, aber er lachte laut auf. »Was? Du spinnst wohl! Hast du etwa über sie zu bestimmen?«

»Nein, hab ich nicht«, sagte Timon-Simon. »Aber du auch nicht.«

»Okay, alles klar!« Klein-Simon hob abwehrend die Hände und wurde lauter. »Dann sind wir ja quitt! Du hast nicht über Nadja zu bestimmen, ich hab nicht über sie zu bestimmen. Wir wollen sehen, für wen von uns beiden sie sich entscheidet. Klar?«

»Nicht klar«, schoss Simon scharf zurück. »Du nervst Nadja mit deinen blöden Sprüchen und mit deiner peinlichen Anmache und damit sollst du aufhören!«

Das Grinsen des anderen Simons erlosch. Seine Augen verengten sich zu kleinen Schlitzen: »Wer sagt das?«

»So kriegst du sie nie!«, fuhr Simon fort. »So ekelst du sie nur immer mehr an!«

Der andere Simon kam ihm bedrohlich nah. »Ach ja? Hat Nadja dir das erzählt? Redet ihr über mich? Trefft ihr euch nachmittags?«

Simon ging nicht auf ihn ein. »Hör einfach auf, sie so zu behandeln. Ich will nicht, dass Nadja wegen dir leidet!«

Der andere Simon kam ihm mit dem Gesicht so nah, dass er seinen Atem spürte. »Du Sackgesicht«, knurrte der andere leise, aber bedrohlich. »Du hast mir so was von überhaupt nix zu sagen. Nadja leidet nicht wegen mir. Verstanden? Vielleicht gefallen ihr meine Sprüche besser, als du denkst.«

»Wenn du wüsstest, wie armselig du bist«, flüsterte Simon ebenso leise. »Du bist so eine arme, hirnlose Sau. Wenn ich nicht so viel Mitleid mit dir hätte, würde ich dich nur noch verachten.«

»Danke für das Kompliment. Aber du kannst dir gar kein Urteil über mich erlauben. Du kennst mich doch überhaupt nicht.«

Simon grinste. »Wenn du wüsstest, wie gut ich dich kenne. Mehr, als dir lieb ist.«

Der andere grinste nicht, aber Simon sah, dass er verunsichert war. »Und woher, wenn ich fragen darf?« Er entfernte sich von seinem Gesicht und wurde wieder lauter. »Über Nadja, oder was? Die weiß doch auch gar nichts über mich! Einen Dreck weiß die!«

Simon blieb ruhig. »Wie gesagt. Ich wollte dich nur warnen. Hör auf, Nadja mit deinen blöden Sprüchen und deiner billigen Anmache zu nerven. Denn wenn du sie nervst, nervst du auch mich. Verstanden?«

Das Gesicht des anderen verfinsterte sich wieder. Drohend hob er eine Faust vor sein Gesicht: »Hör mal. Wenn ich du wäre, würde ich jetzt ganz schnell zusehen, dass ich meine vorlaute Fresse halte und von hier verschwinde. Sonst könnte es passieren, dass ich mich noch vergesse.«

Simon musste lachen. »Wenn du ich wärst«, wiederholte er und musste noch mal lachen. Scheiße, was für eine Situation! »Das ist gut!« Er zwang sich, nicht so laut zu lachen, wie ihm eigentlich zumute war. »Das merk ich mir!«

»Ja, merk dir das!«, schimpfte der andere laut. »Und jetzt hau ab!«

Der Simon von damals ging über die Straße und betrat sein Grundstück, ohne sich noch mal umzuschauen. Der Timon-Simon ging den Weg zurück bis zu Nadja. Verrückte Welt.

Nadja erzählte er nichts von diesem Erlebnis, aber er hatte in den Tagen darauf den Eindruck, als käme sie nicht mehr ganz so genervt von dem alten Simon aus der Schule. Irgendwann wurde es dann aber doch wieder schlimmer. Und die anderen Probleme waren ja auch noch da. Irgendwie hatte Simon das Gefühl, was unternehmen zu müssen. Aber er wusste nicht, was.

An einem der nächsten Vormittage verwandelte er sich in Timon und ging zum Schulgebäude. Über den Schulzaun beobachtete er Simon und die anderen. Diesmal musste er sich ja nicht mit aller Gewalt verstecken. Als Simons Klasse zum Sportunterricht in die Turnhalle schlenderte, saß er in der Nähe der Turnhalle auf einem Zaungeländer und sah sich die ganze Klasse genau an. Außer Nadja, Steffi und Klein-Simon konnte ihn hier keiner kennen. Darum hatte er genug Zeit, um sich alle in Ruhe anzuschauen. Simon und seine Clique waren am lautesten zu hören. Sie erzählten sich versaute Witze und machten sich über andere in der Klasse lustig. Da hörte er, wie Julian rief: »Achtung, Hundekacke! Nicht reintreten!«

Oh nein, dachte Simon. Jetzt diese Story! Einen Augenblick überlegte er, ob er jetzt schon mal schnell eingreifen sollte. Vielleicht könnte er Leon beschützen. Aber schon hatte Ekel-Simon den armen Leon an der Hand gepackt: »Leon, komm mal mit, ich muss dir was zeigen!«

»Nein, lass mich!«

»Julian, Konsti, helft mir mal!«

Lachend und johlend zerrten die drei Jungen Leon so lange über den Schulhof, bis er mitten durch die Kacke trampelte. Dann ließen sie ihn stehen und marschierten jubelnd Richtung Turnhalle. Leon stand wie gelähmt vor dem Haufen seines Unglücks, versteckte dann sein Gesicht unter den Händen und weinte leise.

So ein Arsch, dachte Simon. So eine widerliche Bestie. Wie konnte man so was nur auf die Menschheit loslassen?

Einen Moment bevor sie die Turnhalle betraten, schaute Arschloch-Simon zu ihm rüber. Einen kurzen Augenblick verlor er die Kontrolle über seine Gesichtszüge, aber sofort hatte er sich wieder gefangen und kam mit einem frechen Grinsen auf ihn zu. Julian, Konsti und Benno folgten ihm. »Na, Milchgesicht?«, grüßte er. »Hast du keine Schule?«

»Was für eine armselige, widerliche Kreatur«, mehr fiel Simon nicht ein. Am liebsten hätte er noch was Gemeineres gesagt, aber dafür war er noch zu sprachlos.

»Hups«, kam es sarkastisch von Klein-Simon. »Na, als so böse hätte ich den armen Leon ja nicht bezeichnet. Aber jetzt, wo du es sagst – du hast recht. Leon ist eine armselige, widerliche Kreatur.« Er schaute zu Leon rüber. »Schau mal, jetzt heult er sogar. Der Arme.«

Die anderen Jungs lachten. Marionetten. Sklaven. Diener. Gehorsame Untertanen ohne freien Willen, dachte Simon. Wie konnte man sich so einem seelenlosen Menschen überhaupt anschließen?

»Ich meinte nicht Leon«, sagte Simon schließlich.

»Ach so«, sagte der andere. »Du meinst dich. Na gut. Selbsterkenntnis ist der erste Weg zur Besserung, hab ich mal irgendwo gehört.«

Simon fehlten die Worte. So viel Gemeinheit in einer Person. Im Augenwinkel sah er, wie Leon sich auf den Schulhof setzte, leise weinte und dabei versuchte, seine Schuhe zu säubern. »Ich hasse dich«, war alles, was er rausbrachte.

»Das ist gut«, sagte der andere ohne eine Spur von schlechtem Gewissen. »Da haben wir ja eine gemeinsame Ebene gefunden. Und jetzt mach's gut – und denk dran: Wenn ich du wäre, würde ich jetzt abhauen. Das wolltest du dir ja merken.«

»Und wie ich mir das merken werde«, sagte Simon. »Und du wirst dir das erst recht merken.«

»Hu, jetzt hab ich aber Angst!«

Plötzlich war Nadja dazugekommen: »Simon! Was machst du hier?«

»Was, ich?«, riefen beide Simons wie aus einem Munde.

Scheiße. Nadja hatte sich verplappert. Sie hatte natürlich ihn gemeint. Was jetzt? Es gab eine kleine Schrecksekunde zwischen allen dreien, aber dann fiel Nadja zum Glück selbst etwas ein, wie sie die Situation retten konnte: »Ich hab ›Simon‹ gesagt. Den gibt es hier nur einmal. ›Simon, was machst du hier bei Timon?‹, wollte ich fragen. Und, Timon, was machst du hier an der Schule?«

Wieder schauten sich alle drei kurz fragend an. Dumm-Dumm-Simon fand als Erster die Worte: »Ich hab Timon Hallo gesagt. Das darf ich doch, wenn er uns schon mal an der Schule besucht, oder?«

»Und ich hab grad eine Freistunde und dachte, ich schau mal vorbei«, log Simon, aber er ahnte schon, dass das beim anderen Simon nicht ankam.

»Freistunde, aha«, spottete der. »Welche Schule schwänzt du denn?«

»Das geht dich einen feuchten Dreck an.«

»Feuchter Dreck – gutes Stichwort«, beendete Doof-Simon das Gespräch, ging mit den anderen zur Turnhalle zurück und rief Leon noch einmal fröhlich zu: »Komm, Leon, beeil dich!«

»Simon, was machst du hier?«, fragte Nadja leise, als der andere Simon weit genug weg war.

»Ich dachte, ich behalte den anderen Simon mal ein bisschen im Auge. Wenn er dich nervt, kann ich dich beschützen. Und in so einem Fall wie jetzt kann ich zum Beispiel Leon helfen.«

»Ich kann selbst auf mich aufpassen«, sagte Nadja. Dann schaute sie zu Leon rüber. »Aber Leon kann wirklich Hilfe gebrauchen.« Sie lächelte ihn an und gab ihm einen flüchtigen Kuss, bevor sie in die Turnhalle rannte: »Du machst das toll, Simon. Ich bin stolz auf dich.«

Simon ging auf Leon zu, der inzwischen beide Schuhe ausgezogen hatte und unbeholfen versuchte, mit einem Tempotaschentuch den Dreck abzuwischen. Aber die Taschentücher waren total aufgeweicht, Leons Finger waren voller Hundedreck und alles stank bestialisch. Simon setzte sich neben ihn: »Kann ich dir helfen?«

»Nein, geht schon«, schnuffelte Leon mit belegter Stimme. Mit dem Handrücken versuchte er obendrein, seinen Rotz von der Nase zu wischen und verteilte damit den Dreck auch noch in seinem Gesicht. Simon wurde schlecht.

»Ich mach das sauber«, sagte Simon und nahm die verdreckten Turnschuhe an sich, obwohl er sich tierisch davor ekelte. »Geh du schon mal in den Waschraum und wasch dir ordentlich die Hände und auch das Gesicht. Du bist total verdreckt.«

Leon schaute sich seine Hände an und schien erst jetzt zu bemerken, wie beschmiert er war. »Simon ist so gemein«, schniefte er.

»Ja, das ist er. Aber glaub mir, es kommt eine Zeit, da wird er sich bessern.«

Leon rieb sich noch mal den Rotz von der Nase und verteilte ihn in seinen Händen. »Er hat mir mal gesagt, dass er gar nichts dafür kann. Er tut das Böse und danach tut es ihm wieder leid.«

»Und glaubst du ihm das?«

»Ich weiß nicht. Manchmal hilft es mir, diese Gemeinheiten zu ertragen. Aber manchmal auch nicht. Zum Beispiel jetzt.«

Beide standen auf und gingen langsam zur Turnhalle. »Weißt du, was ich glaube?«, begann Simon. »Ich glaube, im Moment ist dieser Simon, den du jetzt kennst, noch feige und gemein. Und er kann was dafür. Es tut ihm überhaupt nicht leid. Er weiß gar nicht, was Mitleid ist. Mitleid hat er nur mit sich selbst. Aber bald wird er in eine unglaubliche Lehrzeit gehen. Und in der werden ihm die Augen geöffnet und er wird erkennen, was für ein Mensch er ist – und wie es ist, ein anderes Leben zu führen und anderen zu helfen. Dann wird Simon eine zweite Chance bekommen. Und ich glaube, er wird die Chance ergreifen.«

Leon schaute Simon prüfend an. »Woher weißt du das?«

»Ich weiß es einfach.«

Leon schaute jetzt noch skeptischer. »Wer bist du überhaupt?«

Simon lächelte freundlich. Kurz überlegte er, ob er Leon die ganze Geschichte erzählen sollte. Aber dann entschied er sich dagegen und sagte: »Manche nennen mich Timon.«

»Manche? Und wie nennen dich die anderen?«

Sie waren im Waschraum angekommen. Die anderen waren bereits in der Turnhalle. »Geh dich jetzt waschen. Ich mach deine Schuhe sauber und stell sie an deinen Platz.«

Leon schaute ihn noch mal prüfend an. Fast schien es Simon, als würde er den wirklichen Simon unter der Timon-Verkleidung erkennen. Dann lächelte er: »Danke.«

Es dauerte fast eine halbe Stunde, bis Simon die Schuhe unter dem Waschbecken von dem Dreck befreit hatte. So eine miese Drecksau. Am liebsten hätte er jetzt anschließend Simons Schuhe genommen, sie einmal richtig in die Hundescheiße getaucht und so wieder auf den Platz gestellt. Aber das würde nichts bringen. Doof-Simon würde natürlich Leon für diese Tat verdächtigen und sich bitter an ihm rächen.

Ab jetzt tauchte Simon immer öfter im Timon-Gewand in der Nähe der Schule auf. Er vermied es, mit dem anderen Simon ins Gespräch zu kommen. Aber sobald er mitbekam, dass dieser den armen Leon wieder zu hart rannahm, gesellte er sich kurz zu Leon und tröstete ihn.

»Wo kommst du eigentlich immer her?«, fragte Leon einmal, als er ihm half, seine Hefte und Stifte aus dem Mülleimer bei der Bushaltestelle zu sammeln. »Beobachtest du mich?«

Simon wusste nicht wirklich, was er darauf sagen sollte. So fragte er nur zurück: »Wär das schlimm?«

Da grinste Leon so fröhlich, wie er ihn noch nie hatte grinsen sehen: »Nein.« Er legte seinen Kopf schief. »Bist du ein Schutzengel?«

Simon musste auch grinsen. Für einen Engel hätte ihn einige Wochen zuvor niemand gehalten. Aber jetzt gefiel ihm dieser Gedanke. Vielleicht war er ja wirklich einer. Waren vielleicht alle Schutzengel Menschen aus einer Zeitschleife? War er, Simon, ein Engel?? Nein. Das konnte nicht sein. Denn falls doch – dann wäre es vielleicht wirklich er, der nach Ablauf der dreizehn Wochen verschwinden würde. Oder sich in einen richtigen Engel verwandeln. Oder es würde einfach überhaupt nichts passieren und nach dem 30. Juni wäre er immer noch der doppelte Simon – und er wäre für den Rest seines Lebens dazu bestimmt, Leon aus der Patsche zu helfen. Das wäre ja furchtbar! Wäre er dann für immer ein Engel? Wo sollte er dann wohnen? In Nadjas Keller? In der Mühle? Im Himmel? Und wenn er ein Engel wäre – würde er dann vielleicht überhaupt nicht älter? Wäre er immer noch fünfzehn, wenn Nadja schon längst eine Oma war? Während ihm diese Gedanken ohne wirkliche Reihenfolge durcheinander im Hirn herumpurzelten, verlor er sein Grinsen. Da steckten doch jetzt ein bisschen zu viele Fragezeichen drin. Und zu viele Möglichkeiten, die ihm absolut nicht gefielen. Ein Schutzengel für Leon – das ging ja noch. Aber als zeitloser Engel auf ewig ohne Zuhause – nein.

»Ich glaub nicht«, antwortete er schließlich auf Leons Frage. Aber sicher war er sich dabei nicht.

Als er an diesem Tag von der Schule nach Hause ging und an seinem eigenen Haus vorbeikam, sah er seine Mutter, wie sie gerade eine Pappkiste mit Einkäufen aus dem Kofferraum hob. Beinahe hätte er »Hallo Mama« gerufen. Aber dann hielt er sich doch noch zurück. Er war ja gerade Timon. Da riss der Griff an der einen Seite ab, die Kiste fiel der Mutter aus der Hand und polterte mit voller Wucht auf den Boden, wo etliche der Gemüseteile, Joghurtbecher und andere Packungen über den Boden kullerten. Mit einem Satz war Simon herbeigesprungen und half ihr beim Einräumen.

»Danke«, sagte die Mutter freundlich, als sie fertig waren, und wollte die Kiste wieder anheben. Sie schaute Simon dabei kurz in die Augen und stutzte: »Simon, bist du das?«

»Simon?«, fragte Simon schnell, räusperte sich kurz und bemühte sich, mit etwas tieferer Stimme weiterzureden. »Wer ist Simon?«

Die Mutter lächelte und schüttelte kurz den Kopf. »Schon gut«, meinte sie, »ich dachte nur gerade …«, sie schüttelte wieder den Kopf, »aber das geht ja gar nicht.« Wieder griff sie nach der Kiste mit den Einkäufen und wollte sie anheben.

»Ich mach das«, beschloss Simon, hob die Kiste an und trug sie vor der Mutter her bis zur Haustür.

Die Mutter lachte. »Das ist sehr nett von dir.«

Nachdem sie die Haustür aufgeschlossen hatte, wollte sie die Kiste wieder an sich nehmen, da sagte Simon: »Ich kann sie auch noch bis nach oben in die Küche tragen.«

»Danke«, freute sich die Mutter wieder. Und als sie oben waren und die Kiste auf dem Schrank neben der Spüle stand, fragte sie: »Woher weißt du eigentlich, dass unsere Küche oben ist?«

Fast wäre Simon rot geworden, aber er wusste sich schnell zu helfen: »Ach, das hab ich mir so gedacht. Bei uns zu Hause ist die Küche auch oben.«

Wieder lachte die Mutter. So unbeschwert hatte er sie lange nicht gesehen. Oder war sie doch misstrauisch geworden?

»Wie heißt du denn?«, fragte sie plötzlich.

»Timon«, antwortete Simon und hoffte, dass es überzeugend klang.

»Timon, und weiter?«

»Timon … ähm, Meier.«

»Timon Meier«, murmelte sie und runzelte die Stirn. »Du siehst ein bisschen aus wie unser Simon. Wie alt bist du?«

»Fünfzehn.«

»Aha.« Sie nickte langsam. »Simon ist auch fünfzehn. Kennt ihr euch?«

»Hm, ich weiß nicht. Kann sein. Ich, ähm, ich wohn noch nicht so lange hier.«

»Ach so. Wenn du willst, kannst du dich ja mal mit Simon treffen. Der ist leider nicht so hilfsbereit wie du. Der sitzt den ganzen Tag vor seinem Computer. Entweder allein oder mit seinem Freund Jan.«

»Ja, hm, mal sehen. Ich glaub, ich muss dann auch weiter.«

»Danke noch mal fürs Helfen beim Reintragen. Ist doch schön, wenn es auch Jugendliche gibt, bei denen die Erziehung was gefruchtet hat.«

Irgendwie verspürte Simon bei diesem Satz einen Stich im Bauch. Hielt seine Mutter ihn etwa für einen hoffnungslosen Fall? »Das klingt, als wären Sie nicht zufrieden mit Ihrem Sohn.«

Die Mutter seufzte. »Ach.« Dann schien ein innerer Film vor ihr abzulaufen, den sie sich lange und schweigend anschaute. »Letztlich bekommt man ja immer das raus, was man selbst eingezahlt hat.«

»Was meinen Sie damit?«

»Na ja.« Wieder schaute sie sich ihren inneren Film an. »Wenn Kinder irgendwann schwierig sind, dann heißt es doch meistens, dass man vorher was falsch gemacht hat.«

»Das muss nicht sein«, protestierte Simon.

»Simon war früher so ein fröhlicher Junge«, begann sie aus dem unsichtbaren Film zu erzählen. »Immer ein Stehaufmännchen. Immer ein bisschen frech, aber nie zu frech. Und immer hatte er seinen eigenen Kopf.« Das klang alles ganz schön und Simon sprang ein fröhliches

Lächeln ins Gesicht, aber dann hörte er: »Wir waren ganz stolz auf ihn.«

»Waren?«, wiederholte Simon.

»Na ja«, sie schaute sich einen anderen Film an. Einen traurigeren. »In der letzten Zeit ist er so verschlossen. Nichts kann man ihm recht machen. Den ganzen Tag hängt er in seinem Zimmer rum. Ich weiß gar nicht, was er da macht. Und wenn man mal nachfragt, wird man direkt angemotzt. Manchmal fühl ich mich, als wär ich nur noch seine Köchin und Putzfrau. Aber mit seinem Leben hab ich nichts mehr zu tun.«

»Tja«, machte Simon. Das war eigentlich eine ziemlich perfekte Wiedergabe ihrer derzeitigen Situation. Und irgendwie tat es ihm schon leid, das so zu hören. Andererseits nervte es ihn auch, wenn seine Mutter ständig bei ihm rumschnüffelte. »Vielleicht ist das nur die Pubertät«, sagte er noch.

Seine Mutter lachte. »Das klingt ja, als wärst du ein richtiger Fachmann.«

»Ja, das bin ich auch. Ich stecke nämlich selbst mittendrin, wissen Sie? Aber ich bin gerade dabei, mir mein eigenes Leben aufzubauen. Ich lerne, wie man allein zurechtkommt. Wie man sich verändern kann und was der Sinn des Lebens ist und so weiter.«

Mutter lächelte. »Das ist schön.«

»Und wissen Sie, was einen dann daran hindert, groß und selbstständig zu werden?« Seine Mutter hob interessiert ihre Augenbrauen, während Simon die Antwort sofort hinterherschob: »Wenn einem morgens zum Beispiel immer noch das Bob-der-Baumeister-Essbrettchen zum Frühstück hingelegt wird. Wenn man das Gefühl hat, dass einem ständig hinterherspioniert wird. Wenn man keine Privatsphäre hat, wenn die Mutter in das eigene Zimmer eindringt und die Klamotten in den Schrank räumt. Wenn sie andauernd nachfragt, ob alles in Ordnung ist und ob es nicht doch irgendeinen Grund gibt, warum man sich Sorgen machen müsste.«

Puh, das hatte Simon wahrscheinlich etwas zu energisch vorgetragen. Und das mit dem Bob-der-Baumeister-Brettchen war vermutlich wieder ein Eigentor. Aber das musste jetzt mal raus. Seine Mutter lachte und sagte: »Genauso ist das bei uns auch! Simon hat sogar noch sein

Bob-der-Baumeister-Essbrettchen! Aber meinst du, das macht ihm so viel aus? Ich glaube, darüber macht er sich gar keine Gedanken.«

»Natürlich macht er sich darüber Gedanken!«, kam es von Simon etwas zu scharf zurück. »Und es nervt ihn tierisch! Er sagt nur nichts, weil es ihn noch mehr nervt, Diskussionen mit seiner Mutter zu führen!«

»Es ist doch nur ein Essbrettchen«, sagte sie amüsiert.

»Nur ein Essbrettchen!«, wiederholte Simon laut. »Das Essbrettchen steht ja sozusagen symbolisch für die ganze Verhätschelung! Für das bewusste Kleinhalten! Dafür, dass er immer noch Kind sein soll!«

Da lächelte die Mutter nicht mehr so amüsiert. »Und was soll ich deiner Meinung nach mit meinem Sohn machen?«

Simon seufzte einmal schwer. So richtig wusste er das doch auch nicht. Er steckte nun mal selbst gerade mittendrin und eigentlich war er kein Pubertätsberater. »Regel Nummer eins«, begann er dann doch und hob seinen Daumen hoch wie ein Professor, der einen schlauen Vortrag halten wollte, »vertrauen Sie Ihrem Sohn. Ja, Sie wissen nicht, was er den ganzen Tag in seinem Zimmer macht. Aber stellen Sie sich einfach vor, er macht nichts Schlimmes. Wenn es stimmt, dass Sie das rausbekommen, was Sie eingezahlt haben, und wenn Sie viel Gutes eingezahlt haben – dann kann er da doch gar nicht so viel Schlimmes machen. Oder? Ich schätze mal, er zockt am PC, unterhält sich per Handy mit seinen Freunden oder will einfach nur seine Ruhe haben. Also. Nichts Schlimmes.«

Seine Mutter war über diese so forsch vorgetragene Unterrichtsstunde sichtlich erstaunt. Aber sie widersprach nicht.

»Regel Nummer zwei«, fuhr Simon fort und streckte nach dem Daumen auch den Zeigefinger aus. »Mischen Sie sich nicht in den Zustand seines Zimmers ein. Wenn er es unordentlich haben will, dann ist es seine Entscheidung. Wenn er die Klamotten auf dem Boden haben will, dann ist es seine Entscheidung. Wenn er sein Bett ungemacht haben will, ist es seine Entscheidung. Er muss in seinem Zimmer leben und nicht Sie.«

»Einspruch!«, rief seine Mutter und erhob ihren Zeigefinger wie in einer Gerichtsverhandlung. »Ja, es ist seine Entscheidung. Aber er ist immer noch in einer Phase, in der ich den Auftrag habe, ihn zu einem selbstständigen Leben zu erziehen. Und Ordnung gehört dazu. Wenn er mal berufstätig ist oder eine Familie hat, kann es auch nicht so chaotisch aussehen. Das muss er jetzt lernen.«

»Einspruch abgelehnt«, sagte Simon und nahm den Tonfall eines Richters an. »Sie haben selbst gesagt, jetzt bekommen Sie raus, was Sie vorher eingezahlt haben. Wenn er jetzt unordentlich ist, ist das eigentlich ein Zeichen dafür, dass Sie früher nicht genau genug darauf geachtet haben. Und jetzt ist der Zug abgefahren. Erziehung abgeschlossen. Gewünschtes Ziel ›ordentlicher Junge‹ ist also zielverfehlt.«

»Nein, damit will ich mich nicht zufriedengeben.«

»Das ist ja mal wieder typisch.«

Die Mutter reckte den Hals. »Was? Wieso?«

»Ich meinte: Das ist typisch für jede Mutter. Aber bitte, ich kann Ihnen ja nur Ratschläge geben. Was Sie daraus machen, bleibt Ihnen überlassen.«

»Danke.«

»Bitte.« Simon nickte höflich. »Regel Nummer drei: Mischen Sie sich nicht in sein Leben ein. Lassen Sie ihn seine Erfahrungen machen, ohne andauernd nachzufragen, ob alles in Ordnung ist.«

»Was? Aber darf ich denn gar nicht mehr fragen, wie es ihm geht? Ich bin doch interessiert am Leben meines Sohnes.«

»Ja. Na gut. Hm. Vielleicht ist es die Art, *wie* Sie nachfragen, die ihn so nervt. Es ist was anderes, ob man fragt: ›Na, wie geht es dir?‹, oder ob man sorgenvoll fragt: ›Na, mein Junge, ist bei dir wirklich alles in Ordnung?‹«

Die Mutter zog einen Schmollmund: »So frag ich ja gar nicht.«

»Doch!«, zischte Simon zurück. »Genau so fragst du das! Ähm, ich meinte *Sie*. *Sie* fragen das so.«

»Das kannst du doch gar nicht wissen.«

»Doch, ich weiß das. Alle Mütter sind so.«

»Das ist mir zu allgemein.« Mutter verschränkte die Arme.

»Regel Nummer vier: Akzeptieren Sie, dass Ihr Sohn erwachsen wird. Spionieren Sie ihm nicht hinterher. Machen Sie nicht seine Arbeit. Organisieren Sie nicht sein Leben. Machen Sie nicht seine Hausaufgaben!«

»Wenn er das aber alles allein nicht hinkriegt!«, wandte seine Mutter ein und war dabei etwas lauter geworden.

»Aber wie soll er es denn hinkriegen, wenn er nie die Chance dazu bekommt!« Jetzt war Simon auch lauter geworden.

»Er bekommt die Chance immer wieder, aber er macht es ja nicht!«, rief sie laut. »Er macht nicht die Arbeiten, die man ihm sagt! Er macht auch seine Hausaufgaben nicht!«

»Ja, meinen Sie, wenn Sie es machen, dann wird es besser?«, schimpfte Simon.

»Nein, aber dann sind sie wenigstens gemacht!«

»Und wie soll er dabei lernen, selbstständig zu werden?«

Seine Mutter klatschte sich aufs Bein, als hätte er endlich die richtige Frage gestellt: »Ja, das frag ich mich auch immer.«

Simon war so erhitzt, er konnte nur noch laut weiterreden: »Ich sag es Ihnen: indem Sie ihn auflaufen lassen! Indem er die Konsequenzen selbst trägt! Indem er sitzen bleibt, wenn er nicht lernt! Oder ein unaufgeräumtes Zimmer hat, wenn er nicht aufräumt, oder was auch immer!« Er wedelte mit den Händen in der Luft herum, während er laut rief: »Aber um alles in der Welt – leben Sie nicht sein Leben!«

Darauf wusste die Mutter nichts zu sagen. Sie seufzte einmal schwer, schien aber über die Worte nachzudenken.

»Und Regel Nummer fünf«, schloss Simon seinen Vortrag ab, »schmeißen Sie das Bob-der-Baumeister-Essbrettchen weg!«

»Was?«, entfuhr es der Mutter. »Das schöne Bob-Brettchen? Nein, das kann ich nicht. Das erinnert doch so an seine Kindheit.«

»Ja, genau! Das erinnert an seine Kindheit! Ihr Sohn ist aber kein Kind mehr! Das war Regel Nummer vier, schon vergessen?« Mit einem Ratsch hatte er die Schublade aufgezogen, in der die Essbrettchen lagen. Und zack, hielt er das verhasste Bob-Brettchen in der Hand. »Und wenn Sie es schon nicht können, dann kann ich es an Ihrer Stelle. Ich werde das Essbrettchen jetzt mitnehmen. Und ab morgen bekommt Ihr Sohn einen Teller zum Frühstück. So wie andere normale Leute auch.«

»Das ist Diebstahl!«, wandte die Mutter ein und wollte nach dem Brettchen greifen, aber Simon hielt es in die Höhe.

»Nein, das ist mein Honorar für diese hervorragende Mütter-Beratung und für das Hochtragen der Einkaufskiste. So, und nun muss ich wirklich gehen, bevor Ihr missratener Sohn nach Hause kommt. So, wie Sie ihn beschrieben haben, möchte ich dem wirklich nicht begegnen.«

Simon war schon im Flur auf der Treppe.

»Im Grunde ist er ganz lieb!«, rief sie ihm nach.

»Dann sagen Sie ihm das zwischendurch mal!«, rief Simon und war bereits an der Haustür.

»Und noch was«, rief die Mutter von oben. Simon blieb an der Haustür stehen. »Liegen die Essbrettchen auch bei allen Familien an der gleichen Stelle?«

»Ja!«, rief Simon fröhlich und winkte noch einmal mit dem Brettchen. »Besonders die Bob-Brettchen!«

Dann endlich ging er raus und war froh, den anderen Simon unterwegs nicht zu treffen.

Inzwischen war die Mitte des Junis schon vorbei. Nadja bat immer mehr darum zu klären, wie sie die Doppelter-Simon-Situation zukünftig auf die Reihe kriegen sollten.

»Ich schaff das nicht mehr, ich kann nicht mehr«, seufzte sie immer öfter. Manchmal fing sie dabei sogar an zu weinen.

»Ich werde was unternehmen«, beruhigte Simon sie in solchen Situationen. Aber er hatte keine Ahnung, was.

Am Freitag, den 28. Juni kam Nadjas Mutter unten in sein Gästezimmer, als Simon sich soeben in sein Timon-Gewand geworfen hatte. Er wollte gerade aufbrechen, um für Leon den Schutzengel vor Simon zu spielen. Nadjas Mutter klopfte nur kurz und trat ein, ohne auf ein »Herein« zu warten. Als sie Simon in der Verkleidung sah, schrie sie laut auf und stolperte mehrere Schritte rückwärts aus dem Zimmer heraus.

»Wer bist du? Was willst du hier?«, schrie sie laut.

Schnell hob Simon seine Perücke ab und nahm sich die Wattepolster aus den Zähnen. »Alles gut!«, rief er schnell. »Ich bin es. Simon! Alles ist gut!« Er ging auf sie zu und hielt ihr seine Verkleidung zur Ansicht hin.

»Was soll das? Warum verkleidest du dich?«

»Ich bin … ähm … demnächst auf eine Verkleidungsparty eingeladen, und da dachte ich, ich probier schon mal was an …«

»Wer bist du?«, fragte Frau Tillmann, als hätte sie einen Geist vor sich.

»Wer ich bin? Ich bin Simon. Simon Köhler. Warum?«

»Ich hab vorhin deine Mutter beim Einkaufen getroffen. Ich kenn sie noch von den Elternabenden. Ich hab sie nach ihrer Familiensituation gefragt, und sie hat gesagt, bei ihr ist alles in Ordnung. Ihr Sohn Simon wohnt ganz normal zu Hause und war nie weg.«

Was? Scheiße, Komplikationen. Hilfe! Was sollte Simon jetzt tun?

Das hörte sich gar nicht gut an. Gab es nicht irgendwo einen Knopf, den man drücken konnte und man verschwand im Nichts? Oder im Erdboden? Oder noch mal in einer Zeitschleife? Simon war von dieser Nachricht so geschockt, dass er kein Wort herausbrachte. Stattdessen redete Frau Tillmann weiter: »Du bist nicht Simon Köhler. Wer aber bist du dann? Was bist du? Woher kommst du? Was soll diese Heimlichtuerei?«

»Ich kann alles erklären!«, rief Simon. »Wirklich! Es ist alles ganz einfach!«

»Da bin ich aber gespannt!«, fauchte Frau Tillmann streng und strich sich die Haare aus dem Gesicht, die ihr bei dem Schreianfall von gerade vor die Augen gerutscht waren. »Am besten erklärst du das Frau Köhler direkt mit, denn sie wird gleich hierherkommen. Und ihren Sohn Simon wird sie mitbringen. Dann soll sie selbst bestätigen, wer ihr wirklicher Sohn und wer der Betrüger ist. Und die Polizei werde ich auch verständigen, damit das klar ist!«

Scheiße, Scheiße, Scheiße, dachte Simon. Das hörte sich noch mal nicht gut an. Gar nicht gut.

»Alles gut, alles gut!«, keuchte Simon trotzdem. Panik kroch in ihm hoch. Gar nichts war gut. »Alles gut!« Erst mal die aufgeregte Mutter beruhigen. Und sich selbst. »Ich erkläre alles. Es ist ganz harmlos!«

»Wehe, wenn nicht!«

Oben klingelte das Telefon. Frau Tillmann schaute erschrocken zur Kellertreppe. »Wehe, du haust ab!«, drohte sie, bevor sie die Treppen nach oben rannte.

»Klar. Mach ich nicht. Kein Ding. Alles gut, alles gut!« Simon atmete viel zu schnell, er musste sich beruhigen, sonst würde er gleich wieder ohnmächtig werden. Ohne lange zu überlegen, packte er alles, was er in den letzten Tagen hier ausgebreitet hatte, in seinen Rucksack. Durch die Timon-Verkleidung war aber doch noch einiges dazugekommen. Hastig griff er nach einer Plastiktüte, die er unter dem Bett fand, und stopfte alles hinein, was nach Simon oder Timon aussah. Noch einen Satz ins Bad – sein Duschgel, Deo, Haarspray, Zahnbürste. Mist, die nächste Tüte war auch voll. Wie sollte er das ganze Zeug auf einmal transportieren? Und vor allem: wohin? Mit Ach und Krach bekam er den Rucksack zu. Er setzte ihn auf den Rücken, nahm die Plastiktüte und schlich sich zur Kellertür raus. Bloß weg von hier. Simon rannte, als hätte es jemand auf sein Leben abgesehen. Nur schnell weg.

Die alte Mühle war das einzige Versteck, das ihm einfiel, in dem ihn weder Frau Tillmann noch die Polizei oder sonst jemand suchen würde. Dass er sich eines Tages doch wieder hier verkrümeln würde, hätte er nicht gedacht. Simon packte seinen Rucksack nicht aus, sondern steckte ihn in die große Holzkiste in der hinteren Ecke. Auch hier wollte er erst mal keine Spuren hinterlassen. Wenn die Polizei nach ihm suchen würde, musste er so schnell wie möglich wieder weg sein. Er stieg die Treppe nach oben und setzte sich hinter das große Zahnrad. Genau hier hatte er vor mittlerweile zwölfeinhalb Wochen gestanden, als in die Mühle der Blitz eingeschlagen war. Gegenüber an der Treppe hatte der andere Simon gestanden. Also in diesem Fall er selbst. Der Blitz hatte eingeschlagen, die Decke war eingestürzt, er war nach unten gekracht und damit drei Monate zurückgereist. Könnte das jetzt nicht noch einmal geschehen? Dann wäre er weg, in einer anderen Welt oder in einer ganz anderen Zeit, und müsste sich gar nicht verstecken, weil ihn niemand suchte.

Wie würden die nächsten Tage seines derzeitigen Lebens wohl verlaufen? Manches erlebte er ja zum zweiten Mal, aber alles das, was er außerhalb seines alten Lebens tat, war so neu, dass er es nicht wagte, Voraussagen für die Zukunft zu treffen. Was würde passieren, wenn am Wochenende der 30. Juni vorbeiging wie ein ganz normaler Tag? Wenn der 1. Juli ein weiterer ganz normaler Tag wäre?

Möglichkeit 1: Der alte Simon, also der, der jetzt gerade irgendwo den armen Leon vermöbelte, würde verschwinden. Der Simon aus der Mühle wäre allein übrig geblieben und könnte wieder in sein Zimmer einziehen, alles wäre wie früher, nur mit dem Unterschied, dass er an etlichen Erfahrungen reicher geworden wäre. Diese Version wäre ihm die liebste. Aber wieso sollte der alte Simon einfach so verschwinden? Wieder mit einem Blitz? Oder einfach so im Schlaf über Nacht? Sollte Simon es einfach mal drauf ankommen lassen? Oder konnte er etwas unternehmen, das diese Möglichkeit begünstigte? Eigentlich wäre es gut, wenn er irgendwas täte, denn die Gefahr, dass eine der anderen Möglichkeiten eintrat, erschien ihm zu groß.

Möglichkeit 2: Der neue Simon, also er selbst, würde verschwinden. Der alte Simon würde übrig bleiben, Nadja wäre ohne Freund, Leon wäre ohne Beschützer, der Ekel-Simon würde genau so weitermachen wie bisher. Das wäre eine schlechte Version. Und überhaupt: Wohin würde er selbst verschwinden? Noch einmal zum 1. April? Müsste er dieselben 13 Wochen dann noch ein drittes Mal durchlaufen? Das wäre ja furchtbar! Oder würde er einfach sterben? Das wäre irgendwie auch nicht gut.

Möglichkeit 3: Keiner der Simons würde verschwinden. Der alte Simon würde weitermachen wie bisher, aber der jetzige Simon, also er selbst, könnte nicht wieder in sein Zimmer einziehen, sondern müsste sich auf ewig irgendwo verstecken. Entweder hier in der Mühle oder bei Nadja, aber da war er ja jetzt erst mal rausgeschmissen. Oder als ewiger Engel für Leon, am besten mit weißem Kleid und festem Wohnsitz auf einer Wolke. Nein, das war zu kompliziert. Die einzig vernünftige Lösung war Möglichkeit 1. Aber wie konnte er den Trottel von Simon dazu bringen, am 30. Juni für immer zu verschwinden? Sollte er ihn etwa umbringen?

Von unten hörte er, wie die Tür aufgestoßen wurde: »Simon?« Das war Nadja.

»Hier!«, rief Simon. »Ich bin hier oben!«

Aufgeregt kam sie auf allen vieren die Stufen nach oben gekrabbelt. Auf ihrem Rücken trug sie einen kleinen Rucksack. Ihr Gesicht war nass vom Weinen. »Simon, wir sind aufgeflogen! Meine Eltern wollen die Polizei rufen!«

»Vorsicht!«, warnte Simon, bevor Nadja einkrachen konnte. »Nur auf die Balken treten!«

Nadja balancierte zu Simon, dann nahmen sie sich erst mal in die Arme und Nadja weinte hemmungslos. »Es gibt nichts mehr, das wir tun können«, schluchzte sie. »Meine Eltern sind total wütend. Sie fühlen sich hintergangen, sie sagen, wir haben ihr Vertrauen missbraucht. Sie sagen, ich schütze einen Verbrecher. Da bin ich erst mal abgehauen.«

»Woher wusstest du, dass ich hier in der Mühle bin?«

»Wo solltest du denn sonst sein? Das ist der einzige Ort, an dem dich niemand sucht.«

»Außer Simon vielleicht«, fiel Simon ein. Damals war er ja, nachdem sich seine und Nadjas Mutter beim Einkaufen getroffen und damit Verdacht geschöpft hatten, hier zur Mühle gerannt. Sofort sprang er auf und zog Nadja hinter sich her. »Wir müssen weg von hier. Simon kommt gleich.«

Beide stiegen die Stufen nach unten, stopften Nadjas Rucksack zu dem anderen in die Holzkiste, verließen die Mühle und rannten quer durch den Wald. An einer Stelle, an der sie sich sicher fühlten, setzten sie sich auf den Boden.

»Nadja, wir müssen Simon dazu bringen, am 30. Juni zu verschwinden. Eine andere Chance haben wir nicht.« Er erklärte ihr die Möglichkeiten, die er sich vorhin vor Augen geführt hatte, und dass die Möglichkeit mit dem verschwindenden Ekel-Simon die einzig logische war.

»Wie verlief damals dein 30. Juni?«, fragte Nadja, nachdem beide eine Weile schweigend dagesessen und nachgedacht hatten.

»Ich war nachmittags im Freibad. Mit Benno, Julian, Konstantin und Jan. Und da …« Plötzlich fiel ihm die Sache mit Leon wieder ein. Mist! Weil er in der ganzen letzten Zeit Leon wieder so lebendig vor sich gesehen hatte, hatte er völlig verdrängt, dass der damals so tragisch gestorben war. Aber dieses Erlebnis stand ja auch noch bevor. Simon spürte, wie sich ein Kloß von schlechtem Gewissen in seinem Hals bildete. Davon erzählte er Nadja aber nichts, denn jetzt ging es ja um das Treffen zwischen Simon und Simon.

»Jedenfalls hab ich zuerst am Samstag einen Zettel vor meinem Bett gefunden: Morgen um 24:00 Uhr in der alten Mühle. Am Sonntag selbst kam Timon zu mir und hat mit mir gesprochen. Das war eigentlich die unheimlichste Begegnung, die ich mit ihm hatte. Dann bin ich so um halb zwölf in der Nacht losgegangen. Es hat schon geschüttet wie aus Eimern. Als ich oben bei der Mühle war, donnerte und blitzte es, als wüteten da irgendwelche Mächte. Als ich die Treppe hochkam, sah ich Simon. Also mich.«

»War ich auch da?«

»Nein, ich glaub nicht. Ist mir zumindest nicht aufgefallen.«

»Okay.« Nadja hatte sich wieder im Griff und richtete sich auf. »Das ist ja alles zu erfüllen. Heute Nacht gehst du mit deinem Haustürschlüssel in euer Haus und legst den Zettel mit der Aufschrift ›Morgen um 24:00 Uhr in der alten Mühle‹ in Simons Zimmer. Am Sonntag bleibst du am besten irgendwo im Wald versteckt. Nicht dass irgendwas schiefgeht und dich die Polizei schnappt. Dann gehst du abends als Timon verkleidet zu Simon. Danach kommst du hier oben hin. Ich warte hier auf dich.«

»Nein, Nadja. Du darfst nicht hier sein. Das macht alles kaputt. Die Vergangenheit darf nicht verändert werden.«

»Nur weil du mich damals nicht gesehen hast, heißt das doch nicht, dass ich nicht dabei gewesen bin. Aber glaubst du, ich lasse dich im Stich? Wenn Simon 1 verschwindet, dann will ich mich mit dir über den Sieg freuen. Und solltest tatsächlich du verschwinden, dann will ich es mit eigenen Augen sehen. Dann will ich mich davon überzeugen, dass das alles kein Traum war. Und dann will ich mich von dir verabschieden. Oder vielleicht sogar mit dir zusammen in eine andere Zeit verschwinden.«

Von dieser Idee war Simon so gerührt, dass er Nadja spontan in den Arm nahm und sie lange und liebevoll küsste. Sein Leben lang war er durch seine coole Masche so darauf bedacht gewesen, gut anzukommen und der Beste zu sein. Und jetzt hier bei Nadja bekam er das Gefühl, geliebt zu werden und gut anzukommen, ohne dass er etwas dafür tun oder beweisen musste. Das fühlte sich richtig, richtig gut an.

»Was machen wir aber bis dahin?«, fragte Simon schließlich. »Heute ist erst Freitag. Deine Eltern suchen dich, die Polizei sucht mich. Du kannst nicht bis Sonntag wegbleiben. Deine Eltern kriegen die Krise!«

»Das lass mal meine Sorge sein«, sagte Nadja und lächelte. Trotzdem las Simon in ihren Augen, dass sie auch nicht so recht wusste, was sie tun sollte. Einen Rucksack mit ein paar Klamotten zum Wechseln hatte sie ja direkt mitgebracht. In diesem Rucksack befanden sich auch ein Spiralblock und ein Federmäppchen.

Schließlich schrieb sie ihren Eltern einen langen Brief. Sie bat ihre

Eltern darin um Vergebung dafür, dass sie ihnen nicht genauer erklären konnte, was das mit dem geheimnisvollen Simon auf sich hatte. Sie erklärte den Eltern, dass sie Simon Köhler liebte. Nicht den Simon Köhler, der am Freitag mit seiner Mutter vor der Haustür gestanden hatte, sondern den Simon Köhler, der dem ersten zwar ähnlich sah, aber doch im Herzen ein ganz anderer Mensch war. Sie bat ihre Eltern noch einmal um Vertrauen, dass sie sich in den kommenden Tagen richtig verhalten würde und dass sie bitte nicht die Polizei benachrichtigen sollten. Sie beteuerte, dass es ihr gut ging und dass sie sich mit Simon zusammen ein paar Tage verstecken würde. Bis Sonntag. Wenn sie am Montagmorgen noch nicht wieder zurück wäre, dann sollten die Eltern die Polizei einschalten. Aber bis dahin versicherte sie, alles im Griff zu haben. Sie beendete ihren Brief mit der Zusage, dass sie ihre Eltern über alles liebte und dass sich an diesem Wochenende alles klären würde. Dann steckte sie den Brief in einen Umschlag, schlich sich in einem unbemerkten Moment an ihre Haustür und warf den Brief in den Briefkasten.

»Jetzt sind wir beide zwei Außerirdische, die nicht mehr in diese Welt gehören«, sagte sie leise zu Simon, als sie irgendwo im Wald saßen und sich im Arm hielten.

Zum Glück war es an diesem Tag sehr warm. Sie hielten sich im Wald auf und atmeten die frische Luft ein. Zum Essen gingen sie zu Fuß in die Nachbarstadt und holten sich etwas mit Nadjas Taschengeld aus der Pommesbude. Die Nacht verbrachten sie gemeinsam in der Mühle. Nadja hatte in ihrem kleinen Rucksack auch ein Bettlaken eingepackt. Eine Decke hatten sie nicht, aber die Nacht versprach warm zu bleiben. Als es dunkel wurde und sie nebeneinander auf der Matratze lagen, begann Simon wieder, seine Freundin lange, liebevoll und zärtlich zu küssen. Diese Nacht könnte die Nacht aller Nächte werden, an dem all seine Träume in Erfüllung gehen könnten. Vorsichtig bewegte sich seine Hand unter ihr T-Shirt. Und ebenso vorsichtig führte Nadja seine Hand mit ihrer Hand wieder zurück. »Nein, Simon«, flüsterte sie leise.

»Warum nicht?«, flüsterte Simon ebenso leise zurück.

»Ich liebe dich, aber ich will nichts überstürzen.«

»Ich lass mir Zeit«, flüsterte Simon und fuhr fort, sie zu küssen. Alles an seinem Körper war bereit und entschlossen.

»Ich bin noch ...«, Nadja streichelte Simon im Gesicht, irgendwas schien sie ihm sagen zu wollen. »Ich hab noch nie mit einem Jungen ... also ...«

»Du bist noch Jungfrau«, sprach Simon aus, was Nadja nicht rausbrachte.

»Ja.«

»Na und? Ich auch.« Simon lächelte. »Ich wollte mir mein erstes Mal für dich aufheben.«

»Aber wenn wir jetzt miteinander schlafen, dann bin ich es nicht mehr.«

»Keine Angst. Ich bin ganz vorsichtig.«

»Nein, Simon, ich meine etwas anderes.« Nadja streichelte Simon über Arme und Schultern. Ihr fiel es sichtlich schwer, Worte für das zu finden, was sie ihm mitteilen wollte. »Meine Jungfräulichkeit – die kann ich nur einem einzigen Menschen schenken.«

»Das stimmt.«

»Und ich möchte sie demjenigen schenken, mit dem ich für immer zusammenleben werde.«

Simon lächelte immer noch, aber nun war er auch verunsichert. »Und wer ist das? Bin ich das nicht?«

»Im Moment bist du das natürlich, Simon. Aber können wir denn jetzt schon sagen, dass wir für immer zusammenbleiben?«

»Natürlich nicht. Das kann man doch nie wirklich sagen, oder?«

»Nein. So ganz sicher kann man sich nie sein. Aber irgendwann kommt doch mal ein Punkt, an dem man sich dafür entscheidet, für immer zusammenbleiben zu wollen. Wenn man heiratet zum Beispiel.« Sie grinste wieder etwas schelmischer. »Zumindest stell ich mir das so vor, irgendwann mal meinen Traumprinzen heiraten zu wollen.«

»Ja, irgendwann mal«, stimmte Simon zu. »Aber so lange willst du doch nicht warten, bis du mit einem Jungen schläfst, oder?«

»Eigentlich doch.« Sie schaute Simon prüfend in die Augen. Zum Glück war es dunkel. Simon hoffte, sie konnte die Enttäuschung in seinen Augen nicht lesen, obwohl Simon genau Nadjas Augen erkennen konnte. »Meine Eltern haben mir mal gesagt«, fuhr sie fort, »meine Unschuld, meine Reinheit – das ist wie eine Perle. Eine ganz wertvolle. Die kann ich nur einmal verschenken. Und ich soll sie dem Mann schenken, dem ich einmal für immer treu sein will und der umgekehrt mir verspricht, mir für immer treu zu sein. Für immer. Nicht nur so lange, wie man zusammen ist.«

Die Bereitschaft und Entschlossenheit in Simons Hose ließ deutlich nach. »Und bis dahin willst du nur Händchenhalten?«

»Bis dahin möchte ich dich erst mal richtig kennenlernen. Ob wir uns verstehen. Ob wir auch Streit und Krisen miteinander aushalten. Ob es auch nach einem oder zwei Jahren noch so aussieht, dass wir uns lieben.« Sie zog Simon eng an sich heran und kuschelte sich in seinen Arm. »Und so ganz nah bei dir zu liegen und dich zu spüren – das find ich auch schon mal romantisch und schön.« Und nach einer Weile fügte sie hinzu: »Und wenn sich irgendwann herausstellen sollte, dass wir doch nicht das Traumpaar sind und wir wieder auseinandergehen, dann bin ich nachträglich froh, dass ich nicht zu weit gegangen bin.« Dann hob sie ihren Kopf und hatte etwas Ängstliches in ihrem Blick, als sie ihn ansah. »Verstehst du, was ich meine? Oder kannst du damit gar nicht leben?«

Schlecht, hätte Simon am liebsten geantwortet. Sehr schlecht. Stattdessen hörte er sich sagen: »Ich glaub, ich kann dich verstehen. Und ich find es mutig, dass du das so durchziehst. Aber ich kann dir nicht versprechen, dass mir das immer leichtfällt.«

Während sie so eng umschlungen auf der Matratze lagen und in den Schlaf dämmerten, stellte Simon fest, dass er Nadja für ihre Entschlossenheit und ihre Prinzipien bewunderte. Von so einer Einstellung hatte er noch nie gehört. Aber es klang irgendwie logisch und schlüssig. Und es steigerte den Wert des »Ersten Mals« noch umso mehr. Simon war ein Glückspilz, in Nadja eine Freundin gefunden zu haben, die genau wusste, was sie vom Leben erwartete.

Am nächsten Morgen, als es noch dunkel war, brachte Simon wie verabredet ein Blatt mit der Aufschrift »Morgen um 24:00 Uhr in der alten Mühle« in Simons Zimmer. Diesmal war alles ganz einfach. Niemand wurde wach. Wie der andere Simon reagieren würde, das wusste er ja noch zu gut.

Den Rest des Samstags verbrachte er mit Nadja im Wald, in der Mühle und in der Nachbarstadt. Sie aßen Eis, tobten auf den Kinderspielplätzen herum und fühlten sich dabei wie auf einem Ferienwochenende, das irgendjemand nur für die zwei organisiert hatte. Sie lachten viel, umarmten und küssten sich oft. Und keiner von beiden fragte etwas wie: »Wie wird es wohl nach dem 30. Juni mit uns weitergehen? Was, wenn all die Pläne schiefgehen? Was, wenn nachts um null Uhr ihre Beziehung ein jähes Ende fände, weil Simon in eine andere Zeit, in eine andere Welt purzeln würde?« Es war, als müssten sie diesen Samstag so verbringen, als wäre es der letzte Tag ihres Lebens. Zumindest der letzte ihres gemeinsamen Lebens.

Hin und wieder lasen sie auch gemeinsam in der Bibel. Nicht nur Geschichten von Jesus, sondern auch im hinteren Bereich der Bibel, den sogenannten »Briefen«. Da hatten irgendwelche Christen der ersten Stunde wichtige Briefe an Gemeinden geschrieben, die zum Teil erst ganz frisch selbst Christen geworden waren. Manchmal fand Simon, passte das eine oder andere zu ihm. Er hatte ja auch gerade erst angefangen, sich mit Gott und Jesus zu beschäftigen. Als Nadja ihm heute etwas aus einem Buch mit dem Namen »1. Petrus« vorlas, erweckte es in Simon den Eindruck, als hätte das jemand ausschließlich für ihn aufgeschrieben: »Es ist gut, dass ihr euch dazu entschlossen habt, auf die Wahrheit zu hören. Dadurch seid ihr wirklich rein geworden. Jetzt seid ihr sogar zu aufrichtiger, freundschaftlicher Liebe fähig geworden. Bitte bleibt dabei, euch gegenseitig von Herzen zu lieben. Immerhin seid ihr von Neuem geboren worden. Nicht durch menschlichen Samen (der könnte ja doch nur sterbliche Menschen zeugen), sondern durch unvergänglichen Samen, damit meine ich das Wort Gottes, also das, was Gott selbst spricht. Das nämlich lebt für immer. Ihr wisst ja: Alle Menschen sind letztlich wie Gras. Alles, was uns schön und wertvoll vorkommt, ist mehr oder weniger wie eine Blumenwiese: Das Gras vertrocknet, die Blumen verwelken. Das Einzige, das niemals vertrocknet oder verwelkt, ist Gott und sein Wort. Seine Botschaft. Die nämlich bleiben für immer und ewig gültig. Und genau diese gute Botschaft ist euch gesagt worden. Darum legt eure bisherigen Gemeinheiten ab, alle Falschheit und eure Scheinheiligkeit, euren Neid und euer Ablästern. So wie Neugeborene nach Milch schreien, so sollt ihr nach Gottes Wort verlangen. Dadurch wachst ihr im Glauben immer mehr und kommt dem wirklichen Sinn eures Lebens, eurer Erlösung, immer näher.«

Ja, Simon fühlte sich wie neugeboren. Er war ein neuer Mensch geworden. Dass Nadja ein Teil dieses Lebens war, tat ihm sehr gut. Und dass Gott jetzt auch nicht mehr so fremd war, sondern gut und nah, gefiel Simon auch. Vor ein paar Wochen hatte er sich noch darüber lustig gemacht, wie Nadja glauben konnte, Gott hätte extra für sie etwas zwischen die Buchdeckel der Bibel gezaubert. Heute wusste er, wie es sich anfühlte, wenn ein Abschnitt aus der Bibel so wirkte, als wäre er wirklich nur für einen selbst geschrieben. Simon nahm sich vor, weiter an dem dranzubleiben, was die Bibel »Gottes Wort« nannte.

Am Sonntag hielten sie sich vorwiegend in der Mühle auf. Simon war aufgeregt wie vor einer großen Prüfung. Je näher der Nachmittag rückte, umso mehr wuchs in ihm die Angst, dass alles heute Nacht ganz anders enden würde. Wann sollte er in die Stadt gehen? Wo sollte er Simon abfangen? Als die Sonne am höchsten stand, legte er sich schon mal seine Timon-Verkleidung an und ging in die Stadt. Während er auf Simons Haus zuging, überlegte er sich, wie er ihm beibringen könnte, dass er zur Mühle kommen sollte. Er wusste genau, dass er dieses Gespräch schon einmal geführt hatte, aber er wusste nicht mehr, was Timon damals gesagt hatte. Er wusste nur noch, wie viel Angst ihm dieses Gespräch gemacht hatte. Heute wollte Simon seinem Gegenüber keine Angst einjagen. Er wollte einfach, dass er hoch zur Mühle kam, damit er zum Zeitpunkt des Blitzeinschlags an der richtigen Stelle stand. Sein Herz pochte ihm bis zum Hals, als er an der Straße vor seinem eigenen Haus stand. Schon krass. Er wartete eine ganze Weile, aber niemand kam heraus. Plötzlich kamen ihm Zweifel. War der andere Simon vielleicht schon losgegangen? Hatte er ihn am Ende sogar verpasst? Oder war er noch bei Jan? Simon änderte seinen Plan, den anderen Simon vor der eigenen Haustür abzufangen. Er ging zu Jans Haus. Kurz vor Jans Straße traf er Leon und seinen Bruder Finn, wie sie mit ihren Sporttaschen Richtung Freibad gingen.

»Hallo Timon!«, grüßte Leon ihn fröhlich von Weitem.

»Hallo Leon!« Plötzlich fiel Simon die Geschichte mit dem Freibad wieder ein. Konnte er jetzt vielleicht doch die Geschichte noch ändern? »Hör mal, darf ich dir einen guten Rat geben? Geh heute nicht ins Freibad.«

Leon und sein Bruder blieben verwundert stehen. »Warum nicht?«

»Weil es sein könnte, dass du dich dort schwer verletzt.«

»Woran denn?«

»Du könntest vom Dreimeterbrett fallen.«

Leon lachte. »Keine Sorge. Ich geh nicht aufs Dreimeterbrett. Davor hab ich viel zu viel Angst.«

»Simon und seine Kumpels könnten dich hochziehen.«

Leon schaute erschrocken: »Meinst du?« Er schaute Simon misstrauisch an. »Wieso weißt du das? Bist du vielleicht doch ein Engel?«

Simon grinste. »In diesem Fall vielleicht wirklich. Ja.«

Leon freute sich, als hätte er endlich die Antwort bekommen, auf die er schon lange gewartet hatte: »Dann kannst du mich ja beschützen!«

»Ich beschütze dich ja, indem ich dir sage, geh nicht ins Freibad.«

Leon stupste seinen Bruder an: »Schau mal, Finn. Das ist mein Schutzengel. Er beschützt mich vor Simons gemeinen Angriffen.«

»Cool«, sagte Finn und blinzelte Simon an.

»Mir kann also nichts mehr passieren«, fügte Leon noch hinzu.

»Hör mal«, setzte Simon da an, »ich glaube nicht, dass das ewig so weitergehen kann. Ich kann nicht für immer dein Schutzengel sein. Irgendwann musst du anfangen, dich selbst gegen die Bösen zu wehren.«

»Das versuch ich ja. Aber so Leute wie Simon sind immer stärker.« Er lächelte schüchtern. »Aber dafür hab ich ja dich.«

»Mich hast du aber nicht immer. Irgendwann muss ich zurück.«

Leon schaute Simon erschrocken an. »Zurück – wohin?«

Simon suchte nach einer geeigneten Antwort. »Wenn ich dein Engel bin, muss ich vielleicht zurück in den Himmel ...« Das klang etwas bescheuert, aber für Leon sicher logisch.

»Was? Nein, du darfst nicht fort! Ich brauch dich doch!« Sofort sprangen ein paar Tränen in seine Augen.

Simon bekam Mitleid. »Ich kann dafür sorgen, dass Simon netter zu dir wird. Das würde dir schon mal helfen.«

»Simon wird niemals netter!«, protestierte Leon.

»Doch, doch. Das geht schon.«

»Aber wenn ich mich wieder allein fühle, wenn mich alle verlassen, wenn ich wieder auf der Nase liege und mich alle auslachen – wer ist dann bei mir und tröstet mich?«

Simon legte seinen Arm um Leon und drückte ihn freundschaftlich an sich. »Es gibt einen Teentreff, zu dem auch Nadja und Steffi immer gehen. Da reden sie von einem, der immer da ist. Der tröstet, der aufrichtet, der Mut und Kraft gibt.«

»Und wer ist das?«

»Geh mal hin und frag nach«, sagte Simon. »Ich wette, das gefällt dir.«

»Lass mich nicht allein«, schniefte Leon leise und legte seinen Kopf an Simons Seite.

»Du bist nicht allein«, sagte Simon ebenso leise.

Da kam der andere Simon um die Ecke. Strammer Schritt, die Schwimmtasche über die Schulter gehängt. Leon, Finn und Simon bemerkten ihn und zuckten ein wenig zusammen. Simon nahm sofort seinen Arm zurück und konzentrierte sich auf seinen Auftrag, den er nun zu erledigen hatte. »Alles Gute, Leon«, flüsterte Simon noch schnell, »und versprich mir: Geh nicht ins Freibad.«

»Ich überleg's mir«, flüsterte Leon, wischte sich mit dem Handrücken übers Gesicht und eilte mit Finn die Straße runter. Schnell weg von Simon, bevor er wieder einen seiner Streiche spielte.

Simon blieb stehen, bis der andere Simon nah genug gekommen war. Innerlich donnerte sein Herz, aber er versuchte sich zusammenzureißen. »Hallo Simon«, grüßte er über die Straße.

»Hi«, kam es von dem anderen, ohne aufzuschauen.

Langsam bewegte sich Schutzengel Simon auf sein Gegenüber zu: »Kann ich dich kurz sprechen?«

»Nein.«

»Es ist aber wichtig.« Hatte Timon damals auch so bescheuert angefangen? Er konnte sich nicht mehr erinnern, aber er kam sich unbeholfen vor.

»Tut mir leid, Milchgesicht«, knurrte der andere. »Keine Zeit.«

»Bitte, Simon.« Er ging etwas schneller, um den anderen einzuholen. »Es geht um deine Zukunft.«

Der andere schaute ihn verwundert an: »Meine Zukunft? Was soll denn das heißen?«

Tja, was sollte das heißen? Ich möchte gerne, dass du zur Mühle kommst, damit du in der anderen Zeit verschwindest und ich ungestört und ohne dich mit Nadja zusammen sein kann. Das war die Wahrheit, aber das konnte er nicht sagen. Simon setzte ein paarmal an, aber immer fielen ihm nur Dinge ein, die unlogisch oder frech klangen. Schließlich sagte er einfach: »Es geht um Nadja.« Das war natürlich völlig bescheuert, denn eigentlich ging es um Simon und Simon. Den alten Simon aus dem ersten Durchlauf, der endlich verschwinden sollte, und den jetzigen Simon, der aus seiner Sicht der echte Simon war, auch wenn er gerade in einer bescheuerten Verkleidung steckte.

»Also doch!«, platzte es aus dem andern heraus. »Was soll das denn jetzt? Hättest du richtig aufgepasst, dann hättest du gesehen, dass ich Nadja in der letzten Zeit überhaupt nicht angequatscht habe. Ich hab sie völlig in Ruhe gelassen. Du kannst sie haben, wenn du willst!«

»Ich will sie ja auch haben«, sagte Simon sofort. »Aber es geht jetzt nicht um mich und Nadja. Es geht um dich und Nadja.«

»Was soll ich jetzt noch von ihr? Sie interessiert sich doch nicht für mich.«

Recht hast du, dachte Simon. Aber dann fiel ihm etwas ein: »Sie interessiert sich nicht für den Simon Köhler, der so drauf ist wie du.«

»Na, danke für die Info. Das hab ich auch schon mitgekriegt.«

»Sie interessiert sich für den anderen Simon Köhler.« Nämlich mich, dachte Timon-Simon. Aber das konnte sein Gegenüber in dieser Situation natürlich nicht kapieren.

Mit einem Schlag blieb der ahnungslose Simon stehen. »Den anderen Simon Köhler? Welchen anderen?«

Welcher andere schon? Ich natürlich! Aber auch das konnte Klein-Simon nicht verstehen. Trotzdem wusste er noch, dass er sich ständig fragte, wer denn die andere Gestalt war, die da ständig in seinem Leben herumgeisterte. Darum versuchte er es mit: »Du weißt, wen ich meine.«

Der andere wirkte verunsichert: »Woher weißt du davon?«

Okay, dachte Timon-Simon. Wenn du verunsichert bist, dann hab ich eine Chance, bei dir zu landen, ohne dass du mir gleich an die Gurgel springst. Also tastete er sich weiter voran: »Glaubst du mir, Simon, wenn ich dir sage, dass ich es gut mit dir meine? Ich bin nicht gekommen, um dich zu warnen. Ich bin gekommen, um dir einen guten Rat zu geben.«

»Welchen?«

Jetzt setzte Simon alles auf eine Karte. Vor 13 Wochen war es gut gegangen. Darum gab es gute Chancen, dass es auch heute funktionierte: »Geh heute Nacht zur Mühle. Dir zuliebe und dem anderen Simon zuliebe.«

Sein Gegenüber begann ein wenig zu taumeln, aber er fing sich gleich wieder. Dann schaute er Simon streng an: »Wer ist der andere Simon? Warum weißt du davon?«

Simon ging nicht darauf ein. »Heute Nacht in der Mühle wird er dir alles erklären.«

»Warum nicht jetzt? Wenn du doch auch davon weißt, wieso erklärst du es mir nicht?«

»Das geht nicht. Komm heute Nacht.«

»Aber warum? Was habt ihr vor? Wirst du auch da sein? Was soll das alles? Wer seid ihr?«

»Viel zu viele Fragen, Simon«, sagte Simon und dachte: lauter berechtigte Fragen. Und viele davon konnte er bis heute noch nicht beantworten. Trotzdem sagte er: »Komm einfach heute Nacht. Dann wird dir alles klar werden.«

»Wollt ihr mich umbringen?«

»Nein. Auf gar keinen Fall.«

»Was denn dann?« Der andere wurde laut. »Was wollt ihr von mir?«

Simon blieb ruhig und gelassen. »Ich zumindest will dir helfen.«

»Helfen? Wobei? Wirst du heute Nacht auch da sein?«

»Komm einfach, dann wirst du es sehen.«

Der andere kam noch etwas näher. »Bist du am Ende sogar mein Doppelgänger? Soll ich dir das Hirn rausprügeln?«

Puh, jetzt bloß nicht weich werden! Simon legte seinen unschuldigsten Blick auf, als er zurückfragte: »Seh ich etwa so aus wie du?«

»Na ja …« Der andere legte seine Stirn in Falten. »Aber du hast mit dem anderen Simon was zu tun. Sonst wüsstest du das alles doch nicht. Du bist mit Nadja zum Teentreff gekommen. Und der andere Simon schlägt sein Lager in Nadjas Keller auf. Da ist doch irgendein Zusammenhang! Ist Nadja vielleicht die Schlüsselfigur? Steckt ihr alle unter einer Decke?«

»Ich kann dir nur so viel sagen: Nadja mag Simon Köhler. Aber nicht den, der du jetzt bist. Wenn du Nadja für dich gewinnen willst, dann musst du ein anderer werden.«

»Aber wie soll ich das? Ich komm doch nicht raus aus meiner Haut! Ich bin halt so!«

»Niemand ist ›halt so‹. Jeder kann ein anderer werden. Komm heute Nacht zur Mühle. Dann hast du die Chance, du selbst zu werden. So, wie auch Nadja dich mag.« Das klang beinahe, als hätte das Gandalf, Dumbledore oder sonst ein weiser Opa aus einem Fantasyfilm gesagt, aber Simon fand, das passte jetzt ganz gut.

Der andere schien das nicht so zu finden, denn er zischte zurück: »Du bist ein Dummlaberer, Timon. Wenn du glaubst, du könntest mir Angst einjagen mit deiner Psycho-Kacke, dann hast du dich geirrt. Ich *bin* ich selbst. Ich muss nicht zur Mühle gehen, um ich selbst zu werden. Klar? Und jetzt lass mich in Ruhe. Ich bin mit meinen Freunden im Freibad verabredet.« Und frech setzte er hinzu: »Und du? Hast du überhaupt Freunde, Timon?«

Der andere wandte sich zum Gehen. Simon spürte schon, wie ihm die Situation entglitt. Er musste sein anderes Ich dazu bewegen, zur Mühle zu kommen, sonst könnte der Austausch niemals stattfinden! Verzweifelt fasste er ihn am Arm. Es fühlte sich merkwürdig an, die Haut seines eigenen Ichs zu spüren: »Bitte, Simon. Komm zur Mühle. Wenn schon nicht dir zuliebe, dann wenigstens mir zuliebe.«

»Ich hab mit dir nichts zu schaffen. Lass mich sofort los, oder ich verpass dir einen Kinnhaken!«

»Dann tu es Nadja zuliebe!«

»Nadja kann mich mal!« Der andere riss sich aus Simons Griff los.

Letzter Versuch. Der Hellseher-Trick. Damit war sein Gegenüber schon immer zu beeindrucken gewesen. Laut rief er ihm zu: »Du liebst Nadja! Das weiß ich! Du träumst nachts von ihr, du schaust sie im Unterricht die ganze Zeit an! Du würdest alles für sie tun! Und es gibt keine größere Liebe, als sein Leben für seine Freunde zu lassen. Das weißt du ja noch aus dem Teentreff! Also mach endlich wahr, was du in deinem Herzen schon als wahr erkannt hast!«

In den Augen des anderen blitzte etwas auf. Angst stand darin. Aber auch der Versuch, diese Angst zu verstecken. Jetzt hatte er ihn so weit, wie er ihn haben wollte. Zumindest fast. Denn noch pöbelte der andere: »Timon, du Schwachkopf! Du machst mir keine Angst!«

»Ich will dir auch keine Angst machen. Wirklich nicht. Ich will dir helfen.«

»Du hast gesagt, es gibt keine größere Liebe, als für seine Freunde zu sterben. Damit hast du doch zugegeben, dass ich oben in der Mühle sterben soll!«

Okay, dachte Simon. Ich muss etwas mehr verraten. Aber auch nicht zu viel. »Pass auf«, begann er. »Es wird oben in der Mühle genau drei Möglichkeiten geben. Erstens, der andere Simon verschwindet ein für alle Mal aus deinem Leben, du bleibst, wie du bist, und Nadja wird für dich immer unerreichbar bleiben. Zweitens, der eine Simon bleibt da, du bleibst da und ihr könnt auslosen oder ›Schnick-Schnack-Schnuck‹ spielen, wer von euch beiden in Zukunft in deinem Zimmer wohnen darf und wer in dieser Welt sinnlos herumstreunt. Drittens – und das ist die Möglichkeit, auf die ich am meisten hoffe –, du bekommst eine neue Chance, ein neues Leben und wirst ein ganz neuer Mensch. Einer, der dieses Leben versteht, der dem Sinn des Lebens näher kommt und der langsam, aber sicher Nadjas Herz gewinnen wird.«

Simon konnte sehen, wie es hinter der Stirn seines Gegenübers ratterte und ratterte. Dann kam es langsam und ehrfurchtsvoll: »Bist du vielleicht Gott?«

Irgendwie ist er ja auch süß, dachte Simon und lächelte, als er antwortete: »Nein. Garantiert nicht.«

»Bist du Jesus?«

»Auch nicht.«

»Ein Engel?«

Oh weh. War er das? Für Leon war er so was. Und wenn heute Nacht alles schiefgehen würde, war er es vielleicht für immer. Aber für den anderen Simon? Er schüttelte den Kopf: »Ich glaub nicht.«

»Ein Dämon?«

»Nein. Ich hoffe nicht.«

»Du hoffst nicht …« Der andere schluckte und überlegte weiter. »Bist du meinetwegen auf der Erde?«

Auch wenn das alles vollkommen mysteriös war – letztlich diente diese ganze Geschichte Simon dazu, ein neuer Mensch zu werden. Die Zeitschleife, die zweite Chance, alles diente schon irgendwie Simon. Und zwar dem alten wie dem neuen. Simon konnte nicht anders, als freundlich zu lächeln: »Ja, ich glaub schon.«

»Und was willst du von mir?«, fragte der andere noch einmal, aber diesmal klang es nicht mehr so abweisend.

Das war die Chance für Simon, es noch einmal zu versuchen: »Bitte komm zur Mühle. Heute Nacht.«

Endlich ließ der andere seine Masken fallen. Er bekam ein weinerliches Gesicht: »Ich hab Schiss.«

»Das kann ich verstehen. Ich hab auch Schiss. Echt. Aber ich glaub, dir kann nichts passieren. Außer dass dein Leben besser wird.«

»Und dir? Kann dir was passieren?«

»Ja. Dasselbe wie dir.«

»Eine zweite Chance? Dass dein Leben besser wird? Das wär doch gut.«

»Ich hatte schon meine zweite Chance«, sagte Simon und musste aufpassen, nicht zu sehr ins Schwärmen zu geraten. »Und ich kann dir gar nicht sagen, wie gut die für mich war. Ich bin ein neuer Mensch geworden. Schiss hab ich davor, dass alles heute Nacht endet und meine zweite Chance sich in Luft auflöst.«

»Und was könnte helfen, damit das nicht geschieht?«

Simon grinste schelmisch: »Indem du zur Mühle kommst und den anderen Simon triffst.«

Sein Gegenüber schüttelte den Kopf. »Das klingt mir zu merkwürdig. Zu unheimlich. Ich fühl mich grad wie in einem Psychofilm. Oder irgend so einem Fantasyfilm mit Engeln und Dämonen oder so einem Kram.«

Simon standen die letzten Wochen vor Augen. Die letzten dreizehn Wochen – nein, die letzten zweimal dreizehn Wochen. Wie oft hatte er sich wie im falschen Film gefühlt. Wie oft hatte er sich ausgeschlossen, gedemütigt, gequält gefühlt. Aber das Gefühl von Frieden war in dieser Zeit auch gewachsen. Und das hatte sich nicht nach Fantasy angefühlt. Das kam aus einer ganz anderen Quelle. Wirklicher, wahrhaftiger. Trotzdem musste er seinem mysteriösen Dasein heute ein gutes Ende setzen. Darum konnte er seinem Gegenüber in aller Ruhe zugeben: »Ich mich auch, Simon. Das kannst du mir glauben.«

»Vielleicht würde ich mich eher trauen«, überlegte der andere, »wenn ich wüsste, dass du auch da bist.«

Wow! Was für eine Wendung! Er griff diesen Faden auf. Klar! Er war ja heute Nacht auch da – wenn auch nicht im Timon-Kostüm! Wenn er damit nur den anderen dazu bringen könnte, zur Mühle zu kommen! »Okay.« Er bemühte sich, ruhig zu bleiben. »Wenn es dir hilft, dann komm ich heute Nacht auch.«

Hoffnung und Zuversicht blitzen in den Augen des alten Simon auf: »Echt? Sollen wir dann zusammen hingehen? Wir verabreden uns irgendwo in der Stadt und gehen dann zusammen hoch?«

Puh. Wie sollte er denn das jetzt abwenden, ohne ihn zu verlieren? »Das geht leider nicht«, versuchte er es so vorsichtig wie möglich. »Aber ich komme trotzdem auf jeden Fall. Wir treffen uns dann in der Mühle.«

Sofort kam bei dem anderen das Misstrauen auf. »Wieso geht das nicht? Und wenn du mich verarschst und doch nicht kommst?«

»Ich verarsch dich nicht, Simon. Ich will doch, dass es mit uns weitergeht!«

»Mit uns?«

Mist. Verplappert. Simon gab sich Mühe, sich seinen Fehler nicht anmerken zu lassen, als er stammelte: »Ja. Mit dir auf deine Weise und mit mir auf meine Weise.«

»Und mit dem anderen Simon?«

»Ja, auch mit ihm. Auf seine Weise.«

»Dieser andere Simon ist ein Arsch. Er hat mich in den letzten Wochen ständig reingerissen.«

Jetzt auch das noch! Dieser andere Simon war ja echt hartnäckig!

»Das wird er nach heute Nacht nicht mehr tun, wenn alles gut geht.«

»Und wenn es nicht gut geht?«

»Das Risiko müssen wir eingehen. Aber wie gesagt, ich tippe auf Möglichkeit drei: Der böse Simon verschwindet, der eigentliche Simon bekommt eine neue Chance mit Nadja an der Seite und Timon kann sich für immer zur Ruhe legen.«

»Zur Ruhe«, wiederholte der andere erschrocken. »Wirst du heute Nacht sterben?«

Oh Mann. Schon wieder verplappert. Aber dann fand er, es stimmte ja in gewisser Weise. Wenn der alte Simon endlich in der Zeitschleife verschwand, müsste sich der übrig gebliebene Simon nicht mehr als Timon verkleiden, und dann wäre die Timon-Rolle ja auch irgendwie … tot. Und das wäre eigentlich was Gutes. Also erklärte er vorsichtig: »Das könnte sein. Aber wenn, dann in einer guten Weise.« Etwas theatralisch fügte er hinzu: »Es gibt keine größere Liebe, als sein Leben für seine Freunde zu lassen.«

»Du spinnst«, rief der andere aufgeregt. »Du darfst nicht sterben! Du redest Blödsinn!«

Okay, okay, dachte Simon. Schon wieder mehr geredet, als sinnvoll war. Jetzt am besten kein neues Gesprächsthema mehr beginnen, schon gar nicht über einen sterbenden Timon. »Lass uns hier Schluss machen, Simon«, sagte er nur und wandte sich zum Gehen. »Es ist alles gesagt. Komm heute Nacht um 24:00 Uhr zur Mühle. Und lass dich nicht davon abhalten, wenn es regnen oder gewittern sollte.«

»Ich hasse Gewitter!«

»Das musst du heute Nacht mal vergessen.«

»War der Zettel gestern Morgen in meinem Zimmer von dir?«

Kein neues Thema mehr, redete sich Simon ein. Darum überhörte er einfach diese Frage und setzte sich in Bewegung: »Mach's gut, Simon. Wir sehen uns heute Nacht in der Mühle.«

»Wie bist du in mein Zimmer gekommen? Kannst du durch geschlossene Wände und Türen gehen?«

Simon ging nicht darauf ein. »Bis heute Nacht, Simon! Viel Spaß im Freibad!« Bei Freibad fiel ihm noch etwas ein. Vielleicht nutzte es ja was und er konnte wirklich Leon retten. Darum schob er noch hinterher: »Und vielleicht noch ein Tipp: Lass Leon in Ruhe, damit er nicht stirbt!«

»Was ist mit Leon?«, fragte der andere natürlich prompt.

»Kümmer dich um ihn!«, rief Simon ihm zu und ging weiter.

»Halt, warte noch!« Der andere sprang ihm immer noch hinterher. »Angenommen, heute Nacht geht alles gut aus – sehen wir uns dann noch mal wieder?«

Simon konnte sich ein Grinsen nicht verkneifen. Wenn alles gut ging, und der alte Simon würde in die Zeitschleife geraten, dann würde er 13 Wochen zuvor alles das durchmachen, was der jetzige Simon auch durchgemacht hatte. Und dann würde er Timon sehr bald begegnen. Und zwar in seinem eigenen Körper und in seinem eigenen Spiegelbild. Es amüsierte ihn, als er sagte: »Davon gehe ich aus.«

»Und wo finde ich dich?«

Tja, wo? Unter der Timon-Perücke, die ihm Nadja besorgen würde! Etwas philosophisch prophezeite er ihm: »Du findest mich immer in dir.«

Das saß. Der andere Simon stand wie vom Donner gerührt da und musste über diese Prophezeiung erst mal nachdenken. Das nutzte Simon und sprang über die Mauer vor dem Haus, vor dem sie gerade standen. Dort wollte er warten, bis der andere Simon weitergegangen war. In Wirklichkeit saß er mindestens eine Stunde da und ließ seinen

Gedanken und Ängsten freien Lauf. Simon hatte geglaubt, er würde nach diesem Gespräch zufrieden sein. Aber das war er nicht. Irgendetwas in seinem Inneren hämmerte und wollte ihm etwas zurufen. Was, wenn Simon doch nicht kam? Was, wenn Leon doch ins Freibad ging und durch die Schuld des frechen, überheblichen Simon und seiner Bande starb?

Simon war schon wieder auf dem Weg zurück zur Mühle, aber das schlimme Ereignis im Freibad ließ ihm keine Ruhe. Er war Leons Schutzengel. Zumindest aus dessen Sicht. Und in seiner jetzigen Lage wusste er von Ereignissen, die andere nicht wussten. Wenn er jetzt nichts dagegen unternahm, dass Leon von der Leiter fiel, dann würde er zum zweiten Mal die Schuld an seinem Tod tragen. Vor 13 Wochen hatte ihn Leons Tod schockiert, aber er hatte sich nicht wirklich schuldig gefühlt. Jetzt fühlte er sich plötzlich verantwortlich für Leon. Er musste ihm helfen. Unbedingt!

Simon kehrte um und rannte auf das Freibad zu. Er wollte zumindest nachschauen, ob Leon seinem Rat gefolgt und nicht hingegangen war. Dann könnte er beruhigt in den Wald zurückgehen. Schon von Weitem hörte er Geschrei aus dem Freibadgelände. Klar. Dort war es immer laut. Aber dieses Mal klang es anders. Es erinnerte ihn an das Geschrei von vor 13 Wochen. Als er am Zaun des Freibads angekommen war und das Dreimeterbrett vor dem Becken sah, erkannte er eine kreischende Menschenmenge, mittendrin Leon, der oben auf dem Brett kniete, heulte und schrie, dazu die Jungenbande, die unten aus dem Wasser stieg und lachte. Die anderen, die drum herum standen, gackerten und quatschten – aber niemand, der den Großmäulern Einhalt gebot. Da war niemand, der dem verzweifelten Leon zur Seite stand. Und niemand, der zu ahnen schien, dass hier gleich ein Mensch sterben würde.

»Leon, bleib oben!«, schrie Simon aus Leibeskräften. Dann kletterte er den Zaun hoch, der eigentlich so gebaut war, dass man nicht drüberklettern konnte. Simon war eigentlich kein Kletterprofi. Aber jetzt hatte er einen starken Willen. Er wollte Leon retten. Er wollte den Verlauf der Geschichte ändern. In diesen Sekunden hing es allein von ihm ab, ob ein Mensch weiterleben oder sterben würde. In diesen Sekunden stand er, Simon, sogar auf beiden Seiten gleichzeitig: der eine Simon, der inzwischen lachend vor dem Dreimeterbrett stand und den Tod billigend in Kauf nahm. Und der andere Simon, der in wilder Hektik über den Zaun kletterte, um diesen Tod zu verhindern. »Leon! Warte!«, brüllte Simon noch einmal, so laut er konnte. »Ich helfe dir!« Aber er war noch zu weit weg. Stattdessen lenkte er die Aufmerksamkeit eines Bademeisters auf sich, der gerade irgendwo in einer Ecke stand und rauchte. »Ey, nicht rüberklettern!«, schimpfte er und kam auf Simon zu.

»Der Junge dort auf dem Dreimeterbrett braucht Hilfe!«, rief Simon und war endlich über den Zaun rübergekommen. Ziemlich unsanft landete er auf dem Boden. Sein rechter Fuß schmerzte.

»Die kommen schon zurecht«, sagte der Bademeister. »Und du – du kommst hier nicht rein!«

»Lass mich in Ruhe!« Simon rappelte sich auf und rannte Richtung Dreimeterbrett. »Leon, ich komme!«

»Ey, bleib stehen!« Der Bademeister trat seine Zigarette aus und lief hinter Simon her. Gerade hatte Simon den Rasen vor dem Sprungturm erreicht, als Leon versuchte rückwärts herunterzusteigen. Er weinte und alle konnten sehen, wie er dabei vor Angst zitterte. Sein rechter Fuß tastete rückwärts nach einer Stufe. Simon wusste, dass er sie verfehlen würde. »Leon!« Simon legte alle Kraft in seine Stimme. Und in diesem Augenblick bemerkte Leon ihn. Er beugte sich zur Seite und ein Strahlen mischte sich in sein verzweifeltes und verheultes Gesicht: »Timon!«

Der Bademeister hatte Simon am Arm gepackt: »Jetzt kannst du was erleben!«

Simon sah rot. Da oben stürzte gleich ein hilfloser Junge ab und hier unten hatte so ein Volltrottel von Bademeister nichts Besseres zu tun, als einen Nicht-Bezahler festzuhalten! Ihm blieb keine Zeit zum Überlegen. Seine freie Hand ballte sich zur Faust und versetzte dem armen Kerl so einen Kinnhaken, dass er laut schreiend nach hinten taumelte und Simon dabei losließ. Simon rannte bis unter die Sprossen des Sprungbretts. Oben hatte Leon bereits die oberste Stufe der Leiter ertastet und schaute stolz zu Simon herunter. Wäre Simon wirklich ein Engel gewesen, hätte er alle Stufen der Leiter nach oben fliegen und Leon so retten können. Jetzt gelang es ihm nur, zwei bis drei Stufen nach oben zu steigen, bevor Leon dort rückwärts mit dem Fuß die nächste Stufe ertastete, ausrutschte und dabei sein Gleichgewicht verlor. Mit einem Schrei stürzte er nach hinten. Simon sah ihn nur im Augenwinkel von oben heruntersausen. Das Einzige, das ihm in dieser Sekunde noch einfiel, war, seine Arme auszubreiten und sich selbst wie ein Sprungtuch nach hinten fallen zu lassen. Im freien Fall ahnte Simon bereits, dass so ein Aufprall auf dem Rücken für ihn nicht gesund ausgehen konnte. Aber wenn Leon auf ihn drauffallen würde, könnte der den Sturz überleben. Im nächsten Augenblick spürte er schon Leons fallenden Körper auf seinem Bauch, danach einen lähmenden Schmerz in seinem Rücken. Dann bekam er nichts mehr mit.

Als Simon aufwachte, fühlte er sich wie gelähmt. Seine Arme und Beine waren taub. War er schon im Himmel? War er querschnittsgelähmt? Wo war er überhaupt? Es war viel zu hell. Er war nicht mehr im Freibad, so viel stand schon mal fest. Aber wo war er dann? Vorsichtig versuchte er, seine Augen zu öffnen und gegen das Licht zu blinzeln.

»Er wacht auf!«, hörte er eine vertraute Stimme. Als er sich nach ihr umdrehte, sah er seine Mutter neben ihm stehen. Sie lächelte ihn an und war sichtbar erleichtert. Neben ihr stand sein Vater. Auch er lächelte und nickte. Als er sich den Rest des Raumes um seine Eltern herum anschaute, wurde ihm klar, wo er sich befand: im Krankenhaus. Und jetzt erst bemerkte er, dass in seinem Arm eine Nadel steckte, die an einem Schlauch befestigt war. Überall an seinem Körper waren Drähte festgeklebt.

»Was ist los?«, fragte er schwach.

»Simon, du lebst«, sagte seine Mutter mit Tränen in den Augen. »Du warst im Freibad und hast einem Jungen das Leben gerettet. Leon aus deiner Klasse. Weißt du noch?«

»Das Leben gerettet?« Das hörte sich zu schön an, um wahr zu sein. »Leon lebt?«

»Ja. Er ist von Julian und deinen anderen Freunden nach oben auf das Dreimeterbrett gezogen worden. Beim Runterklettern ist er abgestürzt. Aber du hast versucht, ihn aufzufangen. Dabei seid ihr beide unten auf dem Boden aufgeschlagen. So haben es zumindest die anderen erzählt, die dabei waren. Du warst bewusstlos. Die Bademeister haben Erste Hilfe geleistet und den Rettungsdienst gerufen. Der hat dich hierhergebracht.«

»Wo ist Leon?«, wollte Simon wissen.

»Er ist auch im Krankenhaus«, erklärte die Mutter. »Aber außer ein paar Prellungen ist ihm nichts passiert. Die Ärzte meinten, er sollte zur

Sicherheit eine Nacht hierbleiben. Er liegt im Nachbarzimmer. Aber es geht ihm gut.«

Simon schloss seine Augen und spürte, wie ihm ein riesiger Brocken vom Herzen fiel. Leon war gerettet! Er hatte den Verlauf der Geschichte verändert! Er hatte in Leons Schicksal eingegriffen! Er war doch ein Engel!

»Wo ist Simon?«, fiel ihm plötzlich ein. Wenn die anderen ihn als Lebensretter gesehen hatten – hatten sie dann auch den anderen Simon gesehen?

»Welchen Simon meinst du?«, fragte die Mutter.

»Meinen Doppelgänger. Mein anderes Ich!« Während er das sagte, wurde ihm klar, dass sich das für die anderen wieder völlig idiotisch anhören musste.

»Ruh dich erst mal aus«, sagte die Mutter. Und das klang wie: »Du redest wirres Zeug. Bestimmt ist dein Gehirn beschädigt.«

Jetzt beugte sich der Vater über ihn: »Warum hattest du dich eigentlich verkleidet, als du im Freibad warst? Wenn dir nach deinem Sturz nicht die Perücke abgefallen wäre und die Rettungshelfer die Wattepolster nicht aus deinem Mund geholt hätten, hätte man dich kaum erkannt.«

»Außer deiner Mutter vielleicht«, schmunzelte die Mutter. »Die gleiche Verkleidung hast du doch auch getragen, als du mir vor ein paar Wochen die Einkäufe nach oben getragen hast, weißt du noch? Ich verstehe gar nicht, was diese Verkleidung soll. Möchtest du lieber ein anderer Mensch sein?«

Simon hob seinen Kopf: »Du hast mich etwa erkannt?«

»Na, das wär ja noch schöner«, lachte die Mutter, »wenn die eigene Mutter ihren Sohn nicht erkennen würde, wenn der sich eine Perücke aufsetzt und sein Gesicht ein bisschen anmalt.«

»Warum hast du dir denn nichts anmerken lassen?«

Die Mutter grinste, als wäre ihr ein Streich gelungen. »Warum sollte ich? Du hast dir doch auch nichts anmerken lassen. Und immerhin ist es dir in dieser Verkleidung doch toll gelungen, mir ein paar Erziehungstipps für pubertäre Jungen zu geben.«

Simon legte seinen Kopf zurück aufs Kissen und schloss die Augen.

Peinlich. Aber irgendwie auch lustig. Simon war verkleidet gewesen – aber seine Mutter hatte ihn reingelegt?

»Hast du dir die Erziehungstipps denn wenigstens gemerkt?«, fragte er leise.

»Ich hoffe.« Die Mutter legte ihre Hand auf seine Hand. »Hauptsächlich hab ich mich gefreut zu hören, welche guten und tiefgründigen Gedanken du dir machst. Ich war richtig stolz auf dich.«

Obwohl Simon die Augen geschlossen hatte, musste er grinsen.

Wer hat mich dann noch alles in meinem albernen Timon-Kostüm erkannt und bloß nichts gesagt?, dachte er. Er selbst jedenfalls hatte den Timon damals nicht erkannt. Aber Leon – wenn Leon auch gesehen hatte, wie ihm die Perücke runtergefallen war –, was würde er jetzt über ihn denken? Derselbe Simon, der ihn gerade noch die Leiter nach oben gejagt hatte, rettete ihm kurz darauf das Leben? Und all die anderen, die da drum herum standen: Julian, Konstantin, Benno. Hatten die sich nicht gewundert? Und der Mörder-Simon – was hatte der wohl gedacht, als plötzlich Timon kam, Leon rettete und unter der Perücke eigentlich Simon war? Also, an diese Szene aus dem ersten Durchlauf konnte er sich beim besten Willen nicht erinnern. Damals war kein Timon gekommen, um Leon zu retten. Jetzt war es endgültig geschehen: Simon hatte sich anders verhalten, als es von der Geschichte vorgegeben war. Komplett anders. Und das fühlte sich merkwürdig an. Merkwürdig, aber auch gut. Alles, was er bisher getan hatte, passte zu dem, was er vorher schon einmal erlebt hatte: die Streiche, die er seinem Gegenüber gespielt hatte, die Zettel über Helge Schürmann, der Schock mit dem stinkenden Handtuch im Bad, die Timon-Verkleidung im Teentreff. Es war, als hätte er zweimal in ein und demselben Film mitgespielt, bei dem die Handlung unveränderbar festgelegt war. Nur dass er einmal die eine und einmal die andere Rolle gespielt hatte. Aber jetzt war durch Leons Rettung alles anders geworden. Er hatte den Film verändert! Würden sich dadurch auch noch andere Dinge ändern? Würde sich etwa der Ausgang des Films ändern?

Der Vater unterbrach Simons Gedankengänge: »Gibt es denn auch Erziehungstipps für Väter?«

Was? Simon öffnete die Augen. Hatte das wirklich sein Vater gefragt? Sein Vater, der nie da war, und wenn, dann nur äußerlich? »Mit Vätern kenn ich mich leider nicht so gut aus«, antwortete Simon. »Aber eine erste Regel könnte sein: Lerne dein Kind kennen. Unternimm was mit ihm. Interessier dich für ihn.«

Der Vater kam noch näher ans Bett. »Aber das will ich doch. Ich interessier mich doch für dich. Ich dachte nur, *du* willst das nicht mehr.«

Darüber musste Simon erst mal nachdenken. »Ja, das dachte ich auch«, sagte er langsam. »Aber ich glaub, ich hab es mir anders überlegt.« Simon grinste.

Auch sein Vater grinste fröhlich. Ein seltenes Bild. »Lass uns gleich morgen oder wenn du aus dem Krankenhaus kommst, überlegen, wann wir was unternehmen. Ja?«

Morgen. Krankenhaus. Irgendwas stimmte da nicht. Wann war morgen? Was war morgen? Gab es überhaupt ein Morgen?

Ein Blitz und ein Donner von draußen ließen Simon aufschrecken. Scheiße! Das Gewitter! Die Mühle! Der Austausch! Der ahnungslose Simon, der in die Zeitschleife geschickt werden sollte!

»Wie spät ist es?«, fragte Simon und merkte, wie eine gewisse Hektik in ihm aufkeimte.

»Es ist mitten in der Nacht«, sagte die Mutter und legte beruhigend ihre Hand auf Simons Brust. »Es ist alles gut. Morgen sehen wir weiter.«

»Mitten in der Nacht?« Schweißperlen traten auf Simons Stirn. »Wie spät genau?«

Sein Vater schaute auf seine Armbanduhr: »Dreiundzwanzig Uhr siebenundzwanzig. Halb zwölf.«

»Scheiße!« Simon begann zu zittern. Er setzte sich aufrecht hin, die Drähte an seiner Brust spannten und versetzten ein elektronisches Gerät neben dem Bett in laut piepsenden Alarm. »Ich muss hier weg!«, rief er. »Ich muss zur Mühle!«

»Simon, beruhige dich«, versuchte die Mutter ihn zu besänftigen. »Es wird alles gut.«

»Ich bin klar bei Sinnen!«, schimpfte Simon laut. »Ich muss heute Nacht etwas regeln! Heute um Mitternacht!«

Die Eltern schauten sich erschrocken an. »Was ist los mit dir, Simon?«

»Bitte!« Simon legte etwas Flehendes in seine Stimme. »Ihr müsst mir vertrauen. Lasst mich bitte gehen! Ich muss etwas regeln. Wenn ihr wollt, dann erzähle ich euch morgen alles! Von Anfang an! Aber heute muss ich weg!«

»Wohin denn?«

»Das erklär ich euch alles morgen! Bitte! Wenn ich es jetzt erklären würde, dann würdet ihr mich erstens für verrückt halten und zweitens selbst verrückt werden! Wollt ihr das?«

»Nein!«, kam es von beiden Eltern gleichzeitig.

»Also helft mir jetzt bitte! Ich muss hier weg!«

»Die Ärzte würden dich nie gehen lassen!«, sagte die Mutter. »Du bist krank!«

»Es geht mir ausgezeichnet!« Er riss sich sämtliche Aufkleber und Pflaster vom Körper. Das Gerät neben dem Bett piepste wie verrückt. Als er die Bettdecke zur Seite schlug, sah er, dass er außer seiner Unterhose nichts anhatte. »Wo sind meine Klamotten?«

Die Mutter schlug die Hände vor der Brust zusammen. »Die Schwestern werden gleich hier sein, Simon! Du hast keine Chance!«

»Dann haltet sie auf, bitte!« Simon wurde immer nervöser. Er begann zu keuchen. Sein Rücken schmerzte, aber darauf konnte er jetzt keine Rücksicht nehmen. Vorsichtig, aber hektisch zog er sich die Nadel aus dem Arm. Da sah er seine Klamotten auf einem Stuhl liegen. Die Timon-Klamotten. Seine Schuhe standen davor. »Ich zieh mich im Nebenraum an und dann hau ich ab! Wenn alles gut geht, bin ich kurz nach Mitternacht wieder zu Hause! Bitte vertraut mir! Bitte!«

»Und was sollen wir den Ärzten sagen, wo du bist?«

»Sagt ihnen die Wahrheit: dass ich abgehauen bin und ihr auch nicht wisst, wo ich bin!« Mit einem Griff packte er seine Kleidung und Schuhe unter den Arm, verließ das Zimmer, überprüfte mit einem kurzen Blick den leeren Flur, öffnete ein Zimmer weiter die Tür und huschte hinein. Tür zu. Puh. Simon musste erst mal verschnaufen. Draußen hörte er die ersten Schritte von Schwestern, die das Piepsen überprüfen wollten.

Es war dunkel im Zimmer. Aber die Notbeleuchtung über der Tür spendete genug Licht, sodass er sich anziehen konnte, auch wenn ihm sein kompletter Körper sauweh tat.

»Wer ist da?«, hörte er eine ängstliche Stimme aus dem Krankenbett hier im Zimmer.

»Bin gleich wieder weg«, sagte Simon leise. »Alles gut.« Schon war er angezogen und wollte wieder zur Tür hinaus. Draußen hörte er, wie inzwischen mehrere Menschen aufgeregt den Flur entlangliefen.

»Simon, bist du das?«, fragte die Stimme aus dem Bett. Jetzt erkannte er, dass das Leon war.

»Ja«, sagte Simon leise. Und obwohl er eigentlich so schnell wie möglich nach draußen rennen wollte, drehte er sich langsam zu Leon um und ging auf das Bett zu. »Wie geht's dir, Leon?«

»Geht so«, antwortete der.

Simon hörte Schritte direkt vor der Tür und im nächsten Augenblick wurde sie geöffnet. Noch bevor die Krankenschwester das Licht einschalten konnte und es viel zu hell wurde, war Simon unter Leons Bett gesprungen.

Die Schwester schaute sich kurz nach allen Seiten um und warf auch einen Blick hinter die Tür. »Ist alles klar, Leon?«

»Ja«, antwortete der.

»Ist jemand zu dir ins Zimmer gekommen?«

»Ja. Sie.«

Die Schwester lachte. »Witzbold.« Dann löschte sie das Licht wieder. »Schlaf gut.«

Tür zu. Stille im Zimmer. Zur Sicherheit beschloss Simon, noch eine Minute hier unter dem Bett zu warten.

»Simon?«, kam es aus Leons Bett.

»Ja?«

»Etwas hab ich heute Nachmittag nicht kapiert.«

»Was denn?«

»Warst du das, der mich im Freibad gerettet hat? Du sahst zuerst aus wie Timon! Das hab ich irgendwie nicht verstanden.«

Simon streckte vorsichtig seinen Kopf unter dem Bett hervor. »Tja, wie soll ich dir das erklären?«, begann er unsicher. »Ich hab dich gerettet, das stimmt. Und vorher hab ich dich die Leiter nach oben gezogen. Das stimmt auch. Aber zwischen diesen beiden Handlungen liegt so viel, das kann ich dir so schnell gar nicht alles erzählen.« Simon spürte, wie sich das schlechte Gewissen wegen seiner Gemeinheiten mit der Erleichterung über Leons Rettung in seinem Inneren mischte. Er zog die Nase hoch. »Auch wenn aus deiner Sicht nur eine oder zwei Minuten zwischen den Qualen und der Rettung liegen, hab ich doch in der Zwischenzeit eine unglaubliche Lehre durchgemacht.«

»Eine Lehre?«

»Ja. Ich hab so viel gelernt. Über das Leben. Wie schön es sein kann. Wie unfassbar unsere Welt und unsere Natur ist. Über den Menschen. Wie wertvoll er ist. Wie wertvoll du bist. Und wie scheiße es ist, wenn man auf solchen Menschen herumtrampelt und sie erniedrigt. Und ich hab viel über mich selbst gelernt. Was für ein Arschloch ich war und wie leid es mir tut, was ich dir angetan habe.«

»Und das alles in zwei Minuten?«

»Ja.« Simon kam langsam unter dem Bett hervor und musste schon wieder die Nase hochziehen. Wo kam auf einmal der ganze Rotz her? Er hatte doch vorher keinen Schnupfen gehabt. »Das alles in zwei Minuten. Zwei Minuten, die mir vorkamen wie dreizehn Wochen. Dreizehn knallharte Wochen.«

»Das kapier ich nicht«, murmelte Leon leise.

»Ich auch nicht.« Als Simon jetzt aufstand, sich neben Leons Bett stellte und lächelte, merkte er, wie ihm eine Träne über die Wange lief. Wo kam die denn her? Simon würde doch hier und jetzt nicht heulen? Aber irgendwas in seinem Herzen, in seinen Augen fühlte sich so warm an, als würde da gerade überschüssige Flüssigkeit produziert, die ihren Ausgang durch seine Nase und Augen suchte. Verrückt.

»Bist du denn jetzt Simon oder Timon?«, fragte Leon.

»Ich bin Simon.« Simon nickte. Vor seinem inneren Auge spielte sich die eine oder andere Begegnung zwischen Simon und Timon noch einmal ab. »Aber ich bin froh, dass ich Timon begegnet bin. Und dass ein Stück von diesem Timon in mir weiterlebt. Ich glaube, Timon hat mir geholfen, dass ich ein anderer Simon geworden bin.« Er setzte sich auf Leons Bettkante und sprach etwas leiser weiter. »Leon, ich möchte mich von ganzem Herzen für all den Mist entschuldigen, den ich dir all die Jahre angetan habe. Und ich verspreche dir, dass ich das nie wieder tun werde. Im Gegenteil. Wenn auch Timon nicht mehr da ist, kann ich an seiner Stelle weiterhin auf dich achten. Ich und der Timon in mir. Hörst du?«

»Das kannst du doch gar nicht«, sagte Leon. »Du hast doch mal gesagt, wenn du das Böse tust, dann ist das irgendwie jemand anderes in dir. Und nachher bist du wieder der Gute und dann tut dir das leid.«

»Ja, aber das hat sich geändert. Denn dieses andere in mir, das wird noch in dieser Nacht ein für alle Mal aus meinem Leben verschwinden. Und darum muss ich jetzt auch gehen. Mach's gut, Leon.« Simon erhob sich und ging Richtung Tür.

»Ist das die zweite Chance, von der Timon gesprochen hat?«, fragte Leon noch.

Simon drehte sich noch einmal zu Leon um und sagte: »Ja. Timon hat dir doch schon vorhergesagt, dass Simon eine zweite Chance bekommen wird und dass er sie ergreift. Vor dir steht der Simon, der die zweite Chance ergriffen hat.«

Jetzt war es Leon, der die Nase hochzog: »Du hast es gut.«

»Warum?«

»Weil du eine zweite Chance bekommst. Warum bekomm ich die nicht?«

Wieder spürte Simon, wie das Mitleid mit Leon ihm einen Kloß in den Hals legte. »Jeder hat die Möglichkeit, eine zweite Chance zu ergreifen. Jeder hat es an jedem Tag in seiner Hand, wie seine eigene Geschichte, sein eigener Film weitergeht. Und damit auch, wie die Geschichte für andere weitergeht. Du, Leon, kannst jederzeit aus deinem alten Drehbuch aussteigen und es neu machen.«

Leon schniefte leise. »Das klingt so einfach, wenn du das sagst.«

»Ich kann dir helfen. Zumindest am Anfang. Ich kann Julian, Konsti und den anderen in der Schule zeigen, dass du in Ordnung bist. Danach lassen sie dich auch in Ruhe.« Simon lächelte wieder. »Aber dann musst du deine zweite Chance auch selbst in die Hand nehmen. Ich will nicht bis an dein Lebensende dein Schutzengel sein.«

In Leons Schniefen mischte sich ein leises Lachen. »Ist gut.«

»Und weißt du«, Simon überlegte, ob er jetzt nicht einen Schritt zu weit gehen würde, aber etwas in ihm trieb ihn dazu, weiterzureden, »vielleicht können wir uns ja irgendwann mal nachmittags treffen und was zusammen unternehmen. Dann siehst du, dass ich wirklich nicht mehr so schlimm bin wie vorher.«

Leon schluchzte und brachte ein Geräusch zusammen, das sich nach Zustimmung anhörte. Simon drehte sich nun endgültig um, ging auf die Tür zu und lauschte. Draußen hörte man wieder Menschen rennen. »Das kann doch gar nicht sein!«, hörte er mehrere Leute durcheinanderrufen. Und: »Durchsucht die Hausflure!«

Simon wartete, bis das Gerenne leiser wurde, dann öffnete er vorsichtig die Tür und spähte hinaus. Eine Schwester stand mit verschränkten Armen da und beobachtete prüfend den Flur, dann ging sie auf eine Zimmertür zu, lauschte, öffnete sie und ging hinein. Diesen Augenblick nutzte Simon und schlich so leise wie möglich aus dem Zimmer, den Gang hinunter und zur Flurtür hinaus. Im Treppenhaus war niemand und so kam er unbehelligt bis zum Erdgeschoss. Dort schlich er sich leise von einer Ecke bis zur nächsten. Mehrere Pfleger, auch Ärzte und Schwestern fegten eilig durch die Flure. Einige von ihnen sprachen in Funkgeräte. Schließlich gelang es Simon, in einen Raum zu flüchten, in dem medizinische Geräte abgestellt waren. Er öffnete das Fenster und sprang nach draußen. Hier war es endlich dunkel genug, um ungesehen das Krankenhausgelände zu verlassen.

Das Gewitter hatte bald seinen Höhepunkt erreicht. Simon wusste nicht, wie viel Zeit ihm noch blieb, aber er rannte wie ein Verrückter. Sein Kopf brummte, sein Rücken schmerzte. Seine Beine wirkten, als würden sie jeden Augenblick nachgeben. Er fühlte sich krank und schwach. Aber er wusste, dass er diese Nacht nicht verstreichen lassen durfte. Nadja war in der Mühle und wartete auf ihn. Der andere Simon auch. Falls er überhaupt dort oben war. Wenn der andere Simon am Nachmittag gesehen hatte, dass der übersinnliche Timon unter der Perücke sein Doppelgänger war, dann würde er vielleicht seine Pläne völlig ändern! Jetzt, wo Simon derart in die Geschichte eingegriffen hatte, war wieder alles möglich. Alles konnte sich ändern! Und das verunsicherte ihn sehr. Der andere Simon könnte in seinem Bett liegen und schlafen. Er könnte auf dem Weg ins Krankenhaus sein, um seinen Doppelgänger auszuschalten. Er könnte in der Mühle sein. Das wäre natürlich das Beste. Oder er wäre so wie er gerade auf dem Weg zur Mühle. Dann könnten sie sich schon unterwegs begegnen. Wollte Simon das? Lieber nicht. Aber wenn Mitternacht schon vorbei war, dann wäre vielleicht auch die Chance verpasst, ihn an die Stelle zu ziehen, an der der andere Simon dreizehn Wochen zurückreisen würde und er ein für alle Mal Ruhe vor ihm hätte.

Grelle Blitze peitschten den Himmel auseinander, während Simon laut schnaufend den Wald entlanglief. Krachend gaben ihnen die Donner fast zeitgleich ihr machtvolles Begleitgeräusch. Das Zentrum des Gewitters lag ganz in der Nähe. Simons Angst überschlug sich fast, aber er war entschlossen, sich dem Geschehen in der Mühle zu stellen. Das war er sich selbst, Nadja, Leon und dem anderen Simon schuldig. Er wusste jetzt: Er war in der Lage, die Geschichte mitzuschreiben. Den Film zu verändern. Im Grunde konnte jede Handlung die Geschichte verändern. Nicht nur in dieser Nacht. Sondern immer und überall. Ob er sich in einer Situation für das Gute oder für das Schlechte entschied, hatte immer einen Einfluss auf den weiteren Verlauf einer Situation oder eines Tages, ja manchmal sogar auf den eines kompletten Menschenlebens! Jetzt allerdings würde er die anderen nicht im Stich lassen, nur weil er zu feige war. Wegrennen und Nichtstun waren nämlich auch Handlungen, die den weiteren Verlauf der Geschichte beeinflussen konnten! Wie viel Schlimmes in dieser Welt geschah, weil Menschen nichts taten, nicht eingriffen, nicht hinschauten, nicht halfen. Simon nahm sich vor, nie wieder so gleichgültig dem Schicksal anderer Menschen gegenüberzustehen. Am allerwenigsten dem von Nadja und denen, die ihm am nächsten standen.

Mit letzter Kraft erreichte er die Mühle. Er war klatschnass vom Regen. Das Gewitter tobte, gröhlte und tanzte direkt über dem verwitterten Haus. Simon drückte die Tür auf und brüllte: »Nadja!«

Im nächsten Augenblick spürte er einen Schlag mitten in sein Gesicht. Simon schrie auf und flog einmal quer über den alten Holzboden. Als er krachend auf seinem Rücken landete, stöhnte er noch einmal laut.

»Da ist er ja, unser mieser, kleiner Querschläger!«, hörte er eine vertraute Stimme. Als der nächste Blitz den dunklen Raum erhellte, blickte er in das hasserfüllte Gesicht von Simon, seinem eigenen Gegenüber aus der alten Zeit. Seine Augen leuchteten grell. In der Hand hielt er einen Schraubenzieher. Dieser Simon war zu allem bereit.

»Simon!«, fuhr es dem Simon auf dem Boden heraus.

»Ja, Simon!«, krächzte der andere. »Der bin ich! Und jetzt will ich es genau wissen: Wer bist du? Was willst du in meinem Leben?«

»Ich kann dir alles erklären!« Simon musste husten. Er schmeckte Blut. Der Schlag in sein Gesicht hatte gesessen.

»Dann aber schnell!«, befahl der andere.

Plötzlich hörte Simon ein verzweifeltes Schreien von oben: »Simon! Hilfe!«

»Nadja!«, schrie der Simon auf dem Boden. »Was ist los?«

»Nichts ist los!«, keifte der Simon mit dem Schraubenzieher. »Es ist alles in Ordnung! Denn heute werde ich von euch beiden eine gute Erklärung dafür bekommen, welches Spiel hier eigentlich gespielt wird! Ich hab mir ja die ganze Zeit schon gedacht, dass Nadja mit dir unter einer Decke steckt! Und dass Timon auch was damit zu tun hat! Aber dass Timon nur die billige Maske von dir, meinem beschissenen Doppelgänger, ist, das wurde mir erst heute Nachmittag klar, als du dich so heldenhaft unter den kleinen Leon geworfen hast.« Langsam kam er auf ihn zu und beugte sich bedrohlich über ihn. »Du mieses Dreckschwein hast dich nun schon seit Wochen in mein Leben eingemischt. Du hast mir Nadja genommen. Du hast versucht, mir Angst einzujagen. Aber Simon hat keine Angst, hörst du? Vor dir schon mal gar nicht!« Sein Gesicht kam ihm noch näher. Der nächste Blitz ließ das Metall des Schraubenziehers in seiner Faust hell aufleuchten. »Aber jetzt will ich es wissen: Wer bist du? Woher kommst du? Wieso siehst du mir so ähnlich?«

Ein Blitz, ein Donner. Die ganze Mühle erzitterte. Beide Simons zuckten zusammen. Der Simon mit dem Schraubenzieher etwas mehr. Das nutzte der Simon auf dem Boden aus und schlug seinem Gegenüber zuerst den Schraubenzieher aus der Hand und trat ihm sofort darauf mit solcher Wucht in den Bauch, dass der schreiend nach hinten flog und auf dem Rücken liegen blieb.

»Nadja, ich komme!« Simon rappelte sich auf und rannte auf die Treppe zu. »Wo bist du?«

»Hier oben!«

Sein Kiefer schmerzte, als würde er gleich durchbrechen. Seine Beine fühlten sich lahm und taub an. Aber noch trugen sie ihn die Treppe nach oben. »Was ist passiert?«

Nadja stand mit den Händen auf dem Rücken hinter dem großen Zahnrad an einen Balken gepresst. »Simon hat mich gefesselt! Schnell, mach mich los!«

Simon beeilte sich, zu ihr zu gelangen, dabei vergaß er jedoch, nur die Querbalken zu betreten. Der erste Tritt auf den lehmigen Zwischenboden bröckelte zwar, hielt ihn aber noch aus. Der zweite Schritt war zu viel. Simon krachte mit beiden Füßen ein und wäre um ein Haar durch die ganze Decke gebrochen, wenn er sich nicht eben noch an einem der Querbalken festgehalten hätte.

»Simon!«, schrie Nadja und versuchte verzweifelt, sich aus ihren Fesseln zu befreien.

»Alles gut!«, keuchte Simon und musste sämtliche Kraftreserven aufwenden, um sich an dem Balken nach oben zu ziehen.

»Wo warst du so lange?«, rief Nadja aufgeregt. »Du wolltest doch nur kurz zu Simon gehen! Ich hab den ganzen Abend hier gesessen und riesige Angst gehabt! Ich dachte, dir ist was passiert! Als es halb zwölf war, kam Simon hier rein. Ich hab zuerst gedacht, du bist das! Aber als er fragte: ›Was machst du denn hier?‹ und ›Wo ist mein beschissener Doppelgänger?‹, war mir klar, dass er es war.«

»Und dann?« Simon hatte sich inzwischen nach oben gezogen und versuchte, wieder Halt zu bekommen.

»Ich wusste überhaupt nicht, was ich machen sollte. Ich hab ihm vor lauter Verzweiflung das mit der Zeitschleife erzählt und dass er um 12:00 Uhr Mitternacht hier hinten genau an dieser Stelle stehen muss. Das hat er mir natürlich nicht geglaubt. Als es dann immer später wurde und du immer noch nicht da warst, hab ich versucht, ihn ohne dich hierherzulocken, weil ich dachte, vielleicht gelingt es mir auch so, ihn in die Vergangenheit zu schicken. Aber dann hat er mich hier gefesselt und gesagt, ich sollte ihm erst mal vormachen, wie man in die Zeit reist. Und seitdem zittere ich bei jedem Donnerschlag, ob ich es nun bin, die dreizehn Wochen zurückreist. Ich glaub, das würde ich nicht aushalten.«

»Ich binde dich los!« Simon war bei ihr angekommen und tastete sich an ihren Armen bis zu den Seilen vor, mit denen sie an den Holzbalken gebunden war.

»Vergiss es!«, brüllte der andere Simon plötzlich aus allernächster Nähe und stürzte sich auf ihn. In der Hand hielt er den Schraubenzieher, den er offensichtlich unten im Dunkeln wiedergefunden hatte. Simon schrie auf und konnte den Angriff nur im letzten Moment abwehren. Aber sofort erhob der andere zum zweiten Mal den Schraubenzieher in seiner Faust. In wilder Panik ließ Simon Nadjas Fesseln los, stürzte sich auf den angreifenden Körper seines Gegenübers, krallte sich in seine Kleidung und riss ihn mit voller Wucht auf den Boden. Der Mörtel unter den beiden Körpern bröckelte, aber sie brachen nicht durch. »Du Bestie!«, dröhnte der andere mit dem Schraubenzieher und stach zu. Simon schrie auf. Seine Schulter, die von der Waffe getroffen war, brannte. Beherzt griff er nach der Faust mit dem Schraubenzieher, entriss dem anderen das Werkzeug und schleuderte es in eine Ecke, in der man es in dieser Dunkelheit so schnell nicht finden konnte. »Du bist die Bestie!«, brach es aus Simon heraus und er schlug auf sein anderes Ich ein. »Du bist es! Du hättest Leon getötet! Du machst dir überhaupt keine Gedanken darüber, was du mit anderen anrichtest! Du bist ein Schwein! Du bist ein Monster!«

Der andere versuchte sich zu wehren, aber nun lag er unten: »Nein, du! Du bist das Monster! Du bist in mein Leben eingedrungen! Du hast mir alles kaputt gemacht! Du!« Plötzlich gelang es ihm, eine Hand loszureißen, und schlug dem oberen Simon wieder mitten ins Gesicht. Simon stürzte nach hinten.

»Simon, beeil dich!«, rief Nadja und riss immer noch an den Fesseln um ihren Händen. »Es ist jeden Augenblick Mitternacht!«

Und wie zur Bestätigung dieser Aussage krachten mit voller Macht ein Blitz und ein Donner durch das Dunkel der Mühle.

»Simon, komm her!«, brüllte der Simon, der das alles zum zweiten Mal durchlitt – alles, bis auf diese Szene hier oben. Die kannte er noch nicht und das machte ihn mehr als hilflos. Wenn es ihm in den nächsten Sekunden nicht gelingen würde, Nadja zu befreien und den anderen Simon an ihre Stelle zu bewegen, dann wäre alles verloren.

»Ich denke nicht daran!«, brüllte der andere Simon mitten in einen weiteren Donner hinein.

»Du musst! Sonst ist alles verloren!«

»Ja, ich hoffe doch, dass alles verloren ist!«, brüllte der ahnungslose Simon.

»Aber mit dir! Mit dir ist dann alles verloren! Bitte komm hierher!«

»Vergiss es!«

Es hatte keinen Zweck. Simon hatte keine Kraft mehr. Die Schulter, das Gesicht, das Kinn, die Beine, der Rücken – alles schmerzte, als hätte ihm jemand jeden Knochen einzeln gebrochen. Aber wenigstens Nadja sollte nicht verschwinden. Schnell rappelte er sich auf und kroch auf sie zu. Die Fesseln saßen fest. Nadja riss wie wild an den Seilen. Schließlich gelang es ihm, einen Knoten zu lockern. Sofort riss sie ihre Hand aus der Schlinge. Eine Sekunde später hatte sie auch die andere Hand befreit.

»Schnell, da rüber!«, befahl er und schob Nadja so am Zahnrad vorbei, dass der andere Simon sie nicht erreichen konnte. »Und jetzt du!«, rief er laut dem anderen Simon zu, der mit blutverschmiertem Gesicht auf dem Boden saß und nach dem Schraubenzieher suchte. »Komm her!«

Der andere Simon stand auf und bemühte sich dabei, nur auf die Balken zu treten. »Niemals!«

»Doch! Wir müssen es zu Ende bringen!«

»Was müssen wir zu Ende bringen?«

»Ich werde dir jetzt genau erklären, wer ich bin, wer du bist und was wir miteinander zu tun haben.«

Langsam kam der andere auf ihn zu. »Da bin ich aber gespannt.«

»Stell dich genau hier hin«, forderte Simon ihn auf.

»Und du?«

»Ich werde mich ein paar Schritte von dir entfernen, damit ich dir nichts tun kann und du mir nicht.«

»Das ist doch eine Falle.«

Simon ließ den anderen näher kommen. »Es ist gut für uns beide. Wirklich.«

Der andere war fast bei dem Zahnrad angekommen: »Und jetzt?«

»Jetzt gehe ich zur Seite.«

Mit einem festen Griff hatte der andere plötzlich Simons Handgelenk umschlossen. »Das könnte dir so passen, du mieses Schwein. Nadja hat mir erzählt, dass ihr darauf hofft, dass ich vom Blitz erschlagen werde. Du bleibst jetzt schön hier bei mir. Entweder wir werden beide vom Blitz getroffen oder keiner von uns.«

Panik stieg in Simon auf: »Nein! Lass mich los!« Er versuchte seine Hand loszureißen, aber sein eigenes Ich hatte einen festen Griff. Der andere lachte höhnisch. Simon griff nach der Hand des anderen und biss ihm kräftig ins Handgelenk. Der andere schrie auf, ließ die Hand aber nicht los. Stattdessen ließ er sich nach vorne fallen und begrub Simon unter sich. Wieder lösten sich Mörtel und Lehm unter ihnen. »Wir krachen ein!«, japste Simon.

»Nur zu!«, lachte der andere.

Simon war zu schwach zum Kämpfen. Er wollte seinen Körper unter dem anderen wegziehen, aber sein Rücken tat höllisch weh, und alle anderen Gliedmaßen waren so geschwächt, dass er dem oberen Simon hoffnungslos unterlegen war. War es schon Mitternacht?

Wieder ein Blitz und ein Donner sofort hinterher. Simon hatte Todesangst.

Plötzlich hörte Simon ein Krachen und ein Schreien und der andere Simon über ihm ließ ihn los und polterte leblos zur Seite. Nadja stand schnaufend vor den beiden. Von einem Holzpfahl in ihrer Hand tropfte Blut.

»Schnell, steh auf!«, forderte sie Simon auf.

»Hast du ihn erschlagen?«, fragte Simon, während er sich vom Boden aufrappelte.

»Ich hoffe nicht.« Sobald sich Simon von dem Platz hinter dem Zahnrad entfernt hatte, zerrten sie den anderen Simon an diese Stelle und ließen ihn liegen. »Schnell weg!«, befahl sie.

Sie eilten nach vorne zur Treppe, da hörten sie eine Stimme hinter dem Zahnrad: »Euch werde ich es zeigen.« Keuchend und schnaufend ging der andere Simon auf die Knie und stellte sich langsam aufrecht hin. Blut floss von seiner Stirn herab. Seine Augen hatte er weit und gespenstisch aufgerissen.

Da schlug der Blitz in die Mühle. Es krachte und donnerte, Holz und Balken splitterten, der ganze obere Dachbodenraum bebte und wurde taghell. Nadja und Simon fielen rückwärts nach hinten und konnten sich gerade noch an einem Balken festhalten, sonst wären sie die ganze Treppe nach unten gestürzt. Laut und verzweifelt hörten sie die Schreie des anderen Simon, der nicht nur durch den Boden krachte, sondern den langen, gequälten Schreien nach zu urteilen durch einen endlosen Tunnel in eine furchtbare Tiefe fiel. Ein letzter Blitz und ein Donner schlugen in die Nähe der Hütte ein, dann war es still. Nur der Regen prasselte von außen auf das Mühlendach. Innen schnauften leise Simon und Nadja, die sich mehrere Minuten lang nicht bewegen konnten. Dann krabbelten sie vorsichtig über den Dachboden bis zu dem riesigen Loch, das der Blitz dort hineingeschlagen hatte.

Unter dem Loch stand die riesige Holzkiste mit den Brettern und Holzscheiten. Die nächsten Blitze, die die Mühle erhellten, zeigten, dass niemand darin lag. Auch als sie nach unten gingen und dort alles untersuchten, blieb es dabei: Nadja und Simon waren alleine in der Mühle. Der andere Simon war verschwunden.

Sie saßen noch lange in der Mühle, hielten sich im Arm und Nadja weinte sich den ganzen Stress der letzten Tage aus den Augen. Simon war auch zum Weinen zumute. Aber die Erleichterung darüber, dass alles überstanden zu sein schien, überwog deutlich. Er wusste, es gab noch einiges zu klären. Er nahm sich vor, seinen Eltern die ganze Geschichte zu erzählen. Sie mussten doch wissen, warum heute Nacht ein anderer Simon nach Hause kam als der, der noch am Tag zuvor dort gewohnt hatte. Und immerhin hatten sie ihm im Krankenhaus ihr Vertrauen bewiesen. Das wollte er nicht ausnutzen. Außerdem wollte er das Vertrauen von Nadjas Eltern wiederherstellen. Er hatte bei ihnen gewohnt, sie hatten ihn versorgt. Und jetzt war er mitsamt ihrer Tochter abgehauen. Das musste irgendwie erklärt werden. Aber er war bereit, sich allem zu stellen. Simon war ein Siegertyp. Und Nadja war an seiner Seite.

Als der Regen aufgehört hatte, verließen zwei Menschen Arm in Arm das Gelände um die alte Mühle und verzichteten darauf, über das zu reden, was sie heute Nacht erlebt hatten. Die Wolken zogen fort und der Vollmond tauchte die beiden in ein geheimnisvolles Licht. Die Bäume wiegten leise ihre Köpfe und winkten Simon heimlich mit ihren saftig grünen Blättern zu. Simon trug seinen Rucksack auf dem Rücken. In der Hand hielt er ein Mitbringsel für seine Mutter: das Bob-der-Baumeister-Essbrettchen, das er ihr neulich abgenommen hatte. Das Zeichen seiner Kindheit und der blinden Wut eines 15-Jährigen über eine Mutter, die nix kapierte. Jetzt kam es Simon vor, als wäre er in den letzten 13 Wochen reifer geworden. Erwachsener. Als könnte er auch seinen Eltern mit einer neuen Gelassenheit entgegentreten. Und das Bob-der-Baumeister-Brettchen könnte seine Mutter zum Andenken in sein Kinder-Fotoalbum kleben. Seine Kindheit war endgültig vorbei. Der alte, unreife, egoistische Simon war in eine andere Zeit gereist. Ein neuer Simon war geboren. Und der fühlte sich richtig, richtig gut.

Dankeschön

Wie schnell hat man so ein Buch gelesen (oder auch weggelegt, wenn es einem doch nicht gefällt). Aber wie lange es dauert, bis so ein Buch fertig ist, und wie viele Leute an so einem Projekt mitarbeiten, -denken, -leiden und -fiebern, das weiß ich erst, seit ich selbst die Freude und die Ehre habe, Bücher zu schreiben. Darum möchte ich hier einigen von denen, die mitgelitten, mitgefiebert und sich mitgefreut haben, herzlich danken.

Als Erstes natürlich meiner Familie, die mich und meine Höhen und Tiefen während der Schreib- und Entstehungszeit eines Buches am meisten erdulden muss. Allen voran danke ich da meiner Frau Iris, die in aller Geduld erträgt, wenn ich besonders in der Endphase eines Buches unerträglich bin, und die sogar mit einer akribischen Gründlichkeit mein Manuskript gelesen und alles angestrichen hat, was ihr unlogisch, unverständlich oder merkwürdig vorkam. Vielen Dank, mein Schatz! Desselben danke ich meiner Tochter Elisa, die anfangs skeptisch war, dann aber doch ganz begeistert und engagiert all meine Manuskriptseiten gelesen und überall dort kommentiert hat, wo sie etwas zu bemängeln hatte. Also vielen Dank euch beiden!

Dann bin ich dem Bibellesebund überaus dankbar und da ganz besonders Christian, Michael und Claudia, weil sie mir immer wieder riesiges Vertrauen entgegenbringen, wenn ich etwas Neues ausprobieren möchte. Danke, dass ihr bei all meinen Projekten an mich glaubt und mir so viel Freiheit gebt, mich in meiner Arbeitszeit mit meinen Ideen von Herzen austoben zu können.

Danke auch an den SCM Verlag, dass ihr all die kreativen Wege schon seit Jahren mit mir und mit dem Bibellesebund geht. Unbefangen, unverkrampft, vertrauensvoll. Danke. Besonders möchte ich an dieser Stelle Marcella, meine Lektorin in diesem Buchprojekt, hervorheben, die sich über ihre Arbeitszeit hinaus mit ganzem Herzen und voller Begeisterung auf das Projekt gestürzt hat. Danke für alle Ermutigung, für dein Lob und deine herausfordernden Anmerkungen. Das war total hilfreich und hat mir persönlich und dem Buch gutgetan.

Ich danke allen Probeleserinnen und -lesern, die sich mein Manu-

‚kript durchgelesen und teilweise sehr reichhaltig und mit großem Engagement kommentiert haben: meine Schwestern Tanja und Nadine, meine Kollegen Natalie, Thorsten und Susanne, die Jugendmitarbeiterin Ruth, die Jugendlichen Carlo, Marcel und Sebastian. Das hat mir auch sehr geholfen. Vielen Dank euch!

Harry Voß
GEFANGEN IN ABADONIEN
Roman